ullstein

SILKE ZIEGLER lebt mit ihrer Familie in Weinheim an der Bergstraße. Zum Schreiben kam sie 2013 durch Zufall, als sie während eines Familienurlaubs im Süden Frankreichs auf ihre erste Romanidee stieß. Wenn sie nicht gerade in ihre französische Herzensheimat reist, liest und schreibt sie sich die traumhafte Kulisse einfach herbei.

Von Silke Ziegler ist in unserem Haus erschienen:

Die Frauen von der Purpurküste - Isabelles Geheimnis

Die Frauen von der Purpurküste - Julies Entscheidung

Silke Ziegler

Die Frauen von der Purpurküste

Claires Schicksal

Roman

Ullstein

Besuchen Sie uns im Internet:
www.ullstein.de

MIX
Papier
FSC FSC® C083411

Originalausgabe im Ullstein Taschenbuch
1. Auflage März 2021

Umschlaggestaltung: zero-media.net, München
Titelabbildung: © FinePic®, München; © alamy images
(Macaron-Laden)
Gesetzt aus der Quadraat Pro powered by pepyrus.com
Druck und Bindearbeiten: CPI books GmbH, Leck
ISBN 978-3-548-06213-6

Für Mama und Papa

Prolog

Ende August 1942
Internierungslager Rivesaltes, Südfrankreich

Jeanne starrte auf den staubigen Boden. Am liebsten hätte sie diesen unheilvollen Ort auf der Stelle verlassen. Ihre Schwesternschürze abgelegt, ihre Tasche genommen und den Weg Richtung Tor eingeschlagen, ohne sich noch ein einziges Mal umzudrehen. Sie war am Ende ihrer Kräfte. Was ihr zu Beginn als erfüllende, bereichernde und wertvolle Aufgabe erschienen war, hatte sich im Laufe der Monate zu einem schrecklichen Albtraum entwickelt. Wie sollte sie diese Zeit jemals vergessen können? Jeder Häftling, jedes Gesicht dieser armen Menschen würde sie auf ewig verfolgen. Obwohl sie keine Weisungsbefugnis hatte und nicht das Geringste an dem Schicksal der Leute ändern konnte, fühlte sie sich zutiefst schuldig.

Jeanne liebte ihren Beruf. Menschen zu helfen, ihnen Trost zu spenden, sie auf ihrem Genesungsweg zu begleiten war der Hauptgrund gewesen, warum sie sich vor fünf Jahren für diese Aufgabe entschieden hatte. Und als sie vor zehn Monaten gefragt wurde, ob sie im Lager von Rivesaltes arbeiten, sich um die Kranken, Alten und Schwachen unter den Internierten kümmern wolle, erschien ihr diese Herausforderung verantwortungsvoll und wichtig.

»Schwester Jeanne?«

Sie drehte sich um und musterte die Mitarbeiterin, bei der sie vor zwei Stunden ihre Forderung vorgebracht hatte. »Ihr Antrag wurde abgelehnt. Es tut mir leid.«

Jeanne schloss kurz die Augen. Der Boden unter ihr begann zu wanken. »Aber ...« Sie musste sich zusammenreißen, um nicht laut loszuschluchzen. »Die beiden Frauen haben Babys. Die Kleinen befinden sich seit einigen Wochen außerhalb des Lagers. Wie ...?« Ihre Stimme versagte.

Die Dame schüttelte bekümmert den Kopf. »Es tut mir sehr leid. Die Anweisung war eindeutig. Alle Versammelten werden noch heute zum Bahnhof gebracht und nach ...« Sie unterbrach sich. » ... in andere Lager verlegt. Vichy hat zugestimmt.«

Jeanne fuhr sich mit der rechten Hand übers Gesicht. Nur zwei Frauen hatte sie retten wollen. Zwei von mehreren Hundert Menschen. Doch selbst das war ihr nicht gelungen. Ihr Kopf begann zu schmerzen.

»Nehmen Sie es nicht persönlich. Wir müssen die Gesetze befolgen.« Mit diesen Worten drehte die Frau sich um und verschwand wieder im Inneren der Baracke.

Jeanne wischte sich eine Träne weg. Bis zuletzt hatte sie gehofft, obwohl sie wusste, dass ihr die Zeit davonlief. Sie sah zu den Menschen, die dicht an dicht auf der Freifläche standen. Vor einer der Baracken hatte sich eine lange Zweierreihe gebildet.

Jeanne musste den Blick abwenden, da sie das Schicksal dieser Leute kaum mehr ertragen konnte. Nicht nur Jeanne, auch die Häftlinge wussten, was ihnen bevorstand. Dass ihre Abreise sie geradewegs in den Tod führen würde.

Jeanne ballte eine Hand zur Faust. »Nein.« Erneut kämpfte sie mit den Tränen. »Nein, nein, nein.«

Warum ließ die Vichy-Regierung das Sterben unschuldiger Menschen zu? Jeanne kannte viele der Internierten. Die meisten waren vor Jahren schon aus Deutschland, Belgien, Holland oder auch Polen nach Frankreich geflohen, vorzugsweise in die unbesetzte Zone, die zumindest offiziell noch nicht von Hitlerdeutschland regiert wurde.

Es war der dritte Transport nach Osten innerhalb weniger Wochen. Viele dieser Menschen waren erst vor Kurzem aus anderen Lagern wie Gurs oder Vernet nach Rivesaltes verlegt worden. Das Lager war ein Umschlagplatz für die Deportationen geworden. Jeannes Aufgabe war zu einer Farce verkommen. Was konnte sie für diese Leute tun, die von oberster Stelle bereits dem Tod geweiht waren? Als sie die Proviantpakete verteilt hatten, die aus Brot, Mortadella, Käse, Sardinen, Tomaten und Früchten bestanden, musste Jeanne an sich halten, um nicht laut loszuschreien. Das karge Mahl stellte nichts anderes als die Henkersmahlzeit für die Internierten dar. Der Rat ihrer Kolleginnen, sie solle sich die Schicksale dieser Menschen nicht zu sehr zu Herzen nehmen, erschien Jeanne zynisch. Sie war Krankenschwester, um Kranken zu helfen. Nicht, um sie bis zu ihrer Abfahrt in den Tod zu betreuen.

Sie zwang sich, sich umzudrehen, und ließ den Blick über die Gefangenen wandern. Es gab unzählige kleinere Kinder, die Schutz suchend neben ihren Müttern standen, deren Beine umklammerten, ihre Köpfe an deren Oberschenkel drückten. Was musste den Frauen in diesem Moment durch den Kopf gehen? In einigen Gesichtern las Jeanne pure Verzweiflung, während andere völlig apathisch ins Leere starrten. Ihnen allen war klar, dass sie ihre Kinder nicht würden retten können, dass diese dem Unausweichlichen, das auf sie zukommen würde, nicht würden entrinnen können.

Jeanne entdeckte die Familie Blumberg in der Schlange vor der Baracke. Mit Margot Blumberg, der Mutter, hatte sie in den letzten Wochen oft gesprochen. Die beiden Töchter Irene und Judith litten seit Längerem unter einer hartnäckigen Lungenentzündung. Jetzt standen sie bei der Mutter, eingeschüchtert und stumm, und blickten sich suchend um. Irene war elf Jahre alt, Judith vierzehn. Der Vater war in Gurs inhaftiert. Die Familie war direkt nach ihrer Verhaftung auseinandergerissen worden. Margot hatte Jeanne erzählt, dass sie bereits 1936 aus Deutschland geflohen waren. Die drei sprachen mittlerweile sehr gut Französisch. Der Vater hatte in einer Schlosserei gearbeitet, während Margot in einem kleinen Lebensmittelgeschäft angestellt gewesen war. Die Mädchen hatten eine französische Schule besucht und waren unter den Klassenbesten gewesen. Bis sie eines Tages mitten in der Nacht in ihrer Wohnung verhaftet und interniert worden waren.

Warum?, fragte sich Jeanne zum wiederholten Mal. Warum musste so etwas geschehen? Was hatten diese Menschen getan, um solches Leid ertragen zu müssen?

Hinter den Blumbergs standen zwei Jugendliche, die vor Monaten allein ins Lager gekommen waren. Die Eltern der beiden waren bereits auf der Flucht erschossen worden. Daniel und Bernhard waren gute Sänger. Jeanne musste an einen Vormittag denken, als einige Insassen ein kleines Konzert gegeben hatten. Alle hatten gelauscht. Die beiden Jungen hatten mit ihren wunderschönen Stimmen mehrere hebräische Volkslieder vorgetragen, die die Zuhörenden zu Tränen gerührt hatten. Jetzt warteten sie auf ihre Abreise. Jeanne schluckte. Viele der Inhaftierten waren ihr ans Herz gewachsen. Sie unterschied nicht nach Nationalität oder Religion. Für sie waren alle Menschen. Menschen mit Gefühlen, mit einer Vergangenheit, mit Angehörigen, die sich um sie sorgten, mit einem Leben.

Im nächsten Moment fiel Jeannes Blick auf Rachel Haas, die verloren etwas abseits der Menge stand. Die junge Deutsche hatte Anfang Juni ein kleines Mädchen zur Welt gebracht. Jeanne hatte im Vorfeld mehrfach versucht, Rachel in die Geburtsklinik nach Elne verlegen zu lassen, doch ihr Ersuchen war genauso oft abgelehnt worden. Letztlich hatte die Jüdin ihre Tochter hier im Lager entbunden.

Glücklicherweise war die Geburt ohne größere Komplikationen verlaufen. Da die geschwächte und unterernährte Rachel nicht genügend Milch für den Säugling hatte und die Kleine stetig an Gewicht verlor, hatte einer der Ärzte schließlich bewilligt, dass das Baby in ein Kinderheim verlegt werden durfte. Ein kleiner Erfolg, dachte Jeanne nun beklommen. Was würde dieses Kind erwarten? Rachel hatte ihr nie erzählt, was mit dem Vater ihrer Tochter geschehen war, und Jeanne hatte nicht gefragt. Zu schmerzlich waren für viele dieser Menschen die Erinnerungen an alte Zeiten. An ein Leben, das sie in dieser Form nie wieder würden führen dürfen. Nein, diese Schuld würde Jeanne nie wieder loswerden. Hätte sie nicht mehr versuchen müssen? Viel mehr? Die wenigen, die sie freibekommen hatte, wogen die Masse, die sie nicht hatte retten können, in keiner Weise auf.

»Jeanne?«

Überrascht bemerkte sie, dass Rachel neben sie getreten war und ihr ein kleines weißes Päckchen hinhielt.

»Rachel.« Jeanne berührte die Frau am Unterarm.

»Kannst du mir einen Gefallen tun?« Die eingefallenen Wangen der jungen Frau betonten auf erschreckende Weise die großen blauen Augen.

»Rachel …« Was sollte sie ihr sagen? Der Antrag war abgelehnt worden. Es gab nichts mehr, was Jeanne für die junge Frau tun konnte.

»Das ist … meine Geschichte, mein Leben.« Rachel hob das Päckchen etwas an.

»Was meinst du?«

»Bitte, gib das meiner Tochter. Ich möchte, dass sie erfährt, wer ihre Mutter war. Und ich möchte, dass sie weiß, wie sehr ich sie geliebt habe.« Sie zögerte. »Immer lieben werde, egal, was passiert.«

Jeanne rang um Fassung. »Rachel ...«

»Bitte.« Die Gefangene nickte. »Bitte gib es ihr.«

Aus einem Impuls heraus streckte Jeanne die Arme aus und zog die junge Frau an sich. »Du kannst dich auf mich verlassen.«

»Ich weiß«, murmelte Rachel an ihrem Ohr. »Du bist eine von den Guten.«

Im nächsten Moment ertönte hinter ihnen ein schriller Ton.

»Ich muss jetzt gehen.« Rachels Augen nahmen wieder diesen stumpfen Ausdruck an, nachdem sie sich von Jeanne gelöst hatte. »Ich wünsche dir noch ein schönes Leben. Auf Wiedersehen.«

Jeanne presste die Lippen aufeinander und hob die Hand. Erwidern konnte sie nichts, der Kloß saß ihr zu tief im Hals. Rachel drehte sich um und reihte sich hastig in die Schlange der Menschen ein, die sich nach der Aufforderung langsam in Bewegung gesetzt hatten.

Weinend verfolgte Jeanne, wie die Inhaftierten auf den Ausgang zusteuerten, wo schwarze Lastwagen darauf warteten, sie zum Bahnhof zu bringen. Sechshundert Menschen, dachte Jeanne bitter, sechshundert Schicksale auf einer Reise ins Ungewisse.

1

»Was meinen Sie?« Emma hielt den Atem an, während sie von der Alpakastute zu Frau Doktor Linde sah.

Die Tierärztin lächelte. »Sie hat das Schlimmste überstanden.«

Emma schloss die Augen und schnaufte tief durch. »Gott sei Dank.«

Frau Doktor Linde trat an das Waschbecken, zog die Latexhandschuhe aus und wusch sich die Hände.

»Wahrscheinlich war es eine gewöhnliche Magenverstimmung. Wenn sie jedoch weiterhin nichts gefressen hätte …« Sie beendete den Satz nicht.

»Was hast du dir nur eingefangen?« Liebevoll tätschelte Emma Wilmas flauschigen Hals.

»Das werden wir wohl nie erfahren.« Die Tierärztin stellte sich neben sie und betrachtete das Alpaka, bevor sie Emma musterte. »Sie sehen müde aus.«

Emma winkte ab. Dass sie die ganze Nacht bei Wilma verbracht hatte, wollte sie der Ärztin nicht auf die Nase binden. »Es geht schon. Die Sorge um Wilma hat mir die letzten Tage einfach keine Ruhe gelassen. Aber wenn sie wieder die Alte ist«, sie lächelte erleichtert, »kann ich auch wieder beruhigt schlafen.«

»Es ehrt Sie, wie Sie sich um Ihre Schützlinge kümmern«,

setzte die Veterinärin an. »Aber vergessen Sie darüber nicht sich selbst.«

»Es macht mir Spaß«, erklärte Emma achselzuckend. Seit sie denken konnte, standen ihr Tiere näher als Menschen. Wegen der Allergien ihres Vaters hatte sie in ihrer Kindheit und Jugend keine Haustiere halten dürfen, doch das Erste, was sie sich nach ihrem Wegzug von zu Hause zugelegt hatte, war ein fünf Monate alter schwarzer Königspudelrüde. Mittlerweile war Balou sieben Jahre alt.

»Tiere können uns viel geben«, stimmte Frau Doktor Linde zu, während sie ihren Koffer von der Bank hob. »Ich liebe meinen Beruf über alles. Aber Abstand ist sehr wichtig.«

»Das ist mein Leben. Die Tiere sind jeden Tag um mich. Ich kenne sie, kann an ihrem Verhalten sehen, wie es ihnen geht. Und sie sind dankbar, sie erwarten nichts. Wollen nur gut behandelt werden.«

»Und pünktlich ihr Futter bekommen«, ergänzte die Ärztin grinsend.

Emma lachte. »Ja, das ist sehr wichtig.«

»Ich wollte Sie nicht kritisieren. Es müsste viel mehr Menschen wie Sie geben.«

»Ich arbeite gern hier. Die Wilhelma ist ein wunderschöner Zoo. Wenn ich mir vorstelle, ich müsste jeden Tag mehrere Stunden am Schreibtisch verbringen ...« Emma schüttelte den Kopf. »Das wäre nichts für mich.«

»Für mich auch nicht.« Frau Doktor Linde streckte Emma die Hand hin. »Ich muss weiter, Frau Duvalle. Das kleine Elefantenbaby wartet.«

Emma verabschiedete sich von ihr und kehrte dann zu Wilma zurück. »Bin ich froh, dass es dir wieder gut geht«, flüsterte sie dem Alpaka ins Ohr. »Du hast mir einen gehörigen Schrecken eingejagt.« Sie gähnte.

»Und, was macht unser Sorgenkind?« Emmas Kollege Peter Bechtold tauchte vor der Box auf.

»Es geht ihr wieder gut«, erwiderte Emma und fuhr mit ihrer Hand über das dicke Rückenfell des Tiers.

»Wann werden sie geschoren?«

Sie zuckte mit den Achseln. »Ich weiß es nicht. Am besten fragen wir Anja, ob sie schon einen Termin vereinbart hat.« Müde fuhr sie sich über die kurzen Locken.

Peter deutete auf ihren Kopf. »Du hast Stroh im Haar.«

Sie verzog den Mund und verließ die Box. Am Waschbecken wandte sie den Kopf und betrachtete sich im Spiegel. Vorsichtig entfernte sie die Strohhalme, die sie nach dem Aufwachen übersehen haben musste.

»Warum gehst du nicht nach Hause?«

»Ich habe noch Dienst bis vier.«

»Durch deinen Nachtdienst hast du mindestens zwölf Überstunden«, entgegnete er ungerührt. »Geh nach Hause, ich spreche mit Martina.«

Martina Eismann war ihre Vorgesetzte.

»Sieht man mir an, dass ...?«

Peter lachte. »Wie lange kennen wir uns mittlerweile?«

»Sieben Jahre?«, brachte Emma unsicher hervor.

»In dieser Zeit ist es nicht das erste Mal, dass eines der Tiere krank war. Und es ist auch nicht das erste Mal, dass du dein Nachtlager neben oder in der Box aufgeschlagen hast.«

»Ich kann nicht anders.«

»Ich weiß.« Er lächelte gutmütig. »Aber du siehst wirklich erschöpft aus. Und ich muss dir nicht sagen, dass unseren Schützlingen unsere Verfassung nicht entgeht.«

»Du hast recht«, gab Emma schließlich klein bei.

»Ich kümmere mich um alles. Steht heute irgendetwas an, was ich wissen sollte?«

Sie schüttelte den Kopf. »Nein, Frau Doktor Linde war schon da, ansonsten wird es eher ein ruhiger Tag.«

»Gute Nacht, Emma.«

»Danke, Peter.«

Auf dem Weg zu den Personalumkleiden knackte ihr Funkgerät. »Ja?«

»Emma, kannst du bitte gleich bei mir vorbeikommen?« Es war Martina.

Emma seufzte stumm. »Klar, bin schon auf dem Weg.«

Anstatt sich umzuziehen, schlug sie fünf Minuten später den Weg zu Martinas Büro im Verwaltungstrakt ein.

»Emma, das ging ja schnell.« Martina saß hinter ihrem Schreibtisch und zeigte auf den Stuhl vor sich.

»Peter meinte, ich solle Feierabend machen. Er wollte deswegen noch mit dir sprechen.«

Martina runzelte die Stirn.

»Ich war über Nacht ...« Emma verdrehte die Augen. »Ich habe bei Wilma übernachtet.«

»Dem kranken Alpaka?«

Sie nickte. »Ich weiß, dass es nicht erlaubt ist. Aber ich ...«

»Schon gut, Emma«, unterbrach Martina sie. »Du kannst eben einfach nicht aus deiner Haut.« Sie lächelte.

»Du bist nicht sauer?«

»Nein. Wenn es nicht zum Dauerzustand wird.«

Emma lehnte sich entspannt zurück. »Sie ist wieder gesund.«

»Das heißt, die nächste Nacht verbringst du wieder in deinem eigenen Bett.«

»Denke schon«, entgegnete Emma. »Sonst beschwert sich auch Balou, wenn ich ihn zu oft bei Mireille lasse.«

Mireille Weinmann war Emmas Tante, die Schwester ihrer Mutter. Sie lebte mit ihrem deutschen Mann nur drei Straßen von Emma entfernt. Wenn Emma arbeiten musste, kümmerte sich Mireille um den Königspudel und ging mit ihm Gassi.

»Ach, Emma, ich bewundere dein Engagement.« Martina legte die Hände aneinander. »Und deshalb möchte ich dich auch etwas fragen.«

Emma horchte auf.

»Anja geht doch demnächst in Mutterschutz.«

»Wie lange hat sie noch?«

»Knapp zwei Monate«, erklärte Martina. »Und daher habe ich gedacht, dass du während ihrer Abwesenheit die Leitung der Südamerikaanlage übernehmen könntest.« Sie beugte sich vor. »Du kennst dich bestens aus, und ich traue dir auch zu, dass du die organisatorischen Aufgaben gut bewältigst.«

Ein Glücksgefühl durchströmte Emma. »Wow! Ich weiß gar nicht, was ich sagen soll. Aber warum ich? Peter arbeitet doch schon viel länger hier.«

Martina zögerte. »Peter ist ein engagierter und verlässlicher Mitarbeiter. Aber ich glaube, er ist mit seinen Aufgaben ganz zufrieden.«

»Das bin ich auch«, erklärte Emma hastig.

Martina nickte. »Ich weiß, aber du bist jung. Viele unserer Abteilungsleiter sind aufgrund ihres Alters nur noch wenige Jahre da, bevor sie in den Ruhestand gehen werden. Und da dachte ich, es sei eine gute Gelegenheit für dich, in den Aufgabenbereich der Organisation hineinzuschnuppern. Es wäre ja erst mal nur für zwei Jahre. Danach will Anja wiederkommen. Ich kann dir also nichts versprechen.«

»Ich weiß nicht, was ich sagen soll.«

Martina lachte. »Lass es dir in Ruhe durch den Kopf gehen und schlaf eine Nacht drüber.« Sie machte eine Pause. »Übrigens wäre die Aufgabe auch mit einer höheren Gehaltsstufe verbunden.« Sie zwinkerte. »Und jetzt geh nach Hause und ruh dich aus.«

Emma erhob sich. Als sie das Büro verlassen wollte, klingelte ihr Handy. Eilig verabschiedete sie sich von ihrer Vorgesetzten und verließ den Raum. »Ja?«

»Emma, ich bin es, Olivier.«

Emma schloss die Augen. Ihr Bruder. Wann hatte er sie das letzte Mal angerufen? Sie räusperte sich. »Bonjour, Olivier. Wie geht es dir?«

»Mir geht es gut, Emma. Aber Papa ... Du solltest schnellstens nach Collioure kommen.«

Als mit einem Mal alle Erinnerungen an ihr altes Leben zurückkamen, wurde Emma schwindlig. »Was ist mit Papa?«

»Er liegt im Krankenhaus. Du solltest dich wirklich beeilen. Die Ärzte meinen, es sähe nicht gut aus. Papa hatte heute Morgen in der Kanzlei einen Schlaganfall.«

2

»Senna, komm her. Lass die Kugel liegen.« Léon richtete sich auf und verfolgte kopfschüttelnd, wie die Hündin an der Boulekugel schnüffelte.

»Vielleicht solltest du deine Erziehungsmethoden noch mal überdenken.« Tristan Marveilles lachte neben ihm.

Léon zog eine Grimasse. »Welche Erziehungsmethoden? Dieser Hund ist völlig neben der Spur.«

»Der Hund, ja?« Wieder lachte sein Freund. »Ich habe eher das Gefühl, dass hier das Herrchen das Problem ist.«

Léon winkte ab.

»Die Frauen und du, irgendetwas passt da nicht.«

Léon blickte über den Bouleplatz. Tristan hatte recht, die letzten Jahre waren beziehungstechnisch nicht gut gelaufen für ihn. Beruflich hatte er sich seinen lang gehegten Traum zwar erfüllt, aber wirklich glücklich war er trotzdem nicht. Er steckte in einer Krise, der er sich über kurz oder lang würde stellen müssen. Seine Arbeit gab ihm nicht mehr das, was er sich einmal erhofft hatte. Er schlief schlecht, war oft fahrig. Sein Privatleben war eine einzige Katastrophe. Seit … Er verdrängte die aufkeimenden Gedanken.

»Los, du bist dran.«

Léon blickte auf die Kugel in seiner Hand und warf. Als sie

Tristans zuvor geworfene Kugel direkt neben die Zielkugel schob, fluchte er.

»Scheint nicht dein Tag zu sein, Kumpel«, frotzelte Tristan, bevor er die letzte Kugel warf und damit gewonnen hatte.

Léon pfiff die Pudelhündin zu sich, die sofort schwanzwedelnd auf ihn zustürmte. Seufzend streichelte er ihr über den Kopf. »Pause?«

Tristan blickte ihn mit hochgezogenen Brauen an. »Oh, là, là! So schlimm? Es ist Wochenende, Léon. Kein Grund, Trübsal zu blasen.«

»Keine Ahnung, was mit mir los ist«, brummelte Léon vor sich hin, während er auf die Sitzgruppe zusteuerte.

»Du denkst an das Turnier in ein paar Tagen?«

Léon ließ sich mit einem Schnaufen auf einen der Holzstühle fallen.

»Senna, dein Herrchen macht mir wirklich Sorgen«, merkte Tristan mit ernster Stimme an, während er die Hündin, die sich vor ihn gesetzt hatte, kraulte.

»Vielleicht befinde ich mich in der Midlife-Crisis«, mutmaßte Léon mit düsterer Stimme.

Tristans Gesicht nahm einen verblüfften Ausdruck an. »Das ist jetzt aber nicht dein Ernst. Junge, du bist Ende zwanzig und stehst in der Blüte deines Lebens! Hör mir auf mit Midlife-Crisis.«

»Letzte Woche war ein Banker aus Perpignan bei mir«, begann Léon zögernd. »Du kannst dir nicht vorstellen, was dieser Mann jährlich an Kohle macht. Nicht nur sein Vorstandsgehalt, nein, da kommen dann Honorare für diverse Beratertätigkeiten, Vorträge und, und, und dazu.« Er schüttelte den Kopf.

»Und deswegen bist du so schlecht drauf?« Tristan sah ihn prüfend an, bevor er sich erhob und im Inneren des kleinen Vereinsheims zwei Flaschen Bier holte. »Bist du neidisch?«

Léon schnaubte verächtlich. »Neidisch? Auf so einen? Ganz sicher nicht. Ich frage mich nur ...« Er brach ab, als er an ein Gespräch denken musste, das er vor vielen Jahren geführt hatte und das er bis heute bereute.

»Du fragst dich nur ...?« Tristan beugte sich vor und sah ihn abwartend an.

»Dieser Mann verdient Millionen. Millionen, Tristan. Verstehst du?«

»Ja, ich verstehe. Soll vorkommen.«

»Der Mann hat mehr Geld, als er je ausgeben kann. Und trotzdem versucht er, den Staat zu besch...« Er biss sich auf die Zunge. » ... zu betrügen.«

»Du bist Steueranwalt, Léon. Was erwartest du? Die Guten benötigen deine Dienste nicht, oder?«

»Ja, das habe ich mittlerweile auch kapiert. Ist dir aufgefallen, wie marode unsere Straßen sind, die Spielplätze, die ganze Gegend? Und das nur, weil die Reichen sich weigern zu zahlen. Und ich bin ihnen dabei auch noch behilflich.«

»Bist du krank, Léon?« Tristan verengte die Augen. »Was ist denn mit dir los? Seit ich dich kenne«, er unterbrach sich und überlegte, »also seit mehr als zwanzig Jahren, hast du davon geredet, dass du Jura studieren und Anwalt werden wolltest.« Er hob eine Hand und reckte den Daumen in die Höhe. »Du verdienst super«, er streckte den Zeigefinger, »bist ein absoluter Charmebolzen, wenn du nicht gerade deinen Moralischen hast.« Grinsend reckte er noch den Mittelfinger in die Höhe. »Und drittens könntest du glatt als Männermodel für Designermode durchgehen. Was genau ist dein Problem, mein Lieber?«

»Scheint, dass Männermodels und Charmebolzen bei der Frauenwelt momentan nicht allzu gefragt sind.« Senna trabte um den Tisch herum zu Léon und legte den Kopf auf seine Oberschenkel. »Anwesende ausgeschlossen«, ergänzte er schwach lächelnd.

»Trauerst du ihr etwa immer noch hinterher?« Tristan nahm einen Schluck aus seiner Flasche. »Mann, das ist sieben Jahre her.«

»Sieben Jahre sind eine verdammt lange Zeit«, stimmte Léon zu. Natürlich wusste Tristan, um wen es ging. Die beiden Männer kannten sich seit der ersten Klasse, hatten ihre Kindheit und Jugend gemeinsam verbracht. Die Jahre hatten ihrer Freundschaft nichts anhaben können. Bis heute war Tristan der Mensch in Léons Leben, der ihn am besten kannte. Nicht ganz, verbesserte er sich sofort. Bis auf Emma. Die schlaksige Frau mit den dunklen kurzen Haaren und der Vorliebe für bunt geringelte Leggings tauchte vor seinem geistigen Auge auf. Es war müßig, in alten Erinnerungen zu schwelgen. Die Zeit blieb nicht stehen, und er …

»Léon?«

Tristans Stimme riss ihn aus seinem Grübeln. »Hm?«

»Du wolltest doch gestern zum Arzt gehen.«

Er nickte. »Ja, war ich auch.«

»Und?«

Léon lachte bitter. »Treiben Sie Sport. Sorgen Sie dafür, dass Sie sich mehr bewegen. Reduzieren Sie Ihren Arbeitstag, und gönnen Sie sich mehr Freizeit.«

»Das heißt, er hat nichts gefunden.«

Léon schüttelte den Kopf. »Nein, die Schlafstörungen und das Herzrasen wären Anzeichen von Stress und Überarbeitung.«

»Vielleicht solltest du ein wenig kürzertreten.«

»Kürzertreten.« Léon kaute an seiner Unterlippe. »Sagtest du eben nicht selbst, ich sei noch zu jung für eine Midlife-Crisis?«

»Léon, du sitzt sechs Tage die Woche in der Kanzlei. Wie viele Stunden verbringst du in deinem Büro? Zwölf, dreizehn?«

Léon wandte den Blick ab und betrachtete den Oleander, der neben dem Bouleplatz blühte.

»Nimm dir doch wenigstens den Samstag frei.«

»Wenn ich heute nicht gearbeitet hätte …« Léon musste daran denken, wie er seinen Chef am Vormittag zusammengekauert in dessen Büro aufgefunden hatte. Wäre der Krankenwagen nicht rechtzeitig alarmiert worden, hätte die Situation für Roger Duvalle böse enden können.

»Wie geht es ihm denn?«

»Olivier ist sofort ins Krankenhaus gefahren. Er wollte mich informieren, sobald er Näheres weiß.« Léon hob den Kopf und blickte Tristan fest an. »So möchte ich nicht enden.«

»Duvalle ist starker Raucher und hat Übergewicht«, setzte dieser an. »Er befindet sich doch in einer ganz anderen körperlichen Verfassung als du. Der Mann hat Tag und Nacht gearbeitet. Dass ein solcher Lebenswandel auf Dauer nicht gut gehen kann, ist doch klar. Du hast mir immer wieder erzählt, dass er kaum Zeit für seine Familie hat.«

Léon nickte gedankenverloren. »Ja, vielleicht.«

»Vielleicht? Léon, du bist jung. Warum überlegst du dir nicht mal in Ruhe, was dich momentan so runterzieht? Geh mit Senna spazieren, lass dir den Wind um die Nase wehen. Du wirst sehen, dann sieht die Welt wieder ganz anders aus.«

»Und du? Bist du glücklich?« Léon musterte das Gesicht seines Freunds, dessen rote Locken, die Lachfältchen um die Augen, die leicht gekrümmte Nase mit den unzähligen Sommersprossen.

»Mein Gehalt als kleiner Lehrer kommt nicht annähernd an deins heran. Sieh mich an, ich bin eben eher der Durchschnittstyp. Aber ich habe Bernadette, wir führen eine gute Beziehung. Meine Arbeit macht mir Spaß.« Er hielt inne. »Ja, ich glaube, ich kann behaupten, dass ich glücklich bin.«

»Das ist gut«, erwiderte Léon gedehnt. »Das freut mich sehr. Ehrlich.«

»Lass dich nicht hängen, Léon. Wir haben alle mal Phasen, in denen es nicht so gut läuft. Das wird schon wieder.«

Léon starrte in den wolkenlosen Himmel. Die Sonne brannte schon intensiv und kündete vom baldigen Sommer. »Was für ein tiefsinniges Gespräch an solch einem schönen Märztag.«

Tristan lachte, bevor er sich erhob. »Also gut. Dann wollen wir mal wieder etwas mehr Leichtigkeit pflegen. Auf geht's, die nächste Runde wartet. Und diesmal akzeptiere ich dieses Rumgeeiere von vorhin nicht mehr, sondern erwarte höchstes Engagement.«

Grinsend folgte ihm Léon zur Boulebahn, Senna folgte ihm dicht auf den Fersen.

3

Mit tränenverschleiertem Blick starrte Emma in den trüben, grauen Märzhimmel, während sie darauf wartete, dass die Tür geöffnet wurde.

»Emma!« Mireille Weinmann erschien im Rahmen. »So früh hatten wir gar nicht …« Sie stockte. »Was ist passiert?«

Emma wischte sich übers Gesicht. »Olivier hat angerufen …«, stammelte sie aufgelöst. »Papa …«

»Komm erst mal rein.« Ihre Tante packte sie sanft an der Schulter und schob sie in den Flur des kleinen Bungalows.

»Wo ist Balou?«

»Im Garten«, erklärte ihre Tante und zeigte zur Terrassentür.

In diesem Moment kam der schwarze Königspudel auch schon schwanzwedelnd angetrabt und schleckte seinem Frauchen über die nasse Hand. Emma ging in die Hocke und umarmte den Rüden.

»Magst du einen Kaffee?«

Emma schüttelte den Kopf. »Ich muss ins Bett. Und mit dem Koffein …« Sie winkte ab. »Dann kann ich nicht schlafen.«

Mireille musterte Emma stumm, während die ihre Wange an Balous Kopf drückte.

»Komm.«

Als Emma sich erhob und die braune Ledercouch ansteuerte,

folgte ihr Balou und setzte sich mit hoch erhobenem Kopf neben ihre Füße. Ganz offensichtlich spürte er den unruhigen Zustand seines Frauchens.

»Was ist mit Olivier? Und deinem Vater?«, wollte Mireille mit ruhiger Stimme von ihrer Nichte wissen.

Emma schluckte und merkte erneut, wie sie die Fassung zu verlieren drohte. Sie fuhr sich mit der Zunge über die Oberlippe.

»Geht es Wilma schlechter?«

»Nein, Wilma geht es wieder besser. Die Tierärztin war da und meinte, sie sei über den Berg.«

»Was haben dann dein Vater und Olivier damit zu tun?«

Emma schloss kurz die Augen. »Olivier hat vor einer Stunde angerufen. Papa hatte einen schweren Schlaganfall.«

»Oh Gott«, rief Mireille aus, während sie eine Hand vor den Mund schlug.

»Die Ärzte sagen, es sähe nicht gut aus.«

»Ein Schlaganfall«, wiederholte Mireille bedächtig. »Das ist sehr ernst.«

»Olivier meinte, ich solle so schnell wie möglich kommen.«

Mireille nickte.

»Aber ich will nicht nach Collioure!«, stieß Emma aufgebracht hervor. »Du weißt, was er mir vorgeworfen hat. Von wegen ›schwarzes Schaf der Familie‹. Erst hat er Maman vertrieben und dann mich …«

»Emma, das ist sehr lange her. Vielleicht solltest du dir überlegen, die Situation von damals endlich zu klären. Wenn Olivier dich bittet, schnell zu kommen …«

»Klären«, wiederholte Emma verächtlich. »Dieser Mann akzeptiert nur seine eigene Sichtweise. Das Leben besteht aus Arbeit und Geldscheffeln. Dass es Menschen gibt, die ihre Prioritäten anders setzen möchten, versteht er doch gar nicht.« Sie musste daran denken, wie Roger Duvalle ausgeflippt war, als sie ihm erklärte, dass sie ihr Jurastudium hingeschmissen hatte. »Wenn er sich noch immer so aufregt, wundere ich mich nicht, dass er einen Schlaganfall bekommen hat.« Im nächsten Moment bereute Emma ihre Worte. War es möglich, dass er wirklich sterben könnte? Ein Schauer durchlief ihren Körper. Sie musste an die Streitigkeiten zwischen ihren Eltern denken. Ihre Mutter hatte die Familie verlassen, als Emma zwölf Jahre alt war. Margaux Duvalle war Künstlerin. Sie malte viel und arbeitete mit Ton. Ihr Vater hatte während der gesamten Beziehung nie Verständnis oder gar Respekt für die Kunst seiner Frau aufgebracht, hatte ihr immer wieder gesagt, dass sie sich einen »ordentlichen Job« suchen solle, statt ihrem ertraglosen Hobby nachzuhängen. Irgendwann hatte sie ihre Sachen gepackt und war gegangen.

»Ob Maman davon weiß?«

»Sicher hat dein Bruder sie informiert«, erwiderte ihre Tante, während sie sich aus dem Sessel erhob und sich neben Emma setzte. Behutsam legte sie einen Arm um die Schultern ihrer Nichte. »Du solltest jetzt bei ihnen sein.«

Emma hob den Kopf und sah Mireille an.

»Bei deiner Familie. Bei Olivier, deinem Vater.«

»Und bei ihr.«

Missbilligend verzog ihre Tante das Gesicht. »Camille ist die Frau deines Vaters.«

»Ja«, bestätigte Emma düster. »Leider.«

»Emma«, begann Mireille eindringlich. »Du leidest schon so furchtbar lange unter dieser traurigen Situation. Du kennst nicht einmal deine Schwägerin und deine beiden Nichten.«

»Na und?« Emma zuckte mit den Schultern, obwohl ihr die Worte ihrer Tante einen Stich versetzten.

»Fahr nach Collioure.«

Sie verdrehte die Augen.

»Fahr nach Frankreich und sprich mit ihnen.«

»Sicher will er mich überhaupt nicht sehen.«

Ihre Tante schüttelte leicht den Kopf. »Das glaube ich nicht. Du bist sein Kind, seine einzige Tochter.«

»Das hat ihn die letzten Jahre auch nicht interessiert.«

»Du kennst doch deinen Vater. Roger war noch nie der Typ Mensch, der eigene Fehler zugeben würde. Er kann nicht aus seiner Haut, aber du fehlst ihm sicher sehr.«

»Ich kann nicht«, erklärte Emma halbherzig. Und ich will nicht, ergänzte sie im Stillen.

»Doch, du kannst. Ich habe diesbezüglich nie etwas gesagt. Aber die Ehe deiner Eltern ...« Mireille seufzte. »Zu einer Trennung gehören immer zwei.«

»Maman konnte nichts dafür«, widersprach Emma trotzig und fuhr mit dem Finger das geringelte Muster ihrer Leggings nach. »Er hat sie aus dem Haus getrieben.«

»Emma, ganz so war es nicht. Deine Mutter ...«

»Lass Maman aus dem Spiel«, unterbrach Emma sie wütend. »Denkst du, sie hätte uns verlassen, wenn sie einen anderen Ausweg gewusst hätte?«

»Du warst noch ein Kind. Manchmal erscheinen uns Dinge anders, wenn wir erwachsen sind und ein wenig mehr Distanz zu den Ereignissen haben.«

Emma verengte ihre Augen. »Was willst du damit andeuten?« Ihre Stimme klang gefährlich leise. Balou, der sich in der Zwischenzeit neben Emma auf den Boden gelegt hatte, hob den Kopf und spitzte die Ohren.

Mireille schwieg einige Sekunden, bevor sie den Kopf schüttelte. »Nichts, Emma. Ich möchte gar nichts andeuten.«

»Sie wäre beinahe erstickt an seiner Seite«, beharrte Emma weiter.

»Die Ferienwohnung über der Patisserie steht momentan leer. Es ist ja noch keine Saison. Du könntest dort unterkommen und müsstest nicht im Haus deines Vaters wohnen«, schlug Mireille vor.

»Hast du mich nicht verstanden? Ich möchte nicht nach Collioure.«

»Er ist dein Vater, Emma. Egal, was passiert ist oder was er dir an den Kopf geworfen hat. Es ist möglich, dass er die nächsten Tage nicht überlebt. Nutze die Chance, und geh zu ihm. Wenn du es nicht tust, kann es sein, dass du es dein Leben lang bereust.«

Emma blickte zu Balou, der jetzt wieder friedlich neben ihr lag und die Augen geschlossen hatte. »Ich kann mir überhaupt nicht vorstellen, wieder dort zu sein. Die Erinnerungen an damals ... Das kommt mir vor wie ein anderes Leben.«

»Du warst sieben Jahre nicht dort.«

»Er hat nie etwas gesagt, wenn er mich am Geburtstag oder an Weihnachten angerufen hat. Nie!«

»Weil er stur ist.«

»Es ist so viel passiert damals. Und Léon ...« Sie musste an ihren Ex-Freund denken, der sie so bitterlich im Stich gelassen hatte, als sie dringend seine Unterstützung benötigt hätte.

»Léon war deine große Liebe«, entgegnete Mireille lächelnd, während sie Emma über die Wange strich.

»Ja, er war meine große Liebe«, bestätigte sie versonnen. »Es ist so unglaublich lange her.«

...

»Was willst du jetzt tun?« Susanne Seiderer schaukelte weiter den Kinderwagen, als sie stehen blieben.

Während Balou ausgiebig an einer Laterne schnüffelte, blickte Emma ihre Freundin leidvoll an. Susanne und sie kannten sich seit mehreren Jahren. Vor acht Monaten war ihre Freundin und Kollegin zum ersten Mal Mutter geworden. Und seitdem hatte es sich eingebürgert, dass die beiden sich zweimal die Woche zu einem Abendspaziergang mit Hund und Baby im Stadtgarten von Stuttgart trafen.

»Ich muss wohl nach Frankreich.«

Susanne nickte. »Er ist dein Vater.«

Emma zögerte. »Damals hat er mir sehr wehgetan. Nie war ich ihm gut genug. Und er hat absolut kein Verständnis für Menschen, denen Karriere und ein großes Haus nichts bedeuten.« Lächelnd sah sie ihren Hund an. »Tiere kann er auch nicht leiden.«

»Das tut mir leid. Gerade weil du ja auch zu deiner Mutter ein eher kompliziertes Verhältnis hast.«

Emma schüttelte den Kopf. »Nein, unser Verhältnis ist überhaupt nicht kompliziert. Mein Vater hat sie aus dem Haus getrieben, als Olivier und ich noch Kinder waren. Es ist allein seine Schuld.«

»Aber hätte sie euch denn nicht mitnehmen können?« Susannes Miene nahm einen zweifelnden Ausdruck an. »Wenn ich mir vorstelle …« Sie blickte in den Kinderwagen, in dem ihr kleiner Sohn friedlich schlief. »Ich könnte Tibor niemals allein lassen.«

»Es ist so lange her«, entgegnete Emma ungehalten. »Sie hatte einfach nicht die finanziellen Mittel. Außerdem ist sie damals nach Paris gegangen, weil sie von einer renommierten Galerie ein Angebot bekommen hat. Wie hätte sie das mit zwei Kindern allein bewerkstelligen sollen?«

»Dein Vater war doch auch mit euch allein«, warf ihre Freundin ein, während sie weiterschlenderten.

»Das war etwas anderes«, beharrte Emma. »Sie wollte uns nachholen. Das hat sie uns am Telefon immer wieder gesagt, aber ...« Sie schnaufte.

»Aber sie hat es nie getan«, beendete Susanne den Satz.

»Es ging eben nicht. Papa ist an allem schuld.« Emma verzog das Gesicht. »Aber Olivier meinte, es sieht nicht gut aus. Wenn er ...« Doch sie brachte die Worte nicht über die Lippen.

»Ich denke, es ist gut, dass du nach Hause fährst. In einer solchen Situation sollte die Familie zusammenstehen.«

Emma betrachtete die steinernen Skulpturen. »Eine Familie, wie du sie dir vorstellst, existiert bei uns nicht. Mein Bruder ist seit einigen Jahren verheiratet und hat zwei eigene Kinder. Und mein Vater lebt nur für seine Arbeit. Seine neue Frau ...« Sie winkte ab. »Mireille und Gernot sind mir mehr Familie, als es meine Eltern je waren.«

»Das tut mir leid, Emma. Wirklich. Das klingt furchtbar traurig.«

Sie zuckte mit den Achseln. »Es geht mir gut. Ich fühle mich wohl hier in Deutschland. Und ich habe den besten Freund, den ich mir überhaupt wünschen kann.« Behutsam tätschelte sie den Kopf des Pudels.

»Wann fährst du?«

Emma blickte auf ihre Uhr. »In zwei Stunden. Ich habe den ganzen Tag geschlafen. Nach der Nacht in Wilmas Box ...« Sie grinste. »Ich war ganz schön kaputt. Mir war gar nicht bewusst, dass Alpakas nachts so einen Lärm veranstalten.«

»Du bist einfach unverbesserlich.« Auch Susanne lachte. »Wollen wir uns kurz setzen?« Sie zeigte auf eine Bank in der Nähe des ausladenden Springbrunnens.

»Es kommt mir vor, als seien Frankreich und Collioure unendlich weit weg von meinem jetzigen Leben.«

»Ich kann mir gar nicht vorstellen, wie es sich anfühlen muss, seine Familie so lange Zeit nicht zu sehen.« Susanne bewohnte mit ihrem Mann und dem kleinen Sohn eine große Wohnung im Haus ihrer Eltern. Wenn sie in wenigen Monaten aus der Elternzeit in den Zoo zurückkehrte, würden ihre Eltern tagsüber auf das Baby aufpassen. Eine solche Unterstützung hatte Emma nie erfahren. Schon immer hatte sie viele Dinge mit sich selbst ausgemacht. Auch als ihre Mutter noch bei ihnen gewohnt hatte, war diese meist in ihrem Atelier gewesen und hatte oft nicht gestört werden wollen. Und ihr Vater hatte seine Tage in der Kanzlei verbracht. Emmas Erinnerungen überwältigten sie. Gab es denn überhaupt keine schönen Erlebnisse, die sich in ihr festgesetzt hatten?

»Eine lange Strecke«, warf Susanne in diesem Moment ein.

»Das schaffe ich schon«, entgegnete Emma leichthin. »Wobei mir schon irgendwie mulmig zumute ist. Collioure ist in mancher Hinsicht ein Dorf. Es wird sicher nicht einfach, gewissen Personen auf Dauer aus dem Weg zu gehen.«

»Wie lange willst du denn bleiben?« Susanne sah sie von der Seite an.

»Nicht länger als nötig.«

Ihre Freundin schüttelte den Kopf. »Hast du nicht gesagt, der Ort liegt direkt am Mittelmeer?«

Emma nickte. »Doch.«

»Was würde ich dafür geben, mir ein wenig die mediterrane Frühlingssonne auf die Nase scheinen zu lassen? Den sanften Wind zu spüren, die Weite des Meeres zu genießen. Wenn ich dich reden höre, klingt es, als ob man dich aufs Schafott führe.«

Emma lachte. »An dir ist ja eine Romantikerin verloren gegangen. Aber so idyllisch ist Collioure nun auch nicht. Es ist …« Sie stockte. Ja, was symbolisierte das kleine Örtchen an der Purpurküste für sie eigentlich? Immerhin war dort ihre Heimat, ihre Familie. Auch wenn ihr Verhältnis nicht das beste war, so spürte sie tief in ihrem Inneren doch eine starke Sehnsucht nach Geborgenheit, nach Zugehörigkeit. Sie räusperte sich. »Vielleicht hast du recht. Da ich schon lange nicht mehr dort wohne, sollte ich meinen Aufenthalt vielleicht als eine Art Kurzurlaub sehen.«

Ihr Handy klingelte. »Das ist Olivier«, raunte sie Susanne zu. »Da muss ich drangehen.«

»Natürlich.«

»Ja?«

»Emma, ich komme gerade aus dem Krankenhaus. Hast du es dir überlegt?«

»Ich fahre in zwei Stunden los.« Ihre Hände zitterten. »Wie geht es Papa?«

Ihr Bruder seufzte am anderen Ende. »Sein Zustand ist momentan stabil. Aber er ist nicht ansprechbar.«

»Was sagen die Ärzte?«

Sie hörte ihn schnaufen. »Sie meinen, es sei noch zu früh. Sie müssten weitere Tests machen und können oder wollen noch nichts sagen.«

»Ich denke, ich bin irgendwann morgen früh in Collioure. Ich melde mich nach meiner Ankunft bei dir.«

»Ich freue mich sehr, dass du kommst, Emma. Die Mädchen sind schon ganz gespannt auf ihre Tante. Und ich kann es kaum abwarten, dir meine Familie vorzustellen.«

Emma spürte einen Kloß im Hals. Seine Familie. Damit meinte er seine Frau und seine Töchter. Nicht sie, Emma.

»Und ich freue mich wirklich unglaublich, dich endlich wiederzusehen, kleine Schwester. Bitte, fahr vorsichtig.«

Emmas Augen wurden feucht. »Ja, mache ich«, presste sie mit erstickter Stimme hervor. Zu mehr war sie nicht in der Lage, da ihre Gefühle sie zu überwältigen drohten. Hastig beendete sie das Telefonat.

»So schlimm?«, wollte Susanne in mitfühlendem Ton wissen.

Emma schüttelte schweigend den Kopf und wischte sich eine Träne weg. Ihr Bruder sorgte sich um sie. Aber was hatte sie erwartet? Olivier und sie hatten sich schon immer sehr nahegestanden. Vielleicht hätte auch sie sich ab und zu mal bei ihm melden sollen. Sie atmete tief durch.

»Sag mal, Emma, hattest du vorhin nicht etwas von Macarons gesagt?«, versuchte Susanne die Stimmung etwas aufzuheitern. »Du weißt, dass ich für deine Backkünste sterben könnte.«

Emma zog lächelnd ihre Tasche hervor und suchte nach der Lunchbox, in der sie das kleine Gebäck verstaut hatte. »Das sind die letzten vom Wochenende.«

»Wow!«, entfuhr es ihrer Freundin, als Emma den Deckel öffnete und ihr die hellgrünen Macarons präsentierte. »Süße, die sehen fantastisch aus.«

»Bitte, nimm dir welche.«

Nachdem Susanne sich den ersten in den Mund gesteckt hatte, nahm ihr Gesicht eine verzückte Miene an. »Emma, ich sage es dir bestimmt zum hundertsten Mal. Du hast definitiv den Beruf verfehlt.«

4

Obwohl sie den Schlaf der letzten Nacht nachgeholt hatte, spürte Emma, wie die Müdigkeit langsam in ihr emporkroch. Es war kurz vor sechs. Die Dämmerung hatte noch nicht eingesetzt. Balou gab hinten im Kofferraum keinen Ton von sich. Wahrscheinlich schlief er. Emma riss ihre Augen auf und bemühte sich, wach zu bleiben. Doch als ein Autobahnschild zehn Minuten später eine Raststätte mit Tankstelle ankündigte, beschloss sie, eine längere Pause einzulegen. Alles andere wäre zu gefährlich gewesen.

Nachdem sie den Wagen auf einen der Parkplätze gelenkt hatte, schaltete sie den Motor aus, verließ den Wagen und befreite Balou aus dem Kofferraum. Der Rastplatz war nur etwa zur Hälfte belegt, der Bereich für die Lastwagen jedoch heillos überfüllt, wie Emma aus der Ferne erkennen konnte. Sie befestigte die Leine am Halsband des Pudels und steuerte mit ihm den Grünstreifen vor dem Toilettenhäuschen an. Während der Rüde ausgiebig am Randstein schnüffelte, hüpfte Emma auf und ab. Ihre Beine schmerzten, und ihre Schultern waren völlig verspannt. Erinnerungen über Erinnerungen stürmten auf sie ein, während sie mit Balou den Rastplatz ablief. Ob Olivier ihre Mutter ebenfalls über den Schlaganfall informiert hatte? Wann hatte Emma das letzte Mal mit ihr gesprochen? Weihnachten? Sie konnte sich an kein weiteres Telefonat erinnern. Seit ihre Mutter in New York lebte, telefonierten sie noch seltener als vorher. Was war nur passiert, dass die Familie derart auseinandergerissen worden war? Emma musste an ihren zwölften Geburtstag denken, den letzten, den sie zu viert gefeiert hatten. Ihre Mutter hatte wieder einmal eine wichtige Tonarbeit zu beenden und keine Zeit gehabt, Emma einen Geburtstagskuchen zu backen. Ihr Vater war abends um sieben nach Hause gekommen, in der einen Hand seine Aktentasche, in der anderen einen Karton mit kleinen Schokotörtchen, so wie Emma sie sich gewünscht hatte. Ihre Mutter, die gerade dabei war, ein aufwendiges Abendessen zuzubereiten, war ausgeflippt. Ob Roger mal auf die Uhr gesehen hätte? Wer würde denn um diese Uhrzeit noch Kuchen essen? Wofür stünde sie den halben Nachmittag in der Küche, wenn dann doch niemand mehr Appetit habe? Sie war weinend aus der Küche gerannt und hatte sich im Schlafzimmer eingeschlossen. Ihr Vater hatte nicht einmal mehr den Versuch unternommen, die Wogen zwischen ihnen zu glätten. Stattdessen hatte er Emma und Olivier in seinen Wagen verfrachtet und war mit ihnen zu einer der zahlreichen Buchten gefahren, um dort mit ihnen die Schokotörtchen zu essen. Nach wie vor war Emma der Ansicht, ihr Vater hätte seine Frau nicht so vor den Kopf stoßen dürfen. Er hätte versuchen müssen, sie zum Mitkommen zu bewegen. Ein Geburtstag ohne ihre Mutter ... Nun, daran hatte sie sich in den folgenden Jahren gewöhnen müssen, nachdem ihr Vater seine Frau aus dem Haus getrieben hatte.

Abwesend beobachtete Emma, wie neben ihrem Auto ein weiteres Fahrzeug parkte. Ein junges Pärchen stieg aus und eilte Richtung Gaststätte. Emma schloss die Augen und hörte in sich hinein. Frankreich hatte ihr gefehlt. Erst jetzt spürte sie, wie sehr. Sie verfrachtete Balou in den Kofferraum, ging zur Toilette und holte sich im Anschluss einen Kaffee und zwei Croissants. Danach kehrte sie zu ihrem Auto zurück und setzte sich hinein.

»Es geht gleich weiter.« Genüsslich biss sie in das erste Blätterteighörnchen und genoss das fluffige Gefühl im Mund. Mit geschlossenen Augen lehnte sie den Kopf gegen den Sitz. Wie würde es sein, wenn sie ihre Familie wiedersah? Olivier, ihren Vater? Ihre Nichten, die sie noch nicht mal kannte, genauso wenig wie ihre Schwägerin. All die Jahre wäre sie nicht auf die Idee gekommen, nach Collioure zurückzukehren. Zu schmerzhaft war der Bruch mit ihrem Vater, nachdem sie ihm eröffnet hatte, dass sie ihr Studium abbrechen würde. Und Léon? Anstatt zu ihr zu stehen, hatte er ins gleiche Horn geblasen. Welche Möglichkeiten sie zerstört habe. Dass sie ihre gemeinsame Zukunft verraten habe. Ihre Augen begannen zu brennen. Nach all den Jahren schafften die Erinnerungen an die beiden es noch immer, sie traurig zu stimmen.

Aber war sie mit ihrem jetzigen Leben nicht glücklich? Konnte sie nicht endlich über den damaligen Ereignissen stehen? Es war so lange her. Seither war viel passiert. Emma hatte sich ein neues Leben aufgebaut, ohne Hilfe, ohne sich von anderen beeinflussen zu lassen. Darauf konnte sie stolz sein. Sie öffnete wieder die Augen und ließ den Motor an. Und sie würde sich nichts anderes einreden lassen. Auch wenn es ihrem Vater gesundheitlich sehr schlecht ging, hatte er nicht das Recht, über sie zu urteilen. Sie musste niemandem etwas beweisen. Mit grimmiger Entschlossenheit umfasste sie das Lenkrad fester und verließ den Parkplatz.

Fünf Stunden später schlenderte Emma am Uferkai von Collioure entlang. Gedankenverloren ließ sie den Blick über die stille Bucht wandern. Was hatte sie erwartet? Ein Empfangskomitee? Trommelwirbel und Posaunenklänge? Seht her, die verloren gegangene Tochter ist zurückgekehrt. Emma musste schmunzeln. Nein, spektakulär fühlten sich die ersten Minuten in ihrem Heimatort weiß Gott nicht an.

»Lass uns gehen, Balou.« Sie zog ihren Hund weiter. »Ich bin wirklich da.« Emma schüttelte den Kopf und stellte sich dicht an die Kante über dem Wasser.

Der blaue Himmel war wolkenlos, Sonnenstrahlen glitzerten auf dem Meer. Emma atmete tief ein und bemerkte den Geruch von Tang und Algen. Hier war ihre Heimat. Der Ort, an dem sie neunzehn Jahre ihres Lebens verbracht hatte. Es gab wohl kaum eine Ecke in Collioure, die sie nicht mit irgendeiner Erinnerung an ihre Kindheit oder Jugend verband. Sie drehte sich um und starrte auf den kleinen Stadtstrand, der sich vor der Uferpromenade erstreckte. Dort drüben auf der Mauer neben den hohen Palmen hatten Léon und sie gesessen, als sie sich zum ersten Mal geküsst hatten. Ein Schauer durchlief ihren Körper, als sie an den innigen Moment an einem heißen Juliabend dachte. Sie hatte den zwei Jahre älteren Léon schon lange vom Sehen gekannt und ihn heimlich angehimmelt. Als sie eines Abends kurz vor den Sommerferien mit Nicolette auf eine Strandparty in Argelès-sur-Mer gegangen war, war sie fast in Ohnmacht gefallen, als sie ihren Schwarm inmitten des Partyvolkes ausgemacht hatte. Und nachdem er sie ebenfalls erkannt hatte und sie tatsächlich fragte, ob sie nicht auch aus Collioure komme, hatte sie ihr Glück nicht fassen können. Sie verbrachten den kompletten Abend gemeinsam und trafen sich in der folgenden Woche zum Schwimmen und Boulespielen. Und keine zwei Wochen später saßen sie an eben jenem Abend auf besagter Mauer, unterhielten – und küssten sich.

Emma schloss die Augen und seufzte. Damals war sie siebzehn gewesen, Léon neunzehn. Die folgenden zwei Jahre konnte sie auch nach so langer Zeit immer noch als die schönsten ihres Lebens bezeichnen. Léon war ihr erster fester Freund gewesen. Alles, was zwischen ihnen geschehen war, hatte sich aufregend und richtig angefühlt. Damals hatte sie geglaubt, dass Léon der

Mann ihres Lebens sei. Er hatte für sie alles verkörpert, wovon sie je geträumt hatte. Seine stahlblauen Augen, die jedes Mal aufblitzten, wenn er sie ansah. Seine sinnlichen Lippen, das markante Kinn. Er hatte es geschafft, sie zum Lachen zu bringen, wenn es ihr schlecht ging. Er war witzig, charmant, liebevoll. Wie oft hatte er ihr ihre geliebten Schokoladentörtchen mitgebracht, wenn sie sich trafen? Oder ein Duftsäckchen mit Lavendel, da er wusste, wie sehr sie den Geruch liebte. Er war immer für sie da gewesen, wenn sie ihn brauchte. Solange sie seinen Träumen gefolgt war, solange sie ihrer beider Entscheidungen nicht hinterfragt hatte.

An dem Abend, als sie ihrem Vater von dem abgebrochenen Studium erzählt und er ihr daraufhin die furchtbarsten Dinge an den Kopf geworfen hatte, war sie wutentbrannt zu Léon gefahren, in der Hoffnung, dass zumindest er sie verstünde und ihr den Rücken stärken würde. Damals war ihr bewusst geworden, dass sie sich bitterlich in ihrem Freund getäuscht hatte. Léon ging es genau wie ihrem Vater nur um Prestige und Ansehen, Geld und Karriere.

Balous Gewinsel unterbrach ihre Gedanken. »Du hast recht. Es bringt nichts, der Vergangenheit nachzutrauern. Was passiert ist, ist passiert.« Während sie weiterlief, erblickte sie die majestätische Wehrkirche. Entschlossen steuerte Emma auf den Steg zu und setzte sich auf einen Mauervorsprung. Während Balou den Weg abschnüffelte, beobachtete Emma drei Möwen, die auf den Felsen im Wasser mehrmals ihre Flügel öffneten und wieder anlegten. Die Märzsonne war zu schwach, um den frischen Wind abzumildern. Emma zog ihre Strickjacke enger um sich. Auf einmal kam sie sich allein und verloren vor. Sie hatte keine Ahnung, wie sie ihrer Familie gegenübertreten sollte. Sie hatte viel verpasst. Die Geburt ihrer Nichten, Oliviers Hochzeit. Ihr Vater hatte sie nie verstanden, und auch ihr Bruder lebte das Leben, das sich alle erfolgreichen Männer wünschten. Ein gut bezahlter Job, eine Familie, die zu Hause auf ihn wartete, wenn er Feierabend hatte.

Während sie den Wellen lauschte, die gegen den Kai schlugen, stieg Wehmut in ihr auf. Die mächtige Kulisse des Château Royal erinnerte sie an ihre Mutter. Wie oft hatte sie sich an den zahlreichen Motiven, die die Festung hergab, versucht? Emma konnte sich nicht daran erinnern, dass ihre Mutter jemals mit dem Ergebnis zufrieden gewesen wäre.

Emma beobachtete, wie eine kleine Jacht die Bucht verließ und auf das offene Meer zusteuerte.

Zu ihrem achtzehnten Geburtstag hatte Léon ebenfalls ein Motorboot gemietet und war mit ihr die Purpurküste entlanggeschippert. Er hatte einen Picknickkorb gepackt, und Emma hatte Macarons gebacken. Als sie sich erneut in ihren Erinnerungen zu verlieren drohte, stand sie verärgert auf. Sie wollte nicht an ihren Ex-Freund denken. Nicht jetzt und nicht hier. Das Aufeinandertreffen mit ihrem Vater würde alle Kräfte kosten, die sie noch mobilisieren konnte. Warum belastete sie sich mit diesen Erinnerungen?

Hastig erhob sie sich, packte Balous Leine fester, schlug den Weg in die Altstadt ein und beschloss, noch eine Kleinigkeit zu essen, bevor sie die Ferienwohnung aufsuchte. Einige Gassen sahen noch genauso aus wie vor sieben Jahren. Einige Querstraßen vom Elternhaus ihrer Mutter entfernt entdeckte sie eine kleine Baguetterie, in deren Schaufenster mehrere Baguettes kunstvoll aufeinandergestapelt lagen. Dieser Laden musste neu sein. Soweit sich Emma erinnern konnte, hatte das Haus einer älteren Frau gehört, die das Backen irgendwann aufgegeben hatte, als Emma noch ein kleines Kind war. Zumindest meinte sie, sich zu erinnern, dass ihr Vater das erzählt hatte. Gleich morgen früh würde sie sich dort ein Brot holen, beschloss Emma, während sie einige neu renovierte Dorfhäuser erblickte, die sie ebenfalls anders in Erinnerung hatte. Die lila und blau gestrichenen Fensterläden hoben sich strahlend von den grauen und gelben Fassaden ab. Erste Frühlingsblumen linsten aus braunen Holzkästen. Eine weiße Bank stand vor einem der Häuser, daneben ein kleiner Olivenbaum. In der nächsten Quergasse entdeckte Emma eine Crêperie, die ebenfalls neu sein musste. Auf einer Tafel waren mehrere Crêpesvariationen aufgelistet. Schon beim Lesen lief Emma das Wasser im Mund zusammen.

»Bonjour«, erklang es im nächsten Moment hinter ihr. »Ich öffne gleich.«

Als Emma sich umdrehte, sah sie eine junge blonde Frau mit einem Korb in der Hand. Der Mann neben ihr hauchte ihr einen Kuss auf den Mund und strich ihr kurz über die Wange. »Bis heute Abend.« Bevor er sich entfernte, nickte er Emma freundlich zu.

»Bonjour.«

Die Blondine schloss die Tür auf und blickte Emma fragend an. »Möchten Sie gleich mit reinkommen? Draußen ist es wohl noch zu frisch. Die Sonne schafft es zu dieser Jahreszeit noch nicht über die Häuser.«

»Ich möchte Ihnen keine Mühe machen«, erwiderte Emma verwirrt. »Wenn Sie noch geschlossen haben …«

Die Frau lachte. »Haben Sie Hunger?«

»Ja«, entgegnete Emma grinsend.

»Und Ihr Hund hat Durst.«

Emma blickte zu Balou. »Wir waren ziemlich lange unterwegs.«

»Nehmen Sie Platz.« Die Ladenbesitzerin zeigte auf einen Tisch neben der Theke. »Ich stelle die Einkäufe ab. Dann komme ich gleich zu Ihnen.«

Interessiert schaute Emma sich um. Vor einer breiten

Glastheke befanden sich sechs runde Tische mit bunten Mosaiksteinchen. Die Eisenstühle mit den dicken geblümten Sitzkissen verliehen dem Raum Gemütlichkeit. Nachdem Emma sich gesetzt hatte, lehnte sie sich zurück und bedeutete Balou, sich hinzulegen.

Kurz darauf kam die Besitzerin zurück, schob Balou eine Schüssel voll Wasser hin und stellte sich dann vor Emmas Tisch. »So, jetzt bin ich für Sie da. Was möchten Sie denn?«

»Was können Sie mir empfehlen?«

»Da es noch etwas früh fürs Mittagessen ist, schlage ich einen Crêpe mit karamellisierten Äpfeln vor.«

»Das klingt gut«, erwiderte Emma. »Und bitte einen Kaffee dazu.«

»Sehr gern«, erwiderte die junge Frau lächelnd und kehrte an die Theke zurück.

»Wie lange führen Sie die Crêperie schon?«, wollte Emma wissen.

»Seit letztem Herbst«, entgegnete die Blondine bereitwillig. »Das war alles …« Sie unterbrach sich. »Das ist eine lange Geschichte. Eigentlich bin ich Kunsthistorikerin.«

Emma sah sie verblüfft an. »Das klingt nach einer sehr interessanten Geschichte.«

Die Frau lachte. »Eine Geschichte, wie sie das Leben manchmal schreibt. Bis zum letzten Jahr habe ich in Deutschland gelebt und in einer Kunstgalerie gearbeitet. Als dann im Sommer meine Mutter gestorben ist und ich erfahren habe, dass mein Vater möglicherweise hier lebt …« Sie winkte ab. »Es ist kompliziert, die Zusammenhänge zu verstehen.«

»Ich lebe auch seit sieben Jahren in Deutschland«, erklärte Emma beherzt.

»Aber Sie sind Französin, oder? So, wie Sie sprechen?« Die Blondine bereitete den Teig hinter dem Tresen vor.

Emma nickte. »Ich komme aus Collioure, meine Familie lebt auch noch hier. Mein Vater hatte einen Schlaganfall, und ich …« Sie brach ab. »Es ist auch kompliziert.«

Wieder lachte die Ladenbesitzerin. »Mit komplizierten Geschichten kenne ich mich bestens aus.«

Als sie Emma den Kaffee brachte, streckte sie ihr die Hand hin. »Ich bin Lara.«

»Emma.«

»Als ich letztes Jahr herkam, dachte ich, es sei nur für wenige Wochen. Bis ich meinen Vater gefunden habe.«

»Ich bin definitiv nur für kurze Zeit hier. Bis es meinem Vater besser geht. Ich habe einen tollen Job in Deutschland.«

Als Lara sie abwartend ansah, fuhr Emma fort: »Ich bin Tierpflegerin in Stuttgart in der Wilhelma.«

»Das klingt wirklich schön«, sagte Lara. »Ich hatte in Bremen gerade meinen Job verloren. Meine Großeltern leben noch dort, aber hier …«

»Der junge Mann von eben war wohl nicht ganz unschuldig an Ihrer Entscheidung.« Emma lächelte.

»Nein, das war er nicht«, erwiderte Lara versonnen. »Ganz und gar nicht.«

»Meine Erinnerungen an Collioure sind leider weniger schön.« Emma nahm einen Schluck von ihrem Kaffee. »Aber wie gesagt, mein Aufenthalt wird nicht länger als nötig andauern.«

»Das haben schon andere gesagt«, erklärte Lara schmunzelnd, während sie wieder hinter den Tresen trat. »Eine kluge Frau erklärte mir vor nicht allzu langer Zeit, Collioure sei das beste Allheilmittel gegen jeglichen Kummer.«

»Collioure war vor langer Zeit der Auslöser meines größten

Kummers«, widersprach Emma kaum hörbar und presste die Kiefer fester aufeinander. Was würde sie erwarten? Wie sollte sie ihrem Vater gegenübertreten? Fragen über Fragen, auf die sie noch keine Antwort wusste.

• • •

»Bonjour, Madame Montagnon«, begrüßte Emma eine Stunde später die Konditorin, die die kleine Patisserie im Erdgeschoss des Elternhauses ihrer Mutter und ihrer Tante gemietet hatte. »Ich bin Emma Duvalle, Mireille Weinmanns Nichte.«

Die rothaarige Frau, die Emma auf Mitte fünfzig schätzte, lächelte ihr freundlich entgegen. »Mireille hat Sie schon angekündigt. Willkommen in Collioure. Ich hoffe, die Reise war nicht zu beschwerlich.«

Emma stellte ihre Tasche ab und bedeutete Balou, sich hinzulegen. »Die Fahrt steckt mir schon in den Knochen, aber das Licht hier …« Sie schüttelte den Kopf. »Ich glaube, ich hatte ganz vergessen, wie hell Südfrankreich strahlt.«

Die Konditorin lachte. »Ich komme aus Rouen. Die Sonne und dieses unglaubliche Blau des Himmels waren auch das Erste, was mir hier aufgefallen ist.«

»Wie lange führen Sie die Konditorei schon?« Als Emma noch in Collioure wohnte, stand das Erdgeschoss des Hauses leer. Nur die Ferienwohnung wurde im Sommer vermietet, wenn Mireille sie nicht selbst genutzt hatte.

»Seit fünf Jahren.«

»Wenn ich mir Ihre Auslage ansehe, läuft mir das Wasser im Mund zusammen.«

Das Gesicht von Madame Montagnon nahm einen bekümmerten Ausdruck an. »Wenn das mal alle Kunden so sehen würden …«

Emma wusste nichts zu erwidern.

»Sie kennen die Wohnung?«, wechselte die Konditorin unvermittelt das Thema.

»Von früher, ja.« Wenn Mireille und Gernot ihre Urlaube hier verbracht hatten, waren Emma und Olivier oft bei ihnen gewesen. Ihre Tante hatte die Wohnung jedoch vor vier Jahren komplett renovieren lassen und sie im Anschluss neu möbliert, deshalb war sie gespannt, wie die Räume nun aussahen.

»Seit der Renovierung ist sie ja praktisch dauervermietet«, erwiderte Madame Montagnon. »Zumindest in der Hauptsaison. Der März ist noch kein wirklicher Urlaubsmonat.«

»Mein Glück. Und ich bin heilfroh, dass sich die Touristenströme noch in Grenzen halten.«

»Fürs Geschäft ist die Situation natürlich nicht allzu glücklich.«

»Ich glaube, ich nehme mir so ein leckeres Schokotörtchen mit«, überlegte Emma laut, während sie das Sortiment betrachtete. »Ich liebe Schokolade.« Sie grinste.

»Das sieht man Ihnen aber nicht an«, entgegnete Madame Montagnon, während sie das Gebäckstück verpackte.

»Nennen Sie mich doch Emma«, schlug Emma vor.

»Ich bin Zoé.« Die Konditorin reichte ihr das Törtchen.

»Danke.« Nachdem sie bezahlt hatte, zeigte Emma nach oben. »Dann werde ich mich mal einrichten.« Sie berichtete der Frau noch kurz vom Grund ihres Besuchs und dem Zustand ihres Vaters, bevor sie mit dem Törtchen in der einen Hand und Leine und Tasche in der anderen die Patisserie verließ und hinter das Haus trat, wo sich der Eingang zur Ferienwohnung befand. Sie löste die Leine von Balous Halsband und scheuchte ihn vor sich die Treppe hinauf. »Da wären wir.« Gespannt schloss sie die Tür auf und drückte sie mit einem Fuß auf.

Der Flur war nicht wiederzuerkennen. Die alten dunklen Holzmöbel, die auf Emma als Kind bedrückend und einschüchternd gewirkt hatten, hatten einen hellen Anstrich erhalten und waren durch eine weiße Hochglanzgarderobe im skandinavischen Stil ergänzt worden.

»Wow!«, entfuhr es ihr überrascht. Sie stellte ihre Reisetasche ab und inspizierte die anderen Zimmer. Mireilles Handwerker hatten ganze Arbeit geleistet. Die Wohnung war hell und freundlich. Eine graue Stoffcouch verströmte im Wohnzimmer heimelige Gemütlichkeit. Die uralten dunkelgrünen Küchenmöbel waren durch eine moderne weiße Einbauküche ersetzt worden, die keine Wünsche offenließ. Auch das Bad war neu. Emma ließ ihre Hand über die großen hellgrauen Fliesen gleiten. Wo sich früher eine kleine Badewanne befunden hatte, war nun eine italienische Dusche eingebaut worden. Auch das Schlafzimmer mit dem breiten Boxspringbett, der geräumigen Kommode und den cremefarbenen Vorhangschals war ein einziger Traum. Emma zog ihre dunkelroten Doc Martens aus und ließ sich aufs Bett plumpsen. Die Arme weit von sich gestreckt, schloss sie für einen Moment die Augen und genoss die Ruhe um sich herum. War es wirklich erst gestern gewesen, dass Olivier sie angerufen hatte? Die lange Fahrt verzerrte Emmas Zeitgefühl.

Sie dachte an ihr Gespräch mit Lara, der Besitzerin der Crêperie. Die junge Frau schien sehr nett zu sein. Und sie kam aus Deutschland. Lara hatte ihr angeboten, zu ihr zu kommen, wenn sie Hilfe brauchte. Obwohl sie nicht lange in der Crêperie gewesen war, hatte sie aus Laras Worten heraushören können, dass sie eine schwere Zeit hinter sich hatte. Das Leben verlief nun mal nicht immer in den Bahnen, die man sich vorgestellt hatte. Es war nie Emmas Wunsch gewesen, eines Tages nach Deutschland zu flüchten. Bis auf den Sprachunterricht in der Schule hatte sie wenig bis gar keine Verbindung zu dem Nachbarland gehabt. Nach dem furchtbaren Zusammenstoß mit ihrem Vater war ihr Collioure jedoch zu eng geworden. Sie hatte das Gefühl gehabt, keine Luft mehr zu bekommen. Und nach Léons Reaktion, die so ganz anders ausgefallen war, als von ihr erhofft, hatte sie keinen anderen Ausweg gesehen, als Collioure hinter sich zu lassen. Vor sieben Jahren war ihre Mutter noch in Paris gewesen, erst zwei Jahre später war sie in die USA gezogen. Doch die französische Hauptstadt war teuer. Und ihre Mutter hatte ihr davon abgeraten, dort einen Neuanfang zu wagen. Mireilles Vorschlag, zu ihnen nach Stuttgart zu ziehen, war völlig überraschend gekommen. Erst hatte Emma der Idee so gar nichts abgewinnen können. Doch zu Hause hatte sie es auch nicht mehr ausgehalten. Ihre Beziehung mit Léon hatte sie abgehakt, da sie sich in jenem Moment nicht hatte vorstellen können, ihr Leben mit einer verjüngten Ausgabe ihres Vaters zu verbringen.

Die Anfangszeit in Deutschland war nicht einfach gewesen. Die fremde Sprache, die sich plötzlich so anders anhörte als im Unterricht zu Schulzeiten, die langen grauen Winter, die völlig neue Lebensmentalität. Als sie nach einem halben Jahr jedoch erst einen Praktikumsplatz in der Wilhelma ergattern konnte und direkt im Anschluss einen Ausbildungsplatz zur Tierpflegerin angeboten bekommen hatte, änderte sich ihr Alltag schlagartig. Emma baute sich einen kleinen, aber sehr netten Bekannten- und Freundeskreis auf, die Sprache bereitete ihr von Tag zu Tag weniger Probleme, und sie merkte recht schnell, dass diese Arbeit genau das war, was sie tun wollte. Sie liebte Tiere über alles. Und noch bevor sie sich ein kleines Auto kaufte, beschloss sie, einen Pudel zu adoptieren – wie sie es schon immer vorgehabt hatte.

Wie Léon und sie es schon immer geplant hatten, korrigierte sie sich unwillig. Zwei Kinder und einen Pudel, darüber hatten sie immer wieder gesprochen. So hatte ihr Lebensplan ausgesehen.

Emma drehte sich auf die Seite und zog ihre Knie an. Obwohl es so lange her war, tat die Erinnerung noch immer weh. Sie und Léon hatten eine wundervolle Zeit miteinander gehabt. Auch in Deutschland hatte Emma den einen oder anderen Mann kennengelernt. Eine ernsthafte Beziehung war daraus jedoch nie entstanden. Sie hatte auch nicht das Gefühl gehabt, dass ihr etwas gefehlt hätte. Die Arbeit im Zoo erfüllte sie mit viel Freude, die Tiere konnten so viel geben, was Emma nicht in Worten auszudrücken vermochte. Nein, sie war glücklich. Alleinsein machte ihr nichts aus. Im Gegenteil, ab und zu suchte sie die Stille regelrecht, um wieder zu sich zu kommen.

Während sie ihren Gedanken nachhing, spürte sie, wie ihre Lider immer schwerer wurden. Unterbewusst merkte sie noch, wie Balou es sich auf dem flauschigen Bettvorleger gemütlich machte, bevor sie vollends wegdämmerte.

5

»Sommène, was haben Sie sich dabei gedacht?« Léon musste sein Smartphone vom Ohr weghalten, so laut brüllte Jérôme Martin ins Telefon.

»Monsieur, einen Moment bitte.« Er bedeutete seinen Mitspielern, dass er das Spiel unterbrechen musste, und entfernte sich vom Bouleplatz. Senna erhob sich eifrig und trabte ihm schwanzwedelnd hinterher. Léon fuhr sich durchs Haar und lehnte sich gegen den Zaun, während er seine Hündin fixierte. »Monsieur Martin, jetzt bin ich für Sie da.«

»Monsieur Sommène, Ihr Schreiben ist absolut inakzeptabel«, erboste sich der Anrufer ein weiteres Mal. Jérôme Martin besaß eines der größten Weingüter der Region. Er war letzte Woche an die Kanzlei Duvalle herangetreten, da die Finanzbehörden durch einen anonymen Tipp dahintergekommen waren, dass er schon seit Jahren Dutzende illegale Einwanderer in seinem Unternehmen beschäftigte.

»Ich habe diesen Leuten eine Chance gegeben. Würden sie nicht bei mir arbeiten, wären sie als Drogendealer oder Kleinkriminelle unterwegs.«

Léon verdrehte die Augen. »Monsieur Martin, bei allem Respekt. Aber was Ihnen vorgeworfen wird, ist eine schwere Straftat.

Ihre ›Angestellten‹ haben sich über katastrophale Arbeitsbedingungen beschwert.«

»Pah«, rief der Winzer aus. »Da will man helfen, und was ist der Dank?«

»Monsieur, mein Schreiben ist ein erster Entwurf«, versuchte Léon erneut, seinen Mandanten zu beschwichtigen. »Wir können uns gern nächste Woche nochmals zusammensetzen und gemeinsam an der einen oder anderen Stelle nachjustieren. Am besten rufen Sie morgen in der Kanzlei ...«

»Dieses Schreiben ist ein schlechter Witz«, unterbrach ihn Jérôme Martin verärgert. »Meine Familie betreibt seit zig Jahren Weinanbau. Und wir haben immer unsere Steuern ordnungsgemäß abgeführt. Ja ...«, wurde er wieder lauter, » ... egal, was diese Aasgeier sich haben einfallen lassen, die Familie Martin kommt ihren Bürgerpflichten seit jeher nach.«

Léon schüttelte den Kopf. Wie befürchtet, hatte Martin seine eigene Sicht auf die Dinge. Dem Winzer wurde Steuerhinterziehung in mehreren Hundert Fällen vorgeworfen. Durch die Beschwerden seiner legalen Angestellten über die mutmaßlich schlechten Arbeitsbedingungen war aufgeflogen, dass viele Arbeiter nicht offiziell angemeldet waren. Es stand eine siebenstellige Summe im Raum. »Sie müssen dem Finanzamt etwas anbieten, Monsieur.«

»Einen Scheiß muss ich«, brauste Martin auf. »Wenn es uns Unternehmer nicht gäbe, wer sollte diesen maroden Staat am Laufen halten? Wir sind es doch, die das Gemeinwohl unterstützen. Meine Frau engagiert sich seit Jahren für benachteiligte Kinder. Was ist mit ihrer Stiftung? Zählt es denn gar nichts, dass sie diesen Familien hilft?«

Léon seufzte. »Was Ihre Frau gemeinnützig unternimmt, hat mit dieser Angelegenheit nichts zu tun. Es steht außer Frage, dass

Ihre Familie den Ruf hat, sich in Montpellier und Umgebung für wichtige und lobenswerte Einrichtungen zu engagieren.«

»Junger Mann«, fiel ihm Martin erneut ins Wort. »Jetzt hören Sie mir mal genau zu. Unser Umsatz steigt von Jahr zu Jahr. Dadurch wachsen auch unsere Steuerzahlungen auf ein absolut inakzeptables Niveau an. Wenn ich diese Leute nicht beschäftigen würde, könnte ich schließen. Hunderte Menschen würden ihre Arbeitsstellen verlieren. Die Leute haben Familie, Kinder, die essen und wohnen wollen. Ich bin doch nicht das Sozialamt. Wie soll ich das alles finanzieren? Die Kunden sind immer weniger bereit, angemessene Preise für eine gute Flasche Wein zu bezahlen. Wissen Sie eigentlich, welche Verantwortung auf meinen Schultern lastet?«

»Monsieur Martin, mir ist sehr wohl bewusst, dass Sie ein großes Unternehmen leiten«, setzte Léon erneut an, während er beobachtete, wie Tristan und zwei weitere Vereinskollegen ihre Kugeln einsammelten und ein neues Spiel begannen. Léon fluchte innerlich. Eigentlich war er hier, um für das Turnier nächste Woche zu trainieren. Wenn er die Nummer auf seinem Smartphone erkannt hätte, hätte er den Anruf überhaupt nicht angenommen. »Wenn Sie Angestellte beschäftigen, müssen die aber offiziell angemeldet und versichert werden. Und sie müssen den Mindestlohn bekommen. Als Geschäftsmann können Ihnen diese Fakten nicht neu sein.« Einen Moment lang hörte Léon nur ein Schnaufen am anderen Ende der Leitung. »Monsieur?«

»Ich glaube, ich habe mich in Ihnen getäuscht, Sommène.«

Léon erwiderte nichts.

»Ich habe mich an Sie gewandt, da Monsieur Duvalle mich vor vielen Jahren schon einmal sehr gut vertreten hat. Aber Sie scheinen zu jung zu sein. Ihre Einstellung ...«

Léon zog eine Grimasse.

»Vielleicht sollte ich mich mit Monsieur Duvalle in Verbindung setzen.«

»Es steht Ihnen selbstverständlich frei, sich einen anderen Anwalt zu nehmen«, entgegnete Léon kühl. »Monsieur Duvalle wird allerdings für längere Zeit ausfallen. Da die Behörden zeitnah eine Antwort von Ihnen erwarten, kann ich Ihnen nicht empfehlen, auf Monsieur Duvalles Rückkehr zu warten.«

»Ah, mon dieu!«, stöhnte der Winzer auf. »Ich muss nachdenken. Ich melde mich wieder.« Ohne eine Verabschiedung legte Martin auf.

»Diskussionen mit Simone?«, wollte Tristan wissen, bevor er seine Kugel warf.

Léon schüttelte den Kopf. »Nein, mit einem uneinsichtigen Mandanten.«

»Willst du noch einsteigen?«, fragte Patrick und deutete mit dem Kinn auf die Zielkugel. »Bevor wir den nächsten Durchgang machen.«

Léon nickte und stellte sich in Wurfposition. Nachdenklich wägte er die Entfernungen der Kugeln seiner Mitspieler zur Zielkugel ab. Dann warf er seine konzentriert über die Bahn. Als sie die beiden Kugeln von Tristan und Marc zur Seite schob und direkt neben der Zielkugel zum Liegen kam, reckte er eine Faust in die Luft.

»Glück«, presste Marc genervt zwischen den Zähnen hervor, bevor er sich in Stellung brachte und die zweite Kugel platzierte, die jedoch zu viel Schwung hatte und mehr als einen halben Meter von der Zielkugel entfernt liegen blieb.

»Ich frage mich, wieso ich mir das antue«, murmelte Léon gedankenversunken vor sich hin, während er Sennas Kopf streichelte und sie festhielt, damit sie nicht den Kugeln nachjagte.

»Du wolltest doch unbedingt einen Hund«, frotzelte Tristan.

»Idiot«, erwiderte Léon und schüttelte den Kopf. »Dieser Mann verdient Millionen. Er lebt in einer Riesenvilla inmitten eines Gartens, der jedem öffentlichen Park Konkurrenz machen kann. Ich glaube, das Haus besitzt fünf Bäder und acht Schlafzimmer. Der Pool hat die Ausmaße eines Olympiabeckens.«

»Ich sehe das Problem nicht«, wurde Tristan ernst.

Léon sah seinen Freund an. »Ganz ehrlich? Ich auch nicht. Dieser Mensch hat alles, was man sich nur wünschen kann. Und ich glaube, über seine berufliche Zukunft muss er sich auch keine Gedanken machen. Und trotzdem hat er Hunderttausende Euro Steuern hinterzogen. Wozu? Die Summe tut ihm nicht einmal weh.«

»Unglaublich«, stimmte Tristan zu, nachdem seine Kugel Léons zur Seite geschubst hatte.

»Wo ist der Sinn?« Léon ergriff die zweite Boulekugel und schätzte die Entfernungen ab. Als sie von der Bahn rollte, winkte er ab.

»Du bist nicht konzentriert, mein Freund.« Marc stellte sich grinsend neben ihn. »Das muss nächste Woche aber anders werden.«

»Ich arbeite seit drei Jahren in der Kanzlei«, fuhr Léon abwesend fort. »Drei Jahre!«

»Dreißig bis vierzig hast du noch vor dir.« Tristan sah ihn prüfend an. »Aber das war doch immer dein Traumjob. Seit ich denken kann ...«

Léon lachte bitter auf. »Meinst du, das weiß ich nicht mehr? Wie lange hat mein Vater mir eingetrichtert, ich solle eine handwerkliche Ausbildung machen? Gebaut wird immer, Junge, hat er gesagt.«

»Du hattest eben andere Interessen.« Tristan zuckte mit den Achseln.

»Ja, die hatte ich.« Léon blickte nachdenklich Richtung Pyrenäen. Die Gipfel wurden von der mittlerweile tiefer stehenden Märzsonne golden beleuchtet. »Es war mir immer ein Anliegen, Menschen zu verteidigen, die sich ungerecht behandelt fühlen.«

»Und dieser Mandant fühlt sich doch vom Finanzamt gegängelt«, brachte Tristan an.

»Da hast du recht. Aber ...« Léon überlegte. »Weil er den Hals nicht voll genug bekommen kann. Ihm geht es nur darum, seinen Reichtum weiter zu vermehren. Auf Kosten seiner Arbeiter, auf Kosten der Allgemeinheit.«

»Oh, là, là. Ich glaube, du stehst auf der falschen Seite, Kumpel.« Tristan boxte ihn in die Seite.

Léon sah ihn nachdenklich an. Hatte sein Freund recht?

6

Mit einem mulmigen Gefühl lenkte Emma ihren Wagen auf den Parkplatz vor dem Krankenhaus in Perpignan. Was würde sie erwarten? Nachdem sie aufgewacht war, hatte sie mehrfach versucht, Olivier zu erreichen. Da er nicht an sein Telefon gegangen war, mutmaßte sie, dass er sich bereits in der Klinik befand und es ausgestellt hatte. Emma nahm ihre Tasche vom Beifahrersitz und stieg aus. Der Kloß in ihrem Hals vergrößerte sich. Zögernd steuerte sie auf die Glasdrehtüren des Haupteingangs zu. Wie sollte sie ihrer Familie gegenübertreten? Sicher war Camille, die neue Frau ihres Vaters, ebenfalls da. Emma nestelte am Riemen ihrer Tasche herum, während sie die Gänge entlangging. Im Vorbeigehen kontrollierte sie die Zimmernummern. Als sie um die Ecke bog und einen weiteren Flur betrat, bemerkte sie schon von Weitem ihren Bruder, der mit Camille und einer attraktiven brünetten Frau vor einer Sitzgruppe stand. Als Olivier sie entdeckte, breitete sich ein Lachen auf seinem Gesicht aus.

»Emma.«

Die Frau neben ihm lächelte scheu, während Camille ihr ebenfalls erwartungsvoll entgegenblickte.

»Bonjour zusammen«, brachte Emma unsicher hervor.

Olivier machte einen Schritt auf sie zu und zog sie an sich. Dankbar schmiegte sie sich an ihren Bruder.

»Ich freue mich so, dass du gekommen bist«, murmelte er leise an Emmas Ohr, bevor er sich wieder von ihr löste. »Das ist Carine, meine Frau.«

Während Emma sich vorstellte und ihre Schwägerin begrüßte, spürte sie Oliviers Blick auf sich.

»Ich habe schon so viel von dir gehört«, erklärte Carine. »Wie schön, dass wir uns jetzt endlich einmal persönlich kennenlernen.« Sie hielt inne. »Wenn auch die Umstände alles andere als erfreulich sind.«

»Emma, ich bin so froh, dass du kommen konntest«, brachte sich nun auch Camille ein. »Ich hoffe, die Fahrt war nicht allzu anstrengend.«

»Es ging«, erwiderte Emma. Während sie noch überlegte, wie sie sich gegenüber der Frau ihres Vaters verhalten sollte, zog Camille sie schon an sich und umarmte sie sachte.

»Tut mir leid, dass ich so spät bin«, bekannte sie nach der Begrüßung. »Ich wollte mich eigentlich nur kurz ausruhen, muss dann aber doch eingeschlafen sein.«

»Kein Wunder«, erwiderte Olivier schmunzelnd. »Wann bist du denn gestern losgefahren?«

»Gegen zweiundzwanzig Uhr.« Emma scharrte mit einem Fuß. »Die Nacht davor habe ich leider auch sehr unruhig geschlafen.«

»Wie lange hast du Urlaub bekommen?«, wollte Camille wissen.

»Eine Woche. Meine Chefin ist wirklich sehr nett. Da ich noch Resturlaub von letztem Jahr habe, könnte ich auch noch mal verlängern.« Emma blickte von Olivier zu dessen Frau. »Wie geht es Papa?«, stellte sie schließlich die Frage, vor der sie sich so sehr gefürchtet hatte.

»Nicht gut«, erklärte Camille mit belegter Stimme. »Er ist immer noch nicht ansprechbar. Die Ärzte haben ihn seit gestern schon mehrfach untersucht. Er bekommt Medikamente, die das Blutgerinnsel, das den Schlaganfall ausgelöst hat, auflösen sollen. Aber niemand weiß, wie lange das dauert und ob ...« Sie schlug eine Hand vor den Mund.

Emma musterte sie. So emotional hatte sie Camille noch nie erlebt.

»Wir müssen nach Hause. Die Kinder sind bei einer Nachbarin, aber die hat heute Abend noch eine Verabredung«, entschuldigte sich ihr Bruder.

»Kann ich zu ihm?«

»Natürlich«, erwiderte Camille sofort. »Ich bin seit gestern hier. Wenn du eine Stunde bleiben könntest, würde ich nach Hause fahren, noch einige Sachen für Roger zusammenpacken und dann wiederkommen.«

»Klar«, erwiderte Emma. »Dafür bin ich ja hier. Wissen die Ärzte denn schon, ob er wieder ganz gesund wird?«

Olivier schüttelte den Kopf, während sich Bekümmerung auf seiner Miene breitmachte. »Das können sie noch nicht sagen. Manche Patienten erholen sich wieder vollständig, bei anderen bleiben teilweise Schäden zurück, wieder andere werden zum Pflegefall.«

»Aber er ist doch noch jung«, brachte Emma hilflos hervor. Obwohl sie vor sieben Jahren im Streit mit ihrem Vater auseinandergegangen war und der Kontakt sich seither auf knappe Geburtstagsgrüße und eher unpersönliche Weihnachtswünsche beschränkt hatte, erschien ihr der Gedanke, dass ihr Vater mit nicht einmal sechzig Jahren zum Pflegefall werden könnte, unerträglich. »Das kann doch einfach nicht sein.«

»Er hat sich in den letzten Jahren viel zu viel zugemutet«, entgegnete Camille leise.

Emma betrachtete die blonde Frau, die sie bisher nur als Störenfried in ihrer Familie wahrgenommen hatte. Gegen ihren Willen berührte sie Camilles Sorge.

»Magst du heute Abend zum Essen zu uns kommen?«

Überrascht sah Emma zu Carine. »Ich möchte euch keine Umstände machen.«

»Deine Nichten können es kaum abwarten, endlich ihre Tante kennenzulernen.« Olivier grinste.

»Ich …«, stammelte Emma betreten, bevor sie nickte. »Schön, vielen Dank für die Einladung. Ich komme gern. Aber ich muss erst noch mit Balou eine Runde gehen, es wird also etwas später, wenn das in Ordnung ist.«

»Kein Problem«, erwiderte Carine. »Ist acht Uhr für dich machbar?«

Emma sah kurz zu der Wanduhr, die über der Sitzgruppe hing. »Ja, das klappt.«

»Gut, dann sehen wir uns später, Schwesterherz.« Olivier musterte sie demonstrativ. »Übrigens freue ich mich sehr, dass du deinem Kleidungsstil treu geblieben bist.«

Emma zog fragend die Brauen hoch.

»Na, meine kleine Schwester ohne ihre geliebten Ringelleggings«, er lachte, »das wäre ja wie Collioure ohne Touristen. Manches ändert sich eben nie.«

Jetzt musste Emma ebenfalls schmunzeln. »Ich wusste gar nicht, dass du so ein Anhänger meiner Kleidung bist.«

»Deiner Kleidung nicht, aber deiner Einstellung.«

»Was meinst du?«

»Du warst doch schon immer ein Freigeist«, erklärte Olivier und berührte Emma am Arm. »Und ich bewundere dich dafür, dass du dir treu geblieben bist.«

»Ein Freigeist«, wiederholte Emma andächtig. »Papa nannte mich stattdessen Paradiesvogel und schwarzes Schaf.«

Camille seufzte. »Dein Vater hat viele Fehler gemacht, Emma. Vielleicht bekommt ihr jetzt endlich die Gelegenheit, einiges zu klären.«

Camilles Worte überraschten Emma.

»Wir gehen«, verabschiedete sich Olivier und umarmte Camille und Emma zum Abschied noch einmal. »Bis heute Abend.« Er zwinkerte seiner Schwester verschwörerisch zu.

»Möchtest du bei uns schlafen?«, wandte sich Camille an Emma, nachdem Olivier und Carine verschwunden waren.

»Nein, danke«, lehnte Emma höflich ab. »Ich ... bleibe in der Wohnung von Maman und Mireille.«

»Wie du meinst.« Camille schien zu überlegen. »Dann würde ich jetzt auch mal losgehen. Ich beeile mich.«

»Nein, das musst du nicht. Ich möchte mich sowieso eine Weile zu Papa setzen und bei ihm bleiben.«

»Gut, dann bis später.«

Mit klopfendem Herzen wandte sich Emma der Tür zu, die zum Krankenzimmer ihres Vaters gehörte. Leise drückte sie die Klinke hinunter und schlüpfte in den Raum hinein. Das Licht war gedämpft, ihr Vater lag allein in der Mitte des Zimmers. In seiner linken Hand steckte eine Nadel, an der lange dünne Schläuche befestigt waren. Das Überwachungsgerät zeichnete seine Herztöne auf. Auf Zehenspitzen schlich Emma zum Bett und schob einen Stuhl dicht vor den Nachttisch.

»Bonjour, Papa«, flüsterte sie in seine Richtung, nachdem sie sich gesetzt hatte.

Ihr Vater hatte die Augen geschlossen. Sein Brustkorb hob und senkte sich regelmäßig. Er sah noch genauso aus, wie sie ihn in

Erinnerung hatte. Und doch wirkte er älter. Seine einst schwarzen Haare waren komplett grau geworden. Tiefe Furchen zogen sich über seine Stirn und Wangen bis zu den Mundwinkeln. Die Haut unter seinen Augen wirkte dunkel und stumpf.

»Warum hast du nicht besser auf dich geachtet?« Emma kämpfte mit den Tränen, während sie ihren Vater, der so hilflos vor ihr lag, eindringlich betrachtete. »Wie oft hatte Maman dich gebeten, mit dem Rauchen aufzuhören? Weniger zu arbeiten? Mehr Sport zu treiben?« Gereizt wischte sie über ihre feuchten Wangen. »Und jetzt? War es das wert? Du bist noch keine sechzig.« Sie schluchzte auf. Die Angst und Sorge um ihren kranken Vater ließ Emma erkennen, dass sie mit ihrer Rückkehr nach Collioure die richtige Entscheidung getroffen hatte. Sie streckte eine Hand aus und umfasste seine rechte. Die Finger fühlten sich kalt und leblos an. »Wir brauchen dich doch noch, Papa. Du kannst uns doch jetzt nicht alleinlassen. Bitte. Nicht jetzt, wo ich wieder da bin.«

• • •

Emma blickte auf den Küstenpfad vor ihr und atmete tief durch. Sie hatte über zwei Stunden am Bett ihres Vaters gesessen. Hatte ihm von ihrem Leben in Deutschland erzählt, von Mireille und Gernot, von Balou und von den Tieren im Zoo. Roger Duvalles Gesicht hatte wie eine wächserne Maske gewirkt, seine Finger hatten schlaff in ihrer Hand gelegen. Nur die Überwachungsgeräte zeugten davon, dass er noch atmete.

Emma schloss die Augen und konzentrierte sich auf den schwachen Wind, der ihre Haut streichelte. Die Luft roch nach Salz und einem Tang-Algen-Gemisch. Ihr Herz klopfte wild, ihre Gedanken rasten. Wie würde es mit ihrem Vater weitergehen?

Als Camille zurückgekehrt war, hatten sie noch kurz mit einem Arzt gesprochen, der ihnen allerdings auch nichts Neues sagen konnte. Es sei noch zu früh, um eine sichere Prognose zu stellen. Emma kam sich vor wie in einem Film. Die Situation fühlte sich unwirklich an, Angst und Sorge mischten sich mit der Wut und Enttäuschung, die sie seit Jahren mit sich herumschleppte.

Als Balou bellte, öffnete Emma wieder die Augen und fixierte den Pudel. »Ja, du hast diese Probleme nicht. Du kennst Papa ja nicht einmal.« Sie verzog das Gesicht. »Er mag keine Hunde.«

Balou senkte den Kopf.

»Keine Sorge, dich muss er akzeptieren. Schließlich gehörst du zu mir.« Sie bedeutete Balou, ihr den Küstenpfad entlang zu folgen. Während der Rüde immer wieder schnüffelte, blieb Emma stehen und blickte aufs Meer. Die Wellen rollten gegen die Felsen und brachen sich mit lautem Getöse an den Steilwänden. Sie hätte stundenlang zuschauen können. Ihr wurde bewusst, wie sehr sie ihre Heimat vermisst hatte. Die plötzliche und ungeplante Konfrontation mit ihrem alten Leben ließ unzählige Erinnerungen in ihr aufsteigen. Hatte sie sich damals wirklich richtig entschieden? Emma hatte sich in Deutschland ein eigenes, ein neues Leben aufgebaut. Sie hatte Freunde, einen tollen Job, eine schöne Wohnung und Balou. Ihr fehlte nichts.

Als sie weitergehen wollte, schoss der Pudel plötzlich wie ein Blitz an ihr vorbei, beschleunigte sein Tempo und verschwand hinter der nächsten Kurve.

»Balou!« Emma hastete dem Hund hinterher. Was war auf einmal in ihn gefahren? Hatte er eine Fährte aufgenommen? Schnaufend rannte sie den schmalen Weg entlang. »Balou! Komm her!«

Doch der Hund blieb verschwunden. Nach Luft schnappend, blieb Emma stehen, stemmte die Hände auf die Oberschenkel und wartete, bis sich ihr Atem beruhigt hatte. »Balou! Wo bist du? Komm jetzt endlich her!«

Genervt eilte sie auf dem Pfad weiter, blickte kurz auf ihre Uhr und sah sich um. Wo war er? Bisher war Balou noch nie abgehauen. Da Emma den Weg kannte und wusste, dass die nächste Straße weiter entfernt lag, sorgte sie sich nicht allzu sehr. Doch sie hatte keine Lust, ihrem ungezogenen Hund kilometerweit hinterherzurennen. In zwei Stunden war sie bei Olivier und seiner Familie eingeladen. Eigentlich wollte sie sich in der Ferienwohnung noch frisch machen und ein wenig ausruhen.

»Balou!«, versuchte sie es ein weiteres Mal, und als sie einen größeren Felsen umrundete, konnte sie ihren Augen kaum trauen. Ihr sonst so folgsamer Hund stand etwa dreißig Meter von ihr entfernt und schnupperte ausgiebig an einer schneeweißen Ausgabe seiner selbst herum.

»Mensch, Balou!« Erleichtert näherte sie sich den beiden Pudeln und verfolgte schmunzelnd, wie die zwei sich immer wieder umkreisten. Beim Näherkommen erkannte sie, dass das Objekt von Balous Begierde eine Hündin war. »Okay, mit dir kann ich natürlich nicht konkurrieren«, erklärte sie amüsiert, bevor sie sich suchend umblickte. »Bist du ganz allein hierhergekommen? Oder bist du ebenfalls abgehauen?«

Während die beiden Hunde sich immer wieder gegenseitig zum Spielen aufforderten, einander beschnüffelten, einige Meter rannten, stehen blieben und nicht voneinander lassen konnten, stellte sich Emma an den Felsvorsprung und beobachtete einige Möwen an der Steilwand unter ihr.

»Senna!«, erklang plötzlich aus einiger Entfernung eine männliche Stimme.

»Scheint, dass du auch vermisst wirst«, bemerkte Emma amüsiert. »Ihr seid ja zwei Schlawiner.«

»Senna, verdammt!«

Emma verengte die Augen und blickte in die Richtung, aus der die Rufe kamen.

»Sie ist hier«, rief sie dem Hundebesitzer entgegen.

Als der Mann in Emmas Blickfeld auftauchte, blieb ihr fast das Herz stehen. Das konnte doch nicht sein!

»Emma!«

»Ja«, erwiderte sie schwach, während sie fassungslos ihren Ex-Freund betrachtete.

»Was machst du hier?« Auch Léon schien es nicht glauben zu können.

Sie schüttelte den Kopf. »Das Gleiche wie du.«

Er zeigte auf die Hunde. »Ja, aber … ich meine … warum …?« Er trat näher. »Hallo erst mal.«

Unsicher berührte er erst ihre Oberarme und umarmte sie dann. Hastig lösten sie sich wieder voneinander.

»Sie ist noch jung«, setzte er nach einem kurzen Moment des Schweigens an. »Und hört einfach nicht.«

Emma spürte Léons Blick auf ihrem Gesicht. »Wie alt ist sie denn?«

»Zwei. Und … er?«

»Ja, Balou ist ein Rüde. Er ist sieben.«

»Er scheint Senna zu gefallen.«

Emma lächelte. »Das scheint auf Gegenseitigkeit zu beruhen.«

Léon fuhr sich durchs Haar. »Ich glaube es nicht! Wie lange ist es her, dass wir uns …?«

»Sieben Jahre«, erwiderte sie knapp und ärgerte sich sofort über ihr viel zu schnell pochendes Herz. Sie wich dem Blick seiner stahlblauen Augen aus. Augen, wie sie ihr kein zweites Mal begegnet waren. Augen, in denen sie sich vor langer Zeit wieder und wieder verloren hatte. Sie rang um Fassung.

»Sieben Jahre«, wiederholte Léon fast andächtig. »Und uns fällt nichts Besseres ein, als über unsere Hunde zu reden.«

»So ist das, wenn sich alte Bekannte zufällig wiedertreffen.« Sie bemühte sich um einen gleichgültigen Ton.

»Alte Bekannte ... ja, das sind wir wohl mittlerweile.«

»Mein Vater liegt im Krankenhaus, er hatte einen Schlaganfall.«

»Ich weiß«, murmelte Léon abwesend. »Wie geht es ihm?«

»Ich war bis vor einer Stunde bei ihm, aber die Ärzte können noch nichts sagen. Sein Glück war wohl, dass man ihn schnell gefunden hat.«

Léon nickte, starrte sie jedoch nur schweigend an.

»Was ist?«, wollte sie mit zitternder Stimme wissen. Sie fühlte sich mit einem Mal unbeholfen und linkisch.

»Ich freue mich, dass du zurückgekommen bist.«

»Ich bin nur wegen Papa hier«, erklärte sie. »Eigentlich wollte ich überhaupt nicht kommen, aber Olivier meinte, es sei besser, da niemand weiß, wie es mit unserem Vater weitergeht.«

»Du hast dich überhaupt nicht verändert«, entgegnete Léon leise. »Du siehst noch genauso hü...«

»Ich muss gehen«, fiel sie ihm ins Wort. Widerwillig musste sie sich eingestehen, dass der groß gewachsene, gut aussehende Mann noch immer eine ungeheure Faszination auf sie ausübte. Emma musste dringend weg von ihm. »Ich habe noch eine Verabredung.« Sie packte Balous Halsband, befestigte seine Leine und zerrte ihn von Senna weg.

»Es war schön, dich wiederzutreffen«, sagte Léon leise.

»Ja.« Ohne sich noch einmal umzudrehen, schlug sie denselben Weg zurück ein, den sie gekommen war. »Salut.«

7

Emma legte eine Hand auf die Brust und starrte ihr Spiegelbild an. Die unerwartete Begegnung mit Léon hatte sie völlig aus der Bahn geworfen. Was war nur mit ihr los? Es war doch ewig her, dass der Mann mit den blauen Augen ihre Gefühle derart durcheinandergewirbelt hatte, wie sie es nie zuvor erlebt hatte. Sie war kein pubertierender Teenager mehr, stand mittlerweile fest im Leben. In einem Leben, das sie sich nicht zuletzt wegen Léons fehlendem Rückhalt neu hatte aufbauen müssen. Und jetzt? Ihr Herz klopfte viel zu schnell. Sie musterte sich im Badezimmerspiegel. Ihre dunklen Augen funkelten im Schein der Lampe. Fast hatte sie das Gefühl, als läge ihre Trennung keine sieben Jahre zurück.

Sei nicht naiv, schalt sie sich sofort. Wie lange hatten sie miteinander gesprochen? Fünf Minuten? Viel länger konnte es nicht gewesen sein. Sie schüttelte den Kopf. Was war ihr erstes und einziges Thema gewesen? Die Hunde. Léon hatte tatsächlich ebenfalls einen Königspudel adoptiert.

Als sie bereits einige Monate zusammen gewesen waren, hatten sie gemeinsam einen Nachmittag in einer der zahlreichen Buchten der Purpurküste verbracht. Léon hatte ihr von seinem Traum erzählt, Jura zu studieren und eines Tages als Anwalt zu arbeiten. Emma hingegen berichtete von ihrem Vater, der wegen seiner Kanzlei nie für seine Kinder da gewesen war. Von seiner

Erwartung, dass seine Kinder in die Fußstapfen ihres Vaters treten sollten. Während sie in der warmen Herbstsonne gesessen hatten, war ein Pärchen mit einem Königspudel gekommen und hatte dem Hund immer wieder ein Frisbee über den Strand geworfen. Irgendwann war der Hund zu Léon und Emma gerannt und hatte ihnen das Frisbee hingelegt. Sie waren mit den Besitzern ins Gespräch gekommen, hatten mit dem Hund gespielt und waren beide so angetan gewesen, dass sie in der Folgezeit immer wieder davon sprachen, sich eines Tages selbst einen Pudel anzuschaffen. Léon hatte immer wieder gewitzelt, dass sie es allein schon aufgrund des Hundes mit ihrer Arbeit nicht würden übertreiben können, in Anspielung auf Emmas Vater.

Seufzend verließ Emma das Bad und wollte in die Küche hinübergehen, als ihr Blick an der Tür zwischen Wohnzimmer und Schlafraum hängen blieb. Sie wusste aus ihrer Kindheit, dass sich dahinter eine kleine Abstellkammer befand. Ihre Neugier wuchs. Sie trat an die Tür und drückte die Klinke hinunter. Abgeschlossen, natürlich. Emma nahm den Schlüsselbund von der Flurkommode und nestelte an den einzelnen Schlüsseln herum. Nachdem sie es mit dreien erfolglos versucht hatte, sprang das Schloss beim vierten Schlüssel auf. Sie blieb im Türrahmen stehen und tastete vorsichtig die Wand ab, bis sie den Lichtschalter fand. Als sie den kleinen fensterlosen Raum betrat, schlug ihr stickige und abgestandene Luft entgegen. Die gegenüberliegende Mauer war von einem deckenhohen Regal bedeckt. Unzählige Aktenordner füllten die Ablagen. Emma ließ den Blick über die Unterlagen wandern. Das kleine Zimmer war nicht renoviert worden. Sie vermutete, dass es sich bei den Akten um Dokumente ihrer Großeltern handelte. Ihre Mutter war seit Ewigkeiten nicht mehr in Collioure gewesen. Und auch Mireille hatte während ihrer Urlaube in der Heimat wahrscheinlich noch nicht die Zeit gefunden, sich mit den alten Papieren zu befassen. Wahllos zog sie einen der Ordner aus dem Regal. Als sie den verstaubten Deckel aufschlug, musste sie husten. Die abgehefteten Dokumente waren handschriftlich verfasst und kaum zu entziffern. Emma fuhr mit ihrer freien Hand über das vergilbte Papier. Einzelne Wörter wie »Notar« und »Hypothek« konnte sie erkennen. Wahrscheinlich handelte es sich um die Unterlagen für dieses Haus. Sie stellte den Ordner zurück und überflog die Etiketten daneben. Im Regal darunter befanden sich mehrere Fotoalben. Emma las die Jahreszahlen und griff nach einem Album mit Fotos aus den Sechzigern und Siebzigern. Sie schlug es auf und blickte auf das schwarzweiße Hochzeitsbild ihrer Großeltern. Ihr Opa trug einen dunklen Anzug und verzog keine Miene, während ihre Oma ein weißes langes Tüllkleid anhatte und mit verzückter Miene in die Kamera schaute. Der Schleier wirkte ein wenig wie ein überdimensionierter Blumenstrauß und bauschte sich um die Braut wie eine aufgeplusterte Wattewolke.

Amüsiert blätterte Emma durch die Seiten und überflog die Beschriftungen, die ihre Oma unter den Bildern angebracht hatte. Es gab unzählige Aufnahmen von ihrer Mutter und Mireille. Als Babys beim Essen im Hochstuhl, als Schulkinder mit akkurat geflochtenen Zöpfen, in den Ferien am Strand. Wie hübsch ihre Mutter damals gewesen war. Und wie hell ihre Augen geleuchtet hatten. Emma lehnte sich gegen die Wand und starrte gedankenverloren auf das Regal. Solange sie sich erinnern konnte, hatte stets dieser leicht entrückte, traurige Ausdruck auf dem Gesicht ihrer Mutter gelegen. Für sie war es an der Seite eines erfolgsverwöhnten Mannes wie Roger Duvalle nicht leicht gewesen. Im Gegensatz zu ihm, der aus einer großbürgerlichen Familie aus Perpignan stammte, hatte sich der Vater ihrer Mutter und ihrer Tante als einfacher Landarbeiter verdingt, während seine Frau nie berufstätig gewesen war. Die ständigen Sticheleien ihres Mannes, wenn ein weiteres ihrer Kunstprojekte wieder einmal geplatzt war, mussten Margaux Duvalle stark zugesetzt haben. Nein, Emma konnte sich nicht erinnern, wann ihre Mutter je mal herzhaft gelacht hatte. Wie oft hatten sich ihre Eltern lautstark gestritten, wenn Emma und Olivier bereits in ihren Betten lagen und schlafen sollten? Und immer ging es um dasselbe Thema. Warum ihre Mutter sich keinen ordentlichen Job suchte. Immer wieder hatte ihr Vater ihr angeboten, stundenweise bei ihm in der Kanzlei zu arbeiten. Doch seine Frau war Künstlerin mit Leib und Seele. Die Arbeit in einem Büro passte genauso wenig zu ihr wie zu Emma.

Sie stellte das Album zurück und zog ein älteres aus dem Regal. Der Rücken war nicht beschriftet, und auch die Fotos waren unkommentiert eingeklebt worden. Von der Kleidung her vermutete Emma, dass die Bilder in den Vierzigerjahren des letzten Jahrhunderts aufgenommen worden waren. Die Personen waren ihr gänzlich unbekannt. Interessiert blätterte sie um und erkannte das Wohnhaus, in dem sie sich gerade befand. Ein Mann und eine Frau standen vor der Eingangstür. Emma schätzte sie auf Mitte bis Ende dreißig. Die Mienen der beiden wirkten grimmig und verschlossen. Nicht zu vergleichen mit den heutigen Selfies, bei denen sich jeder so gut er konnte in Szene setzte, schoss es Emma amüsiert durch den Kopf, bevor sie das Album wieder zurückstellte.

Mit schief gelegtem Kopf überflog sie die Regalböden und nahm sich vor, die Unterlagen in den nächsten Tagen näher zu inspizieren. Die Dokumente aus der Vergangenheit ihrer Familie hatten ihr Interesse geweckt. In einer Ecke befanden sich Bücher und alte Zeitschriften. »Der Graf von Monte Christo« las Emma nachdenklich, als sie neben der kleinen Bibliothek einen weiteren Papierstapel entdeckte. Sie zog den Packen hervor und erkannte, dass es sich um Briefe handelte. Was war das? Mit zusammengekniffenen Augen ließ sie das verhärtete Papier durch die Finger gleiten. Überrascht stellte sie fest, dass die Briefe auf Deutsch verfasst waren. Außer ihrer Tante, die mit einem Deutschen verheiratet war, sprach ihres Wissens niemand in der Familie diese Sprache. Wer hatte diese Briefe verfasst? Emma löschte das Licht, verließ den Raum und zog die Tür hinter sich zu. Die Briefe nahm sie mit in die Küche, setzte sich an den Esstisch und begann zu lesen.

Meine geliebte Claire,

ich fühle mich, als habe mir jemand bei lebendigem Leib das Herz herausgerissen. Es ist noch keine vierundzwanzig Stunden her, dass ich dich in meinen Armen gehalten habe, dass ich über dein samtweiches Haar streicheln konnte, dass ich deinen süßen Duft eingeatmet habe. Der bloße Gedanke an dein wunderschönes Lächeln treibt mir Tränen in die Augen. Wie soll ich diesen unbeschreiblichen Schmerz nur eine Sekunde länger aushalten? Bis zu deiner Geburt hätte ich mir nicht annähernd vorstellen können, dass eine Liebe existiert, die so tief, so bedingungslos und so rein ist. Ich habe in meinem knapp zwanzigjährigen Leben nichts Vergleichbares erlebt. Nichts, was auch nur ansatzweise an diese Vollkommenheit heranreicht, die du für mich darstellst.

Während ich diese Zeilen schreibe, blinzle ich immer wieder die Tränen weg, die sich unerbittlich ihren Weg bahnen. Habe ich das Richtige getan? Ich weiß es nicht. Ich hadere und zaudere, ich bange und hoffe, fürchte und zweifle. Minutenlang. Stundenlang.

Ich bin deine Mutter. War es richtig, dich in fremde Hände zu geben? Jeanne hatte mir drei Tage gegeben. Drei Tage, in denen ich eine Entscheidung treffen musste, die tief greifender nicht hätte sein können. Wie konnte ich dich nicht bei mir behalten wollen?

Du fehlst mir, kleine süße Claire. Wir hatten eine so unglaublich kurze Zeit miteinander. Warum nur musste ich eine so grausame Entscheidung treffen? Du solltest hier sein. Hier bei mir. In meinem Schoß, in meinen Armen, an meiner Brust. Letzte Nacht habe ich kein Auge zugemacht. Durch das Fenster über meinem Bett habe ich stundenlang in den dunklen Himmel gestarrt, den Geräuschen der Dunkelheit gelauscht, dem gleichmäßigen Atmen der anderen Frauen. Ich weiß nicht, wohin mit meinen Gefühlen, meiner Angst, meinen Sorgen, meiner Liebe, die ich dir nun nicht mehr geben kann.

Am frühen Morgen, als ich irgendwo in der Ferne eine Eule hörte, kam mir die Idee, dir zu schreiben. Dir meine Gedanken mitzuteilen und dir zu erzählen, was für ein Mensch deine Mutter ist. Ich möchte, dass du mich kennenlernst. Dass du dir trotz der Entfernung, die zwischen uns besteht, ein Bild von mir machen kannst. Ich möchte dir davon berichten, was mein Leben bisher ausmachte, was ich mir von der Zukunft erhoffe, welche Träume und Hoffnungen ich mit mir herumtrage. Ich kann nicht abschätzen, wie lange wir voneinander getrennt sein werden, aber ich kann dir versichern, dass ich alles in meiner Macht Stehende unternehmen werde, dich so schnell wie möglich zu mir zurückzuholen.

Als Jeanne mir Anfang der Woche davon berichtete, dass sie Platz für drei Babys in einem der Heime ergattern konnte, verstand ich erst nicht, worauf sie hinauswollte. Doch als sie mich auf dein zu geringes Gewicht hinwies und mir erklärte, dass in den Erholungsheimen mehr Nahrung und Medikamente für die Kinder bereitständen, dass es Kinderschwestern gäbe, die sich aufopferungsvoll um die Säuglinge kümmerten, stürzte sie mich in den schlimmsten Gewissenskonflikt, den ich je ertragen musste. Was sollte ich tun? Die Zustände im Lager sind furchtbar. Niemand weiß, wie lange sie uns noch hier festhalten. Acht lange Monate hatte ich inständig gehofft, sie würden mich gehen lassen, sobald du auf der Welt bist. Obwohl ich doch schon vor so langer Zeit eines Besseren belehrt worden war. Ein Menschenleben ist in diesen Zeiten nicht viel wert. Tagelang habe ich abgewogen, was für dich das Beste sein würde. Ein Kind benötigt doch seine Mutter. Es braucht die Geborgenheit, die Liebe, den Schutz, den nur die Frau ihm gewähren kann, die ihm das Leben geschenkt hat. Doch in welch eine Welt wurdest du geboren? Wir werden schlimmer gehalten als Tiere, sind eingesperrt, haben keinerlei Rechte. Welche Mutter würde ihrem eigenen Fleisch und Blut ein solches Elend zumuten?

Wenn ich mich umblicke, wenn ich den Schmutz und die Abscheulichkeit sehe, schäme ich mich zutiefst. Ich schäme mich dafür, dass ich dir kein Zuhause bieten konnte. Dass ich dir keinen liebevolleren Empfang bereiten konnte. Ich bin deine Mutter und verantwortlich für dein Wohlergehen. Doch sie haben mir alles genommen, meine Heimat, meine Familie, meine Würde. Und nun auch dich – das Einzige, was in meinem Leben noch eine Rolle spielte.

Mein kleines Mädchen, mein wunderschönes Baby, ich sehne so sehr den Tag herbei, an dem wir wieder vereint sein werden. An dem ich dir endlich die Welt zeigen kann, wie sie einmal gewesen ist. Ich möchte dir Dinge über das Leben beibringen, dich auf deinem ganz eigenen Weg begleiten. Ich möchte dich herzen und mit dir lachen. Allein der Gedanke an diesen Augenblick lässt mich stark bleiben und hält die Verzweiflung etwas in Schach, die so gnadenlos über mich hinwegrollt. Keine Mutter auf dieser Erde sollte fühlen müssen, was ich gerade fühle, sollte eine solche Entscheidung treffen müssen, die unmenschlicher nicht sein könnte. Doch ich werde nicht aufgeben, ich kämpfe weiter. Wenn ich an deine großen dunklen Augen denke, deine kleinen Füßchen und Händchen zwischen meinen Fingern zu spüren glaube, so habe ich das Gefühl, als könne ich alles schaffen. Vielleicht ist es ein Aufbäumen gegen das Unwiderrufliche. Doch es gibt keinen anderen Weg für mich. Ein Weg, von dem ich hoffe, dass er dich in Bälde zu mir zurückbringt.

Ich vertraue Jeanne, was in der hiesigen Situation mehr als schwierig ist. Aber ich weiß, dass ihr das Wohlergehen der Gefangenen am Herzen liegt. Leider kann auch sie nur wenig ausrichten. Doch ein beruhigendes Wort für eine verzweifelte Seele oder ein Extraschöpflöffel Reis für einen gar so Hungrigen geben uns wenigstens das Gefühl, dass wir noch wie Menschen behandelt werden. Und Jeanne ist eine so gute Seele.

Du bist in Sicherheit. Du wirst umsorgt und gepflegt werden. Sollte ich für deine Rettung nicht Dankbarkeit empfinden? Während ich diese Zeilen schreibe, weiß ich nicht, wo du jetzt bist. Schläfst du vielleicht gerade? Ich muss daran denken, wie deine kleinen Fäustchen sich instinktiv öffnen und schließen, während dein Mündchen sich verzieht und du dich in seligen Träumen befindest. Ich hoffe von ganzem Herzen, dass es da, wo du jetzt bist, jemanden gibt, der dir die Geborgenheit schenkt, die du brauchst und verdienst. Der deine zarte Haut liebkost, der dich küsst und tröstet, wenn du traurig bist. Und ich wünsche mir, dass du einen Teil von mir in deiner Seele trägst. Dass du die Liebe, die ich dir mitgegeben habe, bewahrst und sie dir in schweren Augenblicken Kraft gibt.

Meine geliebte Claire, wir müssen jetzt beide sehr stark sein. Doch unsere Trennung ist nicht von Dauer. Es wird der Zeitpunkt kommen, an dem wir uns wiedersehen. Ich bin deine Mutter – für immer. Und ich werde für uns kämpfen – solange ich lebe.

Deine Mama

Emma wischte die Tränen weg, die sie beim Lesen unweigerlich vergossen hatte. Wer hatte diesen herzzerreißenden und todtraurigen Brief geschrieben? Wer war diese Mutter, die diese unfassbar berührenden Zeilen verfasst hatte? Und wer war Claire?

Für einige Minuten blieb Emma regungslos am Tisch sitzen und starrte auf die Worte vor sich. Es gab keine Rechtschreibfehler, die Verfasserin musste zweifellos eine Deutsche sein. Doch wie waren diese Briefe in die Abstellkammer von Emmas Großeltern gelangt? Hatten sie die eigentliche Empfängerin je erreicht? Emma überkam ein mulmiges Gefühl. Immerhin gab es ein Briefgeheimnis. Andererseits schienen sich diese Briefe seit Jahrzehnten im Besitz ihrer Familie zu befinden. Einen Zusammenhang konnte sie nicht erkennen. Deutsche Briefe in einem französischen Haushalt. Und von welchem Lager sprach die Verfasserin? Emma wusste, dass spanische Bürgerkriegsflüchtlinge hier in der Region in Lagern interniert worden waren. Und auch während des Zweiten Weltkriegs existierten mehrere Lager in Südfrankreich. Doch genauer hatte sie sich mit dieser Thematik bisher nicht beschäftigt. Auf mehr als allgemeines Schulwissen über diese Zeit konnte Emma nicht zurückgreifen. Vielleicht sollte sie mit Mireille sprechen. Sie war schließlich die Einzige, die ebenfalls in der Lage wäre, die Briefe zu lesen. Immer noch erschüttert über das eben Gelesene, blickte sie zu Balou, der sich auf seiner Decke eingerollt hatte. Was für ein Tag! War sie wirklich erst heute früh hier angekommen?

Ein Blick auf die Uhr zeigte ihr, dass sie sich auf den Weg machen musste, wenn sie nicht zu spät zu Olivier kommen wollte. Bedächtig schob sie die Briefe zusammen und legte sie in eine Schublade. Morgen würde sie sich näher damit beschäftigen, was es mit dem Schicksal der Verfasserin und deren Tochter auf sich hatte.

8

»Salut.« Emma hob ihre Hand zur Begrüßung, doch Olivier trat bereits einen Schritt vor die Haustür und zog sie an sich. »Schön, dass du gekommen bist.«

Nachdem sie sich wieder voneinander gelöst hatten, zeigte er auf Balou, der brav neben seinem Frauchen saß. »Du kannst ihn gern von der Leine lassen. Er sieht ja nicht gerade wie ein Kampfhund aus.«

Emma grinste. »Balou ist lammfromm.« Sie musste an heute Nachmittag denken. »Wenn ihm nicht gerade ein bildhübsches Pudelweibchen über den Weg läuft.«

»Na ja, da kann man ja auch ins Schwanken kommen«, frotzelte Olivier, während er Emma die Jacke abnahm.

Überrascht blickte sie sich im Eingangsflur um. Das Haus stand dem Anwesen ihres Vaters in Größe und Eleganz in nichts nach. »Seit wann wohnt ihr hier?«

»Seit zwei Jahren«, erklärte Olivier stolz. »Aber unter uns: Achtzig Prozent von dem, was du hier siehst, gehört der Bank.«

»Ich schätze, das ist nicht ungewöhnlich.«

»Wir hatten von einem guten Bekannten erfahren, dass das Haus zu verkaufen war. Und als Carine und ich es besichtigt haben, war uns sofort klar, dass wir unser Traumhaus gefunden haben.«

»Das klingt schön«, erwiderte Emma lächelnd, während sie ihrem Bruder ins Wohnzimmer folgte. Zwei blonde Mädchen stürmten aus der Küche, blieben abrupt stehen und blickten Emma eingeschüchtert an.

»Die beiden können auch anders.« Olivier lachte. »Na, wollt ihr eurer Tante nicht ›Bonjour‹ sagen?«

»Salut«, traute sich die Größere nach kurzem Schweigen schließlich und reichte Emma die Hand.

»Du bist Savannah, richtig?« Sie ging vor ihrer Nichte in die Hocke und sah sie aufmunternd an. »Ich bin Emma.«

»Salut, Emma.«

»Salut, Savannah.« Emma blickte von dem größeren Mädchen zu dessen kleiner Schwester. »Und du bist Emilie?«

Die Jüngere nickte.

»Was für hübsche Namen.«

»Höchste Zeit, dass du da bist«, murmelte Olivier leise.

»Darf ich den Hund streicheln?« Savannah zeigte auf Balou, der auf Emmas anderer Seite stand.

»Natürlich.«

»Bonsoir, Emma.«

Sie erhob sich wieder und drehte sich um. Am Treppenabsatz stand Carine in einem eleganten roten Kleid. »Bonsoir, Carine.« Sie trat auf ihre Schwägerin zu und begrüßte sie mit Wangenküssen. »Vielen Dank für die Einladung.«

»Wir freuen uns sehr«, entgegnete Carine lächelnd und verfolgte, wie ihre Töchter den Pudel hingebungsvoll streichelten. »Es scheint, dass die beiden eine gute Beschäftigung gefunden haben.«

»Die drei«, verbesserte Emma amüsiert. »Balou liebt es, im Mittelpunkt zu stehen.«

»Ich bin auch mit Hunden aufgewachsen«, begann Carine,

»aber Olivier …« Sie blickte mit hochgezogenen Brauen zu ihrem Mann. »Er meint, wir hätten keine Zeit für ein Haustier.«

»Ein Hund ist sehr anspruchsvoll«, erklärte Emma. »Wenn du selbst mit einem aufgewachsen bist, weißt du ja, wie oft er rausmuss. Er will spielen, sich austoben. Wenn ich nicht meine Tante und meinen Onkel hätte, die während meiner Arbeit auf ihn aufpassen, könnte ich keinen halten.«

»Wollen wir uns nicht setzen?« Olivier zeigte auf den gedeckten Esstisch.

»Das Essen braucht noch ein paar Minuten«, erklärte Carine, während sie Emma einen Stuhl zurechtrückte. »Bitte sehr.«

»Wie war es bei Papa?«, wollte Olivier mit gesenkter Stimme wissen.

Emma blickte zögernd zu den Kindern. Balou hatte sich auf die Seite fallen lassen, und die beiden Mädchen kraulten ihn voller Begeisterung am Bauch.

»Ich weiß nicht …«, begann sie nachdenklich. »Er liegt so da … und …« Sie schluckte. »Ich habe ihn noch nie so blass gesehen. Wenn ich mir vorstelle, dass er …«

»Dann stell es dir nicht vor«, unterbrach Olivier sie sanft. »Noch wissen wir doch nichts.«

»Es ist seltsam, ihn in dieser hilflosen Lage zu sehen. Ausgerechnet Papa, der immer knallhart war, keine Pausen, keine Erholung kannte.«

»Genau das scheint ihm nun zum Verhängnis geworden zu sein«, warf Carine ein. »Vielleicht hätte er öfter mal an sich denken sollen.«

»Das hat er noch nie. Weder an sich noch an seine Familie«, sagte Emma bitter.

»Es ging ihm schon letzte Woche nicht gut«, merkte Olivier

an. »Er hat öfter erwähnt, dass er sich erschöpft fühle und ihm schwindlig sei.«

»Sicher hat er nichts davon gehalten, zum Arzt zu gehen und sich untersuchen zu lassen.«

Olivier lachte leise. »Du kennst doch Papa. Natürlich nicht. Für so etwas hatte er noch nie Zeit.«

»Jetzt muss er sie sich nehmen, ob er will oder nicht.«

Vergnügt jauchzten die Mädchen hinter ihnen auf, als Balou über ihre Hände schleckte.

Lächelnd sah Carine zu ihrem Mann.

»Vergiss es«, wehrte der sofort ab. »Wir haben keine Zeit. Außerdem haben wir zwei Kinder.«

Emma runzelte die Stirn. »Du willst doch nicht etwa deine Töchter mit einem Hund gleichsetzen.«

»Nein, natürlich nicht, aber ...« Als er in die grinsenden Gesichter von Emma und Carine blickte, schüttelte er nur den Kopf.

»Was machst du beruflich?«, wandte sich Emma an ihre Schwägerin.

»Ich bin Gymnasiallehrerin.«

»Für welche Fächer?«

»Sport und Französisch. Momentan arbeite ich aber nur zwanzig Stunden.«

»Nur«, wiederholte Emma. »Du hast zwei Kinder, einen schwer arbeitenden Mann«, sie blickte grinsend zu ihrem Bruder, »und ein großes Haus zu versorgen.«

»Das war superlecker«, erklärte Emma kurz darauf, während sie sich in ihrem Stuhl zurücklehnte. »Du bist eine tolle Köchin.«

»Danke für das Kompliment«, erwiderte Carine.

»Wie seid ihr euch eigentlich begegnet?« Emma blickte von ihrem Bruder zu ihr.

»Ich komme aus Béziers«, setzte Carine an. »Und vor sechs Jahren war dein Bruder dort auf einem großen Juristenkongress.«

»Ich habe Carine abends in einer Kneipe getroffen. Sie war mit ihrer Freundin dort und ich mit einigen Kollegen.« Olivier fasste nach der Hand seiner Frau und führte sie lächelnd an seinen Mund. »Tja, und als ich diese wunderhübsche Frau entdeckte, war es um mich geschehen.«

»Wow, wie romantisch.« Emma betrachtete die beiden. Dass sie sich aufrichtig liebten, war unübersehbar. Auch während des Essens hatten sie immer wieder liebevolle Blicke miteinander gewechselt. Emma freute sich für ihren Bruder, dass er seine Frau fürs Leben gefunden hatte.

»Das ist es natürlich nicht immer«, bekannte Carine nachdenklich. »Und mit zwei kleinen Kindern sowieso nicht.«

Als ob sie die Worte ihrer Mutter gehört hätten, erklang aus dem oberen Stockwerk Savannahs Stimme. »Kann uns Emma heute ins Bett bringen?«

Olivier blickte seine Schwester fragend an.

Emma zuckte mit den Achseln. »Gibt es denn irgendetwas zu beachten?«

»Zähne putzen, Schlafanzug anziehen, Gutenachtkuss, schlafen«, fasste Olivier grinsend zusammen. »Schaffst du das?«

Emma erhob sich. »Klingt nach einem Kinderspiel.«

Als sie auf dem oberen Treppenabsatz ankam, stürmten ihr die beiden Mädchen schon in ihrer Schlafkleidung entgegen.

»Emma, wir möchten auch so schöne Hosen wie du.«

Sie blickte die beiden überrascht an. »Ihr möchtet Ringelleggings?«

Emilie nickte heftig. »Ja, wir wollen Ringeldings.«

Emma musste lachen. »Ringelleggings«, verbesserte sie ihre kleine Nichte behutsam, während sie überlegte. »Wisst ihr was?

Ich rede mal mit eurer Maman. Vielleicht können wir gemeinsam einkaufen gehen, dann zeige ich euch ein tolles Geschäft, wo es ganz viele bunte Ringelleggings gibt. Was haltet ihr davon?«

»Ja, ja«, jubelten die Mädchen und warfen die Arme in die Luft. »Bleibst du jetzt immer bei uns?«

Emma wurde es schwer ums Herz. »Ihr wisst doch, dass euer Opa im Krankenhaus liegt. Wir müssen abwarten, wann er wieder nach Hause kann.« Ihr kam eine Idee. Sie zog ihr Smartphone hervor, suchte in der Bildergalerie und streckte den Mädchen schließlich das Display hin. »Seht mal, das ist Wilma.«

»Was ist das?«, wollte Emilie wissen.

»Wilma ist eine Alpakadame. Sie war krank, aber jetzt geht es ihr wieder gut.« Emma suchte nach einem anderen Foto. »Und das sind Maras.«

Die Mädchen beugten sich über das Display. »Sind die süß.«

»Ja, das sind sie. Und es ist meine Arbeit, all diese Tiere zu versorgen. Mich um sie zu kümmern und sie zu füttern.« Sie zeigte ihnen noch ein Bild der Ameisenbären, bevor die Mädchen damit einverstanden waren, in ihre Betten zu schlüpfen.

»Kommst du uns bald wieder besuchen?«, fragte Savannah, bevor sie ihren Stoffbären nahm und an ihr Gesicht drückte.

»Ja, ich bin noch eine Weile da, und wir sehen uns auf jeden Fall ganz bald wieder.« Emma warf den Mädchen eine Kusshand zu. »Jetzt schlaft gut. Gute Nacht.«

»Und?« Ihr Bruder blickte ihr grinsend entgegen, als sie wieder zu ihm ins Wohnzimmer kam.

»Sie sind toll«, erklärte Emma ehrlich. »Du hast eine wirklich nette Familie.«

»Ja, ich weiß.« Er kaute auf seiner Unterlippe. »Carine ist die Beste. Wenn ich wieder einmal nicht merke, dass ich es mit dem

Job übertreibe, ist sie es, die mir klarmacht, um was es im Leben eigentlich geht.«

Emma schnaufte. »Was Maman bei Papa nie geschafft hat.«

»Das kannst du nicht vergleichen.«

»Warum nicht?« Wieder stieg Ärger in ihr auf. »Alles, was Maman wollte, war genau das, was du hast.«

Olivier sah sie zweifelnd an. »Ich glaube nicht ...«

»Was?«

Er winkte ab.

»Ich habe Léon vorhin getroffen«, wechselte Emma das Thema.

»Und?«

Sie blickte zu ihrem Bruder. »Was und?«

»Du hast Léon getroffen«, wiederholte er. »Wie war es?«

»Wie soll es gewesen sein?« Emma verdrehte die Augen. »Er hat jetzt auch einen Pudel.«

»Ich weiß.«

»Seht ihr euch öfter?« Emma bemerkte den seltsamen Blick, den Olivier und Carine miteinander wechselten. »Was?«

»Hat er dir nichts gesagt?«

»Wir haben über die Hunde geredet. Was soll er denn gesagt haben?«, erwiderte Emma patzig.

»Léon arbeitet bei uns in der Kanzlei. Er war es, der Papa gestern Morgen gefunden und den Notarzt alarmiert hat. Ohne ihn ...« Olivier beendete den Satz nicht.

Emma rang um Fassung. Sie dachte an ihre Begegnung am frühen Abend. An ihr kurzes Gespräch. Als sie Léon erklärt hatte, warum sie nach Collioure zurückgekehrt war. Und er hatte es nicht für nötig gehalten, ihr zu erzählen, dass er mittlerweile ein Kollege ihres Bruders und ihres Vaters war. Enttäuschung stieg in ihr auf, doch sie verkniff sich jeden Kommentar.

9

Als Emma aus der Dusche kam, war der Kaffee gerade durchgelaufen. Müde schenkte sie sich eine Tasse ein, setzte sich an den Esstisch und stützte den Kopf in ihre Hände. Der Abend bei Olivier und Carine war harmonisch gewesen, doch die Tatsache, dass Léon jetzt für ihren Vater arbeitete, hatte sie erneut völlig aus der Bahn geworfen. Dieser verfluchte Mistkerl! Emma schlug eine Faust auf die Tischplatte. Sie hatte die halbe Nacht wach gelegen, konnte nach wie vor nicht begreifen, wie Léon es hatte wagen können, bei ihrem Vater in der Kanzlei zu beginnen. Er wusste doch, was damals vorgefallen war. Anstatt sie in ihrem Beschluss zu stärken, sich eine Aufgabe zu suchen, die zu ihr passte, die ihr echte Freude bereitete, hatte er ihr ebenfalls vorgeworfen, ihre gemeinsame Zukunft zu torpedieren, weil sie ihr Studium hingeworfen hatte. Er und ihr Vater hatten sie mit ihrem Verhalten aus Collioure vertrieben. Und nachdem sie weg war, hatte Léon freie Bahn gehabt und einen Job in der Kanzlei von Roger Duvalle angenommen. Natürlich, die Sozietät hatte einen guten Ruf weit über die Purpurküste hinaus. Eine solche Chance hatte Léon sich nicht entgehen lassen.

Emma fluchte und griff nach ihrer Kaffeetasse. Sie hatte Léon also tatsächlich nicht falsch eingeschätzt, als sie abgereist war. Ihm war es von Anfang an nur um Macht und Karriere, um Prestige und das große Geld gegangen. Letztlich war er genauso wie ihr Vater. Wie hatte sie sich damals nur so in ihm täuschen können? Hatte er ihr nicht immer wieder erklärt, wie sehr er sie für ihre unkonventionelle Art liebe, für ihre Direktheit, ihre Authentizität? Emma musste kurz lachen. Hohle Worte, die nichts wert waren.

Als ihr Smartphone klingelte, wurde ihr Gedankenkarussell unterbrochen. »Mireille«, begrüßte sie ihre Tante dankbar, nachdem deren Name auf dem Display erschienen war.

»Das klingt ja, als ob du meinen Anruf geradezu herbeigesehnt hast.« Ihre Tante lachte am anderen Ende der Leitung.

»Ja, irgendwie schon«, bekannte Emma ehrlich und begann, ihr von ihrem gestrigen Tag, den Begegnungen mit ihrer Familie und Léon, dem Besuch bei Olivier und dessen Offenbarung zu erzählen.

»Herrje, was ist denn bei euch los? Du bist gerade mal einen Tag dort.«

»Und am liebsten würde ich sofort wieder nach Hause fahren.«

»Aber du sagtest doch gerade, dass der Besuch bei deinem Vater dir gutgetan habe. Und dass du eine nette junge Frau in der Nachbarschaft kennengelernt hast.«

»Lara betreibt die Crêperie um die Ecke. Kennengelernt ist vielleicht ein bisschen übertrieben«, wiegelte Emma ab. »Aber Léon …«

»Emma«, unterbrach Mireille sie sanft, »geht er dir denn immer noch so sehr unter die Haut? Immerhin habt ihr euch sieben Jahre lang nicht gesehen!«

Emma erhob sich und tigerte durch die Küche. »Er geht mir nicht unter die Haut«, ereiferte sie sich, während sie sich mit der freien Hand durchs Haar fuhr und ihre Locken ordnete. »Er ist einfach ...« Sie stockte. »Er ist einfach ein riesengroßer Idiot. Warum hat er damals nicht zu mir gehalten?«

»Wie oft hast du dich das in den letzten Jahren gefragt?« Ihre Tante seufzte.

»Das war etwas anderes. Jetzt steht dieser Mistkerl vor mir, hat sich selbst einen Pudel geholt, und ...« Das Lachen ihrer Tante irritierte sie. »Was?«

»Du wirfst deinem Ex-Freund vor, dass er sich einen Hund zugelegt hat? Emma, bitte sei nicht kindisch. Léon ist ein freier Mensch. Und wenn er sich ein Haustier halten möchte, dann ist das ganz allein seine Sache.« Sie machte eine Pause. »Ich finde, das macht ihn doch sogar sympathisch.«

Emma fasste sich erneut an den Kopf. Mireille verstand sie nicht. Der Pudel, ein Königspudel, war ihr gemeinsamer Traum gewesen. Nachdem er sie damals im Stich gelassen hatte, stand es ihm einfach nicht mehr zu, ihre Träume zu teilen oder gar zu verwirklichen. Und wenn es nur das Halten eines Hundes, dieses Hundes, verbesserte sie sich sofort, war.

»Wer ist Claire?«, wechselte sie im nächsten Moment das Thema, da Mireille anscheinend nicht nachvollziehen konnte, was in Emma vorging.

»Claire?« Ihre Tante zögerte. »Wer soll das sein?«

»Das wollte ich eigentlich von dir wissen.« Emma setzte sich wieder an den Tisch und nahm einen Schluck Kaffee. »In der Abstellkammer liegt ein ganzer Packen alter Briefe, die an eine gewisse Claire adressiert sind.«

»Wenn ich ehrlich bin, habe ich seit Jahren keinen Schritt in das Zimmer gemacht. Ich weiß, dass ich die ganzen Unterlagen dort dringend einmal sichten müsste. Aber wenn ich nur kurze Zeit in Collioure bin, ist meine Motivation nicht allzu groß, mich durch die alten Akten zu wühlen.«

»Die Briefe sind auf Deutsch verfasst«, ergänzte Emma. »Wer in unserer Familie hat die Sprache denn gesprochen?«

»Niemand, soweit ich weiß. Und eine Claire ist mir auch nicht bekannt.«

»Kann es sein, dass die Briefe gar nicht von Oma sind?«

»Von Oma? Wie kommst du denn darauf?«

»Na ja«, begann Emma zögernd. »Es ist doch ihr Haus gewesen.«

»Das stimmt, aber meine Mutter konnte mit Sicherheit kein Deutsch. Weder sprechen noch schreiben. Nein, von Oma und Opa sind diese Briefe nicht. Und auch ihre Eltern konnten keine Fremdsprachen. Wie auch? Das waren einfache Leute.«

»Die Briefe müssen aus den Vierzigerjahren sein«, mutmaßte Emma weiter.

»Ich habe keine Ahnung. Es tut mir leid.«

»Denkst du, dass es okay ist, wenn ich sie lese?« Beklommenheit machte sich in Emma breit, als sie an den verzweifelten Ton dachte, in dem die Verfasserin ihre Gedanken niedergeschrieben hatte.

»Warum nicht?«

»Ich weiß nicht. Immerhin sind die Briefe für jemand anderen bestimmt.«

»Vielleicht findest du ja irgendwo noch einen genaueren Hinweis. Einen Nachnamen oder eine Ortsangabe. Wenn die Briefe wirklich so alt sind, wie du denkst, ist die Wahrscheinlichkeit doch groß, dass die Autorin sowie auch die Adressatin bereits gestorben sind.«

»Ja, ich denke, ich sehe mir das noch mal genauer an. Aber nicht jetzt. Ich möchte Madeleine noch einen Besuch abstatten, bevor ich ins Krankenhaus fahre.«

»Der Sekretärin deines Vaters?«

»Ja, du weißt, was sie alles für uns getan hat.«

»Pass auf dich auf, Emma. Und halte mich auf dem Laufenden, wenn es etwas Neues von deinem Vater gibt.«

Nachdem Emma ihrer Tante versichert hatte, sich wieder zu melden, beendete sie das Telefonat.

Dann stand sie auf und räumte die Kaffeetasse weg. Hunger hatte sie keinen, die Wut auf Léon hatte ihr den Appetit verdorben. »Balou, komm. Wir müssen los zu Madeleine.«

Der Königspudel sprang von seiner Decke auf und stürmte schwanzwedelnd auf sein Frauchen zu. Dankbar streichelte Emma ihm über den Kopf. Balou würde sie niemals enttäuschen – im Gegensatz zu allen anderen Männern in ihrem Leben.

• • •

»Emma!« Die mollige Sekretärin sprang von ihrem Schreibtischstuhl auf und stürmte ungeachtet ihrer Leibesfülle auf Emma zu.

»Bonjour, Madeleine.« Emma genoss die Umarmung der warmherzigen Frau, die nach dem Weggang ihrer eigenen Mutter teilweise deren Rolle übernommen hatte.

»Ach, Emma! Wie schön, dass du vorbeischaust. Als Olivier mir vorhin mitgeteilt hat, dass du nach Collioure gekommen bist …« Madeleine trat einen Schritt zurück und betrachtete Emma von oben bis unten. »Du bist ja immer noch so dünn, Mädchen.« Sie wischte sich eine Träne aus dem Augenwinkel. »Mon dieu.« Während sie das Gesicht verzog, schüttelte sie den Kopf. »Wie lange warst du nur weg?«

Emma verzog die Mundwinkel. »Sieben Jahre.«

»Und einen Hund hast du auch.« Madeleine lachte. »Das wundert mich kein bisschen.«

»Das ist Balou.«

Die Sekretärin beugte sich zu dem Pudel hinab und kraulte ihn hinter den Ohren. »Ein feiner Kerl bist du.«

Schmunzelnd verfolgte Emma, wie Madeleine den Pudel ausgiebig knuddelte.

»Falls du mal einen Hundesitter brauchst …« Madeleine richtete sich wieder auf. »Komm, setz dich zu mir. Es ist noch früh. Die ersten Klienten kommen erst in einer guten Stunde. Olivier ist schon zum Gericht gefahren. Du hast ihn knapp verpasst.«

»Ich wollte zu dir, Madeleine.«

Das Gesicht der Sekretärin begann zu leuchten. »Ach, Kind.«

Emma schob sich den Besucherstuhl zurecht und nahm Platz.

»Warst du schon bei deinem Vater?« Madeleine setzte sich ebenfalls und holte aus dem Schrank hinter sich eine Tasse heraus. »Kaffee?«

»Gern. Und ja, gestern war ich bei ihm. Und später möchte ich auch wieder hin.«

»Olivier meinte, die Ärzte würden noch keine genaue Prognose wagen.«

»Papa ist nicht ansprechbar«, erwiderte Emma mit belegter Stimme. »Er liegt da und … reagiert überhaupt nicht.«

»Er hat es übertrieben«, erklärte die Sekretärin mit gesenkter Stimme. »Frag mich bitte nicht, wie oft ich ihm gesagt habe, er solle mal kürzertreten. Du kennst ja deinen Vater. Sein Beruf bedeutet ihm alles. Aber er hätte mal besser auf seine Frau hören sollen.«

»Camille?« Emma verengte ihre Augen. »Was meinte sie denn?«

Ein Ausdruck von Mitleid machte sich auf Madeleines Gesicht breit. »Sie hat sich immer wieder beschwert, dass er nur noch gearbeitet hat. Abends oft bis zehn oder elf. Und morgens um sieben war er wieder der Erste in der Kanzlei. Für Roger gab es keinen Urlaub und kein Wochenende. Freizeit ist für deinen Vater ein Fremdwort. Und dann die ständige Qualmerei. Irgendwann streikt der Körper eben. Was zu viel ist, ist zu viel.«

»Er hat mir damals sehr wehgetan.« Gedankenverloren tätschelte Emma Balous Hals.

»Bist du ihm immer noch böse?«, wollte Madeleine in mitfühlendem Ton wissen.

»Seine Worte haben mich sehr verletzt. Ich war ihm doch nie gut genug. Sein Sohn ist in seine Fußstapfen getreten. Auf Olivier kann er stolz sein. Aber seine ausgeflippte Tochter, die hat es nur zur Tierpflegerin geschafft.«

»Mach dich nicht kleiner, als du bist«, tadelte Madeleine sie ernst. »Tierpflegerin ist ein sehr ehrbarer Beruf. Nicht jeder ist dafür gemacht, den oberen Zehntausend bei ihren Betrü... bei ihren Steuerproblemen zu helfen.«

»Bonjour«, ertönte in diesem Moment Léons Stimme hinter ihr.

Emma verdrehte die Augen und blickte Madeleine verschwörerisch an.

»Bonjour, Léon«, begrüßte die Sekretärin ihn freundlich. »Sieh mal, wer zu Besuch gekommen ist.«

»Salut, Emma.«

Mit klopfendem Herzen sah Emma auf und erwiderte widerwillig den Blick ihres Ex-Freundes. »Salut.«

Balou war aufgestanden und schnüffelte an Léons Hose herum.

»Ich glaube, er riecht Senna.« Léon lachte.

»Kann sein«, murmelte Emma abweisend und wandte den Kopf ab.

Léon schien die angespannte Stimmung zu spüren, nickte Madeleine zu und deutete auf eine der Türen. »Ich bin dann mal in meinem Büro. Falls etwas ist ...«

»Dieser Verräter«, zischte Emma wütend, nachdem er die Tür hinter sich geschlossen hatte.

»Ach, Kind«, seufzte Madeleine bekümmert. »Er hat erst in zwei Stunden seinen ersten Termin. Wie wäre es, du gehst zu ihm, und ihr sprecht euch endlich mal aus?«

Emma riss die Augen auf. »Ich soll auf ihn zugehen? Der werte Herr hat es gestern noch nicht einmal für nötig erachtet, mich darüber zu informieren, dass er mittlerweile für meinen Vater arbeitet. Nein, stattdessen meinte er, Small Talk über die Hunde führen zu müssen.« Sie schnalzte mit der Zunge. »So ein Idiot.«

»Das klingt aber ganz und gar nicht danach, dass er dir gleichgültig wäre.«

Emma wich dem Blick der sanftmütigen Frau aus. »Gleichgültiger geht schon gar nicht mehr. Es interessiert mich null, was dieser Mann mit seinem Leben anstellt. Wenn er meint, er muss dem großen Geld nachrennen und unsere Ideale verraten, soll er das ruhig tun. Was kümmert es mich?«

Madeleine lächelte verschmitzt. »Manchmal tut ein wenig Abstand gut. Es schärft den eigenen Blick, zeigt einem andere Perspektiven auf.«

»Ich habe mich so bitter in ihm getäuscht. Und nun, mit Abstand, sehe ich, dass er sich genauso entwickelt hat, wie ich damals befürchtet hatte.«

»Léon ist kein schlechter Kerl.«

»Ich mag dich sehr, Madeleine. Das weißt du. Aber in diesem Punkt sind wir definitiv unterschiedlicher Meinung.«

»Du warst schon immer sehr konsequent.«

Emma nahm einen Schluck ihres Kaffees. »Ich habe eben meine Meinung.« Sie erhob sich und stellte sich ans offene Fenster. Die Sonne lachte bereits um diese frühe Stunde von einem wolkenlosen, strahlend blauen Himmel herab. Der Geruch des Oleanders, der vor dem Kanzleigebäude wuchs, stieg Emma in die Nase. Wie oft hatte sie hier nach dem Weggang ihrer Mutter gestanden, bei Madeleine gesessen, während sie auf ihren Vater wartete? Und bei jedem Besuch hatten im Kühlschrank in der Küche der Kanzlei Emmas geliebte Schokotörtchen bereitgestanden, die Madeleine immer in der Patisserie drei Straßen weiter besorgt hatte.

Madeleine lachte auf. »Oh ja, die hast du. Das war schon früher so. Wenn ich euch zu etwas überreden wollte, war es immer einfacher, deinen Bruder zu überzeugen, als dich. Nein war nein. Da konnte ich bitten und betteln. Die kleine Emma ist stets bei ihrem Standpunkt geblieben.«

»Du denkst, ich bin stur?«

Madeleine zuckte mit den Achseln. »Vielleicht ein bisschen.«

Emma schüttelte den Kopf. »Ich hasse einfach Opportunisten.«

»Léon ist kein Opportunist. Es ist doch nichts Verwerfliches, wenn er sich ein Standbein schaffen möchte, das es ihm ermöglicht, eine Familie zu ernähren.«

»Eine Familie?« Emma musterte Madeleine überrascht. »Ist er verheiratet?«

Madeleine fuhr sich durch ihr Haar. »Nein, nein, das ist er nicht. Aber …« Sie machte eine Pause. »Ich meine, rein theoretisch.«

»Um eine Familie ernähren zu können, muss man nicht die Marionette anderer spielen.« Emma ärgerte sich über ihre Erleichterung, die sich bei Madeleines Worten eingestellt hatte. Es konnte ihr doch völlig gleich sein, ob Léon mittlerweile liiert war oder nicht. Sie hatte den Mann sieben Jahre lang nicht gesehen. Und ihn auch kein bisschen vermisst, setzte sie grimmig hinzu.

»Du hast dich wirklich nicht verändert«, entgegnete Madeleine gutmütig, während sie Emma Kaffee nachschenkte.

»Wie geht es dir denn?«

Madeleine zuckte mit den Achseln. »Ich werde dieses Jahr dreiundsechzig. Die Zeit bleibt nicht stehen. Ein oder zwei Jahre möchte ich noch hier arbeiten. Was dann kommt …« Ihr Blick wurde versonnen. »Vielleicht mache ich dann eine lange Reise.«

»Eine Reise?«, horchte Emma auf. »Das klingt toll.« Sie wusste, dass Madeleine alleinstehend war. Als Emma und Olivier noch jünger waren, hatte sie die beiden oft betreut, wenn ihr Vater wieder einmal arbeiten musste. In den Ferien hatte er sie freigestellt, damit sie mit den Kindern Ausflüge unternehmen, mit ihnen an den Strand gehen oder sie zum Sport begleiten konnte. »Wo möchtest du denn hin?«

»Ich träume schon lange davon, einmal die ganze französische Küste abzufahren«, begann Madeleine zu schwärmen. »Von hier an den Atlantik, dann Richtung Norden, die Bretagne und die Normandie besuchen und über Paris wieder zurück. All die Jahre war ich immer nur ein paar Tage bei meinem Bruder und dessen Familie. Ich möchte noch etwas Neues kennenlernen«, bekannte sie leise. »Da ich keine Fremdsprachen kann, möchte ich in Frankreich bleiben.«

»Dein Plan klingt wunderschön, Madeleine«, erwiderte Emma ehrlich. »Und ich wünsche dir, dass du dir diesen Traum ganz bald erfüllst. Du hast es dir mehr als verdient.« Sie fasste nach ihrer Hand und drückte sie liebevoll. »Du hast mir so gefehlt.«

»Du mir auch, Kind«, erwiderte Madeleine, während ihre Augen feucht zu glänzen begannen.

Emma trat zu ihr. »Ich muss jetzt ins Krankenhaus.«

Madeleine erhob sich und zog sie zum Abschied in ihre Arme. »Es wird alles gut. Ganz bestimmt! Wir müssen nur ganz fest daran glauben.«

• • •

»Bonjour, Papa.« Beklommen musterte Emma die undurchdringliche Miene ihres Vaters. Zögerlich zog sie einen Stuhl heran und setzte sich. »Ich war gerade bei Madeleine.« Sie biss sich auf die Unterlippe. »Und ich soll dir ganz liebe Grüße von ihr ausrichten.« Sie nahm die Hand ihres Vaters und umfasste sie. »Olivier hat heute einen wichtigen Prozess. Wahrscheinlich weißt du besser, welche Mandanten er momentan vertritt.« Sie blickte zum Fenster. »Gestern war ich bei ihm und Carine zum Abendessen eingeladen. Es gab Hühnchen mit gegrilltem Gemüse und einer leckeren Kräutersoße. Deine Schwiegertochter scheint eine begnadete Köchin zu sein.« Sie verzog die Lippen. »Im Gegensatz zu deiner Tochter.«

Für einige Sekunden saß Emma schweigend da und lauschte den Geräuschen, die vom Krankenhausflur zu ihr drangen. Quietschende Sohlen auf dem Linoleum, das knarrende Geräusch eines Rollstuhls, eine Schwester, die einer Kollegin etwas zurief.

»Die Mädchen sind toll«, fuhr sie schließlich fort. »Olivier hat wirklich Glück gehabt. Er und seine Frau scheinen sehr aneinander zu hängen.« Sie überlegte. »Meine Familie besteht momentan nur aus Balou. Er wartet in der Ferienwohnung, weil er ja nicht mit ins Krankenhaus darf. Ich weiß, dass du eine Tierhaarallergie hast, aber ich würde ihn dir wirklich gern einmal vorstellen. Mittlerweile ist er auch nicht mehr der Jüngste, aber das sieht man ihm nicht an.« Als sie daran dachte, wie er gestern um Léons Hündin herumgetanzt war, musste sie lachen. »Und er ist und bleibt ein

Schwerenöter.« Sie seufzte. »Ach, Papa. Wenn ich nur wüsste, ob du etwas von dem, was ich dir gerade erzähle, hören kannst. Ob du irgendwo tief in deinen Gehirnwindungen spürst, dass ich hier sitze. Warum musste es so weit kommen? Du hast einen Sohn, Enkelinnen, eine Frau. Sind sie es nicht wert, dass du etwas mehr auf dich achtest? Madeleine hat mir erzählt, welchen Raubbau du nach wie vor mit deinem Körper betreibst.«

Sie lehnte sich auf ihrem Stuhl zurück und schloss kurz die Augen. Heute Abend musste sie dringend früh ins Bett gehen. Eine Nacht im Stall, eine im Auto und die letzte, in der sie nur am Grübeln war. Wohin es führen konnte, wenn man nicht auf seinen Zustand achtete, sah sie ja vor sich liegen. Wobei sie ein paar durchwachte Nächte natürlich nicht mit dem jahrzehntelangen ungesunden Lebensstil ihres Vaters vergleichen konnte.

»Bonjour«, ertönte hinter ihr eine männliche Stimme.

Als Emma sich umdrehte, stand ein junger Arzt mit blondem Haar vor ihr. »Ich bin Docteur Molières.«

Sie erhob sich. »Ich bin Emma Duvalle, die Tochter von Monsieur Duvalle.«

»Ah, die Dame aus Deutschland«, entgegnete er lächelnd.

»Wie geht es meinem Vater?« Emma blickte den Arzt angespannt an.

»Leider können wir noch nicht sagen, wie sich sein Zustand entwickeln wird. Es sind einige Schädigungen sichtbar, aber …« Er überflog die Krankenakte in seiner Hand. »Der Schlaganfall ist gerade einmal achtundvierzig Stunden her.«

»Das heißt, theoretisch ist es möglich, dass er wieder ganz gesund wird.« Emma kam sich vor wie ein kleines Mädchen, das geradezu um eine bestimmte Antwort bettelte.

»Theoretisch ist alles möglich, Madame«, erklärte Docteur Molières. »Unser Gehirn ist zu außerordentlichen Leistungen fähig. Sobald Ihr Vater ansprechbar ist, werden wir mit den Reha-Maßnahmen beginnen. Es kann sein, dass er wieder sprechen lernen muss, oder laufen. Vielleicht kann er auch nicht mehr selbstständig essen.« Er nickte nachdrücklich. »Aber es besteht durchaus die Chance, dass er all das auch tatsächlich schafft.«

»Wie lange kann so etwas dauern?«

»Dazu kann ich Ihnen keine verlässliche und seriöse Angabe machen, Madame. So leid es mir tut. Die Regeneration hängt von so vielen individuellen Faktoren ab. Der Patient muss es wirklich wollen. Er muss dazu in der Lage sein.« Er hob seine Brauen. »Vor allen Dingen muss er seinen Lebenswandel überdenken. Die meisten Schlaganfallpatienten wissen sehr genau, wie sie die Risiken für einen weiteren Anfall minimieren oder zumindest reduzieren können. Aber sind sie wirklich bereit, einige Gewohnheiten zu ändern?«

»Weniger arbeiten, mit dem Rauchen aufhören, gesünder essen.«

Der Arzt lächelte. »Ich sehe schon, an mangelnder Unterstützung der Familie wird es nicht scheitern.«

»Wie Sie schon sagten, der Patient muss es wollen«, erwiderte Emma ernst.

»Aber wenn ihm seine Familie dabei hilft, bin ich mir sehr sicher, dass er sich einige Gedanken dazu machen wird. Ihr Bruder sieht es ja genauso.«

»Wollen wir es hoffen.«

»Ich muss dann weiter.« Er deutete mit dem Kinn zur Tür. »Wenn Sie noch Fragen haben …«

»Nein, das war es fürs Erste. Vielen Dank.«

Nachdem der Arzt das Zimmer verlassen hatte, hatte Emma sich gerade setzen wollen, als die Tür ein weiteres Mal geöffnet wurde.

»Bonjour, Emma.«

»Bonjour, Camille.«

»Bist du schon lange da?«

Emma sah auf ihre Uhr. »Eine halbe Stunde oder so.«

»Und?« Ihre Stiefmutter trat neben sie, beugte sich über Emmas Vater und küsste ihn auf die Wange. »Bonjour, chéri.«

Die Geste versetzte Emma einen kleinen Stich. »Ich erkenne keinen Unterschied zu gestern.«

Camille betrachtete ihren Mann einen Augenblick lang. »Man fühlt sich so hilflos.«

Emma warf ihr einen Seitenblick zu. »Du magst ihn wirklich.«

Camille sah überrascht auf. »Natürlich …« Sie schüttelte den Kopf. »Er ist mein Mann.«

»Ja, entschuldige bitte. Die Bemerkung war dumm.« Was war nur mit ihr los? Ja, Emma hatte Camille damals immer als Eindringling in die Familie empfunden. Ihre Mutter war keine zwei Jahre weg gewesen, als die neue Frau von jetzt auf gleich mit am Frühstückstisch saß. Emma hatte nie verstehen können, wie ihr Vater einfach eine Frau gegen eine andere hatte austauschen können. Camille war schließlich nicht die Mutter seiner Kinder. Doch damals war sie vierzehn Jahre alt gewesen.

»Was hältst du davon, wenn wir uns die nächsten Tage mal zusammensetzen und reden? Nur du und ich, ohne Olivier.«

Emma nickte beklommen. »Ja, klar. Das können wir machen.« Hatte sie Camille möglicherweise unrecht getan? Was hatte Madeleine vorhin noch gesagt? Manchmal schärfe ein wenig Abstand die eigene Perspektive. Emmas Gedanken wirbelten durcheinander.

Als ihr Smartphone zu klingeln begann, erhob sie sich und verabschiedete sich hastig von Camille, tätschelte ihrem Vater zum Abschluss noch mal die Hand und eilte aus dem Krankenzimmer. Ein Blick aufs Display verriet ihr, dass es ihre Mutter war. Emma steuerte auf eine Sitzgruppe zu und lehnte sich gegen die Armstütze eines Sessels.

»Maman.«

»Salut, Emma. Hast du schon das von deinem Vater gehört?«

»Ich bin gerade bei ihm im Krankenhaus.«

Am anderen Ende der Leitung herrschte einige Sekunden lang Stille. »Du bist in Collioure?«, ertönte schließlich wieder die Stimme ihrer Mutter.

»Ja, ich bin gestern angekommen.«

»Hat Olivier dich informiert?«

»Ja, natürlich.«

»Und du bist einfach nach Collioure gefahren?«

Was wollte ihre Mutter? War es so abwegig, dass Emma ans Krankenbett ihres Vaters geeilt war? »Ja, ich habe Urlaub genommen und bin hergekommen. Was ist mit dir?«

»Ich kann nicht«, entgegnete ihre Mutter hastig. »Wir sind mitten in den Vorbereitungen für eine wichtige Vernissage. Da kann ich nicht alles stehen und liegen lassen.« Sie zögerte. »Und New York liegt eben auch nicht gerade um die Ecke.«

»Papa geht es nicht gut. Olivier und ich würden uns sehr freuen, wenn du herkommen könntest.«

Ihre Mutter zögerte kurz. »Du weißt, wie das Verhältnis zwischen deinem Vater und mir ist. Was er mir immer alles an den Kopf geworfen hat. Niemand kann von mir verlangen, dass ich jetzt …«

»Du könntest für uns kommen«, unterbrach Emma sie bittend. »Für deine Kinder, für Olivier und mich. Wie lange haben wir uns nicht gesehen?«

»Emma, Süße«, setzte ihre Mutter an. »Du bist erwachsen. Olivier hat seine eigene Familie. Ihr seid so eigenständig, ihr braucht mich doch gar nicht. Ich schaffe es einfach nicht. Aber ihr wisst genau, dass ihr jederzeit zu mir kommen könnt, wenn ihr etwas auf dem Herzen habt. Das habe ich euch doch schon immer gesagt.«

Als Emma nichts erwiderte, fuhr ihre Mutter fort: »Hör zu, mein Kind. Ich muss los. Die Handwerker warten wegen der Beleuchtung. Melde dich doch, wenn es etwas Neues gibt, ja?«

Als sie das Telefonat beendet hatte, ließ Emma das Smartphone sinken und starrte nachdenklich auf den Boden. Olivier und sie sollten zu Margaux Duvalle kommen, wenn sie etwas auf dem Herzen hatten. Aber Margaux Duvalle hielt es nicht für nötig, sich auf den Weg zu machen, um ihre Kinder zu unterstützen, die sich um den schwer erkrankten Vater sorgten. Die Erkenntnis traf Emma wie ein Faustschlag.

10

Entschlossen rührte Emma den Eischnee, bis er schnittfest und schneeweiß war. Im Anschluss verrührte sie den Zucker darin und gab noch einige Tropfen grüne Lebensmittelfarbe zu dem Gemisch. Sie spürte, wie sie langsam ruhiger wurde. Es war die richtige Entscheidung gewesen, nach dem Besuch bei ihrem Vater einen Großeinkauf zu tätigen, um Macarons herzustellen. Das Backen hatte ihr schon immer geholfen, wenn sie aufgewühlt war und die Gedanken in ihrem Kopf einfach nicht aufhören wollten zu kreisen. Seufzend warf sie einen Blick auf die gemahlenen und bereits gesiebten Mandeln. Es war eine Heidenarbeit, mehrere Hundert Gramm durch das Haarsieb zu pressen. Doch die durchstrukturierte Arbeit gab Emma Halt und lenkte sie ab. Noch immer konnte sie die Reaktion ihrer Mutter am Telefon kaum fassen. War sie ihr tatsächlich heute zum ersten Mal so oberflächlich und unverbindlich vorgekommen? Immerhin war Margaux mehrere Jahre mit ihrem Mann verheiratet gewesen. Auch wenn es zwischen den beiden während ihrer Ehe immer wieder zu Meinungsverschiedenheiten gekommen war und Emmas Mutter das Gefühl gehabt haben musste, dass Roger Duvalle ihre Lebensträume nicht akzeptiert, geschweige denn unterstützt hatte, in dieser Situation hätte sie anders reagieren müssen. Ihre Mutter musste doch nachvollziehen können, was es für die eigenen Kinder bedeutete, einen Elternteil in einer derart hilflosen Lage vorzufinden.

Als die Eischnee-Zucker-Mischung zu glänzen begann, legte Emma das Handrührgerät zur Seite und gab einen Teil der gesiebten Mandeln hinzu. Langsam vermengte sie die Zutaten mit dem Teigschaber und beobachtete zufrieden, wie die Masse erst pampig und dann fließend wurde. Die richtige Konsistenz des Teigs war das Geheimnis für gelungene Macarons ohne Risse oder Dellen.

Sie legte die vier Backmatten nebeneinander auf die Küchenplatte und gab den Teig in den Spritzbeutel. Vorsichtig füllte sie sämtliche Vertiefungen mit der grün glänzenden Masse und stellte den Rest beiseite. Als Balou sich neben sie stellte und mit seiner Schnauze gegen ihre Hand stupste, musste sie lachen. »Ach, Balou. Du weißt doch, dass du keine Macarons essen darfst.«

Er winselte leise. Emma schüttelte den Kopf. »Macarons für uns Menschen, Hundekekse für verfressene Königspudel.«

Nachdem sie ihm ausgiebig die Seite gekrault hatte, trabte er mit gesenktem Kopf davon. Gegen Abend würde sie noch einen ausgedehnten Spaziergang mit ihm unternehmen. Der Hund brauchte seinen gewohnten Auslauf, und da Emma davon ausging, dass sie in den nächsten Tagen weitere lange Stunden im Krankenhaus verbringen würde, wollte sie viel Zeit darauf verwenden, Balou zu beschäftigen. Sie stellte den Backofen an und überlegte, was sie in der Zwischenzeit tun konnte. Die Macarons mussten eine halbe Stunde trocknen, damit die Oberfläche der Häubchen bei den heißen Temperaturen im Ofen nicht riss. Ihr Blick fiel auf die Schublade, in der die Briefe lagen. Sie öffnete sie und zog den Packen heraus. Einen Moment lang blickte sie auf das fleckige vergilbte Papier. Sollte Emma wirklich weiterlesen? Der erste Brief hatte sie gestern sehr mitgenommen. Ein wenig fürchtete sie sich vor dem, was diese unbekannte Mutter ihrer Tochter in den folgenden Briefen geschrieben hatte. Doch ihre Neugier siegte. Sie setzte sich an den Tisch und nahm den nächsten Brief zur Hand.

Liebe Claire,

die Tage hier im Lager sind so furchtbar lang, das Grübeln mag kein Ende nehmen. Wo bist du? Und wie geht es dir, mein geliebtes Kind? Meine Gedanken lassen sich nicht im Zaum halten. Sie schwirren unablässig wie wilde Bienen in meinem Kopf herum. Erfüllen mich mit Wehmut, mit Trauer, mit Wut und mit fürchterlicher Angst. Ich denke immerzu an dich, an meine Familie, an die Dinge, die einst in meinem Leben eine wichtige Rolle gespielt haben. Doch all das scheint so lang her zu sein, auch wenn es Momente gibt, in denen ich denke, es sei erst gestern gewesen, als ich mich von meinen Eltern verabschiedet habe. Ich habe so viel Zeit, die möchte ich nutzen, um dir zu erzählen, wer ich bin.

Ich bin 1923 in Saarbrücken geboren. Mein Vater betrieb dort eine kleine Schneiderei, in der auch meine Mutter mitarbeitete. Es ging uns nicht schlecht. Ich hatte eine sehr behütete Kindheit. Wenn ich mittags aus der Schule kam, stand ein warmes Mittagessen auf dem Tisch. Nachmittags half Mama meinem Vater im Geschäft, während ich zu Hause Hausaufgaben erledigte oder mit meinen Freundinnen auf der Straße spielte. Eine sorglose Zeit – bis sich alles gegen uns wendete. Als Hitler zum Reichskanzler ernannt wurde, war ich zehn Jahre alt. Damals verstand ich noch nicht, welch tief greifende Veränderungen uns bevorstanden. Papa war oft gereizt,

Mama weinte viel. Beide ahnten wohl schon damals, was auf uns zukommen würde. Dass wir Juden waren, hatte in unserem bisherigen Leben kaum eine Rolle gespielt. Wir gingen nicht in die Synagoge, feierten zwar die höchsten jüdischen Feiertage, unterschieden uns sonst aber nicht von unseren christlichen Mitbürgern. In meiner Klasse gab es noch Daniel und Jacob, die bald ihre Bar-Mizwa hatten, die übrigen Mitschüler waren allesamt Christen. Das hatte nie eine Bedeutung gehabt, doch von einem auf den anderen Tag wurden wir plötzlich von allen gemieden. Auf dem Pausenhof standen wir isoliert von den anderen. Plötzlich hatten meine Freundinnen nachmittags keine Zeit mehr, wenn ich sie treffen wollte. Ich verstand die Welt nicht mehr.

Daniel kam zwei Jahre später eines Tages überhaupt nicht mehr zum Unterricht, niemand wusste, was mit ihm geschehen war. Erst viel später erfuhr mein Vater von gemeinsamen Bekannten, dass Daniels Familie nach Amerika emigriert war. Ich fragte mehrmals, warum sie so weit weggezogen wären, bekam aber nie eine Antwort. Mit meinen damals zwölf Jahren konnte ich das Ausmaß der Katastrophe, die auf uns zurollte, natürlich nicht begreifen. Papas immerzu besorgt dreinblickendes Gesicht und Mamas stets verquollene Augen machten mir jedoch große Angst. In einem solchen Zustand hatte ich die beiden noch nie zuvor erlebt. Oft wirkten sie hilflos und überfordert. Wenn ich die Samstage bei meinen Eltern in der Schneiderei verbrachte, fiel mir auf, dass immer weniger Kundschaft kam. Früher hatten die Leute auf die Qualität geschworen, die sie geliefert bekamen, wenn Mama ihnen bestellte Röcke oder Mäntel schneiderte. Doch mittlerweile hörte man kein Wort des Dankes mehr von den wenigen Auftraggebern, die unser Geschäft noch betraten. Es wurde einsam um uns herum. Lediglich eine ältere Nachbarin ließ sich nicht von dem rüden Ton, der uns Juden entgegengebracht wurde, beirren. Sie sah immer wieder bei uns vorbei, um uns ihr Bedauern angesichts der fürchterlichen Situation mitzuteilen. Wiederholt bot sie meiner Mutter Hilfe an, doch was konnte eine ältere Dame wie Frau Münd für uns ausrichten? Alles, was sie getan hätte, hätte sie ebenfalls in Gefahr bringen können.

Wenn ich mit Mama oder Papa durch die Stadt lief, vernahm ich oft Schimpfwörter, die man hinter uns herzischte. Papa hob dann stets den Kopf ein wenig höher und tat so, als habe er nichts gehört. Mama dagegen packte mich an der Hand und zog mich hastig weiter. Viele konnten uns nicht einmal mehr in die Augen blicken. Ich fühlte mich miserabel. Warum behandelte man uns so?

Wenn ich abends im Bett lag, konnte ich meine Eltern durch die dünnen Wände hindurch miteinander diskutieren hören. Ich vernahm nur die Worte »Schweiz« und »Amerika«, »Abreise« und »Gefahr«. Doch ich wusste, dass Mama niemals bereit wäre, Deutschland zu verlassen. Ihre Mutter lag mit einer schweren Lungenentzündung, von der sie sich wohl nie wieder so richtig erholen würde, seit Monaten im Krankenhaus. Je länger dieser Zustand anhielt, desto lauter und intensiver wurden die nächtlichen Gespräche zwischen meinen Eltern. Selbst als mein Vater die Schneiderei schließen musste, weil ihm nicht mehr erlaubt war, ein eigenes Geschäft zu führen, weigerte Mama sich, ihre Heimat zu verlassen. Wir durften nicht mehr ins Kino oder ins Konzert gehen. Papa musste unser Auto abgeben, da ihm der Führerschein entzogen wurde. Es war eine schreckliche Zeit, meine liebe Claire. Damals dachte ich, es könne nicht noch schlimmer werden. Bis wir von den Verhaftungen hörten. Komplette Familien aus unserer Gemeinde verschwanden über Nacht. Niemand wusste etwas über ihren Verbleib, niemand hatte etwas gesehen oder gehört. Gerüchte kursierten über Einrichtungen für jüdische Mitbürger. Auch politische Gegner Hitlers wurden willkürlich verhaftet und ohne Prozesse in Lager verschleppt. Wir trauten uns kaum noch aus dem Haus. Andererseits zuckten wir bei jedem Klopfen an der Wohnungstür zusammen, da wir fürchteten, ebenfalls verhaftet zu werden.

Als die Situation noch unerträglicher wurde, Nachbarn die Straßenseite wechselten, wenn sie uns schon von Weitem kommen sahen, und meine Eltern herausfanden, dass unsere Lebensmittelkarten nur einen Bruchteil der Menge für »richtige« Deutsche enthielten, erklärte mir mein Vater eines Abends, dass ich Deutschland verlassen müsse.

Ich kann mich noch genau an jenen Moment erinnern. Mama saß mit ernster Miene neben ihm. Sie würden nicht mitkommen, sagte er mit ruhiger Stimme, da sie meine Oma nicht allein zurücklassen könnten. Wenige Wochen zuvor hatte Hitler Polen überfallen, Deutschland befand sich im Krieg. Zu meinem Schutz müsse ich schnellstens das Land verlassen. Ich konnte es nicht glauben, saß wie betäubt vor den beiden und kämpfte mit den Tränen. Ich war noch nie zuvor woanders gewesen. Und nun sollte ich ganz allein in ein fremdes Land gehen, wo ich womöglich nicht einmal die Sprache verstand? Und wie sollte das überhaupt funktionieren? All diese Fragen stellte ich dann auch meinem Vater. In jener Nacht schon sollte es losgehen. Er kenne Leute, die jüdischen Mitbürgern bei der Flucht helfen würden. Wir würden zu fünft sein. Eine andere junge Frau aus Trier, eine dreiköpfige Familie aus Zweibrücken und ich. Ich begann zu weinen und zu flehen, dass sie mich nicht allein lassen sollten. In jenem Augenblick hatte ich furchtbare Angst. Vor der Fremde, der Ungewissheit und vor dem, was mit meinen Eltern passieren würde. Was wäre, wenn man sie verhaftete? Wie sollten sie den Kontakt zu mir halten? Ich wollte auf keinen Fall, dass wir getrennt wurden. Doch Papa bestand darauf. Deutschland sei für Juden nicht mehr sicher.

Wenn ich heute daran denke, erscheint es mir fast zynisch, dass ich nach Frankreich geschickt wurde. Die Nazis folgten mir. Sie setzten ihren Siegeszug fort und nahmen ein Land nach dem anderen ein. Es war der fünfte November 1939, als ich Deutschland verlassen musste. Der Tag, an dem ich meine Eltern zum letzten Mal gesehen habe.

Seit jener Nacht vor mehr als zweieinhalb Jahren, damals war ich gerade einmal sechzehn Jahre alt, habe ich nichts mehr von ihnen gehört. Ich kann nicht in Worte fassen, wie sehr sie mir fehlen, wie stark mich die Angst um die beiden lähmt. Was ist mit ihnen geschehen? Und mit meiner Großmutter?

Claire, ich hoffe aus tiefstem Herzen, dass unsere Trennung nicht ebenso lange andauern wird. Jeder Tag ohne dich kommt mir wie eine Ewigkeit vor. Ich muss stark sein, das sage ich mir immer wieder, auch wenn dies aufgrund der Zustände im Lager immer schwieriger wird. Wie lange kann ein Mensch das aushalten? Ich grüble und überlege, in einem Moment keimt ein winziger Funken Hoffnung auf, im nächsten Augenblick erscheint das Elend so grausam, dass ich mich frage, ob dieses Leben noch lebenswert ist. Wenn du nur bei mir wärst, wie viel einfacher wäre das Leben hier zu ertragen. Und doch weiß ich ja, dass dieser Ort nicht der richtige für dich ist. Du bist in Sicherheit, hast genug zu essen, wirst versorgt. Allein dieser Gedanke beruhigt und tröstet mich, wenn ich in die resignierten Augen der anderen Frauen um mich herum schaue.

Für immer,
Deine Mama

Sekundenlang saß Emma vor dem Brief und starrte ins Leere. Nun war klar, dass die Verfasserin nicht zu ihrer Familie gehörte.

Diese Mutter, die ihrer Tochter schrieb, war eine deutsche Jüdin aus Saarbrücken. Wie waren die Briefe in dieses Haus geraten? Wo lag die Verbindung? Beim Lesen hatte sie eine Gänsehaut bekommen. Der Text war nicht ausgedacht, es waren die Worte einer verzweifelten Frau. Emma rang um Fassung, als ihr die Macarons einfielen. Sie erhob sich und musterte die kleinen Deckelchen auf den Silikonmatten. Vorsichtig berührte sie eines mit ihrer Fingerkuppe. Der Teig war getrocknet. Emma öffnete den Ofen und schob ein Blech hinein. Sie hatte die Erfahrung gemacht, dass die Macarons kleine Diven waren, die einzeln gebacken werden wollten. Auch wenn dies einen größeren Zeitaufwand bedeutete, konnte sie sicher sein, dass sie nach wenigen Minuten perfekte Macaronschalen aus dem Ofen ziehen konnte. Während die Macarons buken, setzte sie sich wieder an den Tisch und zog den nächsten Brief heran. Was war dieser Frau geschehen? Hatte sie die Flucht geschafft?

Liebe Claire,

die letzte Nacht war sehr kurz. Immer wieder wurde ich wach, weil meine Nachbarin einen schweren Husten mit sich herumschleppt und stundenlang nicht zur Ruhe kam. Da es kaum Medikamente gibt, befürchte ich, dass mein Schlaf die nächste Zeit sehr kurz sein wird. Ich fühle mich erschöpft, obwohl die Tage so furchtbar lang sind, wenn man keine Beschäftigung hat. Ich sitze gerade vor der Baracke und spüre die frühe Morgensonne im Gesicht.

Ich möchte dir erzählen, wie ich im Spätherbst 1939 in der Nähe von Paris ankam.

Nachdem meine Eltern mich den Fluchthelfern übergeben hat-

ten, zwei Männern über sechzig, die ich noch nie zuvor gesehen hatte, traf ich auf die vier Jahre ältere Hannah und die dreiköpfige Familie Rothschild mit ihrem kleinen Sohn David. Wir wurden in einen Tiertransporter verfrachtet, und ich saß stundenlang völlig verängstigt zwischen unruhigen Ziegen, die zu ahnen schienen, wie diese Fahrt für sie enden würde. Hannah wirkte genauso nervös wie ich. Wir blickten uns immer wieder stumm an, wagten jedoch nicht zu sprechen. Der kleine David lag in den Armen seiner Mutter und schlief tief und fest. Kannte Papa die Männer, die uns über die Grenze bringen sollten? Er hatte mir nicht gesagt, was mich erwarten würde. Vielleicht wusste er es selbst nicht. Wie sollte ich jemals wieder zu meinen Eltern zurückfinden? Ich glaube, ich habe mich nie einsamer gefühlt als in jenem Moment. Als der strenge Geruch der Ziegen, gepaart mit dem Wackeln des Transporters, mir unerträgliche Übelkeit verursachte. Als die stickige Luft in dem geschlossenen Transporter mir meine Kehle zuschnürte. Ich war sechzehn Jahre alt und noch nie länger von meinen Eltern getrennt gewesen.

Stunden später hielt der Wagen endlich an. Ich hatte keine Ahnung, wo wir waren. Auf den ersten Blick sah es aus wie in Deutschland, bis mir ein französisches Straßenschild in der Dunkelheit ins Auge fiel. Wir hatten es also über die Grenze geschafft. Hannah schien genauso verunsichert zu sein, wie ich mich fühlte. Elias Rothschild sprach flüsternd mit unseren Fahrern, während seine Frau mit David im Arm leise vor sich hin summte. Nachdem wir unsere wenigen Habseligkeiten zwischen den meckernden Ziegen hervorgeholt hatten, stiegen die Männer wieder ein und fuhren ohne ein weiteres Wort davon.

»Wo sollen wir jetzt hin?« Ich konnte nicht glauben, dass man uns einfach so stehen ließ. Wir befanden uns an einer einsamen Landstraße, an der Mündung eines Feldwegs, es gab keine Straßenbeleuchtung, nicht den Hauch von menschlicher Zivilisation. Wo waren wir? Was würde passieren, wenn jetzt zufällig Polizei vorbeikäme? Ich hatte keinerlei Zeitgefühl mehr, wusste nicht, wie spät es war und wie lange wir warten mussten.

»Wir werden gleich abgeholt«, erklärte Elias Rothschild und blickte mich an. »Unsere Unterkunft scheint sich hier ganz in der Nähe zu befinden.«

Ich begann zu zittern, fühlte mich hilflos, schutzlos.

Als plötzlich wie aus dem Nichts ein Wagen die Straße entlanggefahren kam, duckten wir uns alle erschrocken weg, um dem Lichtstrahl des Fahrzeugs zu entkommen. Niemand von uns wusste, wer uns abholen würde. Wie sollten wir erkennen, welcher Wagen für uns bestimmt war? Angst kroch meine Kehle hoch. Ich zitterte am ganzen Körper, konnte die Anspannung kaum noch aushalten. Was würde geschehen, wenn wir auf die Falschen stießen? Irgendwo in der Ferne erklang ein Geräusch, das sich wie der Kampf zweier Katzen anhörte. Ich fröstelte.

Tatsächlich mussten wir nicht mehr allzu lange warten, bis ein weiterer Wagen in den Feldweg einbog. Nachdem wir erneut ins Gebüsch zurückgewichen waren, stieg eine junge Frau aus dem Fahrzeug und rief uns ein paar Worte auf Französisch zu, die jedoch keiner von uns verstand.

»Allez, allez!«, trieb sie uns an. Wir beeilten uns und drängten uns zu viert auf die enge Rückbank, bevor Davids Vater sich vorne neben die Französin setzte. Während der kurzen Fahrt blickte sie sich immer wieder um und richtete einige Worte an uns. Ich hatte das Gefühl, sie wollte uns aufmuntern und beruhigen, auch wenn wir nichts erwidern konnten.

»Voilà«, erklärte sie schließlich, als wir an einem einsam gelegenen Bauernhof ankamen. Die junge Frau deutete auf das Anwesen und redete erneut auf uns ein, ohne dass wir verstanden, was sie uns sagen wollte. Sie lachte kurz und bedeutete uns, ihr zu folgen. Hinter dem Hof befand sich ein kleineres zweistöckiges Bruchsteinhaus. Sie winkte uns und ging voran. Sollten wir hier etwa bleiben? Ich blickte mich um. Außer dem Hof gab es keine Anzeichen einer Stadt oder eines Dorfes. Hinter dem Anwesen konnte ich einen Wald erkennen, auf der anderen Seite führte ein Feldweg durch ein Getreidefeld.

»Bienvenue à Dainville.«

Ich blickte die Französin an. Den Namen hatte ich noch nie gehört. Wo waren wir? Auch die anderen schienen irritiert.

Wieder redete die Frau auf uns ein, bevor sie sich dem Haus zuwandte und die Tür öffnete. Das Erdgeschoss bestand aus einem einzigen Zimmer, das offenbar gleichzeitig als Küche und Aufenthaltsraum fungierte. Über eine knarrende Holztreppe führte sie uns ins Obergeschoss, in dem mehrere Strohsäcke auf dem Boden lagen. Ein Stapel Decken lag daneben, an der Wand befand sich ein selbst zusammengezimmertes Regal. Das war es.

»C´est à vous.« Die Französin hob die Hand und deutete in den Raum.

»Merci«, entgegnete Elias Rothschild und nickte leicht.

»Salut.«

Nachdem die Frau das Haus verlassen hatte, stellten wir unsere Taschen ab und sahen uns um.

»Das wird dann wohl für die nächste Zeit unser Zuhause sein«, seufzte Davids Vater und sah uns hilflos an.

Sein Sohn begann zu weinen.

»Ich habe Hunger«, erklärte ich, während ich zur Treppe zeigte.

»Ich habe unten Brot und Käse liegen sehen.« Es waren die ersten Worte aus Hannahs Mund.

Wir stiegen die Treppe wieder hinab und inspizierten die Küche. Hannah hatte recht. In einer Keramikschüssel lagen zwei Baguettes und ein großes Stück Käse. Daneben stand ein weißer Krug voll Wasser. Das war meine erste französische Mahlzeit.

Wenn ich heute an diese Zeit zurückdenke, kommt mir unsere damalige Unterkunft wie ein kleines Paradies vor. Wir hielten uns mehr als anderthalb Jahre in dem Häuschen auf. Im Sommer stand die Hitze in den engen Räumen. An Schlaf war nachts kaum zu denken, die Mücken plagten uns unentwegt. Im Herbst war es zugig und feucht, es roch modrig. Unsere Kleidung bekamen wir kaum trocken, und im Winter war es so kalt, dass wir ganze Tage unter dicken Deckenstapeln verbrachten, um nicht zu erfrieren. Und doch hatten wir stets genug zu essen. Die Bäuerin des Hofs versorgte uns, als gehörten wir zu ihrer Familie. Und auch wenn wir fünf Fremde waren, so funktionierte das Zusammenleben relativ gut. Mit der Zeit bekam natürlich jeder die Macken der anderen mit. Alle hatten Phasen, in denen sie angesichts der tristen Situation fast verzweifelten. Doch wir waren in Sicherheit. Nur einmal hatte die Bauernfamilie, die den Hof bewirtschaftete, Besuch von deutschen Soldaten. Wir hatten den Wagen zum Glück rechtzeitig gesehen und waren in den an das Haus angrenzenden Wald gerannt und hatten uns die nächsten Stunden dort versteckt. Doch nach uns wurde nicht gesucht. Völlig durchgefroren kehrten wir schließlich in das Haus zurück, und Amand, der Hofbesitzer, der mit seiner Familie in dem wesentlich großzügigeren Haupthaus lebte, erklärte uns abends, dass die Deutschen da gewesen waren, um die Hälfte seiner Tiere zu beschlagnahmen. Das war ein schwerer Schlag für ihn, und wir befürchteten, dass er uns nun aufgrund der neuen Umstände auf die Straße setzen würde. Schließlich waren wir nach wie vor fünf Esser mehr, die er versorgen musste. Er schien unsere Angst zu spüren, zumindest erklärte er uns sofort, dass wir das trotzdem schaffen würden.

»Sales boches«, fluchte er und spuckte verächtlich auf den Boden. Ja, ich bin während meiner Flucht immer wieder Menschen begegnet, die sich trotz des Krieges, trotz der menschenverachtenden Gesetze und Vorschriften, die ständig neu erlassen wurden, ihr Mit-

gefühl und ihre Hilfsbereitschaft bewahrt hatten. Amand war einer von ihnen.

Und selbst hier im Lager, in dieser Hölle auf Erden, gibt es Menschen, die helfen wollen. So wie Jeanne, die dich vor diesem Elend gerettet hat. Ach, meine kleine Claire, es war ein so unglaublich langer und leidvoller Weg bis hierher. Und doch gab es auch kleine Momente des Glücks, von denen ich dir in meinem nächsten Brief berichten möchte. Denn ich spüre, dass die Müdigkeit gerade übermächtig wird, die unruhige Nacht nun ihren Tribut fordert.

Ich schreibe dir wieder.

Deine Mama

Berührt ließ Emma den Brief sinken. Als sie das Piepen des Weckers hörte, erhob sie sich eilig, holte die erste Lage Macarons aus dem Ofen und schob die nächste hinein. Nachdenklich betrachtete sie die grünen Gebäckdeckelchen. Die Frau war 1923 geboren, hatte sie in dem vorherigen Brief geschrieben. Das würde bedeuten, dass sie heute siebenundneunzig Jahre alt wäre. Es war tatsächlich unrealistisch, dass sie noch am Leben war. Doch die Liebe dieser Frau zu ihrer Tochter löste etwas in Emma aus, was sie nicht in Worte fassen konnte. Sie hatte ihr Kind weggeben müssen, aus welchem Grund auch immer. Und diese Tatsache hatte der Mutter beinahe das Herz gebrochen.

Emma hätte fast aufgelacht. Und wie verhielt sich ihre eigene Mutter? Sie schüttelte den Kopf. Natürlich konnte sie die Situationen nicht vergleichen. Emma lehnte sich gegen die Arbeitsplatte. Oder doch? Warum eigentlich nicht? Als die Ehe zwischen ihren Eltern zerbrochen war, hatte ihre Mutter wahrscheinlich auch lange überlegt, was sie tun sollte. Und sie hatte sich entschieden, ohne ihre Kinder einen Neuanfang zu wagen. Zu Beginn erklärte sie ihnen während ihrer Telefonate stets, sie müsse erst eine geeignete Unterkunft finden, was aufgrund der horrenden Mieten in Paris nicht leicht werden würde. Doch wer hatte sie denn gezwungen, ausgerechnet nach Paris zu gehen? Niemand. Genauso gut hätte sie irgendwo auf dem Land ein kleines Häuschen für sich und ihre Kinder anmieten können. Emma kaute auf ihrer Unterlippe. Aber Margaux Duvalle hatte von dem großen Durchbruch geträumt. Wegen der zahlreichen Galerien, die es in der Hauptstadt gab, war ihre Wahl für sie alternativlos gewesen. Immer wieder hatte sie ihnen von der Pariser Künstlerszene erzählt, wie offen die Leute wären, wie sehr man sich gegenseitig helfe und unterstütze. Und was war das Ende vom Lied gewesen? Margaux Duvalle hatte einen wohlhabenden New Yorker kennengelernt und war ihm in die Staaten gefolgt.

Da Emma zu jenem Zeitpunkt fast volljährig gewesen war, hatte sich ihre Mutter offenbar nicht mehr für ihre Kinder verantwortlich gefühlt. Zumindest hatte sie seit ihrem Umzug nie wieder davon gesprochen, dass Olivier und Emma zu ihr ziehen sollten. Natürlich bot sie ihnen immer wieder an, sie besuchen zu kommen. Doch über eine unverbindliche Floskel ging diese Einladung nie hinaus. Warum fiel ihr diese Oberflächlichkeit erst jetzt auf? Hing es mit der Wiederbegegnung mit der restlichen Familie zusammen? Selbst Camille kam Emma menschlicher, mitfühlender vor, als sie sie in Erinnerung hatte. Musste eine Familie in einer solchen Situation nicht zusammenhalten?

•••

Eineinhalb Stunden später packte Emma zehn mit Zitrone-Vanille-Creme gefüllte Macarons auf einen Teller, eilte stolz die Treppen hinunter und ging ums Haus. Durch die Glaseingangstür der Patisserie erkannte sie, dass Zoé Montagnon mit zwei Frauen an einem der beiden kleinen Tischchen vor dem Schaufenster saß und sich unterhielt. Als die Ladenbesitzerin sie entdeckte, winkte sie ihr zu und bedeutete ihr, hereinzukommen.

»Bonjour«, setzte Emma an, während sie den anderen beiden freundlich zunickte. »Ich möchte gar nicht stören, sondern wollte Ihnen nur eine Kleinigkeit vorbeibringen.«

»Mon dieu, Emma.« Die Konditorin erhob sich und schlug die Hände zusammen. »Die sehen ja fantastisch aus.«

»Backen ist ein Hobby von mir«, wiegelte Emma ab.

»Ich liebe Macarons«, meldete sich die ältere der beiden anderen Frauen in diesem Moment zu Wort. »Und diese hier sehen wirklich wundervoll aus.«

»Ach, pardon«, warf die Ladeninhaberin ein. »Wie unhöflich von mir. Das ist Emma Duvalle, die Nichte meiner Vermieterin. Sie wohnt für ein paar Tage in der Ferienwohnung oben. Und das ist eine Freundin von mir, Mathilde Marais, mit ihrer Mutter. Mathilde ist Künstlerin. Sie malt. Und ihre Mutter ist gerade zu Besuch bei ihr.«

»Da haben wir wohl etwas gemeinsam«, meinte die ältere Dame und betrachtete Emma aus trüben Augen. »Obwohl ich keine richtige Touristin bin.«

»Ich auch nicht«, stimmte Emma zu. »Meine Familie kommt aus Collioure.«

»Ach, Sie selbst leben nicht mehr hier?« Die Malerin erhob sich ebenfalls, bedeutete ihrer Mutter aber, sitzen zu bleiben.

»Nein, ich wohne mittlerweile in Deutschland. Aber mein Vater ...« Sie stockte. »Er hatte am Samstag einen Schlaganfall.«

»Das tut mir leid«, erklärte die Mutter der Malerin leise.

»Mir auch«, ergänzte Mathilde in mitfühlendem Ton.

»Wie geht es ihm denn?«, wollte die Konditorin wissen.

»Unverändert«, entgegnete Emma, als sie sich besann, warum sie eigentlich hergekommen war. »Voilà!« Sie streckte Zoé Montagnon den Teller hin. »Die sind für Sie.« Sie verzog den Mund. »Eigentlich müssten sie wegen der Füllung noch ein paar Stunden durchziehen, aber ich habe oben noch mehr. Diese sind jetzt erst mal nur zum Probieren.«

»Sie backen wohl nur, wenn ich mir Ihre Figur anschaue«, witzelte die Mutter der Malerin.

Emma winkte ab. »Ich glaube, ich bin selbst meine beste Abnehmerin.« Sie zwinkerte. »Ich liebe diese Dinger abgöttisch.«

»Ich auch«, wiederholte die Ältere. »Aber im Gegensatz zu Ihnen sieht man es mir auch an.«

• • •

Am späten Nachmittag verließ Emma die Wohnung, um sich ein frisches Baguette zu kaufen. Sie meinte sich zu erinnern, dass sie in einer der Querstraßen unweit ihrer Wohnung eine Baguetterie gesehen hätte. Auf dem Weg dorthin ließ sie den Blick durch die Gassen wandern. Dieses Viertel war die Altstadt von Collioure. Die Gebäude hatten ausnahmslos bunt gestrichene Fassaden und bildeten so einen hübschen Kontrast zu den gepflegten Fensterläden, die meist in anderen Farben lackiert waren. Vor einem der Häuser stand eine rote Bank, auf der sich zwei kleine Katzen zusammengerollt hatten. Emma warf ihrem Hund einen Seitenblick zu, doch der Pudel schnupperte auf der anderen Seite der Gasse an einer Laterne und beachtete die Kätzchen überhaupt nicht. Viele Häuser hatten in den oberen Stockwerken bodentiefe Fenster, an deren Brüstungen breite Kästen mit blühenden Blumen angebracht waren. Eine wahre Idylle, schoss es Emma durch den Kopf. Früher hatte sie dies nie so empfunden, aber damals stellte Collioure auch ihre Heimat dar, die sie jeden Tag begleitet hatte. Nur wenige Menschen kamen ihr entgegen. Im März war es noch zu früh für die vielen Touristenströme, die spätestens ab Ostern die Côte Vermeille bevölkerten. Als sie um die Ecke bog, nickte sie zufrieden. Dort war die Baguetterie, die sie gestern im Vorbeigehen entdeckt hatte. Im Schaufenster stapelten sich die länglichen Brote. Emma befahl Balou, Platz zu machen und zu warten, bevor sie den Laden betrat.

Eine Kundin stand an der Theke und unterhielt sich gerade mit der Verkäuferin.

»Bonjour«, grüßte Emma, als sie erstaunt bemerkte, dass sich die beiden Frauen auf Deutsch unterhielten. Als die Kundin sich in ihre Richtung drehte, erkannte sie die Besitzerin der Crêperie.

»Emma, was für eine Überraschung.« Sie drehte sich zu der Verkäuferin. »Das ist Emma. Sie kommt ebenfalls aus Deutschland und scheint auch eine Weile hierzubleiben, oder, Emma?«

Die dunkelhaarige Frau hinter dem Tresen nickte in ihre Richtung. »Willkommen in Collioure«, erwiderte sie freundlich. »Sieht so aus, als ob wir bald eine deutsche Enklave hier eröffnen können.« Sie lachte.

Emma musste grinsen. »Ich spreche zwar Deutsch, bin aber Französin. Ich habe knapp zwanzig Jahre hier gelebt.«

»Sie kommen aus Collioure?« Die Verkäuferin trat um die Theke herum und streckte ihr die Hand hin. »Ich bin Amélie. Mir gehört die Baguetterie.«

»Sie sprechen akzentfrei Deutsch«, stellte Emma fest. »Wo kommen Sie her?«

»Aus Heidelberg«, entgegnete die Frau lächelnd.

»Ich lebe seit sieben Jahren in Stuttgart«, erwiderte Emma.

»Tja, da bin ich wohl das einzige Nordlicht, soweit ich das sehe.« Lara grinste. »Ich komme aus Bremen.«

»Sie hat es beide nach Collioure verschlagen? Sind Sie ausgewandert?« Emma sah von Amélie zu Lara.

Die beiden wechselten einen bedeutungsvollen Blick, bevor sie zu lachen begannen. »Tja, Collioure war wohl unser Schicksal«, erklärte Amélie schließlich. »Dieser Ort ist ein Allheilmittel in allen Lebenslagen.«

»Das kann ich leider nicht bestätigen«, widersprach Emma leise. »Mir hat er kein Glück gebracht.«

»Das tut mir leid.« Amélie musterte sie mitfühlend.

»Wie geht es Ihrem Vater?« Lara trat einen Schritt näher.

Emma zuckte mit den Achseln. »Sein Zustand ist unverändert. Die Ärzte wissen nichts. Es ist …« Ihre Stimme brach. Sie schüttelte den Kopf. »Ein Baguette bitte.« Emma wischte sich über die Augen. »Es ist furchtbar, den eigenen Vater so hilflos zu sehen. Nicht zu wissen, was man tun kann.«

»In einer solchen Situation hilft nur Geduld«, erklärte Lara neben ihr behutsam. »Ich wünsche Ihrem Vater von Herzen gute Besserung.«

Emma nahm das Brot entgegen und bezahlte. »Vielen Dank. Ich muss jetzt gehen. Ich habe den ganzen Tag noch nichts Ordentliches gegessen. Und Balou muss auch noch mal raus.«

»Balou?« Amélie runzelte die Stirn.

»Ihr Pudel«, erwiderte Lara und zeigte vor die Tür. »Ein ganz Süßer.«

»Das ist er«, bestätigte Emma lächelnd und hob das Baguette hoch. »Vielen Dank.« Sie zögerte. »Für das Brot … und für das nette Gespräch.«

»Keine Ursache«, entgegnete Amelie.

11

Schwer atmend blieb Emma an einem Felsvorsprung stehen, stützte ihre Hände auf die Oberschenkel und beugte den Kopf nach vorn. Wie lange war sie nicht mehr laufen gewesen? Nach den aufwühlenden letzten beiden Tagen hatte sie plötzlich in der Ferienwohnung das Gefühl gehabt, keine Luft mehr zu bekommen. Kurz entschlossen hatte sie ihre geblümten Sportleggings angezogen, ihre Doc Martens gegen Turnschuhe getauscht und war losgerannt. Balous ausgelassenen Freudensprüngen nach zu urteilen, hatte auch der Pudel nach der langen Reise und der Umstellung geradezu nach Bewegung gelechzt. Jetzt stand der Rüde neben seinem Frauchen und hechelte wie wild. »Das haben wir gebraucht, oder?« Emma setzte sich auf einen flacheren Felsen und streckte ihre müden Beine von sich. Sie war fast eine Stunde gelaufen. Morgen würde sie wahrscheinlich jeden Knochen spüren. Während sich ihre Atmung langsam beruhigte, ließ sie den Blick über das Meer schweifen, das durch den aufgekommenen Wind rauer als noch am Nachmittag war. Emma liebte die aufgepeitschten Wellen. Weiße Schaumkronen tanzten auf dem aufgewühlten Wasser. Unter ihr klatschte das Meer mit lauten Schlägen gegen die kargen Klippen. Sie schloss die Augen und lauschte den bekannten Geräuschen.

Wieder wurde ihr bewusst, was sie vor sieben Jahren alles zurückgelassen hatte. Der gestrige Abend bei ihrem Bruder und dessen Familie war wunderschön gewesen. Und dann diese traumhafte landschaftliche Kulisse – wie hatte sie nur all die Jahre vergessen können, wie idyllisch und einzigartig ihre Heimat war? Hatten der hässliche Streit mit ihrem Vater und die Enttäuschung durch Léon wirklich die ganze Schönheit ihrer Heimat überschattet? Als Emma wieder die Augen öffnete, erblickte sie eine kleine Motorjacht am Ende der Bucht. Sie musste an einen der seltenen Ausflüge denken, die ihr Vater mit ihnen unternommen hatte. Soweit sie sich erinnern konnte, war es ein Sonntag in den Sommerferien gewesen. Collioure war wegen der vielen Touristen aus allen Nähten geplatzt. Die Strände waren völlig überfüllt gewesen, und auch der Pool im Garten der Villa hatte nichts an Emmas und Oliviers Langeweile ändern können. Es war der erste Sommer nach dem Weggang ihrer Mutter gewesen. Die Geschwister hatten sich unentwegt gestritten und gegängelt. Ihr Vater war in seinem Arbeitszimmer gewesen und hatte das Plädoyer für einen anstehenden Gerichtsprozess vorbereitet. Irgendwann war ihm das Gebrüll seiner Kinder derart auf die Nerven gegangen, dass er wie von der Tarantel gestochen aus dem Haus gestürmt kam und zu einer Schimpftirade ansetzen wollte. Emma erinnerte sich noch genau an sein Gesicht. Roger Duvalle schien in jenem Moment allerdings gespürt oder gesehen zu haben, wie unsicher seine Kinder gerade waren. Mit hochrotem Kopf hatte er vor ihnen gestanden, wahrscheinlich selbst von der ganzen Situation überfordert. Olivier und sie hatten ihn ängstlich beobachtet, darauf gefasst, eine lautstarke Standpauke gehalten zu bekommen. Doch nach minutenlangem Schweigen hatte er ihnen verkündet, sie sollten sich etwas über ihre Badekleidung ziehen, sie würden einen Ausflug unternehmen. Das Motorboot hatte ihr Vater von einem Bekannten geliehen. Nachdem sie auf dem Markt haltgemacht und ein leckeres Picknick zusammengestellt hatten, war es weiter zum Hafen gegangen. Sie hatten den kompletten Nachmittag auf dem Wasser verbracht. Ihr Vater war mit ihnen aufs offene Meer hinausgefahren, wo sie vom Boot aus ins kühle Nass springen konnten. Sogar Roger Duvalle war schwimmen gegangen und hatte Emma huckepack durchs Wasser gezogen. Ja, es war einer dieser seltenen Momente gewesen, in denen sie sich geborgen und behütet gefühlt hatte. Ihr Vater hatte es sogar geschafft, die Trauer um den Wegzug ihrer Mutter etwas zu dämpfen.

Emma richtete sich wieder auf. Balou sah sie erwartungsvoll an. »Noch fünf Minuten, d'accord?«

Noch immer ärgerte sie sich über die teilnahmslose Reaktion ihrer Mutter heute Morgen. Warum hatte sie Emma überhaupt angerufen? Um ihr Gewissen zu beruhigen? Um Emma zu signalisieren, dass sie sie nicht vergessen hatte? Aber es ging überhaupt nicht um Margaux Duvalle, es ging um Emmas und Oliviers Vater. Um den Mann, mit dem ihre Mutter zwei Kinder in die Welt gesetzt hatte. Der hilflos im Krankenhaus lag und dessen Zustand Emma eine Heidenangst einjagte. Im nächsten Moment wunderte sie sich über sich selbst. Hatte sie sich nicht sieben Jahre lang eingeredet, dass ihre Familie für sie gestorben sei? Dass sie keinen von ihnen brauchte oder wiedersehen wollte? Ihr Gefühl vermittelte Emma jedoch etwas anderes. Hatte sie sich vielleicht nur etwas vorgemacht? Seufzend tätschelte sie Balous Kopf, bevor sie sich wieder erhob. »Warum muss das Leben nur so kompliziert sein?«

Der Pudel wedelte mit dem Schwanz und blickte sie freudig an. »Ja, ich weiß, für dich ist nichts kompliziert.« Emma grinste. »Eine letzte Runde? Denkst du, das schaffen wir noch?« Nach einem erneuten Blick aufs Meer drehte Emma um und trabte Richtung Collioure zurück. Da sie ihre müden Muskeln keine weitere

Stunde beanspruchen wollte, kürzte sie ihre Route ab und rannte querfeldein zu dem kleinen Örtchen zurück.

Als Emma die ersten Häuser erreichte, bemerkte sie ihren Fehler. Zögernd näherte sie sich dem Boulodrome, wo sie in der Vergangenheit viele Stunden mit Léon zugebracht hatte. Ihr Ex-Freund war in der Region fast so etwas wie ein heimlicher Champion. Er spielte schon, seit er ein kleiner Junge war, und hatte bereits mehrere größere Turniere gewonnen. Als ob sie es geahnt hätte, beschleunigte Balou sein Tempo und stürmte Richtung Bouleplatz. Genervt verfolgte Emma, wie die weiße Pudelhündin von gestern hinter einer Hecke hervorstob, sich flach auf den Boden legte und den Rüden seelenruhig an ihrem Kopf schnüffeln ließ.

»Balou«, presste Emma hervor und ließ den Blick über die Anlage wandern.

»Senna!«

Emma verdrehte die Augen und steuerte auf die beiden Hunde zu. Heute blieb ihr auch wirklich nichts erspart.

»Senna! Verflucht. Du sturer Hund.« Léon tauchte hinter den Hunden auf, in der rechten Hand eine silberne Boulekugel. »Emma!«

»Ich habe zu spät daran gedacht, dass du …« Sie schüttelte den Kopf. »Dass Senna … dass mein Hund seit gestern anscheinend schwer verliebt ist.« Sie zog die Brauen hoch.

Léon lachte. »Diese Liebe beruht ganz offensichtlich auf Gegenseitigkeit.«

»Sieht ganz danach aus«, stimmte Emma zu und stemmte die Hände in ihre Hüften.

»Warst du laufen?« Er musterte sie.

Sie nickte. »Ich musste einen freien Kopf bekommen.«

»Das kenne ich.« Léon zog eine Grimasse. »In letzter Zeit

komme ich viel zu selten dazu. Vielleicht sollte ich mir ein Beispiel an dir nehmen. Senna würde ein wenig Tempo sicher auch guttun.« Er zeigte auf die Hunde. Die Hündin hatte ihr Hinterteil in die Luft gestreckt und lag mit den Vorderpfoten auf dem Boden. Balou tänzelte schwanzwedelnd um sie herum und winselte leise.

Léon trat näher. »Wie geht es deinem Vater?«

»Unverändert«, erwiderte Emma knapp. Léon stand keinen Meter mehr von ihr entfernt. Sein Geruch in ihrer Nase weckte lang zurückliegende Erinnerungen in ihr. Angestrengt versuchte sie, ihr viel zu schnelles Herzklopfen zu ignorieren.

»Er ist nicht ansprechbar?« Seine Stimme klang mitfühlend.

»Nein, er liegt nur da und ...« Sie atmete tief aus. »Hast du Olivier nicht gesehen?« Skeptisch sah sie ihren Ex-Freund an.

»Olivier hatte heute mehrere Gerichtstermine. Ich glaube, er ist erst heute Nachmittag in der Kanzlei gewesen. Da hatte ich schon einen Auswärtstermin.«

»Ja, die viel beschäftigten Anwälte«, höhnte Emma. »Immer unterwegs, um die betuchten Klienten vor dem bösen Finanzamt zu schützen.«

»Emma«, setzte Léon an.

Sie winkte ab. »Vergiss es einfach. Du musst wissen, was du tust. Es ist schließlich dein Leben und geht mich überhaupt nichts mehr an.«

»Ich würde gern einiges mit dir klären«, erwiderte er leise neben ihr.

Sie sah ihn an. Seine blauen Augen wirkten stumpf. Wann war er so schmal geworden? »Es gibt nichts zu klären, Léon. Mein Leben ist momentan schwierig genug. Du hast mir damals klar zu verstehen gegeben, wie du dir deine Zukunft vorstellst. Also, was soll es zwischen uns noch zu reden geben?«

»Léon, kommst du? Wir wollen weiterspielen.«

An einer der Boulebahnen entdeckte Emma Tristan, Léons besten Freund. Sie hob die Hand und winkte ihm zu. »Ich muss dann auch weiter.« Sie pfiff, doch Balou blieb weiter treu bei seiner Angebeteten stehen. Emma schnaubte genervt und nahm die Leine zur Hand, die sie sich umgelegt hatte. »Dann eben so.« Geschickt befestigte sie die Leine an der Halsbandöse und zog den Pudel von Senna weg. »Sag Tschüss!«

»Salut, Emma. Und noch einen schönen Abend«, verabschiedete sich Léon hörbar resigniert.

• • •

Gedankenversunken schlenderte Emma an der Strandpromenade entlang. Es dämmerte bereits. Balou schnüffelte an einem Hibiskus, während Emma den Blick aufs Meer richtete. Wieder überkam sie Wehmut, wenn sie nur daran dachte, wie viele Jahre sie von zu Hause weg gewesen war. Zu Hause, wiederholte sie stumm.

»Emma!«, riss sie eine bekannte Stimme aus der Grübelei. Als sie sich umdrehte, erblickte sie Amélie und Lara zusammen mit Mathilde Marais auf einer Mauer sitzend.

»Emma«, wiederholte Lara erfreut und blickte ihr lächelnd entgegen. »Kommen Sie! Balou scheint erschöpft zu sein.« Sie deutete auf den hechelnden Pudel.

Emma grinste. »Er ist tatsächlich völlig fertig. Wir waren vorhin laufen, und dann hat er noch seine neue große Liebe getroffen, für die er sich wohl etwas zu sehr ins Zeug gelegt hat. Daher fällt unsere Abendrunde etwas knapper aus.« Sie steuerte auf die drei Frauen zu.

»Seine neue große Liebe?« Amélie runzelte die Stirn.

Emma winkte ab. »Die Pudelhündin meines Ex-Freunds.«

»Wow, klingt spannend.« Lara lachte.

»Wollen wir uns nicht duzen?«, schlug Amélie vor, während sie mit der flachen Hand neben sich auf die Mauer klopfte. »Ich schätze mal, dass ich die Ältere bin.«

»Na, bei dem Thema habe ich wohl das letzte Wort«, frotzelte Mathilde. »Außerdem bin ich heute Nachmittag schon in den Genuss der Backkünste dieser jungen Dame gekommen. Ich wusste gar nicht, dass ihr euch kennt.« Sie verzog die Lippen. »Aber Collioure ist in der Hinsicht ja ein Dorf.«

»Nicht nur in der Hinsicht«, ergänzte Emma mit belegter Stimme. »Aber gern. Ich bin Emma.«

Amélie öffnete ihre Handtasche und zog eine Flasche Prosecco hervor.

»Gibt es etwas zu feiern?« Lara beugte sich nach vorn.

»Ja«, bestätigte Amélie geheimnisvoll. »Allerdings.«

»Dann habe ich auch noch etwas beizusteuern«, erklärte Emma, während sie eine Schüssel aus ihrer Tasche nahm. »Ein Macaron gefällig?« Sie nahm den Deckel ab und präsentierte den Frauen die mintgrünen Gebäckteile. »Ich habe leider nicht so viele dabei, aber ich konnte ja nicht ahnen, dass wir uns hier begegnen.«

»Die sind fantastisch«, setzte Mathilde an. »Meine Mutter hat den ganzen Nachmittag ununterbrochen davon geschwärmt.«

»Das freut mich.«

»Die sehen phänomenal aus«, rief Lara. »Ich backe ja auch gern, aber an Macarons habe ich mich noch nicht herangetraut.«

»Wenn man das richtige Rezept hat, kann gar nichts schiefgehen.«

»Na ja«, relativierte Amélie. »Ein wenig Talent gehört wohl schon dazu.«

»Apropos Talent. Das Baguette war superlecker.«

»Danke für die Blumen.«

»Was gibt es denn jetzt zu feiern? Und was hat es mit dem Pudel von Emmas Ex-Freund auf sich?« Lara wedelte lachend mit einer Hand. »Ich glaube, das wird ein sehr interessanter Abend.«

Emma betrachtete die Frauen der Reihe nach. Obwohl sie sich kaum kannten, fühlte sie sich schon jetzt in ihrer Gesellschaft wohl.

Amélie legte einen Zeigefinger auf die Lippen, bevor sie den Prosecco in die Pappbecher schüttete und jedem von ihnen einen gab. »Benjamin hat mich gefragt, ob ich seine Frau werden möchte.«

»Nein!«, platzte es aus Lara heraus. »Das ist ja ... wundervoll.«

»Ich freue mich sehr für dich«, erwiderte Mathilde lächelnd. »Wenn ich daran denke, wie wir hier saßen und ...« Sie zog ihre Brauen hoch. »Na, du weißt schon. Aber aller Anfang ist schwer.«

»Da sagst du etwas«, grinste Amélie.

»Ich kenne deinen Benjamin zwar nicht, aber ich freue mich trotzdem für euch. Herzlichen Glückwunsch!«

Sie hoben die Becher und prosteten sich lauthals zu.

Einige vorbeilaufende Passanten blickten konsterniert zu der ausgelassenen Frauengruppe.

»Wann hat er dich gefragt?«

Amélie schloss kurz ihre Augen. »Gestern Abend, als er nach Hause kam. Er hat uns sein weltbestes Ratatouille gekocht und sich überhaupt nichts anmerken lassen. Als wir danach zusammengesessen haben, ist er plötzlich aufgestanden, hat ein Buch geholt«, sie verdrehte die Augen, »mein Buch«, betonte sie lächelnd, »und hat mich gebeten, es aufzuschlagen. Ich wusste gar nicht, was er von mir will. Als ich es dann notgedrungen aufgeklappt habe, hat mir dieser Ring entgegengeschaut.« Sie hob eine

Hand und wackelte mit dem Ringfinger, an dem ein wunderschöner weißgoldener Ring mit drei Diamanten glitzerte.

»Wow!« Lara griff nach Amélies Hand und drehte sie vorsichtig zu sich.

»Er hat ein Loch in die Seiten geschnitten, sodass ein Hohlraum entstanden ist. Und dort hat er den Ring verborgen.« Amélies Gesicht strahlte vor Glück.

»Das klingt wunderschön«, erwiderte Emma leise. »Du scheinst einen tollen Mann zu haben.«

»Den besten«, erwiderte Amélie. »Für mich.«

»Hattest du nicht auch erzählt, dass an deinem Entschluss, hierzubleiben, ein Mann nicht ganz unschuldig war?« Emma wandte sich an Lara.

Die lachte. »Genau genommen sogar zwei Männer. Mein Vater kommt aus Collioure, und ja, wenn ich Félix nicht kennengelernt hätte, weiß ich nicht, ob ich dann jetzt hier sitzen würde. Manchmal schlägt das Leben seltsame Wege ein. Ich bin letzten September hierhergekommen, um meinen Vater zu suchen, den ich bis zu dem Zeitpunkt überhaupt nicht kannte. Meine Mutter ist im Sommer davor an Krebs gestorben, kurz darauf hat mir meine Chefin gekündigt. Ich war völlig am Boden.«

»Das kann ich bestätigen«, ergänzten Amélie und Mathilde fast im Chor.

Emma musste lachen.

»Es war mein erster Besuch in Collioure.« Lara nahm einen Schluck von ihrem Prosecco. »Und manchmal kann ich es immer noch nicht glauben, wie sehr sich mein Leben innerhalb weniger Monate so verändert hat.«

»Ja, bei mir war es ja ähnlich.«

Emma sah sie fragend an, doch Amélie winkte nur ab. »Der Abend ist zu schön, um in traurigen Erinnerungen zu schwelgen.

Ich erzähle es dir gern ein andermal. Viel mehr würde mich interessieren, was es mit dieser Liebelei deines Pudels auf sich hat?« Wieder grinste sie.

Emma stöhnte. »Eigentlich hört Balou aufs Wort. Aber wenn er diese Hündin ...«, sie schüttelte den Kopf, »wenn er Senna sieht, scheint sein Gehirn auszusetzen.«

»Senna«, wiederholte Mathilde ernst. »Ein hübscher Name.«

»Und eine hübsche Hündin«, seufzte Emma theatralisch. »Zumindest ist Balou dieser Ansicht.«

»Eine hübsche Hündin mit hübschem Herrchen?« Lara sah sie fragend an.

Emma zuckte mit den Achseln. »Wir waren lange zusammen. Leugnen ist also zwecklos.«

»Warum habt ihr euch getrennt?« Amélie sah sie von der Seite an. »Wenn du nicht darüber reden möchtest ... Aber es scheint mir, dass heute ein guter Abend für tiefsinnige Themen ist.«

»Léon ist sehr karriereorientiert«, erklärte Emma zögernd. »Wenn ich im Nachhinein darüber nachdenke, hätte ich schon viel früher erkennen müssen, dass wir eigentlich überhaupt nicht zusammenpassen.«

»Wie lange wart ihr denn ein Paar?«

»Zwei Jahre.«

Amélie musterte sie. »Du bist noch sehr jung. Das heißt, als ihr zusammen wart, warst du ...?«

»Ich habe ihn mit siebzehn kennengelernt«, erklärte Emma leise. Wieder musste sie daran denken, wie er vorhin so dicht neben ihr gestanden hatte. Sein Geruch war ihr gleichzeitig vertraut wie auch aufregend neu vorgekommen. Was war nur mit ihr los? »Mit neunzehn bin ich nach Deutschland gezogen«, fuhr sie fort, um die aufkeimenden Gedanken zu verdrängen.

»Karrierebewusst ist erst mal kein negativer Charakterzug«,

mischte sich Lara ins Gespräch. »Würde ich zumindest meinen. Viele Männer hängen noch immer alten Rollenbildern nach. Dass sie irgendwann einmal eine Familie ernähren müssen. Von daher finde ich es nachvollziehbar, dass jemand darauf bedacht ist, eine gute Position zu ergattern.«

»Mein Vater ist ein ziemlich bekannter Anwalt hier in der Region«, setzte Emma an. »Sein gesamtes Leben bestand immer nur aus Arbeit. Daran ist auch seine Ehe zerbrochen. Meine Mutter war ... anders. Sie sah das Leben anders. Geld und Status waren ihr egal. Mein Vater hat ihre Meinung jedoch nie akzeptiert.« Sie machte eine Pause. »Ich war zwölf, als sie uns verlassen hat.«

»Oje«, entgegnete Lara. »Das klingt sehr traurig.«

»Ja, das war es. Ich scheine stark nach meiner Mutter zu kommen. Mein Vater hatte nie Verständnis dafür. Mein Bruder ist ebenfalls Anwalt geworden. Ich habe das Studium nach einem Semester geschmissen, als ich gemerkt habe, dass das einfach nicht meine Welt ist. Nachdem ich meinem Vater verkündet hatte, dass ich Tierpflegerin werden möchte, hat er mich aufs Übelste beschimpft. Elefantenkacke wegzuschaufeln sei kein angemessener Beruf für seine Tochter. Wovon ich später einmal leben wolle. Er warf mir vor, genauso flatterhaft zu sein wie meine Mutter. Ein Paradiesvogel, das schwarze Schaf der Familie.« Sie schüttelte den Kopf. »Es war sehr hässlich.«

»Er hat dich sehr verletzt«, stellte Amélie nüchtern fest.

»Ja, das hat er«, bestätigte Emma bitter. »Und als ich Léon davon erzählt habe, hat er meinen Vater in Schutz genommen und ins gleiche Horn gestoßen. Mittlerweile denke ich, dass er mich nie richtig gekannt hat.« Emma hob den Kopf. »Es ist so lange her.« Sie hielt inne. »Er arbeitet mit meinem Vater und meinem Bruder zusammen. Wahrscheinlich ist er mittlerweile genau so ein Workaholic geworden, der nur noch Geld und Macht und Ansehen im Kopf hat.« Emma schüttelte erneut den Kopf. »So wollten wir nie sein.«

Mathilde erhob sich. »Warum redest du nicht einfach mit ihm? Er scheint dir nicht gleichgültig zu sein. Ihr habt euch eine Ewigkeit nicht gesehen. Was spricht denn dagegen, die Situation von damals endlich zu klären?«

Emma schüttelte den Kopf. Sie blickte zum Strand, sog die salzige Meerluft ein. Am Himmel zeigten sich die ersten schwach leuchtenden Sterne. »Ich habe momentan andere Probleme. All die Jahre empfand ich nichts als Wut auf meinen Vater, wenn ich daran denken musste, wie er mich damals behandelt hat.« Als sie sich der fragenden Blicke der Frauen bewusst wurde, schüttelte sie leicht den Kopf. »Er ist noch immer nicht bei Bewusstsein. Er liegt nur da und ...« Sie schlug sich die Hand vor den Mund. »Ich weiß gar nicht, warum ich euch das erzähle. Ihr habt sicher andere ...«

Amélie winkte ab. »Mach dir darüber keinen Kopf. Manchmal tut es gut, seine Sorgen laut äußern zu können. Und glaub mir, Lara und ich können ein Lied davon singen, wie es sich anfühlt, in einer Krise zu stecken.«

»Es tut mir leid«, flüsterte Emma. »Ich wollte euch wirklich nicht den Abend verderben.«

»Das hast du nicht. Ich habe vor vier Jahren meine Familie verloren. Mein Sohn war damals noch ganz klein. Er starb bei einem Autounfall«, erzählte Amélie zögernd.

»Das ist schrecklich«, sagte Emma betroffen. »Es tut mir sehr leid.«

»Danke«, entgegnete Amélie ernst. »Und ja, du hast recht, es ist schrecklich. Noch immer. Als ich letzten Sommer nach Collioure kam, war ich selbst wie tot. Ich konnte nichts mehr empfinden. Alles in mir war leer.«

»Vor einem Jahr?« Emma betrachtete die attraktive Schwarzhaarige bewundernd. »Und dann hast du dich entschieden, hierzubleiben und eine Baguetterie zu betreiben?«

Amélie lachte. »So ähnlich, ja.« Sie deutete auf die Bucht. »Ich wette, dieser Anblick hat schon sehr vielen Menschen vor uns geholfen, Krisen zu meistern.«

Emma tätschelte Balous Kopf und sah zur Wehrkirche, die majestätisch an der Hafeneinfahrt thronte. »Ich hatte wirklich vergessen, wie schön es hier ist. Diese Farben!« Sie verfolgte, wie sich der Horizont immer dunkler färbte.

»Collioure ist eines der schönsten Örtchen, die ich kenne«, merkte Mathilde an. »Man hat den Eindruck, es ruhe ganz in sich. Ich habe selten so wunderbare Motive, so ausdrucksstarke Farben angetroffen. Es hat fast etwas Magisches.«

Lara hob ihr Glas. »Ein Hoch auf unser wundervolles Städtchen!«

»Ein Hoch auf seine zauberhaften Bewohnerinnen«, ergänzte Mathilde grinsend.

»Und ein Hoch darauf, dass Emmas Papa ganz bald wieder gesund wird.« Amélie zwinkerte Emma aufmunternd zu.

12

Meine liebe Claire,

heute leuchtet die Sonne ein klein wenig heller. Der Himmel schimmert eine Nuance intensiver. Jeanne war gerade bei mir und erklärte mir, dass sie versuchen wolle, mich aus dem Lager herauszubekommen. Seit drei Wochen bist du nun schon in einem Kinderheim, nicht weit von der spanischen Grenze entfernt. Jeanne wurde berichtet, dass du schon zugenommen habest, deine Wangen nicht mehr so eingefallen seien wie bei deiner Ankunft dort. Ach, wenn ich nur an dich denke, mein kleines Baby, muss ich schon wieder gegen die Tränen ankämpfen. Ist es denn möglich, dass ich dich schon ganz bald wieder in meine Arme schließen kann?

Während ich im Schatten neben der Baracke sitze und diese Zeilen schreibe, eilt eine spanische Mutter mit ihrem Kleinkind an mir vorbei, die Beinchen und Ärmchen dünn wie ausgetrocknete Äste, die Augen groß und verängstigt. Ach, was wird uns hier nur zugemutet? Ich bin seit mehr als neun Monaten hier, es kommt mir vor wie eine Ewigkeit.

Dank Jeannes Nachricht fühlt sich mein Herz heute etwas leichter an, und ich möchte dir von deinem Vater berichten. Ich hoffe tief in meinem Inneren, dass du ihn bald persönlich kennenlernen wirst, aber nach meinen Erfahrungen hier im Lager erscheint mir nichts mehr sicher. Vor zwei Tagen ist eine andere jüdische Mutter mit ihren beiden Kindern von französischen Polizisten abgeholt worden, wir hatten gerade unsere tägliche Ration Reis bekommen, als die Uniformen auftauchten und Magda mit den beiden Kleinen abholten. Niemand weiß, warum sie weggebracht wurden und wohin man sie transportiert hat. Was passiert mit dir, wenn sie mich plötzlich in einer Nacht-und-Nebel-Aktion abholen? Wer weiß von mir? Wer kann dir von mir erzählen? Ich werde Jeanne von den Briefen berichten und sie bitten, dir all meine Schreiben zu übergeben, sollte mir etwas zustoßen.

Nun aber zurück zu deinem Vater: Als die Lage auf dem Hof östlich von Paris schwieriger wurde, der Krieg immer näher rückte und die Polizeikontrollen sich verschärften, informierten uns Bekannte von Amand im Frühjahr 1941 darüber, dass man uns in den unbesetzten Süden verfrachten werde. Elias und Ava Rothschild waren ebenso wie Hannah und ich wenig begeistert, erneut bei wildfremden Menschen unterzukommen.

Zwei Tage vor der geplanten Abfahrt waren die drei Rothschilds plötzlich verschwunden. Weder Hannah noch ich hatten nachts mitbekommen, wie die Familie das Haus verlassen hatte. Wir haben nie wieder von ihnen gehört. Ich weiß nicht, wohin sie geflohen sind, welche Pläne sie mit ihrer eigenständigen Flucht verfolgten. Hannah und ich packten unser weniges Hab und Gut zusammen. Amands Frau gab uns sogar noch einige ausgemusterte Kleidung und ein großes Verpflegungspaket mit.

Kurz darauf wurden Hannah und ich dann von einem älteren Franzosen mit einem schwarzen Kleinbus abgeholt. Der Mann sprach nicht viel mit uns. Ich kann nicht sagen, wie lange wir unterwegs waren. Immer wieder bogen wir in Feldwege ein, von denen ich befürchtete, sie würden irgendwo im Nirgendwo enden. Doch ich irrte mich. Unser Unterstützer schien sich bestens auszukennen und genau zu wissen, wo er hinwollte. Da wir nur wenig Pausen machten, waren Hannah und ich sehr froh über die Verpflegung, die man uns mitgegeben hatte. Wir schliefen viel und bangten, wo wir letztlich landen würden.

Während wir in der Morgendämmerung wieder einmal über unbefestigte und holprige Wege durch weitläufige Felder voller Weinreben fuhren, wandte sich unser Fahrer plötzlich zu uns um und erklärte, wir seien gleich am Ziel. Ich setzte mich aufrecht hin und blickte neugierig aus dem Fenster. Die Vegetation unterschied sich immens von unserem ersten Aufenthaltsort, der uns mehr als achtzehn Monate eine Zuflucht geboten hatte. Die Erde war trocken und staubig, die Äste der Bäume wirkten ausgedörrt und morsch.

Vor uns tauchte ein altes Gehöft auf, ähnlich groß wie das von Amand. Hannah und ich wechselten einen langen Blick miteinander.

Als der Wagen vor dem Eingang hielt, stürmte ein Paar mittleren Alters aus der Eingangstür. Die Frau schüttelte ununterbrochen den Kopf, während ihr Mann wild gestikulierend auf sie einredete.

Eingeschüchtert stiegen wir aus und sahen zu unserem Unterstützer. Der bedeutete uns zu warten und trat zu dem Ehepaar. Ängstlich verfolgte ich das Gespräch. Es war offensichtlich, dass die Frau uns nicht auf ihrem Anwesen haben wollte. Letztlich konnte unser Fahrer sie dann doch überzeugen. Murrend verschwand sie im Haus, während unser Helfer uns kurz zunickte, unsere kleinen Bündel aus dem Wagen holte, den Kleinbus wieder bestieg und ohne ein weiteres Wort davonfuhr. Hilfe suchend schauten wir zu dem Mann, der ebenfalls nicht zu wissen schien, wie er sich uns gegenüber verhalten sollte. »Mein Sohn kommt gleich«, erklärte er und zuckte mit den Schultern. Und schon im nächsten Moment öffnete sich die Haustür erneut, und ein junger Mann trat ins Freie. Sein zerzaustes Haar wirkte, als sei er gerade aus dem Bett aufgestanden. Nachdem er leise etwas zu seinem Vater gesagt hatte, steuerte er auf uns zu und lächelte aufmunternd. »Ich bin Louis.« Er gab erst mir, dann Hannah die Hand. Wir stellten uns ebenfalls vor.

»Kommt. Ich zeige euch eure Unterkunft.«

»Danke«, brachte Hannah schüchtern hervor, während sie auf das Haus hinter uns zeigte.

Louis winkte ab. »Ach, das. Meine Mutter hat noch immer nicht begriffen, dass wir uns im Krieg befinden.« Er schüttelte den Kopf. »Sie meint, wir sollten uns besser aus allem heraushalten.« Er blickte uns eindringlich an. »Aber so einfach ist das nicht. Wenn ihr den Nazis in die Hände fallt ...« Er beendete den Satz nicht. »Und jetzt kommt. Nehmt eure Taschen mit.«

Ich nahm all meinen Mut zusammen. »Arbeiten Sie für die Résistance?«

Er lachte, und seine weißen Zähne blitzten auf. Fasziniert starrte ich auf seinen Mund. »Nennt mich Louis, so alt bin ich doch noch nicht.«

»Arbeitest du für die Résistance, Louis?«, wiederholte ich meine Frage.

»Ich habe ein Gewissen«, erklärte er nach kurzem Zögern und blickte mir in die Augen. »Reicht das als Erklärung?«

Während er uns hinter das Haus führte, erzählte er uns, dass wir uns in der Nähe von Perpignan befänden. Dass seine Eltern einige Felder mit Weinanbau und Olivenbäumen bewirtschafteten.

»Dort vorne ist es.« Nachdem wir eine halbe Stunde gelaufen waren, zeigte er hinter ein weiteres Feld. »Die Scheune gehört meinen Eltern und steht seit Ewigkeiten leer. Hier kommt mit Sicherheit niemand vorbei.«

Zweifelnd sah ich zu Hannah. Wir sollten uns in einer Scheune verstecken? Bestimmt gab es dort Ratten und anderes Ungeziefer.

»Ich sehe so oft es geht nach euch und bringe euch zu essen«, setzte Louis in diesem Moment an, da er meinen skeptischen Gesichtsausdruck richtig gedeutet hatte. »Im Haus wäre es zu gefährlich.«

»Ich möchte auf keinen Fall undankbar erscheinen«, erwiderte ich und senkte meinen Blick. »Es ist nur ... Alles ist so ...« Meine Stimme versagte.

»Es tut mir leid.« Louis berührte mich sanft an der Schulter. »Ich wünschte, ich könnte euch etwas anderes anbieten.« Er schien ehrlich betrübt zu sein.

Ich bekam ein schlechtes Gewissen. »Nein, nein. Es ist schon gut. Danke. Wenn Menschen wie du und deine Eltern uns nicht helfen würden, wären wir wahrscheinlich schon lange verhaftet worden.«

Louis schien nachzudenken. »Was ist mit eurer Familie? Seid ihr Schwestern?«

Hannah und ich schüttelten den Kopf. Da wir beide keinerlei Kontakte mehr nach Deutschland hatten, erklärten wir ihm, dass wir nicht wüssten, was mit unseren Eltern geschehen war. Hannah hatte noch zwei jüngere Brüder, doch da einer behindert und in einer speziellen Einrichtung untergebracht war, hatten ihre Eltern sich damals ebenfalls dazu entschlossen, nicht mit ihm die beschwerliche Reise ins Ungewisse anzutreten.

»Das muss furchtbar sein«, murmelte Louis sichtlich betroffen.

»Das ist es«, bestätigte ich mit zitternder Stimme.

Er atmete aus und trat vor die Holzscheune. »Die Nächte sind noch etwas frisch. Ich habe euch einen Stapel Decken bereitgelegt. Sobald es meine Arbeit erlaubt, sehe ich nach euch. Bitte entfernt euch nicht zu weit von der Scheune. Nachbarn gibt es kaum, aber ich möchte trotzdem vermeiden, dass euch jemand sieht. Hier kennt jeder jeden. Zwei fremde junge Frauen würden sofort auffallen.«

Ja, meine liebe Claire, das war meine erste Begegnung mit deinem Vater. Die Umstände waren mit Sicherheit nicht einfach, aber ich glaube, schon an jenem ersten Tag entstand eine Faszination zwischen uns, die im Laufe der nächsten Monate immer stärker wurde.

Die Scheune war alles andere als ein komfortables Quartier. Hannah und ich richteten uns eine Ecke für die Nacht her, formten notdürftig aus Stroh und Heu etwas wie ein Bett und drapierten die Decken so, dass es zumindest nach einem Hauch von Behaglichkeit aussah. Louis kam jeden Tag und brachte uns Vorräte. Und obwohl seine Mutter bei unserer Ankunft alles andere als begeistert reagiert hatte, gab es jeden Tag große Portionen gekochtes Abendessen. Manchmal blieb er noch eine Weile bei uns, und wir unterhielten uns, oft musste er aber auch gleich wieder zurück, um seinem Vater bei der Arbeit zu helfen. Immerhin nahmen schon allein der Hin- und Rückweg zur Scheune knappe anderthalb Stunden seiner Zeit in Anspruch.

»Ich glaube, Louis mag dich«, erklärte Hannah eines Abends, als wir vor unserer Behausung saßen und uns das gebratene Hähnchen schmecken ließen, das Madame Moustier uns hatte zukommen lassen.

Ich sah überrascht auf. »Magst du ihn denn nicht?«

Sie verzog das Gesicht. »Natürlich mag ich ihn. Immerhin riskiert er sein Leben für uns.« Sie zögerte. »Und das seiner Familie.« Louis hatte noch zwei ältere Brüder. Einer war bereits vor Monaten zum Arbeitsdienst eingezogen worden und hielt sich im Westen Frankreichs auf. Der andere lebte mit seiner Familie in der Nähe von Montpellier. Beide hatten kein Interesse an dem Weingut des Vaters. »Aber so habe ich das auch nicht gemeint«, riss mich Hannah wieder aus meinen Gedanken.

Ich runzelte die Stirn. »Sondern?«

»Du gefällst ihm.« Sie schüttelte leicht den Kopf. »Merkst du denn nicht, wie er dich ansieht?«

Ich spürte, wie mir das Blut in die Wangen schoss. Auch ich hatte in letzter Zeit bemerkt, dass Louis´ Blick immer länger auf mir ruhte. Sollte ich Hannah wirklich beichten, dass mein Herz bei jeder Begegnung mit dem jungen Franzosen so laut zu pochen begann, dass ich befürchtete, er könne es hören? Was stellte ich mir vor? Hannah und ich befanden uns in einer schrecklichen Situation. Wir existierten offiziell nicht. Kein Mann würde sich auf eine Frau einlassen, die als »unerwünscht« galt.

»Was ist?« Sie lachte leise. »Hat es dir die Sprache verschlagen?«

Ich schüttelte nur stumm den Kopf, während ich spürte, wie Tränen in mir aufstiegen. »Das bringt doch alles nichts.«

Ihr Gesicht verfinsterte sich. »Nein, du hast recht. Das bringt alles nichts. Wir sind jung, gesund. Bereit, Ehemänner zu finden, Kinder zu bekommen, eine Familie zu gründen. Und was machen wir? Verstecken uns hier in der Einöde, ohne jeglichen Kontakt zur Zivilisation. Ohne Aussicht auf irgendeine Art von Zukunft.« Sie klang bitter. »Manchmal liege ich nachts wach und denke, das sei alles nicht wahr, nicht real.«

Ich starrte in die Dunkelheit. »Wenn ich nur wüsste, was mit meiner Familie passiert ist. Wo sie sind, wie es ihnen geht«, merkte ich nachdenklich an.

»Diese Angst ist das Allerschlimmste. Die Angst um meine Geschwister, meine Eltern. Die Angst, dass die Nazis uns hier in der Einsamkeit finden und verhaften.«

»Meinst du, der Krieg ist bald zu Ende?« Ich blickte Hannah an.

»Ich weiß es nicht.« Sie stocherte mit einem dürren Ast vor sich in der Erde herum. »Manchmal denke ich, wir müssen ewig hier herumsitzen und warten.«

Ich streckte meine Hand aus und fuhr über ihren Oberarm.

»Du bist jung. Wenn du Louis magst, solltest du dir nicht so viele Gedanken machen. Er ist alt genug und weiß schon, was er tut. Genieße seine Zuneigung doch einfach. Wir wissen nicht ...«

Wieder füllten sich meine Augen mit Tränen. Wir waren zu jung, um über solche Themen zu sprechen. Wir hatten doch noch unser ganzes Leben vor uns. Zumindest hätten wir es haben sollen. Es war ein sehr trauriger, melancholischer Abend. Keine von uns schaffte es, die bedrückte Stimmung aufzuheitern, zu weniger ernsten Themen zu wechseln. Wir befanden uns seit mehr als anderthalb Jahren auf der Flucht, waren weit weg von unseren Familien, von unserer Heimat. Ich glaube, in jenem Moment hätten wir eine tröstende Hand benötigt, jemanden, der uns hätte versichern können, dass alles gut würde. Doch da war niemand. Niemand außer uns beiden. Und dass diese Zweisamkeit schon ganz bald enden sollte, konnte damals auch keine von uns ahnen.

Nur drei Tage später kam Louis aufgeregt zur Scheune gerannt. Ich war gerade dabei, die Decken zu waschen. Hatte dafür Wasser aus einem nahe gelegenen kleinen Bach geholt.

»Ihr müsst sofort weg von hier«, brüllte er mir schon von Weitem entgegen.

Erschrocken blickte ich auf. »Was ist passiert?«

»Sie sind auf der Suche nach zwei Entflohenen. Zwei Häftlingen, die nicht weit von hier einem Transport entkommen sind. Wir müssen verhindern, dass sie euch hier zufällig finden. Unser Haus haben sie schon durchsucht. Ich bin so schnell wie möglich hierhergeeilt.« Er sah sich um. »Wo ist Hannah?«

Meine Kehle schnürte sich zu. Mir wurde schwindlig. »Sie wollte …«

»Was?« Hektisch drehte er sich um die eigene Achse. »Wo ist sie?«

»Ich weiß es nicht«, erwiderte ich leise und schluckte. »Sie ist vor etwa einer halben Stunde losgegangen.«

»Wie bitte?« Louis verengte die Augen. »Wohin? Ich hatte euch doch mehrmals gesagt, dass ihr …«

Ich nickte betreten. »Ich weiß, was du uns gesagt hast. Es ist nur … wir sitzen hier den ganzen Tag herum. Haben nichts zu tun. Die Zeit ist so furchtbar lang, Louis. Ab und zu gehen wir ein wenig spazieren. Nie zusammen, immer nur allein.«

»Spazieren?«

Ich konnte sehen, wie er sich zusammenriss.

»Ihr geht spazieren? Seid ihr verrückt geworden? Ihr bringt nicht nur euch in große Gefahr, sondern auch mich und meine Familie.«

»Uns ist bisher nie jemand begegnet«, entgegnete ich kleinlaut. »Wir passen immer gut auf.«

Er bedeckte kurz das Gesicht mit den Händen. »Sie passen auf. Das gibt es doch nicht.« Ungläubig schüttelte er den Kopf, bevor er mich eindringlich ansah.

»Es tut mir leid«, flüsterte ich scheu.

Sein Blick wurde intensiver. Er hob seine rechte Hand und strich mir sanft über die Wange. »Wenn dir etwas geschieht …«

Meine Haut begann unter seiner Berührung zu kribbeln. Ich senkte das Gesicht.

Er räusperte sich, bevor er seine Hand wieder wegnahm. »Weißt du, wo sie ist?«

Ich schüttelte stumm den Kopf.

Louis schien nachzudenken. »Gut, wir können nicht warten. Das ist zu gefährlich. Wir packen eure Sachen, und du kommst mit zu uns nach Hause.«

»Aber du hast doch gerade gesagt, dass euer Haus …«

»Sie haben es bereits durchsucht«, unterbrach er mich fahrig. »Sie haben Hunde dabei und wollen die ganze Gegend durchstreifen.«

»Oh Gott! Was ist, wenn sie Hannah finden?«

Louis sah mich mit einem merkwürdigen Blick an. »Dann können wir nur noch für sie beten.«

Nachdem wir alles zusammengepackt und das Stroh unserer

Betten verteilt hatten, eilten wir zu dem Anwesen von Louis' Familie. Seine Mutter saß weinend im Wohnzimmer und würdigte mich keines Blickes, während sein Vater uns half, Hannahs und meine Habseligkeiten in die obere Etage zu bringen. Dann bereiteten sie mir ein einigermaßen bequemes Lager im Vorratskeller. »Sobald sie weg sind, kannst du in die Scheune zurück. Das ist sicherer für dich.«

»Wir gehen jetzt und suchen nach Hannah«, ergänzte Louis' Vater und nickte mir noch einmal aufmunternd zu, bevor sie die Tür von außen verschlossen.

Diese Stunden des Wartens, des Zweifelns, des Grübelns werde ich niemals vergessen. Auch jetzt überwältigen mich die Erinnerungen an diese schreckliche Zeit des Bangens.

Meine liebe Claire, ich muss erst zur Ruhe kommen, bevor ich dir schreiben kann, wie es mit Louis und mir weiterging. Bitte verzeih, dass ich an dieser Stelle erst einmal eine Pause benötige. Meine Gefühle wirbeln wild durcheinander, die Sehnsucht nach diesen Monaten droht mich zu überfordern. Sobald ich etwas Ruhe hatte, meine Gedanken ordnen konnte, erzähle ich dir die Geschichte weiter.

Deine Mama

Emma wischte sich über die Wangen und ließ sich ins Kissen zurücksinken. Es war wohl doch keine so gute Idee gewesen, sich mit den gefundenen Briefen von dem Gedankenchaos in ihrem Kopf ablenken zu wollen. Ihr Nacken schmerzte. Vorsichtig bewegte sie ihre Schultern und schloss die Augen. Es war noch früh, kurz vor acht. Und sie war erst weit nach Mitternacht ins Bett gekommen. Was hatte sie sich nur gedacht? Sie, die normalerweise gar keinen Alkohol trank. Amélie hatte im Laufe des Abends noch eine zweite Flasche Prosecco aus ihrer Tasche gezaubert, und auch diese war im Handumdrehen leer gewesen. Bei der Erinnerung an den Abend musste Emma schmunzeln. Wann hatte sie das letzte Mal einen so netten und lustigen Mädelsabend verbracht? Mit Frauen, die sie kaum kannte, schob sie sofort hinterher.

Doch auch das hatte sich gestern überraschend schnell geändert. Lara hatte von ihrer eigenen Ankunft in Collioure erzählt, von der Suche nach ihrem Vater und einer älteren Verwandten, die mehrere Jahrzehnte verschollen war. Zu dem Zeitpunkt hatte Emma schon eine halbe Flasche Prosecco intus gehabt, daher konnte sie sich nur noch undeutlich an die Zusammenhänge erinnern. Und dass Amélie eine berühmte Autorin war, hatte sie ebenfalls erst spät am Abend erfahren. Wie peinlich, dass ihr der Name nichts gesagt hatte. Aber Emma war noch nie eine große Leserin gewesen. Vielleicht sollte sie das ändern und sich eines von Amélies Büchern kaufen. Als Mathilde zu erzählen begonnen hatte, was sie in ihrer langjährigen Laufbahn als Malerin schon alles Kuriose erlebt hatte, waren die drei jungen Frauen aus dem Kichern überhaupt nicht mehr herausgekommen. Ja, so unbeschwert hatte Emma sich schon lange nicht mehr gefühlt.

Als sie sich umdrehte, fiel ihr Blick wieder auf den Brief, den sie gerade gelesen hatte. Ein schlechtes Gewissen überkam sie. Das Schicksal dieser unbekannten Frau ging ihr sehr nahe. Emma konnte sich nicht mal annähernd vorstellen, monatelang im Untergrund leben zu müssen. Unsichtbar für die Gesellschaft, stets mit der Angst, entdeckt und verhaftet zu werden. Und doch schienen sich Gefühle von einer solchen Gefahr nicht unterdrücken zu lassen. Entschlossen nahm sie ihr Handy vom Nachttisch und tippte die wenigen Eckdaten und Namen, die sie den Zeilen entnommen hatte, auf einer Kalenderseite ein. Gab es vielleicht die

Möglichkeit, herauszufinden, wer diese Briefe geschrieben hatte? Emmas Neugier war geweckt. Hatte Lara nicht ebenfalls versucht, das Schicksal dieser Familienangehörigen zu klären? Emma meinte, die besagte Verwandte sei auch in jener Zeit des Zweiten Weltkriegs verschwunden.

Sie atmete tief durch, bevor sie im nächsten Moment Balous nasse Schnauze an ihrer Hand spürte. »Gleich, lass mich nur noch fünf Minuten liegen«, murrte sie ungehalten. »Mein Kopf …« Wie alt war sie eigentlich? Außer dem Baguette hatte sie gestern nicht viel gegessen.

Mathildes Vorschlag fiel ihr wieder ein. »Was spricht denn dagegen, die Situation von damals endlich zu klären?« Ja, was sprach dagegen? Emma starrte an die Decke. Andererseits, was sprach denn dafür? Würde eine Aussprache mit Léon irgendetwas ändern? Sie stöhnte auf. Warum musste alles nur so furchtbar schwierig sein? Sie war doch erst wenige Tage hier. Und trotzdem war sie ihrem Ex-Freund schon dreimal über den Weg gelaufen. Wollte das Schicksal ihr etwa eins auswischen? Warum? Ihr Leben war doch jetzt schon mehr als durcheinander. Nein, die Auseinandersetzung mit Léon war das Allerletzte, was sie momentan benötigte.

Emma warf die Decke zurück und erhob sich schwerfällig. Mit nackten Füßen tapste sie in die Küche und öffnete den Kühlschrank. Sie nahm die Schüssel mit den restlichen Macarons heraus und öffnete sie. Trotzig schob sie sich eins in den Mund und genoss den süßen Geschmack auf der Zunge. Sie war alt genug. Und wenn sie morgens um acht nach einem Zuckerschock lechzte, würde sie niemand daran hindern. Entschlossen griff sie nach den beiden letzten und setzte sich an den Tisch. Vielleicht sollte sie Lara und Amélie von den Briefen erzählen. War Amélies Verlobter nicht Journalist?

Balou trabte in die Küche und stellte sich abwartend vor Emma. »Ja, wir gehen gleich, okay?« Nein, heute war mit Sicherheit nicht ihr Tag. Sie fühlte sich noch immer wie durch den Fleischwolf gedreht. Die nächste Zeit würde sie einen großen Bogen um Alkohol machen. Sie schob sich ein weiteres Macaron in den Mund. Wenn doch alles so einfach wäre wie das Backen der kleinen Diven! Sobald man herausgefunden hatte, wie der Teig tickte, konnte im Prinzip nichts mehr schiefgehen. Wenn sie die richtige Konsistenz fand, die perfekte Temperatur einstellte, ging das Backen fast wie von allein. Anders als ihr Leben. Da passte plötzlich nichts mehr zusammen. Seit sie in Collioure war, dachte sie über Dinge nach, die sie sieben Jahre lang aus ihrem Kopf verbannt hatte. Sie beschäftigte sich mit Themen, die schon gar nicht mehr existiert hatten. Und sie musste sich ernsthaft fragen, warum sie erst jetzt einige Erkenntnisse in dieser Intensität trafen. War sie eine Verdrängerin? War Emmas klare Sicht auf die Dinge nicht immer auch ihre Stärke gewesen? Ihre Unbeirrbarkeit, ihre Konsequenz? Sie wusste es nicht.

Das Klingeln ihres Smartphones unterbrach ihr Gedankenkarussell. »Bonjour, Camille!«

»Bonjour, Emma. Das Krankenhaus hat sich gerade gemeldet. Dein Vater ist aufgewacht.«

13

»Emma!« Camille stand auf dem Krankenhausflur, einen Becher in der Hand, und winkte ihr zu.

Emma eilte zu ihr. »Bonjour. Wie geht es ihm?«

Camille zog eine Grimasse. »Erwarte nicht zu viel. Aber er ist wach und ansprechbar. Das ist auf jeden Fall ein großer Fortschritt.«

»Weiß Olivier schon Bescheid?«

Camille nickte. »Er ist noch bei einem Prozess am Gericht. Sobald er fertig ist, kommt er her.«

»Gehen wir rein?« Emma zeigte mit dem Kinn zur Tür des Krankenzimmers.

Camille lächelte. »Er wird Augen machen. Ich habe ihm noch nichts verraten.«

Emmas Puls beschleunigte sich, als ihre Stiefmutter kurz an die Tür klopfte, um im nächsten Moment die Klinke herunterzudrücken. »Schau mal, Roger, wen ich mitgebracht habe.«

Emma begann zu zittern, als sie in das Zimmer trat. »Bonjour, Papa.«

Ihr Vater lag wie gestern in seinem Bett. Doch seine Augen waren offen, sein Gesicht in ihre Richtung gewandt.

Als er seine Tochter erblickte, öffnete er den Mund. »Emm...«

Camille trat neben ihn und legte eine Hand auf seinen Unterarm. »Du sollst dich doch nicht anstrengen.«

Emma packte den Riemen ihrer Tasche fester und stellte sich neben ihre Stiefmutter. »Wie geht es dir?«

Ihr Vater schloss kurz die Augen und schluckte, bevor er seine linke Hand hob und schwach wedelte.

»Er hat noch Probleme mit dem Sprechen«, erklärte Camille leise, während sie sich vorbeugte und ihm einen Kuss auf seine Wange hauchte. »Ich fahre kurz einkaufen, solange Emma da ist, einverstanden? Sicher freust du dich, sie nach so langer Zeit wiederzusehen. Soll ich dir etwas Besonderes mitbringen?«

»Zi...«, presste er mühsam hervor.

Camilles Gesicht versteinerte. »Nein. Du hast vorhin gehört, was die Ärzte gesagt haben. Wenn du dein Leben nicht änderst, geht es das nächste Mal vielleicht nicht mehr so glimpflich aus.« Sie brach ab. Mit schmalen Lippen blickte sie zu Emma. »Er ist ein solcher Sturkopf.«

Roger Duvalle schüttelte den Kopf.

»Doch, das bist du.« Camille strich ihm übers Haar. »Und jetzt freu dich, dass deine Tochter da ist.« Sie wandte sich erneut an Emma. »Ich bin in spätestens einer Stunde wieder da.«

»Kein Problem. Lass dir Zeit.«

Nachdem Camille das Zimmer verlassen hatte, rückte sich Emma wie auch bereits gestern einen Stuhl neben das Bett und setzte sich. Sekundenlang musterte sie das blasse Gesicht ihres Vaters. Wie sollte sie sich verhalten? Ihm ebenfalls einen Kuss geben? Ihm die Hand drücken? Gestern war es einfacher gewesen, als er noch nicht bei Bewusstsein gewesen war. Jetzt kam sie sich unbeholfen und unsicher vor. »Du hast uns einen ganz schönen Schrecken eingejagt«, setzte sie vorsichtig an.

Er atmete tief durch. »Ich ... Bü ... ro ...«

»Die Kanzlei wird eine Weile ohne dich auskommen müssen«, erklärte Emma in ernstem Ton. »Du solltest dich jetzt ganz darauf konzentrieren, wieder gesund zu werden.«

»Ol…«, stammelte er.

»Olivier ist bei Gericht. Er kommt, sobald der Termin zu Ende ist.«

Ihr Vater nickte mehrmals, erwiderte jedoch nichts. Das Sprechen schien ihn enorme Kraft zu kosten.

Emma streckte eine Hand aus und umfasste sachte seine Finger. Ihr Vater verfolgte die Bewegung reglos, bevor er sie wieder anschaute. »Du …« Er schnaufte. »Schön.«

Emma musste lachen. »Danke.«

»Arbeit … Deutschland …«

»Ich habe eine Woche Urlaub genommen«, erwiderte sie. »Seit Sonntag bin ich hier.«

Er runzelte die Stirn. »Heute.«

»Heute ist Dienstag«, erklärte sie ihm geduldig. »Du hattest den Schlaganfall am Samstag. Olivier hatte mich informiert. Und meine Chefin war so nett, mir Urlaub zu geben, damit ich gleich herkommen konnte.«

Ihr Vater nickte, während er ins Leere starrte.

»Hast du Schmerzen?«

Wieder sah er zu ihr. »Keine …«

»Das ist gut«, merkte sie erleichtert an.

»Maman?«, stieß er angestrengt hervor.

Emma verdrängte den Ärger über das letzte Telefonat und bemühte sich um eine neutrale Stimme. »Sie weiß, was los ist. Sie hat mich angerufen und mir angeboten, dass sie …« Emma biss sich auf die Lippe. Ja, was hatte ihre Mutter ihr angeboten? Dass sie zu ihr nach New York kommen könne, wenn sie Unterstützung brauchte? Zuspruch oder Trost? »Sie wünscht dir gute Besserung«, verbesserte sie sich, da sie ihren Vater nicht beunruhigen wollte. Doch Roger Duvalles Blick wurde eindringlicher. Als er ihren Händedruck erwiderte, sah sie ihn fragend an.

Er schloss die Augen und hauchte: »Alles ... gut.«

Emmas Augen begannen zu brennen. War der hilflose Mann, der da vor ihr lag, wirklich der gleiche, der ihr vor sieben Jahren erklärt hatte, er brauche keine Tochter, die Elefantenkacke wegschaufele?

Unwillig wischte sie sich über die Augen.

»Dein ... Leben in ... Deutsch...?«

Emma musste lächeln. »Es ist nicht Frankreich, aber es ist auch schön. Ich fühle mich wohl dort, wo ich lebe. Ich arbeite in einem großen Zoo und bin für die Südamerikaanlage zuständig. Außerdem habe ich einen Pudel. Er heißt Balou. Du weißt ja, dass ich schon immer eine große Tiernärrin war.« Sie stockte. »Vielleicht magst du ihn ja mal kennenlernen, wenn es dir besser geht.« Als sie seinen prüfenden Blick bemerkte, räusperte sie sich. »Ich habe einige Freunde gefunden, die Kollegen im Zoo sind auch alle total nett. Und bei Mireille und Gernot bin ich auch sehr oft zu Besuch.«

»Gut.«

»Ja, es fühlt sich gut an.« Sie blickte zum Fenster. Und doch war es nicht Frankreich, nicht ihre Heimat. Während sie ihm einige Anekdoten aus ihrem Berufsalltag erzählte, lächelte ihr Vater zart. Die Zeit verging wie im Flug. Als es an der Tür klopfte und Camille im nächsten Moment eintrat, sah Emma überrascht auf die Uhr. »Ich dachte ... Ist es schon so spät?«

Camille lachte. »Ich wurde aufgehalten. Du bist seit mehr als zwei Stunden hier.«

»Was? Das kann doch nicht sein!«

»Sieht so aus, als ob ihr euch gut unterhalten hättet«, stellte ihre Stiefmutter zufrieden fest.

»Unterhalten, na ja«, wiegelte Emma ab. »Es war etwas einseitig.« Sie sah zu ihrem Vater. »Nicht wahr, Papa?«

Er nickte zögernd.

»Beim nächsten Mal bist du dann dran«, scherzte Emma, als sie sich erhob. »Ich muss gehen. Balou wartet auf seinen Spaziergang.« Sekundenlang betrachtete sie das Gesicht ihres Vaters, bevor sie sich zu ihm hinabbeugte und ihn auf die Stirn küsste. »Bis bald, Papa.«

»Wollen wir gegen Mittag etwas zusammen essen gehen? Ich lade dich ein«, fragte Camille schüchtern.

Die Frage kam überraschend für Emma. »Wenn du möchtest.« Sie hielt inne. »Ja, gern. Melde dich, wenn du wieder in Collioure bist.«

»Das mache ich«, entgegnete Camille lächelnd.

Als Emma auf den Flur hinaustrat, atmete sie tief durch. Hatte sie wirklich mehr als zwei Stunden bei ihrem Vater gesessen?

»Emma.«

»Olivier!«

Ihr Bruder steuerte direkt auf sie zu und umarmte sie. »Wie geht es ihm?«

»Besser als gestern«, erklärte sie mit belegter Stimme. »Aber das Sprechen fällt ihm noch sehr schwer.«

»Die Ärzte hatten ja schon angedeutet, dass ein sehr langer Weg vor ihm liegen wird, wenn er überhaupt ...« Ihr Bruder beendete den Satz nicht.

Emma nickte. »Ich hoffe, er ist so vernünftig und hört auf sie. Vorhin hat er Camille schon gebeten, ihm Zigaretten zu besorgen.«

»Was sie hoffentlich abgelehnt hat«, merkte Olivier entsetzt an.

»Natürlich.«

»Wie geht es dir?«

»Was meinst du?« Emma wusste nicht, worauf ihr Bruder hinauswollte.

»Wie fühlst du dich nach all den Jahren, wo du endlich wieder hier bist?«

Sie zuckte mit den Achseln. »Ich weiß nicht. Irgendwie komisch. Alles ist so vertraut. Und doch auch anders. Wenn ich Papa ansehe und an unseren furchtbaren Streit denke …« Sie schüttelte den Kopf.

»Es tut mir leid.«

»Was?«

»Dass ich nicht für dich da war. Ich …« Er fuhr sich durch sein Haar. »Ich war all die Jahre so mit mir beschäftigt, mit meinem Studium, mit allem …«

»Du warst doch damals in Bordeaux.«

Er schüttelte den Kopf. »Das ist keine Entschuldigung. Ich hätte viel früher versuchen müssen, die Situation zu klären. Hätte dich einfach mal besuchen sollen. Du hast mir so verdammt gefehlt. Ich wünschte mir, du wärst bei meiner Hochzeit dabei gewesen, hättest die Mädchen als Babys erlebt …«

In Emmas Kehle bildete sich ein Kloß.

»Und du hast nicht nur mir gefehlt«, fuhr er schmunzelnd fort.

Sie sah ihn irritiert an.

»Du bist Léon doch schon begegnet.«

Genervt verzog sie das Gesicht. »Der hat mich sicher nicht vermisst.«

Oliviers Blick flackerte. »Wenn du dich da mal nicht täuschst, Schwesterherz.«

14

»Du siehst so aus, wie ich mich fühle«, begrüßte Lara Emma und grinste.

Emma winkte ab. »Ich trinke normalerweise nicht viel.« Sie verdrehte die Augen. »Ich glaube, ich habe mehr als eine halbe Flasche allein geleert.«

»Mir geht es nicht besser.« Lara zeigte auf einen Tisch in der Ecke. »Wollt ihr euch dort hinsetzen?«

Emma nickte. »Ich warte noch mit der Bestellung, bis meine Stiefmutter kommt.«

»Klar, kein Problem.« Lara entzündete das Teelicht auf dem Tisch. »Wie geht es deinem Papa?«

Emma rieb sich über die Wange. »Er spricht wieder.«

»Er ist bei Bewusstsein?« Laras Miene wurde freudig. »Gestern Abend hast du doch gesagt …«

»Er ist erst seit heute früh wach. Sprechen ist vielleicht auch etwas übertrieben ausgedrückt. Man kann mit ihm ein wenig kommunizieren«, verbesserte sich Emma.

»Aber das ist doch ein guter Anfang. Warte ab, sicher erholt er sich von Tag zu Tag etwas mehr.«

»Bonjour«, ertönte vom Eingang her eine männliche Stimme.

Amüsiert bemerkte Emma die Veränderung in Laras Gesicht.

Ihre Augen begannen zu leuchten, die Lippen verzogen sich zu einem wunderschönen Lächeln.

»Félix.« Sie winkte ihren Freund zu sich. Der hochgewachsene Mann küsste Lara kurz, bevor er Emma zunickte.

»Emma, das ist Félix.« Sie zeigte auf Emma. »Das ist Emma. Sie wohnt in der Ferienwohnung über der Patisserie. Und sie backt unvergleichliche Macarons.«

Er grinste. »Das klingt gut. Mit Baguettes und Crêpes sind wir ja bereits bestens versorgt, aber Macarons ...«

Emma lachte. »Nein, nein, ich bin nur im Urlaub hier.« Sie zögerte. »Wobei Urlaub auch nicht der richtige Begriff ist.«

»Ihr Papa hatte einen Schlaganfall«, erklärte Lara ihrem Freund.

»Das tut mir sehr leid.« Er wandte sich an Lara. »Was war denn gestern Abend los?«

Lara warf Emma einen verschwörerischen Blick zu. »Was meinst du?«

»Unser Schlafzimmer hat gerochen wie eine Sektkellerei.«

»Ich glaube, wir sind etwas über das Ziel hinausgeschossen.«

Als Félix den Blick zwischen den beiden Frauen bemerkte, wandte er sich an Emma: »Waren Sie auch dabei?«

Emma zuckte mit den Achseln.

»Ihr könnt euch doch duzen«, warf Lara ein.

»Klar, die Trinkschwestern meiner Freundin sind auch mir jederzeit willkommen.« Wieder grinste er.

»Ach, Félix.« Lara stieß ihn spielerisch an.

»Hast du einen Moment für mich?« Er fixierte den Blick seiner Freundin.

»Emma.« Camille trat in die Crêperie und eilte völlig außer Atem auf sie zu.

»Dann lassen wir euch mal allein.« Lara zwinkerte Emma zu und entfernte sich mit Félix.

»Pardon. Aber dein Vater ... er wollte mich nicht gehen lassen. Du hast ja miterlebt, wie er momentan spricht. Bis er mir alles erzählt hatte, was ihm auf dem Herzen lag ...« Kopfschüttelnd zog sie ihre Strickjacke aus und hängte sie über die Stuhllehne.

»Kein Problem.«

»Kennst du die Besitzerin?«, wollte Camille interessiert wissen, nachdem sie sich gesetzt hatte.

»Eigentlich nicht ...«, begann Emma. »Oder doch ... irgendwie schon. Es hat sich so ergeben.«

»Das ist doch toll.«

»Ja, sie ist sehr sympathisch. Und ihr Freund scheint auch ein Netter zu sein.«

»Sie kommt aus Deutschland, hat mir eine Nachbarin erzählt. Mutig, hier ganz allein einen Neuanfang zu wagen.«

»Na ja, ganz allein ist sie nicht«, entgegnete Emma, während sie Lara und Félix beobachtete, die hinter dem Tresen leise miteinander redeten. Sie wirkten sehr vertraut. Hatte Lara gestern nicht erzählt, dass sie ihn erst seit September letzten Jahres kannte?

»Du hast recht«, lächelte Camille, nachdem sie sich umgedreht hatte und Emmas Blick gefolgt war. »Wie fühlst du dich?«

Überrascht sah Emma sie an. »Was meinst du?«

»Na, wegen deines Vaters.«

Diese Frage hätte sie eher von ihrer Mutter erwartet. In Emmas Kopf herrschte ein einziges Chaos. »Es ist merkwürdig.«

Camille nickte. »Das glaube ich dir gern. Einen Mann wie deinen Vater in einer solch hilflosen Situation zu sehen ist in der Tat nicht einfach.«

Emma betrachtete das müde Gesicht ihrer Stiefmutter. Camille war eine sehr hübsche Frau. Sie hatte kaum Falten, ihr blondes Haar ohne einen Hauch von Grau ließ sie wesentlich jünger wirken als dreiundfünfzig. »Wie fühlst du dich denn?«

Camille zog die Brauen hoch. »Ich?« Sie lachte unsicher. »Keine Ahnung, ehrlich gesagt.« Sie machte eine Pause. »Ich hoffe, dass der Schlaganfall ihn endlich wachgerüttelt hat.«

Emma sah sie fragend an.

»Emma, dein Vater arbeitet viel zu viel. Er hat jegliches Maß verloren. In den letzten Jahren, ungefähr seit ihr aus dem Haus seid, ist es noch schlimmer geworden. Sieh ihn doch an. Er wiegt viel zu viel. Und dann das ständige Rauchen.« Sie schüttelte den Kopf.

Ihre Bekümmerung berührte Emma. »Darf ich ehrlich sein?«

Camille lächelte. »Natürlich.«

»Ich kann mir gar nicht vorstellen, warum sich eine Frau wie du in einen Mann wie meinen Vater verliebt.«

»Warum? Das kann ich dir auch nicht sagen. Darauf hat man wohl keinen Einfluss.«

Lara näherte sich ihrem Tisch. »Habt ihr schon gewählt?«

»Ich möchte einen leichten Weißwein«, erklärte Camille und sah zu Emma. »Du auch?«

Emma hob abwehrend die Hände. »Für mich bitte nur ein Wasser.«

Lara lachte.

»Was ist denn der Crêpe des Tages?« Camille zeigte zu der schwarzen Schiefertafel mit der Speisekarte.

»Heute gibt es Crêpes mit Fenchel-Gorgonzola-Füllung.«

»Das klingt gut«, erwiderte Camille. »Und für dich?«

»Den nehme ich auch.«

»Alles klar, kommt sofort.«

»Wo waren wir stehen geblieben?«, wollte Camille wissen, nachdem Lara wieder gegangen war.

»Warum Papa und du …«

Wieder lachte Emmas Stiefmutter. »Ehrlich gesagt habe ich wohl etwas in deinem Vater gesehen, was ihm selbst gar nicht mehr bewusst war.«

»Und das wäre?«

»Er ist sehr feinfühlig.«

Emma prustete los. »Papa? Feinfühlig?«

»Ich weiß«, stimmte Camille ihr zu. »Er kann es oft nicht zeigen.«

»Da hast du allerdings recht. Diesen Charakterzug hat er in den letzten sechsundzwanzig Jahren sehr gut versteckt.«

Camille nickte wieder. »In der Familie deines Vaters waren Gefühle seit jeher verpönt. Von ihm wurde schon immer erwartet, dass er den Traditionen und einem alten Rollenbild folgt. Die Männer sind die Ernährer der Familie, sie haben stark zu sein, Karriere zu machen.«

»Und das hat dich angezogen?« Emma konnte es kaum glauben.

»Nein, das mit Sicherheit nicht. Als dein Vater und ich uns kennengelernt haben, ging es ihm nicht gut. Eure Mutter war seit zwei Jahren weg. Er fühlte sich mit der Situation völlig überfordert. Ihm war klar, dass er euch nicht das bieten konnte, was ihr gebraucht hättet.«

Emma hörte überrascht zu.

»Er hat viel gearbeitet, finanziell hat es euch nie an etwas gefehlt. Aber emotional …«

»Leidest du unter einem Helfersyndrom?«, versuchte Emma zu scherzen.

»Er war sehr verletzlich«, erwiderte Camille leise, ohne auf

Emmas Frage einzugehen. »Und offen. Er hat mir von den Problemen in seiner Familie erzählt. Dass er sich Vorwürfe mache wegen eurer Mutter. Und dass er nicht wüsste, wie er euch allein die Familie bieten solle, die ihr damals so dringend benötigt habt.«

»Das klingt überhaupt nicht nach Papa«, warf Emma irritiert ein.

»Nein, für dich sicher nicht. Aber das war der Moment, in dem ich mich in ihn verliebt habe. Er war so unglaublich besorgt um euch.« Sie hielt inne. »Manchmal denke ich, dass das möglicherweise der erste Moment in Rogers Leben war, in dem er ehrlich zu sich gewesen ist. In dem er sich selbst gegenüber endlich einmal zugegeben hat, welche Fehler er begangen hat.«

»Papa macht doch keine Fehler«, erklärte Emma bitter.

»Oh doch, Emma. Und das weiß er auch ganz genau.«

»Ich habe das Gefühl, wir reden von zwei völlig unterschiedlichen Personen.«

»Ja, das glaube ich dir gern. Er hat sich euch gegenüber immer anders verhalten. Wollte keine Schwäche zugeben. Letztlich resultiert das aber aus seiner Unsicherheit. Die kann er nur ganz schwer ablegen.«

»Du liebst ihn wirklich«, stellte Emma nüchtern fest, bevor Lara ihnen ihre Getränke auf den Tisch stellte.

»Ja, es ist oft sehr schwer mit ihm, aber ich liebe ihn. Und ich gebe die Hoffnung nicht auf, dass er irgendwann merkt, dass er niemandem etwas beweisen muss. Dass er einfach nur er selbst sein kann.«

»Wow.« Camilles Worte lenkten Emmas Gedanken in eine völlig neue Richtung. »Ich weiß nicht, was ich sagen soll.«

»Als eure Mutter weggegangen ist, warst du zwölf Jahre alt. Ein Kind. Du hättest Trost gebraucht. Beruhigende Worte, eine Schulter zum Anlehnen. Doch dazu war dein Vater nicht in der Lage.

Er litt selbst viel zu stark unter der Situation. Anstatt sich Hilfe zu holen, was in seinen Augen mit Sicherheit ein Zeichen von Schwäche gewesen wäre, hat er sich immer tiefer in seiner Arbeit vergraben.«

»Er hat vorher auch schon sehr viel gearbeitet«, widersprach Emma.

»Weil er mit den Problemen mit deiner Mutter überfordert war.«

»Das klingt, als wolltest du sein Verhalten entschuldigen. Als ob er ein Opfer der Umstände war.«

Camille lächelte nachsichtig. »Sind wir das nicht irgendwie alle? Opfer der Umstände? Aber nein, ich will sein Verhalten in keiner Weise entschuldigen oder rechtfertigen. Er hat viele Fehler gemacht. Vor allem dir gegenüber. Ich weiß aber, dass ihm das sehr leidtut und dass er selbst wohl mindestens ebenso darunter leidet wie du. Warum vergräbt sich jemand in seiner Arbeit? Weil er der Realität nicht ins Auge sehen will. Er verdrängt und belügt sich selbst.«

»Du hättest Psychologin werden sollen.« Emma lachte kurz auf.

Camille schüttelte den Kopf.

»Voilà.« Lara stellte die Teller zwischen sie. »Bon appétit!«

»Danke.« Camille musterte die großen Portionen wohlwollend. »Das nenne ich mal einen Crêpe.«

Während sie aßen, herrschte Schweigen zwischen ihnen.

»Ich dachte damals, du seist nur auf Papas Geld aus«, bekannte Emma, nachdem ihre Teller leer waren. »Es tut mir leid.«

»Das muss es nicht. Ihr hattet es nicht leicht. Eure Mutter war von einem auf den anderen Tag weg. Euer Vater hat euch kaum beigestanden. Und plötzlich gibt es da eine neue Frau. Kein Wunder, dass du mir keine Chance gegeben hast.«

»Du bist nicht sauer?«

Camille lachte. »Nein, warum sollte ich? Es war mir klar, dass es nicht einfach werden würde. Ich habe eine Familie geheiratet, nicht nur einen Mann.«

»Ich kann immer noch nicht verstehen, dass du es so lange mit ihm aushältst. Er hört doch nicht auf dich.«

»Teilweise schon. Natürlich ist er oft nicht da und arbeitet viel. Aber wenn wir allein sind, haben wir immer wieder Momente, in denen wir schonungslos offen zueinander sind. In denen er die Welt so sieht wie ich.«

»Klingt fast nach einer gespaltenen Persönlichkeit«, merkte Emma zweifelnd an.

»Zumindest wird seine wahre Persönlichkeit von einer familiengeprägten überlagert.«

»Respekt! Mir wäre das zu kompliziert.«

»Liebe ist kompliziert«, bestätigte Camille wehmütig. »Vielleicht bin ich aber auch einfach nur ein hoffnungsloser Fall.«

• • •

Als Emma am Schaufenster der Patisserie vorbeikam, entdeckte sie die Konditorin hinter dem Tresen, die ihr aufgeregt zuwinkte. Emma blickte sie fragend an. Zoé Montagnon bedeutete ihr, in den Laden zu kommen.

»Bonjour«, grüßte Emma, nachdem sie die Tür geöffnet hatte.

»Emma, wie schön, dass ich Sie endlich sehe.« Die Frau strahlte über das ganze Gesicht.

»Ist etwas passiert?« Emma musterte sie amüsiert.

»Ihre Macarons sind passiert«, erwiderte Zoé Montagnon aufgekratzt. »Mathilde und ihre Mutter waren hellauf begeistert von

Ihren Backkünsten.« Sie strich sich eine Strähne aus dem Gesicht. »Und ich auch.«

»Das freut mich wirklich sehr. Ich habe Mathilde gestern Abend noch an der Uferpromenade getroffen. Da hat sie mir bereits gesagt, dass Ihnen die Macarons geschmeckt haben.«

»Geschmeckt?« Die Konditorin schüttelte den Kopf. »Emma, Sie sind eine Künstlerin. Diese Füllung ...« Sie schloss kurz die Augen und hielt inne. »Nachdem Sie den Laden verlassen hatten, kam eine langjährige Stammkundin, der ich einen der Macarons angeboten habe. Und soll ich Ihnen etwas verraten?«

Emma blieb abwartend vor der Theke stehen.

»Die Dame möchte zwanzig Stück kaufen.«

Sie runzelte die Stirn. »Wie? Zwanzig Stück? Sie verkaufen doch gar keine Macarons. Haben Sie sie nicht auf diese leckeren Schokotörtchen verwiesen?«

Zoé Montagnon wedelte ungeduldig mit der Hand. »Die Kundin möchte keine Schokotörtchen, sie möchte Macarons.«

Emma wusste nichts zu erwidern.

»Bitte, Emma. Würden Sie mir einige Macarons backen?« Die Miene der Konditorin nahm einen fast flehenden Ausdruck an. »Der Laden läuft leider alles andere als gut. Es gibt einfach zu viele Patisserien in der Umgebung. Und wie soll man sich bei dieser Masse abheben? Daher dachte ich, es wäre doch eine fantastische Aktion, wenn ich neben dem üblichen Sortiment einige Ihrer Kunstwerke anbieten könnte.«

Emma atmete tief durch. »Sie wissen, dass ich nur eine Woche hier bin.«

Die Ladenbesitzerin nickte. »Es wäre nur ein Testlauf. Wenn die Leute positiv darauf reagieren, muss ich mir natürlich einen entsprechenden Lieferanten hier in der Region suchen.« Sie seufzte. »Wobei ich stark bezweifle, dass überhaupt irgendjemand mit dieser Qualität mithalten kann.«

»Sie übertreiben.« Fast war es Emma peinlich, welche Hoffnungen Zoé Montagnon in ihre Macarons setzte.

»Nein, nein, nein.« Die Konditorin schüttelte heftig den Kopf. »Sie sind einfach zu bescheiden. Diese …« Sie suchte nach Worten. »Diese kleinen Schätzchen sind mehr als perfekt.«

Emma überlegte. Eigentlich hatte sie heute nichts mehr vor. »Wie viele möchten Sie denn?«

»Wären fünfzig zu viel?«

Emma lächelte. »Ich kann gute dreißig auf einmal machen. Wie wäre es mit sechzig?«

Zoé Montagnon klatschte wie ein kleines Mädchen in die Hände. »Sechzig klingt super.«

»Reicht es, wenn ich sie Ihnen morgen früh vorbeibringe?«

»Natürlich, lassen Sie sich ruhig Zeit.«

»Die Creme sollte ein paar Stunden ziehen. Wenn ich sie am späten Abend fülle, sind sie morgen früh genau richtig zum Verspeisen.«

»Sie sind ein Schatz, Emma. Wollen wir uns nicht duzen?« Die Konditorin huschte um den Tresen herum. Sie streckte ihr die Hand hin. »Immerhin sind wir jetzt Geschäftspartnerinnen.«

Emma lachte und ergriff die Hand.

»Und bitte sag mir, was du für die Macarons bekommst.«

Sie zog eine Grimasse. »Keine Ahnung. Ich schaue mal, was das Material kostet, und dann …«

»Nein, nein«, unterbrach Zoé sie sofort. »Du sollst auch deine Arbeit ordentlich bezahlt bekommen. Ich habe zwar noch nie selbst Macarons gebacken, aber ich weiß, dass das eine Heidenarbeit ist.«

»Es macht mir Spaß«, wiegelte Emma ab.

»Umso besser, wenn man eine Arbeit hat, die einem Spaß bereitet.« Zoé lächelte. »Bitte, ich bestehe darauf.«

»Also gut. Ich überlege mir etwas.«

Zufrieden wandte sich Zoé ihrer Theke zu und holte zwei der leckeren Schokotörtchen hervor. »Für dich.« Sie verpackte sie geschickt und reichte sie Emma. »Als kleiner Vorschuss sozusagen.«

»Danke.« Überrascht nahm ihr Emma das Päckchen ab. »Dann werde ich mich mal an die Arbeit machen.«

• • •

Eine Stunde später blickte Emma zufrieden auf die glänzenden rosa Häubchen in den vier Silikonmatten. Sie mussten etwa eine halbe Stunde antrocknen, bevor sie sie in den Ofen schieben konnte. In der Zwischenzeit konnte sie sich an die Zitronencreme machen. Während Balou aufmerksam jede ihrer Bewegungen von seiner Decke aus verfolgte, holte sie die Zutaten aus dem Kühlschrank und wusch die Rührhaken des Handmixgeräts unter heißem Wasser ab.

»Heute Abend gehen wir noch mal vor die Tür. Aber jetzt muss ich erst mal meinen Auftrag erledigen«, erklärte sie in Richtung des Pudels und musste im nächsten Moment lächeln. Früher, als sie noch jünger war, hatte sie oft davon geträumt, eine eigene kleine Macaronnerie zu eröffnen. Sie liebte die Gebäckstücke seit ihrer Kindheit und hatte früh begonnen, verschiedene Rezepte auszuprobieren. Und Zoé hatte recht mit ihrer Einschätzung. Es hatte einige Versuche gebraucht, bis die Macarons so aussahen und schmeckten, dass Emma zufrieden war. Sie wusste von Freundinnen, dass diese regelmäßig daran verzweifelten. Entweder rissen die Häubchen schon im Backofen, oder sie fielen beim Abkühlen in sich zusammen, blieben am Backpapier oder der

Matte hängen. Ja, auch Emma war mehrmals kurz davor gewesen, die Backbleche mit den misslungenen Macarons gegen die Wand zu schleudern. Doch das war mittlerweile lange her. Seit sie auf das für sie passende Rezept gestoßen war, gehörten größere Pannen oder Missgeschicke der Vergangenheit an.

Die Türklingel riss Emma aus ihren Gedanken. Während sie sich hastig die Hände wusch, blickte sie auf die Uhr. Balou sprang auf und rannte schwanzwedelnd Richtung Eingang. Wer besuchte sie jetzt? Sie folgte dem Pudel und drückte auf den Türöffner. Vielleicht wollte Zoé kurz vorbeischauen, um zu sehen, wie ihre Bestellung Form annahm.

Emma öffnete die Tür. »Zoé?«

Doch schon im nächsten Moment stürmte Balou an ihr vorbei die schmale Flurtreppe hinunter, um zwei Sekunden später mit Senna wieder aufzutauchen. Léon! Emma rang kurz um Fassung, als der Wuschelkopf ihres Ex-Freunds am Treppenaufgang erschien.

»Darf ich kurz hochkommen?« Seine Stimme klang unsicher.

Emma verschränkte die zitternden Finger ineinander und nickte nur stumm.

Die Hunde verschwanden im Inneren der Wohnung, während sie wartete, dass Léon auch die letzten Stufen erklomm. »Was tust du hier?«

Er berührte ihre Oberarme und schien zu überlegen, ob er Emma küssen oder umarmen sollte. Stattdessen ließ er sie wieder los und nickte nur. »Ich wollte mit dir reden. Und Senna lag mir in den Ohren, dass sie unbedingt ihren Freund wiedertreffen wolle.«

Überrascht musterte sie ihn. »Reden? Mit mir?« Seine zweite Bemerkung überging sie geflissentlich.

Er nickte und blickte in die Türöffnung.

»Also schön«, seufzte sie. »Komm rein.« Sie ging in die Küche und bedeutete Léon, ihr zu folgen. »Ich backe gerade.«

»Macarons?« Er zeigte auf die Matten auf der Arbeitsplatte.

Aus dem Wohnzimmer drang leises Winseln zu ihnen. »Balou scheint ein echtes Problem zu haben.« Emma grinste schwach.

»Senna verhält sich aber auch nicht gerade zurückhaltend. Ist es für dich okay, wenn wir die beiden nicht im Blick haben?« Er stellte sich neben sie und beobachtete, wie sie die Zitronenschale abrieb.

»Wenn Balou sich nicht benimmt, bekommst *du* ein Problem, mein Lieber.« Sie lachte. »Der Übeltäter hat sich dann lange nach Deutschland verkrümelt.«

»Wann fährst du zurück?«

Sie zuckte mit den Achseln. »Ich habe diese Woche Urlaub. Wahrscheinlich fahre ich erst Sonntag.«

»Wie geht es deinem Vater?«

»Er ist wach«, erwiderte sie. Léon stand viel zu dicht neben ihr. Wie schon bei ihrem letzten Aufeinandertreffen konnte sie seinen unwiderstehlichen Duft wahrnehmen, der ihr so schmerzlich vertraut war. Glücklicherweise waren ihre Hände mit der Zitrone beschäftigt, sonst wäre sie vielleicht noch in Versuchung geraten, ihn aus alter Gewohnheit zu berühren.

»Das ist gut.«

»Ja, es ist ein Anfang«, stimmte sie zu und rückte unauffällig ein Stück von Léon ab. »Aber es liegt noch ein sehr langer Weg vor ihm.«

»Er hatte einen Schlaganfall, keinen Schnupfen.«

Sie sah zu ihm auf. »Du hast ihn gefunden.«

Er nickte. »Ich wünschte, ich wäre noch früher in der Kanzlei gewesen, aber ich hatte …«

»Er hat großes Glück gehabt. Wenn du nicht gewesen wärst …« Sie beendete den Satz nicht.

»Das war purer Zufall.«

»Du hast meinem Vater wahrscheinlich das Leben gerettet «, ergänzte Emma mit belegter Stimme. Geschickt rührte sie das Vanillemark in die Creme und verfrachtete die Schüssel in den Kühlschrank. »Möchtest du einen Kaffee?«

Léon schüttelte den Kopf. »Ein Wasser vielleicht?«

Emma füllte einen Krug und stellte ihn mit zwei Gläsern auf den Tisch. »Warum bist du hier?«, wagte sie endlich zu fragen.

»Wie gesagt, ich möchte mit dir reden.«

»Worüber?« Sie stellte sich mit verschränkten Armen vor ihn, während sie aus dem Augenwinkel die Macarons betrachtete, die langsam zu trocknen begannen.

Léon musterte sie schweigend.

Diese stahlblauen Augen, in denen sie sich vor vielen Jahren verloren hatte. Während Emma ihn ansah, musste sie daran denken, wie nahe sie sich einmal gestanden hatten. Sie hatten alles voneinander gewusst. Zumindest hatte sie das damals geglaubt.

»Woran denkst du?«, fragte er leise.

Sie schüttelte den Kopf.

»Emma?« Er machte einen Schritt auf sie zu.

Wieder dieser Geruch. Ihr wurde schwindlig. Fieberhaft bemühte sie sich um eine gleichgültige Miene. »Was willst du?« Hoffentlich bemerkte er das Zittern in ihrer Stimme nicht.

»Es tut mir leid.«

Sie atmete tief durch. »Es ist sieben Jahre her.«

»Als wir uns am Meer getroffen haben, musste ich an diesen Abend denken, an dem wir bei Nicolette eingeladen waren. Erinnerst du dich noch?«

Emma blieb stumm. Sie wusste genau, worauf er anspielte.

Nicolette war Emmas beste Freundin gewesen, als sie Léon kennengelernt hatte. Sie waren erst wenige Tage zusammen gewesen, als Nicolette ihren siebzehnten Geburtstag feierte. Natürlich war Emma eingeladen und hatte Léon mitgebracht. Die beiden hatten sich zu jenem Zeitpunkt noch nicht allzu gut gekannt. Léon war eifersüchtig gewesen, weil Emma locker mit ihren Klassenkameraden schäkerte. Nach der Party hatte er sie darauf angesprochen, und sie hatte ihm mit hochroten Wangen erklärt, dass sie noch nie etwas mit einem anderen Jungen hatte. Léon war von ihrer Beichte völlig überrumpelt gewesen. Und Emma hatte vor lauter Verlegenheit kaum noch gewagt, ihn anzusehen. Zwei Wochen später hatten sie zum ersten Mal miteinander geschlafen, und sie erinnerte sich noch an jenen Abend in ihrer Bucht, als sei es gestern gewesen.

»Erinnerst du dich?«, wiederholte Léon seine Frage.

»Ja«, gab sie zu und räusperte sich.

»Ich habe es nie vergessen.«

»Wir waren jung«, wiegelte Emma ab. »Unerfahren. Unsicher.«

»Du warst nicht unsicher, Emma. Du hast schon immer ganz genau gewusst, was du wolltest.«

Ihr Blick wurde trotzig. »Und du etwa nicht? Wer hat denn seinen sogenannten Lebensplan gnadenlos durchgezogen? Ohne Rücksicht auf Verluste? Ohne mal nach links oder rechts zu sehen?«

»Ich …« Er schnaufte. »Ich wollte immer nur das Beste für uns.«

Emma lachte bitter. »Für uns? Ja? Ich glaube nicht, Léon. Ich glaube, du wolltest das Beste für dich.«

»Das stimmt nicht.« Er trat einen weiteren Schritt auf sie zu.

Emma rang um Fassung. Die Situation entwickelte sich gerade völlig falsch.

»Emma, du warst … du bist …«

»Ich will das nicht hören«, unterbrach sie ihn hektisch. »Bitte.« Entschlossen schob sie ihn zur Seite und öffnete den Backofen. »Ich muss …«, murmelte sie aufgewühlt, während sie die erste Matte hineinschob.

Als sie sich wieder aufrichtete, spürte sie noch immer Léons Blick auf ihrem Gesicht. »Ich habe zu tun, Léon. Es war ein sehr aufwühlender Tag.« Sie nickte nachdrücklich. »Vielleicht ist es besser, wenn du jetzt gehst. Ich habe momentan nicht den Kopf, um irgendwelche alten Geschichten wieder aufzuwühlen.«

»Irgendwelche alten Geschichten?«, wiederholte er enttäuscht und blieb abwartend stehen.

Doch Emma beachtete ihn nicht weiter, prüfte stattdessen eingehend die Trocknungsphase der Macarons auf den anderen Matten.

Ohne ein weiteres Wort drehte Léon sich um. »Senna, komm, wir müssen los.« Da die Hündin keine Anstalten machte, zu ihrem Herrchen zu kommen, eilte Léon ins Wohnzimmer, wo Emma ihn leise mit Senna schimpfen hörte.

Als die Tür wenige Sekunden später hinter den beiden ins Schloss fiel, ließ Emma sich auf einen Küchenstuhl fallen und schlug die Hände vors Gesicht. Was war denn das gewesen?

• • •

Mit zitternden Fingern tippte Emma den Namen ihrer ehemals besten Freundin in den Laptop. Was war wohl aus Nicolette geworden?

Als auf dem Bildschirm eine bunte Website erschien, hielt Emma erstaunt inne. Ihre Freundin hatte sich tatsächlich ihren Jugendtraum erfüllt. »Nicolettes kleine Nähstube« stand da in hellroten Lettern über einer virtuellen Ladentür. Seit Emma denken konnte, hatte ihre Freundin genäht. Angefangen hatte es mit einer Komplettausstattung für ihre Puppen, bis sie sich später an Kleider und Hosen für sich und ihre Familie gewagt hatte. Dass Nicolette schon immer Talent hatte, stand außer Frage. Emma musste schmunzeln. Sie freute sich für ihre Freundin. Ein kleiner Laden in Banyuls-sur-Mer. Wer hätte das gedacht? Kurz entschlossen griff sie nach ihrem Smartphone und wählte die auf der Homepage angegebene Nummer.

»Bonjour. Nicolettes kleine Nähstube, Sie sprechen mit Nicolette Balsac.«

»Bonjour, Madame«, frotzelte Emma grinsend. »Sie sprechen mit Emma Duvalle.«

Einen kurzen Moment blieb es am anderen Ende der Leitung still, bevor Nicolette ins Telefon prustete. »Emma?!«

»Ja, Süße. Ich bin gerade in Collioure.«

»Das gibt es doch nicht! Ich werde verrückt. Mann, Emma. Wie lange ist es her, seit wir uns das letzte Mal gesehen haben?«

»Sieben Jahre«, erwiderte sie, ohne zu zögern.

»Bist du nur kurz hier, oder ...?«

»Mein Vater ist krank. Ich wohne für eine Woche in der Ferienwohnung meiner Tante.«

»Das tut mir leid.« Nicolettes Stimme klang bestürzt. »Sicher nicht einfach nach ...« Natürlich kannte sie Emmas Familiengeschichte.

»Es gibt so unglaublich viel zu erzählen. Aber ich wollte dich nicht einfach überfallen. Hast du denn Zeit, dass wir uns mal treffen?«

»Ja klar, Süße. Die nehme ich mir.«

Emma hörte, wie Nicolette Seiten umblätterte. »Wie wäre es gleich mit morgen früh?«

»Toll«, erwiderte Emma freudig. »Wie schön. Gegen Mittag möchte ich ins Krankenhaus, aber den Vormittag habe ich frei.«

»Am besten kommst du zu mir, und ich bereite uns ein kleines Frühstück vor.«

»Ich möchte dir aber keine Umstände machen«, warf Emma ein.

»Quatsch, das tust du nicht. Mensch, ich freue mich doch total. Endlich mal wieder mit dir reden. Ich kann dir gar nicht sagen, wie sehr du mir gefehlt hast. Warum hast du dich nur nie gemeldet?« Die Stimme ihrer Freundin klang enttäuscht.

Emma wurde es wehmütig ums Herz. »Es tut mir leid. Ich stand damals völlig neben mir.«

»Ich war deine beste Freundin«, erwiderte Nicolette bitter. »Ich hätte dich unterstützt, wenn du etwas gesagt hättest, aber plötzlich warst du von heute auf morgen weg.«

Emma schwieg betreten. War sie wirklich derart egoistisch gewesen? Ihr schlechtes Gewissen übermannte sie. »Du hast mir auch gefehlt«, entgegnete sie mit erstickter Stimme. »Lass uns bitte morgen reden, einverstanden? Und ich bringe uns ein paar Macarons mit.«

»Kannst du Gedanken lesen?« Jetzt klang Nicolette versöhnlicher. »Genau daran habe ich gerade gedacht. Ob du wohl deinen Backkünsten treu geblieben bist.«

»So wie du deinen Nähkünsten«, stimmte Emma zu.

»Ich freue mich auf morgen, Emma. Wie schön, dass du dich bei mir gemeldet hast.«

Nachdem sie sich voneinander verabschiedet hatten, machte Emma sich daran, die abgekühlten Macarons zu füllen. Die rosa Zitronencreme bildete einen wunderschönen Kontrast zu den roten Häubchen aus Mandeln und Puderzucker. Nachdem die Spritztülle leer war, begutachtete Emma zufrieden ihr Werk. Ein

Macaron war hübscher als das andere. Sie stapelte das Gebäck in einer großen Schüssel und schob es in den Kühlschrank. Ihr Magen begann zu knurren. Das Mittagessen mit Camille lag mehr als sechs Stunden zurück.

Nachdenklich betrachtete sie Balou, der auf seiner Decke lag und sie von unten ansah. Sie musste an Léon denken. Wieso reagierte sie dermaßen emotional auf Begegnungen mit ihrem Ex? Die letzten Jahre hatte sie doch gut ohne ihn gemeistert.

Reiß dich zusammen, Emma, ermahnte sie sich. Auch andere Männer haben schöne Augen. Und die haben dich nicht so verletzt und enttäuscht.

Was wollte sie eigentlich? Eine Jahre zurückliegende Jugendliebe auffrischen? Emma schüttelte den Kopf. Ihre Gedanken wurden immer wirrer. Léons und ihre Zeit war vorüber. Er hatte seine Chance gehabt und nicht genutzt.

Verachtung stieg in Emma hoch. Léon war wie ihr Vater. Olivier schien mit Carine dagegen einen Glücksgriff gemacht zu haben. Obwohl er ebenfalls in die Fußstapfen ihres Vaters getreten war, führte er anscheinend ein zufriedenes und erfülltes Familienleben. Es kam einfach auf die richtige Balance an.

Entschlossen schnappte sich Emma ihren Schlüssel und forderte Balou auf, ihr zu folgen. Als die Haustür hinter ihr ins Schloss fiel, blickte sie auf die Uhr. Sie hatte sich völlig in der Zeit verschätzt. Mit dem Pudel im Schlepptau rannte sie die Gasse entlang und bog schwer atmend um die Ecke. Mist, sie war zu spät. Sie stoppte und schlenderte langsamer auf die Baguetterie zu. Heute Abend würde sie sich wohl woanders ihr Abendbrot holen müssen. Als sie auf der Höhe des Schaufensters ankam, erblickte sie Amélie im Inneren des Ladens. Als die sie ebenfalls entdeckte, eilte sie winkend zur Tür und schloss auf. »Bonsoir, Emma. Wie geht es dir?«

Emma lachte. »Mittlerweile wieder ganz gut.«

»Ich glaube, wir haben es gestern Abend etwas übertrieben«, bekannte Amélie zähneknirschend. »Mir war heute Nacht so schlecht ...«

»Mir ging es heute Morgen nicht viel besser«, gab Emma zu. »Benjamin hat nur den Kopf geschüttelt, als ich wie ein Häuflein Elend am Frühstückstisch saß.«

Emma deutete auf die Baguetterie. »Du hast nicht zufällig noch ein Brot übrig?«

»Doch, natürlich«, erwiderte Amélie lächelnd. »Komm rein.«

Emma folgte ihr in den Laden, den Amélie augenscheinlich gerade aufräumte.

»Ich habe den ganzen Nachmittag geschrieben«, setzte Amélie an. »Aber da meine Mitarbeiterin heute Abend ein wichtiges Date hat«, sie verdrehte die Augen, »habe ich sie vor zehn Minuten heimgeschickt. Es tut mir ganz gut, ein wenig herumzuwerkeln, wenn der Kopf raucht.«

Emma schnaufte. »Oh ja, das kann ich gut nachvollziehen. Meiner steht momentan kurz vor dem Explodieren.«

Amélies Blick wurde eindringlicher. »Wie wär's? Benjamin führt heute Abend noch ein Interview in Perpignan. Er wusste nicht, wie spät es bei ihm wird. Ich wollte mir gerade mein Abendessen machen und mich in meiner Strickjacke auf die Dachterrasse setzen. Magst du mir Gesellschaft leisten? Zu zweit macht das Essen doch gleich mehr Spaß.«

Überrascht von Amélies Vorschlag, zeigte Emma auf Balou, der brav neben ihr stand. »Was ist mit ihm?«

»Kann er Treppen laufen?«

»Klar.«

»Dann kommt er mit hoch.«

Zehn Minuten später hatten es sich die beiden Frauen auf der Terrasse über den Dächern von Collioure bequem gemacht.

»Das fehlt bei der Ferienwohnung«, bekannte Emma nachdenklich, während sie den Blick über die ockerfarbenen Dächer der Altstadt schweifen ließ. In der Ferne färbte sich der Horizont leicht rötlich. Aus einem der Fenster in der Nachbarschaft erklang gedämpfte Klaviermusik. Eine grau getigerte Katze schlich an der Regenrinne des gegenüberliegenden Hauses entlang. Emma schloss die Augen und meinte, einen Hauch von Meer in der Luft zu erkennen.

»Gibt es vielleicht einen Hof?«

»Ja, hinter der Patisserie.«

»Den kannst du dir doch auch gemütlich herrichten. Lara hat sich zum Beispiel eine wunderschöne Palme angeschafft, als sie hier ankam.« Amélie brach sich ein Stück Baguette ab und tauchte es in ihren Dip.

»Ich wohne ja nicht hier«, relativierte Emma hastig. »Am nächsten Wochenende fahre ich wieder nach Hause.«

»Geht es deinem Vater besser?«

Emma erzählte von ihrem Besuch im Krankenhaus und dem anschließenden Gespräch mit Camille. »Er ist mein Vater. Ich habe mir noch nie darüber Gedanken gemacht, wie es sein muss, ihn als Partner zu haben.«

»Das liegt wohl in der Natur der Sache. Die Beziehungsprobleme unserer Eltern interessieren uns nicht, oder besser gesagt, wollen wir nicht kennen.«

»Das stimmt. Ich kann mir gar nicht mehr erklären, warum ich Camille damals so abgelehnt habe. Ich komme mir richtig dumm vor.« Emma schüttelte den Kopf. »Mittlerweile finde ich sie sogar sehr nett.«

»Du warst damals noch wesentlich jünger und viel mehr von

deiner Familie und deinen Eltern abhängig. Wahrscheinlich hast du sie als Bedrohung empfunden. Eure Mutter war weg, und plötzlich gibt es eine neue Frau im Leben eures Vaters und damit auch in eurem.«

Emma nickte anerkennend. »Langsam verstehe ich, worin der Erfolg deiner Bücher liegt.«

Amélie hob die Hände. »Für einen Außenstehenden ist es immer leicht, kluge Ratschläge zu geben. Du hättest mich mal letztes Jahr um diese Zeit sehen sollen. Ich stand völlig neben mir. War leer und konnte überhaupt nichts mehr fühlen. Damals dachte ich tatsächlich, ich würde nie wieder etwas zu Papier bringen. Erst als meine mittlerweile verstorbene Oma mir ihr Tagebuch anvertraut hat und ich von dieser wahnsinnig aufwühlenden Geschichte erfahren habe, spürte ich, wie ich langsam wieder zu empfinden begann.«

»Welche Geschichte?« Emma sah die Autorin stirnrunzelnd an.

»Ach, das ist etwas kompliziert.« Amélie rieb sich über die Stirn. »Es geht um eine sehr tragische Liebe während des Zweiten Weltkriegs.«

Alarmiert beugte sich Emma vor.

»Ich verarbeite die Handlung gerade in meinem aktuellen Manuskript.«

»Das klingt interessant.«

»Interessant und dramatisch«, bestätigte Amélie ernst.

Emma zögerte. »Ich habe in der Wohnung Briefe einer deutschen Jüdin gefunden. Sie stammen ebenfalls aus der Besatzungszeit.«

»Was?«

Emma nickte. »Ich habe keine Ahnung, wie der Stapel in die

Wohnung gekommen ist. Wir haben weder deutsche noch jüdische Vorfahren. Und die Briefe sind alle auf Deutsch verfasst.«

»Hast du einen Namen?«

»Die Tochter der Frau heißt Claire. An sie sind die Briefe auch adressiert.«

»Claire«, wiederholte Amélie gedehnt. »Leider kein seltener Name.«

»Ich bin noch nicht durch. Es sind noch unzählige Briefe vorhanden, aber sie sind so ... traurig, so verzweifelt zum Teil, dass ich es nicht schaffe, mehr als einen oder zwei am Stück zu lesen.«

»Das glaube ich dir gern. Als ich Omas Geschichte gelesen habe, hat mich das auch sehr mitgenommen, obwohl die Ereignisse so lange zurückliegen.«

»Wenn ich alle gelesen habe, versuche ich, mehr über die Frau herauszufinden. Eckdaten, Namen, Orte habe ich mir schon mal notiert. Mal sehen, ob ich damit weiterkomme.«

»Wenn du Hilfe brauchst, kann ich gern Benjamin fragen. Als Journalist hat er viele Kontakte.«

»Vielen Dank, vielleicht komme ich sogar auf dein Angebot zurück.« Emma lehnte sich zurück und blickte erneut auf die Dächer gegenüber. »Es ist wunderschön hier oben. Ruhig und friedlich.«

Amélie schlang ihre Jacke enger um sich. »Ja, wir sitzen oft hier draußen und genießen die Stimmung.«

»Ihr seid sehr mutig, Lara und du.«

Amélie lachte. »Ich würde es nicht mutig nennen. Aber wir waren beide an einem Punkt in unserem Leben, an dem wir nicht weiterkamen. Wenn ich nicht nach Collioure gereist wäre, würde ich vielleicht immer noch in meiner Luxuswohnung in Heidelberg sitzen und die Wände anstarren. Ich weiß nicht, ob ich es allein geschafft hätte, aus diesem tiefen Loch herauszufinden.«

»Seit ich wieder hier bin, ist alles anders«, bekannte Emma leise.

»Was meinst du?« Amélie beugte sich vor und schenkte ihnen Wasser nach.

»All die Jahre war ich glücklich in Deutschland. Meine Tante lebt dort, und ich habe meinen Job geliebt. Seit ich aber wieder hier bin, merke ich, wie sehr mir meine Heimat gefehlt hat. Mein Bruder, meine beiden Nichten, die ich erst jetzt kennengelernt habe. Das Meer, die Menschen, ja, sogar Camille, meine Stiefmutter. Erst jetzt spüre ich, wie sehr ich Frankreich und meine Familie vermisst habe.« Sie hielt inne. »Ich dachte, die Arbeit im Zoo ist meine Erfüllung, ich liebe meine Schützlinge. Tiere sind so genügsam, sie akzeptieren dich, wie du bist, wenn du ihnen nichts Böses willst. Aber seit ich in Collioure bin, fühlt sich das alles so schrecklich weit weg an. Ich vermisse die Tiere, meine Kollegen, meine Tante. Aber das alles hier ...«, sie deutete auf die Altstadt, » ... das hat mir noch so viel mehr gefehlt.«

»Aber das ist doch nichts Schlimmes. Jetzt kannst du doch noch mal von vorne anfangen. Deine Heimat, deine Familie neu kennenlernen.«

»So einfach ist das nicht«, merkte Emma traurig an.

»Das habe ich damals auch gesagt.« Amélie lachte. »Aber soll ich dir was verraten: Es ist tatsächlich so einfach. Wenn wir es nur wollen. Und wenn wir uns nicht selbst im Weg stehen.«

15

Während Léon auf die perfekt manikürten dunkelroten Fingernägel der Blondine starrte, die ihm gegenübersaß, tauchte Emmas kurzer schwarzer Lockenschopf vor seinem geistigen Auge auf. Er hätte ihr so verdammt viel zu sagen, doch sie ließ ihn jedes Mal abblitzen, bevor er überhaupt auch nur ein Wort davon erwähnen konnte.

»Monsieur Sommène?«

Charles Thézieus Stimme riss ihn aus seinen Gedanken.

»Was soll ich Ihnen sagen?« Er tippte auf den Kontoauszug, der vor ihm auf dem Schreibtisch lag.

»Wir haben uns einen Notgroschen angelegt«, erklang die schrille Stimme von Sandrine Thézieu. »Das kann man uns doch nicht zum Vorwurf machen.«

Léon blickte auf die siebenstellige Summe, die der Auszug dokumentierte. »Ohne eine genaue Berechnung angestellt zu haben, schätze ich Ihre Steuerhinterziehung auf eine hohe sechs- bis niedrige siebenstellige Summe. Pro Jahr!« Er hob die Hände. »Diese Angabe ist ohne Gewähr. Sobald ich mir Ihre Steuererklärungen der letzten Jahre genauer angesehen habe, kann ich Ihnen detailliertere Zahlen nennen.«

»Was ist mit unseren drei Stiftungen? Und der Unterstützung

für das Waisenhaus in Montpellier?« Sandrine Thézieu verengte ihre Augen. »Das muss doch gegengerechnet werden.«

Léon rang um Fassung. Es war jedes Mal das Gleiche. Das Ehepaar Thézieu besaß ein Bauunternehmen mit mehr als fünfhundert Angestellten. Die Branche boomte, die Gewinne stiegen von Jahr zu Jahr. Diese Superreichen waren der Meinung, dass ehrenamtliches Engagement genüge, um der Gesellschaft Dankbarkeit zu demonstrieren. Wenn es allerdings um die korrekte Abführung ihrer Steuern ging, vergaßen sie ganz schnell ihre Bürgerpflicht.

»Bei allem Respekt, Madame. Aber ich glaube, Sie verwechseln hier zwei Dinge. Auf der einen Seite steht Ihre Firma. Sie sind Arbeitgeber und Geschäftsführer, bekommen ein nicht unerhebliches Gehalt und sind dazu verpflichtet, sämtliche Einnahmen zu versteuern. Das hat mit Ihrem Engagement als Privatperson nichts zu tun. Natürlich ist es lobenswert, dass Sie diverse Projekte für benachteiligte Menschen finanziell unterstützen, aber damit können Sie sich doch nicht von Ihrer Steuerpflicht freikaufen.«

»Hören Sie, Monsieur«, setzte Thézieu leise an. »Wenn ich eine Moralpredigt hätte hören wollen, wäre ich zu unserem Pfarrer gegangen.« Er lehnte sich zurück und verschränkte die Hände vor seinem beachtlichen Leibesumfang. »Ihre Kanzlei wurde uns empfohlen, da Sie einigen Bekannten erfolgreich aus der Patsche geholfen haben.«

Léon fluchte innerlich. »Ich bin Steueranwalt, Monsieur, kein Zauberkünstler. Ich kann Ihnen realistische Möglichkeiten aufzeigen, wie Sie Ihre Schuld etwas verringern können. Ihr ehemaliger Buchhalter hat Sie beim Finanzamt angezeigt. Wie wollen Sie den Vorwurf denn widerlegen?« Er tippte auf den Kontoauszug. »Sie können doch nicht allen Ernstes annehmen, dass das Finanzamt es gelten lässt, wenn Sie erklären, dies sei Ihr Notgroschen?« Waren diese millionenschweren Unternehmer tatsächlich so naiv?

Thézieu seufzte und warf seiner Frau einen genervten Blick zu. »Was schlagen Sie vor?«

»Sie geben alles zu«, erwiderte Léon mit ernster Stimme. »Früher oder später kommen Ihnen die Behörden sowieso auf die Schliche. Ihr Angestellter hat Unterlagen kopiert. Wie wollen Sie diese entkräften?«

»Ich soll alles zugeben?«, brauste Thézieu auf. »Wofür brauche ich dann überhaupt einen Anwalt?«

»Um Ihre Strafe zu mildern.« Léon blieb gelassen.

»Meine Strafe«, stieß der Unternehmer hervor. »Ich habe Verantwortung für fünfhundert Menschen. Zählt das denn gar nichts? Wenn ich die Summe, die Sie genannt haben, nachzahlen muss, kann ich den Laden schließen.«

»So weit wird es nicht kommen«, widersprach Léon. »Wir werden einen Deal aushandeln, der es Ihnen erlaubt, Ihre Firma weiterzuführen. Der Staat hat kein Interesse daran, willentlich Arbeitsplätze zu vernichten. Die Größe Ihres Unternehmens kann Ihnen in dieser Hinsicht zugutekommen.«

»Es gibt also keine Möglichkeit, dieses Konto zu …« Sandrine Thézieu suchte nach den richtigen Worten. » … zu relativieren.«

»Steuerhinterziehung ist eine Straftat, Madame«, wiederholte Léon. »Was wollen Sie da relativieren?«

»Na ja, unser Engagement …«

»Du hast doch gehört, was der Monsieur gesagt hat«, unterbrach ihr Mann sie verärgert. »Wir sind am Arsch. In diesem Land zählt es nicht mehr, wenn man seine Leute ordentlich bezahlt und Arbeitsplätze nicht ins Ausland verlagert. Es zählt nur, was man nicht getan hat.«

Seufzend geleitete Léon das Ehepaar wenig später aus seinem Büro.

»Und?« Olivier streckte den Kopf durch die Tür. »Wie war es?«

Léon winkte ihn in sein Büro. »Mich beschleicht zunehmend das Gefühl, den falschen Job zu haben.«

Olivier zuckte mit den Schultern. »Nicht alle sind so.«

»Die wenigen reichen mir aber«, merkte Léon bitter an. »Was denken sich diese Leute nur? Die verdienen in einem Jahr mehr als mancher Arbeiter in seinem gesamten Leben. Und sie sind sich absolut keiner Schuld bewusst, wenn sie ihre Gelder in die Schweiz transferieren, um ihren Gewinn zu verschleiern.«

»Wie lange bist du jetzt bei uns?« Olivier setzte sich auf die Schreibtischkante und musterte Léon.

»Knapp drei Jahre.« Er hob die Hände. »Ja, ich weiß. Eigentlich müsste ich mittlerweile wissen, wie der Hase läuft.«

Olivier erwiderte nichts.

»Mann!« Léon schlug leicht mit der Faust auf die Tischplatte.

»Was ist los?«, wollte Olivier mitfühlend wissen.

Léon schüttelte den Kopf. »Deine Schwester.«

»Emma?«

Léon nickte schwach. »Ich war gestern Nachmittag bei ihr.«

»Ist wohl nicht so gut gelaufen.«

Léon kratzte sich an der Stirn. »Das ist die Untertreibung des Jahres. Ich ...« Er brach ab.

»Sprich mit ihr.«

Er lachte. »Was denkst du, was ich vorhatte? Aber ich kam nicht einmal dazu, die Sache von damals zu klären, geschweige denn ...« Er winkte ab. »Du weißt schon.«

»Sie wird ausflippen.« Oliver stieß sich von der Tischkante ab und stellte sich ans Fenster. »Emma war schon immer sehr konsequent. Sie hat eine klare Meinung.«

»Denkst du, das weiß ich nicht?« Léon stellte sich neben Olivier. »All die Jahre habe ich mir immer wieder ausgemalt, was ich sagen, was ich tun würde, wenn sie plötzlich vor mir stünde. Und dann war es endlich so weit, und ich …« Er seufzte.

»Meine Schwester ist eine harte Nuss«, erklärte Olivier trocken. »Ich kann dir da nicht helfen. Ich bin gespannt, wie sie mit unserem Vater klarkommt, wenn es ihm besser geht. Momentan kann er sich ja kaum artikulieren.«

»Sie ist nicht mehr lange da.« Léon lief die Zeit davon.

»Sie hat mittlerweile ihr Leben in Deutschland. Denkst du wirklich, dass ihr noch mal eine Chance habt?« Olivier sah ihn von der Seite an.

»Ich weiß es nicht«, bekannte Léon leise. »Es ist sieben Jahre her, und doch …« Er schloss die Augen. »Wenn ich sie sehe … Das, was uns verbunden hat, habe ich danach mit keiner anderen Frau mehr erlebt.«

»Warum hast du dich damals nur wie der letzte Idiot benommen? Dass Papa sie …« Olivier brach ab.

»Du kannst dir nicht vorstellen, wie oft ich mir diese verfluchte Frage in den letzten Jahren gestellt habe. Was wäre geschehen, wenn ich sie unterstützt hätte? Wenn ich ihr einfach erklärt hätte, sie solle das Studium hinwerfen und das tun, was sie möchte.«

»Elefantenkacke wegschaufeln.« Olivier grinste.

»Ja, was ist daran verwerflich?«, wollte Léon genervt wissen.

»Nichts, mein Lieber, gar nichts«, wehrte Emmas Bruder ab.

Léon seufzte. »Pardon. Ich war ein kompletter Idiot.«

»So könnte man es ausdrücken«, stimmte Olivier lachend zu und schlug ihm freundschaftlich auf den Rücken. »Ruf sie an. Und sprich mit ihr. Sie kann zwar sehr stur sein, aber meine Schwester ist auch eine überaus intelligente und feinfühlige Person. Irgendwann wird sie dir zuhören.«

16

»Emma!« Nicolette breitete die Arme aus und zog Emma an sich.

Als sie sich wieder voneinander lösten, musterte Emma ihre langjährige Freundin eingehend. »Du hast dich überhaupt nicht verändert.«

Lediglich ihr dunkles Haar, das sich früher wild über ihre Schultern gewellt hatte, trug Nicolette mittlerweile als kinnlangen Bob.

»Du aber auch nicht«, erwiderte Emmas Freundin, während sie auf die geringelten Leggings zeigte.

»Manches ändert sich eben nie«, scherzte Emma.

»Komm rein. Ich habe uns ein schönes kleines Frühstück gezaubert.«

Emma betrat den Flur des schmalen zweistöckigen Stadthauses und folgte Nicolette in ein gemütlich eingerichtetes Wohnzimmer mit zwei breiten Flügeltüren.

»Voilà!« Stolz deutete ihre Freundin auf die kleine Terrasse. »Mit direktem Meerblick.«

Emma riss ihre Augen auf. »Wow! Nicolette!«

»Ich habe das Haus letztes Jahr durch einen Zufall gefunden.«

Emma trat neben sie. »Das ist traumhaft.«

»Es ist nicht groß, aber dieser Blick ...« Nicolettes Miene bekam einen sehnsuchtsvollen Ausdruck. »Vielleicht erinnerst du dich daran, dass ich eines Tages ein Haus mit Meerblick haben wollte. Das war mein Traum.«

»Es ist wunderschön«, bekannte Emma leise, während ihr ein weiteres Mal schmerzlich bewusst wurde, wie sehr sie ihre Heimat vermisst hatte. Alles war so vertraut, die Farben des Alltags waren so viel intensiver als in Deutschland. Hatte sie wirklich all die Jahre verdrängt, wie unglaublich schön und zauberhaft der Ort war, in dem ihre Wurzeln lagen? Sie musste an die vorwurfsvolle Stimme ihrer Freundin bei ihrem gestrigen Telefonat denken. »Es tut mir ehrlich leid, dass ich damals so ... überstürzt abgereist bin. Ohne mich zu verabschieden. Ohne ...«

»Ich hatte so sehr gehofft, du würdest dich mal melden. Wie es dir ergangen ist, was du beruflich machst.« Nicolette verzog das Gesicht. »Ich war sehr enttäuscht. Wir waren doch Freundinnen.«

Emma nickte betreten. »Du hast recht«, entgegnete sie leise. »Ich war völlig überfordert. Das entschuldigt natürlich nicht, dass ich sang- und klanglos verschwunden bin. Umso mehr freue ich mich, dass ich heute so spontan vorbeikommen durfte. Kannst du mir verzeihen?«

Nicolette legte einen Arm um Emmas Schultern. »Wie lange kennen wir uns schon? Ich war verdammt sauer, ja. Aber es ist so viele Jahre her.« Sie lächelte. »Und jetzt bist du da. Komm, setzen wir uns. Ich habe nämlich Hunger.«

Erst jetzt bemerkte Emma den reichhaltig gedeckten kleinen Gartentisch. Nicolette hatte Baguettes, Croissants und Pains au chocolat angerichtet. Dazwischen standen eine Kanne Kaffee, mehrere Joghurts, Obst und eine große Käseauswahl sowie verschiedene Marmeladen und Lavendelhonig.

»Du bist die Beste.« Das meinte sie von Herzen.

Nachdem sie sich gesetzt hatten, griff Nicolette nach Emmas

Hand und drückte sie. »Ich freue mich so, dass du wieder hier bist.«

Emmas Augen wurden feucht. »Du hast mir auch gefehlt. Ich weiß überhaupt nicht, wie ich es sieben Jahre lang in Deutschland ausgehalten habe.«

»Ist es denn so schrecklich dort?« Nicolette ließ ihre Hand los und schenkte ihnen Kaffee ein. »Noch immer schwarz?«

Emma nickte. »Es ist überhaupt nicht schrecklich, ganz im Gegenteil. Aber ... seit ich hier bin, frage ich mich, wie ich jemals auf die Idee kommen konnte, von Collioure wegzugehen.«

»Du warst sehr wütend damals«, merkte Nicolette an, während sie Emma den Brotkorb hinhielt.

»Ja, ich war so verärgert. Enttäuscht und verletzt«, gab Emma zu und angelte sich ein Croissant. »Mein Vater hat diese hässlichen Dinge zu mir gesagt, und Léon ...«

»Ja, Léon.« Nicolette lächelte. »Er hat sehr gelitten.«

»Er hätte ja anrufen können«, erwiderte Emma trotzig.

»Ich glaube, er war damals ziemlich erschrocken über deine Konsequenz.«

»Dann kannte er mich aber schlecht.« Sie biss ein Stück des Blätterteiggebäcks ab, als ihr etwas einfiel. Hastig kramte sie in ihrer Tasche herum. »Ich habe uns doch noch etwas mitgebracht.«

»Ach, Emma.« Nicolette klatschte verzückt in die Hände. »Du bist ein Schatz. Die Macarons habe ich fast genauso sehr vermisst wie dich.«

Emma blickte zum Horizont, dessen Blau fast mit der intensiven Farbe des Meeres verschmolz. »Ich bin jetzt sogar Unternehmerin«, erklärte sie schmunzelnd, während sie verfolgte, wie eine Möwe auf dem Wasser landete.

»Sag bloß, du hast den Deutschen deine Backkünste schmackhaft gemacht und eine Macaronnerie eröffnet.«

Emma lächelte. »Nein, nein. Daraus wurde nichts. Ich bin Tierpflegerin. Aber ich habe der Mieterin meiner Tante heute früh sechzig Macarons verkauft. Sie hat eine kleine Patisserie unter der Ferienwohnung, die wohl nicht allzu gut läuft.«

»Jetzt werden die Kunden ihr die Bude einrennen.«

»Optimistin!« Emma brach sich ein Stück Baguette ab und musste an Amélie denken.

»Realistin«, verbesserte Nicolette sie tadelnd. »Ich habe dir schon damals gesagt, dass du etwas aus deinem Talent machen musst.«

»Damals«, wiederholte Emma gedehnt. »Das klingt ja, als seien wir uralt.«

Nicolettes Miene wurde ernst. »Es kommt mir tatsächlich wie eine halbe Ewigkeit vor, seit wir uns das letzte Mal gesehen haben.«

Sofort meldete sich wieder Emmas schlechtes Gewissen. Immerhin war sie es gewesen, die Hals über Kopf weggezogen war und alle Brücken hinter sich abgebrochen hatte. »Es tut mir sehr leid.«

»Das hatten wir doch jetzt schon. Ein bisschen kann ich sogar nachvollziehen, dass du eine Luftveränderung gebraucht hast. Du musstest zu dir selbst finden. Ohne Beeinflussung deines Vaters oder …«

»Oder Léons«, ergänzte Emma bitter. »Seit ich zurück bin, sind wir uns schon dreimal über den Weg gelaufen.«

»Schicksal?«

Emma schüttelte den Kopf. »Zufall.«

»Er hat wirklich sehr gelitten.«

Emma schnaubte. »Und ich nicht? Denkst du, es war einfach, in einem fremden Land mit einer fremden Sprache? Er ist derjenige, der sich bei meinem Vater ins gemachte Nest gesetzt hat.«

Sie war lauter geworden, als sie beabsichtigt hatte. »Entschuldige.«

Nicolette zog eine Grimasse und winkte ab. »Klingt, als ob es noch ziemlich viel Klärungsbedarf zwischen euch gäbe.«

»Er war gestern bei mir.«

»Also doch nicht nur Zufall.«

Emma schüttelte den Kopf.

»Und? Habt ihr euch ausgesprochen?«

Emma kam sich mit einem Mal dumm und kindisch vor.

»Weißt du, Süße, wir haben uns ewig nicht gesehen«, durchbrach Nicolette schließlich die Stille zwischen ihnen. »Aber ich möchte dir trotzdem etwas sehr Persönliches erzählen.« Ihre Stimme klang wehmütig.

Emma blickte auf.

»Ich habe Laurent vor sechs Jahren kennengelernt. Damals befand ich mich gerade in der Schneiderlehre, und er arbeitete im gleichen Unternehmen als Einkäufer. Er war drei Jahre älter als ich.«

Emma betrachtete ihre Freundin prüfend. Ihre Augen wirkten mit einem Mal stumpf und glanzlos.

»Wir waren sofort Feuer und Flamme füreinander.« Nicolette strich mit einer Hand über ihre rechte Schläfe. »Wir waren jung.« Sie lachte kurz, während sie Emmas Blick erwiderte. »Er war die Liebe meines Lebens. Ich habe oft an euch gedacht, an dich und Léon. Habe mich gefragt, ob es sich so für dich angefühlt hatte. Damals.« Sie schloss die Augen. »Es war perfekt. Es schien, als ob ich mein Leben lang auf Laurent gewartet hätte. Und ihm ging es genauso.«

»Was ist passiert?« Emma hörte aus jedem Wort heraus, dass diese Geschichte kein gutes Ende genommen hatte.

»Vor fünfzehn Monaten wollte er mit einem seiner Kumpel

einen Motorradausflug machen. Nach Spanien runter, ein wenig feiern und zwei Tage später wieder zurück.«

»Oh nein.«

Nicolette nickte. »Er ist nie dort angekommen. Ein Lkw, der plötzlich aus dem Gegenverkehr ausgeschert war, hat ihn erfasst. Laurent war sofort tot.« Sie wischte sich über die Augen. »Wir wollten heiraten, weißt du. Ich hatte gerade meinen kleinen Laden eröffnet. Wir waren auf der Suche nach einem Haus.«

»Nicolette, es tut mir so unendlich leid.« Emma rang um Fassung.

»Ja, mir auch. Von einem auf den anderen Moment war mein Leben komplett aus den Fugen geraten.«

»Ich weiß nicht, was ich sagen soll.« Emma fühlte sich hilflos.

»Du kannst nichts sagen«, erwiderte Nicolette mit einem schwachen Lächeln. »Er war die Liebe meines Lebens, Emma. Und wenn er mir in sieben Jahren unverhofft wieder begegnen würde, wüsste ich ganz genau, was ich tun würde.«

Emma schluckte. »Das kannst du nicht …« Sie brach ab und atmete tief durch. »Du bist eine so starke Frau, Nicolette. Ich bewundere dich dafür. Und bemerke immer stärker, wie blöd ich mich damals verhalten habe. Ich hätte mich melden sollen. Hätte mich melden müssen. Ich war deine Freundin und hätte in deiner Trauer für dich da sein müssen.« Bekümmert schüttelte sie den Kopf.

»Wir können die Vergangenheit nicht ändern.« In Nicolettes Stimme schwang Wehmut mit. »Wie alt war Léon damals? Zwanzig?«

»Einundzwanzig«, murmelte Emma.

»Bitte, versteh mich nicht falsch.« Nicolette griff nach Emmas Hand. »Ich bin auf deiner Seite. Und ich möchte sein Verhalten auf keinen Fall entschuldigen. Aber du bist sehr hart zu dir selbst.

Und so konsequent, wie du deine eigene Meinung verteidigst, erwartest du auch von deinem Gegenüber stets eine klare Haltung.« Sie zog ihre Brauen hoch. »Vielleicht haben wir uns zu lange nicht gesehen, als dass ich so etwas zu dir sagen sollte.«

Emma schüttelte betreten den Kopf. »Nein, schon gut.«

»Es kann so unheimlich schnell vorbei sein«, raunte Nicolette eindringlich. »Keiner kann in die Zukunft schauen. Aber seit Laurents Tod weiß ich, dass das, was wir hatten, etwas ganz Besonderes war. Ich konnte es nicht festhalten, das Schicksal hat ihn mir genommen.« Sie nickte. »Aber Léon lebt. Und ich sehe dir an, dass er dir auch nach all der langen Zeit nicht gleichgültig ist.«

Emma wandte den Blick ab. Hatte Nicolette recht? Machte sie sich etwas vor? Versteckte sie sich hinter fadenscheinigen Argumenten? Ihre Enttäuschung damals war echt gewesen, aber Nicolette hatte recht. Sie hatte von Léon einen deutlichen Standpunkt erwartet. Hatte sie ihn überfordert?

17

Nachdem Emma erst ihre Kollegin angerufen und sich nach dem Wohlbefinden ihrer Schützlinge erkundigt hatte, hatte sie Mireilles Nummer gewählt, um ihrer Tante ihr Herz auszuschütten und sie auf dem Laufenden zu halten. »Sie hat nicht einmal gefragt«, beklagte sich Emma jetzt. »Kann es sein, dass wir ihr so gleichgültig sind?« Mit einer Hand stützte sie sich gegen die Wand des Krankenhausflurs.

»Ach, Emma«, erwiderte ihre Tante am anderen Ende der Leitung. »Eure Mutter ... Was soll ich sagen? Sie lebt ihr Leben, und ...«

» ... in dem wir offenbar keinen Platz mehr haben«, unterbrach Emma Mireille wütend. »Es gibt Mütter, die nicht bei ihren Kindern sein dürfen, die verzweifelt und hoffnungslos sind.« Sie musste an die Briefe denken, die an die unbekannte Claire adressiert waren.

»Margaux war schon immer ... schwierig.«

»Schwierig«, höhnte Emma. »Wie konnte ich nur so blind sein? All die Jahre dachte ich, Papa habe sie mit seiner oft gefühllosen Art aus dem Haus getrieben. Mittlerweile bin ich mir nicht mehr sicher, wer hier eigentlich schuld an der Zerstörung unserer Familie war.«

»Zu einer Scheidung gehören immer zwei«, erwiderte Mireille

sanft. »Als deine Mutter gegangen ist, warst du zwölf, fast noch ein Kind. Die Situation war weder für deinen Vater noch für euch Kinder einfach. Und natürlich konntest du damals nicht verstehen, warum sie euch allein gelassen hat. Jetzt bist du selbst erwachsen und siehst einiges mit einer gewissen Distanz. Es gibt nicht nur schwarz und weiß, gut und böse, schuldig und unschuldig.«

Emma seufzte. »Du hast recht. Seit ich hier bin, habe ich das Gefühl, dass ich meinen kompletten Blickwinkel überdenken muss.«

»Was ist passiert?«

Emma runzelte die Stirn. »Was meinst du?«

»Emma, wenn du mir erklärst, du musst deinen Blickwinkel überdenken, muss irgendetwas Gravierendes geschehen sein.« Mireille lachte. »Eine Emma Duvalle überdenkt keine Blickwinkel. Nicht, solange ich sie kenne.«

»Bin ich wirklich so schlimm?« Emma musste an Nicolettes Worte denken.

»Schlimm würde ich es nicht nennen, aber du bist eben schon immer sehr standhaft und konsequent gewesen.«

»Soll das eine nette Umschreibung von stur sein?«

Wieder lachte ihre Tante. »Ach, Emma. Ich habe dir doch gerade erklärt, dass die Welt nicht nur schwarz und weiß ist. Und jede Charaktereigenschaft kann eben bei gewisser ... Uneinsichtigkeit auch ein wenig negativ betrachtet werden.« Sie machte eine Pause. »Es ist eben alles eine Frage des Blickwinkels.«

Emma stöhnte. »D'accord, ich habe verstanden.«

»Grüß deinen Vater von mir, und wünsche ihm gute Besserung. Und halte mich bitte auf dem Laufenden.«

Nachdem Emma das Telefonat beendet hatte, steckte sie das Handy in ihre Tasche und klopfte an die Tür des Krankenzimmers.

»Ja«, ertönte im nächsten Moment Camilles Stimme.

»Bonjour.«

Ihre Stiefmutter stand mit dem Rücken zum Fenster und blickte Emma lächelnd entgegen. Roger Duvalle lag im Bett, das Kopfteil war etwas angehoben.

»Wie geht es dir, Papa?« Emma beugte sich über ihn und hauchte ihm einen Kuss auf die Wange.

»Gut«, erwiderte er und hob langsam den rechten Arm. Vorsichtig griff er nach ihrer Hand und drückte ihre Finger.

Emma verzog anerkennend das Gesicht. »Ich sehe, du machst Fortschritte.«

»Gestern und heute war der Logopäde da«, erklärte Camille aus dem Hintergrund. »Und in den nächsten Tagen wird ein Physiotherapeut kommen und deinem Vater beim Aufstehen helfen.«

Emma fiel ein Stein vom Herzen. »Das klingt gut, Papa. Richtig gut. Ich freue mich.«

»Es ist … schön, dass …« Er atmete schwer. »… Du da bist.«

»Ja, das finde ich auch.« Sie zog sich einen Stuhl heran und setzte sich. »Ich hätte viel früher kommen sollen.« Wehmütig schüttelte sie den Kopf. »Ich war … Keine Ahnung. Du hast mir damals sehr wehgetan.«

Ihr Vater blickte sie schweigend an.

Camille drehte sich weg und starrte aus dem Fenster.

»Es … tut … mir leid«, erklärte er angestrengt.

Emma nickte. »Mir auch.«

Ihr Vater schüttelte den Kopf. »Nein. Nein.« Er drückte ihre Hand fester. »Ich … war dumm.«

Emma lächelte schwach. »Ich doch auch.«

»Du bist … keine … Anwältin.«

»Nein, weiß Gott, die bin ich nicht.«

Er hob den Kopf etwas an. »Du … bist gut … so wie … du bist.«

Camille trat neben Emma und legte ihr wortlos eine Hand auf die Schulter.

Emmas Vater ließ den Kopf erschöpft gegen das Kissen sinken und schloss die Augen.

»Er ist sauer, weil ich ihm keine Zigaretten und Kanzleiakten mitgebracht habe«, raunte Camille Emma zu.

»Papa!«, tadelte Emma ihn. »Kannst du dir nicht vorstellen, dass wir uns Sorgen machen? Du hattest einen schweren Schlaganfall. Was muss denn noch passieren, dass du es verstehst?«

»Ich ... habe Verantwortung«, stammelte er angestrengt.

»Verantwortung? Ja, die hast du«, bestätigte Emma bitter. »Aber wenn du jetzt nicht aufpasst und auf dich achtest, kannst du vielleicht bald gar nicht mehr arbeiten.« Sie beugte sich vor und sah ihm fest ins Gesicht. »Willst du das?«

»Meine ... Mandanten ...«

Emma konnte es nicht fassen. »Deine Mandanten müssen eben jetzt mal ohne dich klarkommen. Und wenn es etwas Dringendes gibt, werden sich deine Kollegen darum kümmern.«

Sie musste an Léon und ihre letzte Begegnung denken. Hastig verdrängte sie den aufkeimenden Gedanken.

»Ich ... muss ...«

»Du musst gar nichts«, unterbrach Emma ihn ungehalten. »Nur gesund werden. Das ist jetzt das Wichtigste.«

»Deine Tochter hat recht«, unterstützte Camille sie. »Du weißt, wie oft ich dir gesagt habe, dass du dich übernimmst. Dass du zu wenig für deine Gesundheit tust.«

Er schüttelte den Kopf und winkte ab.

»Sieht so aus, als ob es ihm wirklich wieder besser geht«, erklärte Emma verärgert. »Mann, Papa. Wie kann man nur so unvernünftig sein? Was wäre denn passiert, wenn Léon dich nicht gefunden hätte?«

Ihr Vater presste die Lippen aufeinander.

»Er wird sich umstellen müssen«, erklärte Camille bedauernd. »Die Ärzte haben es ihm ja bereits gesagt. Niemand weiß, wie der Heilungsverlauf vonstattengehen wird. Es liegt sehr viel an ihm. Wie er mitarbeitet und wie er sich schont.«

»Redet nicht ... als ... wäre ich gar nicht ... da.«

Emma schmunzelte. »Doch, du bist da, Papa. Aber du verhältst dich wie ein trotziges Kind.«

»Es ... geht ... mir gut.«

»Ja, du siehst aus wie das blühende Leben«, bemerkte Camille.

»Du hast fähige Mitarbeiter, die die Kanzlei am Laufen halten«, ergänzte Emma ernst. »Olivier und Léon und die anderen kümmern sich doch um alles.«

Ihr Vater drehte den Kopf und sah sie schweigend an. »Du ... warst ... lange ... weg, Tochter.«

Emma nickte. »Ja, das war ich, Papa. Aber jetzt bin ich da. Bitte werde wieder gesund.«

Er sah von Emma zu seiner Frau, die seinen Blick tadelnd erwiderte. »Willst du, dass Emmas weite Reise umsonst war? Du hast ihr doch so viel zu sagen. In diesem Zustand ist das wohl kaum möglich.«

»Wir werden reden, Papa.« Emma schluckte. »Vielleicht habe ich damals überreagiert. Aber jetzt wirst du erst mal gesund.«

»Du ... hast gefehlt«, stammelte ihr Vater weiter.

»Roger, bitte schone dich jetzt!«, mahnte Camille mit strenger Stimme. »Emma hat schon verstanden.«

Emmas Augen begannen zu brennen, während sie das blasse Gesicht ihres Vaters betrachtete. Wie hatte sie nur all die Jahre derart stur sein können?

18

»Komm, Balou. Wir gehen uns mal kurz die Beine vertreten.«

Der Pudel sprang auf und folgte Emma schwanzwedelnd die Treppe hinunter. Auf der Straße befestigte sie die Leine an seinem Halsband und wollte gerade einen Blick in die Patisserie werfen, um zu sehen, ob sich schon einige der Macarons verkauft hatten, als in diesem Moment Madame Marais aus dem Laden kam.

»Bonjour, Madame«, grüßte Emma die Frau und nickte ihr zu.

»Emma«, erwiderte sie und begann zu lächeln. »Zoé hat mir gerade erzählt, dass sie heute testweise Ihre wundervollen Macarons im Angebot hatte.«

»Hatte?«

»Ja, hatte. Sie sind ausverkauft.«

Emma blickte auf die Uhr. »Aber das kann nicht sein, ich habe ihr heute Morgen mehr als sechzig Stück gebracht.«

Die Dame verzog das Gesicht. »Sie sind seit über einer Stunde ausverkauft.«

Die Tür öffnete sich, und die Konditorin trat heraus. »Emma, wie gut, dass ich dich sehe.«

»Sie sind alle weg?« Emma musterte die Ladenbesitzerin, die ihre Hände hob und nickte. »Bis auf den allerletzten. Und in der letzten Stunde hätte ich mindestens weitere dreißig verkaufen können.«

»Das gibt es doch gar nicht«, rutschte es Emma heraus.

»Backen Sie für morgen auch wieder welche?« Mathildes Mutter sah Emma erwartungsvoll an. »Dann würde ich mir gleich welche reservieren.«

Zoé lachte. »Reservieren? Das habe ich ja noch nie erlebt.«

Emma überlegte. »Ich drehe eine kleine Runde mit Balou. Wenn ich zurück bin, könnte ich ein paar weitere backen.«

»Das wäre fantastisch, Emma.« Zoé ballte ihre Hände zu Fäusten. »Ich stelle ein Schild auf und weise die Kunden darauf hin, dass es morgen wieder Nachschub gibt.« Sie kaute auf ihrer Unterlippe. »Wie viele schaffst du?«

Emma lachte. »An welche Menge dachtest du denn?«

»Das Doppelte von heute?«, fragte die Konditorin vorsichtig.

»Hundertzwanzig?«, fragte Emma gedehnt. Sie wäre mindestens zwei Stunden beschäftigt, und gegen Abend wollte sie noch einen ausgedehnten Spaziergang unternehmen. Doch es war lange hell, sie konnte auch erst gegen sechs oder sieben losmarschieren. »D'accord«, willigte sie schließlich ein. »Morgen früh bringe ich dir einhundertzwanzig Macarons vorbei.«

»Du bist ein Schatz«, rief die Konditorin freudig.

»Und ich komme gleich noch mal mit dir in den Laden und möchte welche vorbestellen.« Die alte Frau blinzelte vergnügt in Emmas Richtung. »Nicht, dass ich morgen wieder leer ausgehe.«

»Kein Problem«, erwiderte Zoé vergnügt. »Dass ich das noch erlebe.« Sie schüttelte den Kopf. »Vorbestellungsliste … ts.«

»Ich bringe sie dir morgen«, verabschiedete sich Emma von den beiden, da Balou bereits zu winseln begann. »Komm.«

Als sie in die nächste Quergasse einbog, trat Lara gerade aus der Crêperie. »Bonjour, Emma.«

»Lara, öffnest du?«

»Nein, ich muss ein paar Lebensmittel besorgen.« Sie schloss die Tür hinter sich ab.

»Ich begleite dich ein Stück«, erklärte Emma. »Wenn du nichts dagegen hast.«

»Nein, gar nicht. Wie geht es deinem Vater?«

»Er beginnt langsam wieder zu sprechen. Und verlangt direkt nach Zigaretten und seiner Arbeit.« Emma zog eine Grimasse.

»Oje! Das klingt nicht toll.«

»Er ist so uneinsichtig«, erboste Emma sich. »Der Schlaganfall ist noch nicht einmal eine Woche her, und er glaubt, die Kanzlei müsse ohne ihn schließen.«

»Er hat doch sicher noch Mitarbeiter, oder?«

»Natürlich«, bestätigte Emma, während sie an der Touristeninfo vorbeiliefen. »Sie sind zu sechst. Mein Bruder und Léon arbeiten doch auch dort.«

»Uh. Léon.«

»Lara«, seufzte Emma.

»Was?«

»Ich fahre am Wochenende wieder nach Hause.«

Lara lachte. »Und das ist der Grund, warum du eine Konfrontation mit deinem Ex scheust?« Vorgestern Abend hatte Emma den anderen Frauen ausführlich von ihrer damaligen Beziehung erzählt. Alle drei waren der Ansicht gewesen, dass es noch viel Ungeklärtes zwischen Emma und Léon gäbe.

»Wo soll das denn hinführen?« Emma blieb stehen und sah Lara an.

»Soll es denn überhaupt irgendwo hinführen?« Laras Blick wurde eindringlicher.

Emma fasste sich ein Herz und erzählte Lara von ihrem Gespräch mit Nicolette, von deren Lebensgefährten und seinem plötzlichen Tod.

»Deine Freundin hat recht«, bestätigte Lara, als Emma geendet hatte. »Und was hast du denn zu verlieren? Er kommt extra bei dir vorbei, um sich zu entschuldigen.«

Emma starrte auf den Boden. »Ich weiß nicht ... es ist so lange her.«

In dem Moment klingelte ihr Smartphone. Lara nahm ihr stumm die Leine aus der Hand. Als Emma aufs Display blickte, erkannte sie die Nummer jedoch nicht. »Ja?«

»Emma, hier ist Léon.«

Beim Klang seiner Stimme blieb ihr Herz fast stehen. »Léon!«

Lara unterdrückte ein Grinsen und reckte einen Daumen in die Luft.

Emma schüttelte missbilligend den Kopf.

»Bitte sei nicht gleich sauer. Olivier hat mir deine Nummer gegeben.«

»Was willst du?« Angestrengt bemühte sie sich, ihr klopfendes Herz zu ignorieren.

»Mir dir reden. Emma, es ist mir wirklich wichtig.«

»Ich weiß nicht ...« Emma fühlte sich hin- und hergerissen.

»Bitte. Ich möchte mich für mein damaliges Verhalten entschuldigen. Es gibt so viel zu sagen.«

Emma wechselte einen Blick mit Lara, die scheinbar desinteressiert Balous Kopf streichelte.

»Ich wollte heute Abend mit Balou eine größere Runde drehen.«

»Das klingt super. Wollen wir uns am Parkplatz treffen? Gegen halb sieben?«

Emma sah auf die Uhr. »Halb sieben kann ich schaffen.«

»Danke.«

»Wofür?«

»Dass du mir diese Chance gibst. Es ist mir ernst.«

Emma atmete tief durch. »Bis später.«

Lara reckte eine Faust in die Höhe. »Chapeau!«

»Wir gehen nur spazieren«, wiegelte Emma ab.

»Ist klar.« Lara grinste. »Ein Spaziergang mit zwei liebestrunkenen Pudeln.«

Emma stieß sie spielerisch in die Seite.

»Gibt es etwas Romantischeres? Zwei verliebte Hunde, der atemberaubende Blick aufs Meer und ein charmanter und gut aussehender Mann an deiner Seite«, frotzelte Lara weiter.

»Mach dich nur lustig«, knurrte Emma, während ihre Gedanken rasten. Warum freute sie sich plötzlich so unbändig und konnte es kaum abwarten, mit den Macarons fertig zu werden? Léon hatte sie damals tief verletzt. Wollte sie es ihm wirklich so einfach machen?

»Collioure beflügelt unsere romantische Ader«, fuhr Lara fort, die nichts von Emmas Grübeln zu bemerken schien. »Gibt es einen schöneren Ort, um sich zu verlieben?« Sie lachte. »Um sich neu zu verlieben?«

Emma betrachtete ihre Nachbarin von der Seite. Die Wangen der blonden Frau glühten. Ihre Augen leuchteten. »Weißt du was, Lara?«

Die Crêperiebesitzerin erwiderte ihren Blick. »Hm?«

Emma fasste nach ihrer Hand. »Ich bin froh, dass ich dich kennengelernt habe.« Sie hielt inne. »Dass ich euch kennengelernt habe«, korrigierte sie sich. »Obwohl wir uns erst vor Kurzem begegnet sind, ist es ein wunderschönes Gefühl, so tolle Menschen um sich zu haben.«

»Das hast du aber nett gesagt.« Lara trat auf Emma zu und umarmte sie. »Ich bin auch sehr froh, dass wir uns getroffen haben.« Sie lachte leise. »Und wer weiß? Vielleicht trifft dich das Colliourevirus ja auch noch.«

• • •

Das Colliourevirus, dachte Emma wehmütig, während sie die gemahlenen Mandeln durchsiebte. Und was geschah, wenn einen dieses Virus befiel? Zufrieden betrachtete sie den feinen Puder, wie er sich gleichmäßig in der Schüssel vor ihr auftürmte. Amélie und Lara hatten hier ihr Glück gefunden. Sie hatten sich verliebt und ihrem Leben eine neue Richtung gegeben. Bei Emma war der Wegzug nach Deutschland ein ebensolcher einschneidender Zeitpunkt gewesen. Sie hatte auch komplett neu angefangen. In einem fremden Land mit einer fremden Sprache. In Deutschland war sie erwachsen geworden. Seit sie zurück in Collioure war, spürte Emma immer stärker, dass sie nicht mehr die Frau war, die vor sieben Jahren gegangen war. Obwohl es ihr anfangs schwergefallen war, überhaupt an die Purpurküste zurückzukehren, hatte sie mehr und mehr das Gefühl, hierher zu gehören. Dieser kleine idyllische Ort mit der so einprägsamen Uferkulisse, der wunderhübschen Altstadt mit den sanierten Natursteinhäusern, den heimeligen Ecken, verwunschenen Buchten und diesem unbeschreiblichen Blau des Horizonts löste Gefühle in ihr aus, die ihr bisher verborgen gewesen waren. Doch hatte sie sich je zuvor Gedanken darüber gemacht? Über Zugehörigkeit, Verbundenheit, Geborgenheit? Natürlich, sie gehörte nach Deutschland. Zu Mireille und Gernot, zu ihren Tieren in der Südamerikaanlage. Und doch hatte ihr hiesiger Aufenthalt jetzt schon etwas mit ihr gemacht.

Nachdem Emma den Puderzucker unter die fein gesiebten Mandeln gemischt hatte, musterte sie die Lebensmittelfarben. Heute stand ihr der Sinn nach Violett. Geschickt schlug sie den Eischnee zu einer schnittfesten Masse und gab danach die Farbe und den Zucker dazu. Nachdenklich verrührte sie mit dem Teigschaber die beiden Mischungen zu einer glänzenden fließenden Masse. Mit zusammengekniffenen Augen verfolgte sie, wie die Mischung von dem Backgerät tropfte. So war sie perfekt. Emma legte die Silikonmatten auf die Arbeitsplatte, gab die Masse in den Spritzbeutel und machte sich daran, die Vertiefungen mit Teig zu füllen.

Während die erste Ladung Macaronhäubchen zu trocknen begann, tigerte Emma unruhig durch die Küche. Zu viel stürmte momentan auf sie ein. Warum hatte sie sich so überstürzt mit Léon verabredet? Genervt schüttelte sie ihren Kopf. Wäre Lara nicht bei ihr gewesen, hätte sie ihm sofort eine Abfuhr erteilt. Sie blieb stehen und blickte zu Balou, der auf seiner Decke lag und schlief. Hätte sie wirklich anders reagiert? Ihr schwirrte der Kopf. Was hatte diese Reise nur mit ihr gemacht?

Als sie in Deutschland war, war die Lage doch noch eindeutig gewesen. Ihr Vater hatte ihre Mutter vertrieben, weil er kein Verständnis für ihre künstlerischen Ambitionen gehabt hatte. Weil er seine Arbeit über alles gestellt hatte. Und weil er keinerlei Gefühle hatte zeigen können. Sie musste an Camilles Worte denken. Hatte ihre Mutter je versucht, die Ursache für das Verhalten ihres Mannes herauszufinden? Oder war Margaux Duvalle viel zu sehr mit sich selbst und ihren eigenen Träumen beschäftigt gewesen? Warum war plötzlich nichts mehr so klar wie all die Jahre zuvor?

Léon hatte sich damals als karrierebesessener Machtmensch entpuppt, der für Emmas Entscheidung, das Studium abzubrechen, um etwas komplett Neues zu beginnen, keinerlei Akzeptanz gezeigt hatte. Jahre später wollte er sich bei ihr entschuldigen.

Und Camille? Lag es tatsächlich nur an Emmas Alter, dass sie der zweiten Frau ihres Vaters plötzlich Sympathien entgegenbrachte, während sie sie als Jugendliche stets als Störenfried und Eindringling empfunden hatte? Nichts schien mehr so zu sein, wie es einmal gewesen war. Mit einem solchen Chaos in ihrem Kopf wusste Emma nicht umzugehen.

Sie betrachtete die Macarons und prüfte mit der Fingerspitze die Festigkeit. Nachdem sie die ersten Matten in den Ofen geschoben hatte, öffnete sie entschlossen die Schublade mit den Briefen der jüdischen Mutter und griff nach dem obersten Schreiben. Vielleicht half es ja, wenn sie sich ein wenig von ihren eigenen Problemen ablenkte. Und das Schicksal dieser Mutter machte etwas mit ihr, wie sie sich seufzend eingestehen musste.

Meine geliebte Claire,

ich möchte dir erzählen, wie es mit Louis und mir weiterging. Hannah kam an jenem Tag nicht zurück. Die Suche von Louis und seinem Vater verlief ergebnislos. Gegen Abend brachte Louis mich dann wieder zur Scheune. Ich konnte seiner Mutter ansehen, dass sie mehr als erleichtert war, als ich das Wohnhaus der Familie endlich verließ.

Die Suchmannschaften der Gendarmerie waren zu diesem Zeitpunkt längst abgezogen worden. Louis wollte mich jedoch in dieser heiklen Situation nicht allein lassen. Nachdem wir meine wenigen Habseligkeiten wieder im Inneren der Scheune verstaut hatten, setzten wir uns ins Freie und ließen uns die Kartoffeltarte seiner Mutter schmecken. Da es recht kühl war, entfachte Louis ein kleines Lagerfeuer.

»Sie kommt nicht wieder, oder?« Betroffen starrte ich in die lodernden Flammen.

Louis legte einen Arm um meine Schultern und schüttelte den Kopf.

»Was denkst du? Was passiert mit ihr?«

»Ich weiß es nicht«, erwiderte er leise. »Ich fürchte ...«

»Nein, sag es nicht«, unterbrach ich ihn hastig. »Bitte. Ich ...« Meine Stimme versagte. Der Gedanke daran, was mit Hannah geschehen würde, schnürte mir die Kehle zu. Ich begann zu weinen.

Louis strich mir vorsichtig eine Haarsträhne aus der Stirn. »Wie lange soll ich mich noch hier verstecken?« Ich schlug meine Hände vors Gesicht. Tiefe Verzweiflung brach aus mir heraus. »Ich möchte doch nur leben. Möchte zu meinen Eltern in meinen normalen Alltag zurück.«

Louis streichelte beruhigend über meinen Rücken. »Es tut mir so unglaublich leid.«

»Du kannst nichts dafür«, schluchzte ich. »Wenn du nicht wärst ...«

»Ich wünschte, ich könnte mehr für dich tun.«

»Niemand kann etwas für mich tun«, presste ich bitter hervor. »Wir sind die Unerwünschten. Keiner wird sich für uns einsetzen.«

»Das stimmt nicht«, widersprach Louis sanft. »Ich kenne eine Menge Leute, die nicht damit einverstanden sind, was in Vichy beschlossen wird. Viele sagen, Pétain wäre nur eine Marionette Hitlers.«

Ich wischte mir übers Gesicht und hob den Blick, um Louis ansehen zu können. »Aber niemand macht etwas dagegen. Wenn die Bevölkerung sich auflehnen würde, wenn die Soldaten ihren Dienst verweigern würden, dann wäre der Größenwahn dieses Verrückten ganz schnell am Ende.«

Louis wandte den Kopf ab. »So einfach ist es leider nicht. Menschen riskieren ihr Leben, um sich gegen die Besatzer zu wehren. Sie fangen Transporte für Nachschub ab, verstecken Flüchtlinge vor den Nazis. Einige haben schon hochrangige Offiziere ausgeschaltet. Aber jeder Sabotageakt bringt die Widerständler und ihre gesamten Familien in große Gefahr.«

Ich schämte mich. »Ich wollte mich nicht beklagen. Mir ist bewusst, welches Risiko du eingegangen bist, indem du Hannah und mich versteckt hast. Es tut mir leid.«

»Das muss es nicht«, wiegelte er ab. »Du hast jedes Recht, wütend zu sein.«

»Ich mache mir sehr große Sorgen um meine Familie«, flüsterte ich. »Wenn sie Deutschland nicht doch noch verlassen haben, glaube ich nicht, dass sie ...«

»Die Situation in Deutschland ist für Juden sehr gefährlich«, stimmte Louis zu. »Hoffen wir, dass ihnen rechtzeitig die Flucht gelungen ist.«

Ich fasste nach Louis´ Hand und drückte sie. »Ich glaube, ich habe mich noch nie im Leben so einsam gefühlt wie in diesem Moment. Diese verfluchte Hilflosigkeit überlagert alles.«

»Was kann ich tun, dass es dir besser geht?« Louis´ Augen schimmerten im Schein des Feuers. Das brennende Holz knackte.

»Bitte, halt mich einfach fest«, bat ich ihn, während sein Blick mich fixierte.

Louis schlang seine Arme um mich und zog mich an sich. Ich legte den Kopf auf seine Schulter und schloss die Augen. Um uns herum herrschte eine friedliche Stille, wie ich sie schon unglaublich lange nicht mehr verspürt hatte. Wir saßen schweigend am Feuer und hielten uns eng umschlungen. Am Himmel über uns leuchteten Tausende Sterne, und nichts erinnerte an die Grausamkeiten, die sich vor unserer Nase abspielten. Louis blieb die ganze Nacht bei mir, wir redeten stundenlang über unsere Zukunftsträume und Hoffnungen. Ich berichtete ihm von meiner Heimatstadt, von meiner behüteten Kindheit und Jugend. Im Gegenzug erzählte er von seinen Geschwistern und der oft schweren Arbeit auf den Feldern. In dieser Nacht waren wir nur zwei junge Menschen, die sich vorsichtig annäherten und die Gegenwart des anderen genossen. Erst als der Morgen bereits zu dämmern begann, machte Louis sich auf den Weg nach Hause, und ich legte mich schlafen.

Von diesem Zeitpunkt an änderte sich unser Verhältnis. Auch vor Hannahs Verschwinden hatte mein Bauch aufgeregt gekribbelt, wenn Louis uns besuchen kam. Doch seit jener Nacht war eine Nähe zwischen uns entstanden, die ich in dieser Intensität noch nie erlebt hatte. Wir fantasierten gemeinsam, was wir alles unternehmen könnten, wenn Frankreich sich nicht im Krieg befände. Louis redete davon, lange Strandspaziergänge mit mir zu machen. Oft lagen wir nebeneinander im Gras und dachten darüber nach, wie es wäre, nach Paris zu reisen, ans Meer oder in die Pyrenäen.

Es war August, als wir uns zum ersten Mal küssten. Das wohlige Gefühl seiner weichen Lippen auf meinen werde ich bis zu meinem Lebensende nicht mehr vergessen. Ich glaube, in diesem Moment wurde mir zum ersten Mal bewusst, dass ich Louis tatsächlich liebte. Dass ich nicht mehr ohne ihn sein wollte, nicht mehr ohne ihn sein konnte. Er hatte sich über die Monate klammheimlich in mein Herz geschlichen. Und obwohl sich an meiner Situation wenig geändert hatte, wirkte die Welt plötzlich ein bisschen freundlicher. Schöner. Lebenswerter. Ja, ich liebte Louis wirklich.

Während ich diese Zeilen schreibe, kommen mir erneut die Tränen. Ich liebte ihn nicht nur. Nein, ich tue es noch immer. Die Erinnerungen an unsere gemeinsamen Monate geben mir immer wieder die Kraft und die Hoffnung, die unmenschlichen Zustände in diesem Lager zu überstehen. Den Glauben an eine bessere Zukunft nicht aufzugeben. Daran, dass ich ihm eines Tages von dir erzählen kann. Ich bin davon überzeugt, dass Louis ein liebevoller und aufmerksamer Vater wäre. Er hat einen so guten Charakter. Seine Sanftmut und sein feinsinniger Humor fehlen mir jeden Tag in diesem elenden Loch. Seine Fürsorglichkeit, sein Charme, alles, was sein Wesen ausmacht.

Nun sitze ich hier ohne dich, meine liebe Claire, ohne Louis, ganz allein und träume von einer Zukunft, in der wir uns als Familie zusammenfinden können. In der wir dich auf deinem Weg begleiten und beobachten.

Doch ich darf dieses Lager weiterhin nicht verlassen. Jeanne hat es mir eben gesagt. Ihre Worte waren so unglaublich schmerzhaft. Wie kann ich jemals wieder auf ein anderes Leben hoffen? Die Enttäuschung bohrt sich tief in mein Innerstes. Die letzten Nächte lag ich so oft wach und stellte mir vor, wie ich dich endlich wieder in meinen Armen halten kann. Doch sie lassen es nicht zu. Mütter von ihren Kindern zu trennen, Männer von ihren Ehefrauen, Brüder von ihren Schwestern, was sind das für Menschen, die solche Gesetze erlassen? Ist nicht die Liebe das, was uns alle am Leben hält? Ich möchte durchhalten. Für dich, für uns. Aber ich weiß nicht, ob ich es schaffe. Es erscheint mir so viel leichter, endlich aufzugeben. Die Schmerzen für immer auszulöschen. Ich weiß, dass ich so nicht denken sollte. Aber wozu Hoffnung schüren, wo keine Hoffnung mehr ist? Sich eine Zukunft wünschen, die niemals kommen wird?

In Liebe,
Deine Mama

Emma schluchzte auf. Diese tiefe Hoffnungslosigkeit, die aus den letzten Zeilen sprach, hatte sie mitten in ihr Herz getroffen. Wie musste es dieser Frau nur gegangen sein, als ihr erklärt wurde, dass sie ihre Tochter nicht sehen durfte? Was für eine grausame Tragödie. Obwohl sie die Verfasserin nicht kannte, erschütterte sie die Geschichte von Seite zu Seite mehr. Wie unbedeutend waren doch Emmas Sorgen im Gegensatz zu den Ängsten der Briefschreiberin? Was musste es mit einer Frau machen, die ihr Kind so sehr vermisste?

Emma dachte an ihre eigene Mutter. Sie war freiwillig gegangen und hatte ihren Kindern versprochen, sie nachzuholen, sobald sie die Möglichkeit dazu hätte. Dazu war es nie gekommen. Hatte ihre Mutter sich jemals Gedanken darüber gemacht, wie Olivier und Emma sich damals gefühlt haben mussten? Gerade Emma hätte ihre Mutter so sehr gebraucht. Da war niemand gewesen, der sie bei der Umsetzung ihrer Träume unterstützt hätte. Olivier war damals ein junger Mann gewesen, der selbst noch nicht wusste, wo sein Weg ihn hinführen würde. Wie geborgen hatte Emma sich dafür gefühlt, als sie mit Léon zusammen gewesen war! Er hatte ihr zugehört, hatte sich für ihre Ideen, ihre Pläne interessiert. Solange diese zu seinen eigenen passten, ergänzte sie nachdenklich.

Traurig faltete Emma den Brief wieder zusammen und legte ihn zurück in die Schublade. Einen weiteren würde sie gerade nicht verkraften. Sie holte die fertigen Häubchen aus dem Ofen und schob die nächsten hinein. Während des Backens stellte Emma eine Ganache aus weißer Schokolade her, die sie nach Fertigstellung ebenfalls violett einfärbte. Sie überprüfte den Geschmack und nickte zufrieden. Wenn auf etwas Verlass war, dann auf ihre heiß geliebten Macarons. Fast hätte Emma aufgelacht. Sie musste aufpassen, dass sie nicht ins Melodramatische abdriftete. Im Grunde war überhaupt nichts geschehen. Wenn sie es genau nahm, hatte sich ihr Leben in keiner Weise verändert. Alles war noch genauso wie vor einer Woche. Emma schnaufte. Und doch fühlte sich alles plötzlich ganz anders an.

19

Nachdem sie die Macarons mit der Schokoladenganache gefüllt und im Kühlschrank untergebracht hatte, pfiff sie nach Balou, der es sich vor ihrem Bett bequem gemacht hatte. »Komm, wir treffen uns mit Senna.«

Als ob der Königspudel sie verstanden hätte, legte er den Kopf schief. Emma musste schmunzeln. »Wenn du wüsstest ...«

Mit pochendem Herzen machte sie sich auf den Weg zu dem vereinbarten Treffpunkt. Schon von Weitem erblickte sie Léon, der mit Senna neben einer Zypresse stand und zum Château schaute.

»Bonsoir.«

Balou begann sofort, an Sennas Hinterteil herumzuschnüffeln. Emma schüttelte missbilligend den Kopf.

»Bonsoir, Emma«, erwiderte Léon amüsiert. »Lass ihn ruhig. Senna weiß sich sehr wohl zu wehren, wenn es ihr zu bunt wird.«

»Ich habe keine Ahnung, was in ihn gefahren ist«, erklärte sie schulterzuckend. »Normalerweise verhält er sich nicht so aufdringlich. Er ist ja auch nicht mehr der Jüngste.«

»Scheint ihn eben richtig erwischt zu haben.« Léon fixierte sie mit seinem Blick.

»Sieht ganz so aus.« Sie wandte das Gesicht ab. »Wo wollen wir entlanggehen?«

»Der Küstenpfad nach Argelès ist seit Jahren gesperrt, nachdem mehrere Leute dort verunglückt sind.« Léon sah sich um. »Wollen wir Richtung Süden laufen? Wenn wir von der Straße weg sind, können die beiden gefahrlos herumtollen.«

»Klingt gut. Und Balou tut ein wenig Bewegung gut.« Emma musterte ihren Hund. »Vielleicht vertreibt das seine Flausen.«

»Für mich sieht er nach einem sehr wohlerzogenen Pudel aus«, entgegnete Léon lächelnd. »Im Gegensatz zu Senna.«

»Sie ist ja auch noch jung.«

»Komm, gehen wir los.« Léon rief nach Senna.

Die ersten Meter legten sie schweigend zurück. Da die Hunde an unterschiedlichen Stellen schnüffelten, war ein gleichmäßiges Nebeneinanderlaufen fast unmöglich. Nachdem sie Collioure hinter sich gelassen hatten, entfernte sich der Fußweg immer weiter von der Straße. Der Motorenlärm wurde leiser. Vögel zwitscherten. Der Wind rauschte durch hochgewachsene Zypressen. In der Ferne konnte man die Meeresbrandung hören. Die Luft roch nach trockener Erde. Wieder überkam Emma das Gefühl, in ihrer Heimat angekommen zu sein.

»Lassen wir sie laufen?«

»Gut«, willigte Emma ein und löste Balous Leine vom Halsband. Augenblicklich eilte der Rüde an Sennas Seite und folgte jedem ihrer Schritte.

»Unglaublich!«, bemerkte Emma fassungslos.

»Er mag sie.«

Sie blieb stehen und sah Léon von der Seite an. »Was machen wir hier eigentlich?«

Ihr Ex-Freund betrachtete sie nachdenklich. »Wir führen unsere Pudel Gassi.«

»Also«, fragte sie aufgeregt. »Warum wolltest du mich sehen?«

Er schloss kurz die Augen, bevor er mit einer Hand über sein dunkles Haar fuhr. »Ich möchte mich ehrlich bei dir entschuldigen.«

»Das fällt dir nach sieben Jahren ein?« Emma funkelte ihn an, während sie an das Gespräch mit Nicolette denken musste. Erwartete sie zu viel? War sie möglicherweise zu selbstgerecht? Wie hatte sich ihr eigener Blickwinkel in den letzten Jahren verändert?

»Nein, das fällt mir nicht nach sieben Jahren ein.« Léon kickte einen Kiesel weg. »Verflucht! Ich war ein solcher Idiot, Emma.«

Sie musterte die Furchen auf seiner Stirn. »Da kann ich dir leider nicht widersprechen.«

Er schüttelte den Kopf und sah sie wieder fest an. »Weißt du, seit wann ich mir diese Vorwürfe mache?«

Stumm erwiderte sie seinen Blick.

»Seit dem Tag, an dem du Collioure verlassen hast«, gab Léon zu.

»Warum hast du mir damals nicht beigestanden?« Seine Entschuldigung besänftigte sie etwas.

Sie setzten sich wieder in Bewegung und schlenderten an der Steilküste entlang, während die Hunde vor ihnen schnüffelnd in Schlangenlinien liefen.

»Weil ich ein Idiot war.« Er atmete tief durch. »Ein Riesenidiot.«

»Du hast alles kaputt gemacht«, bekannte sie leise. »Wenn du dich anders verhalten hättest …«

» … wärst du nicht gegangen«, vollendete er in bitterem Ton ihren Satz.

Als sie nichts erwiderte, blieb Léon erneut stehen. Ihr schlechtes Gewissen meldete sich. Sie hätte mit ihm reden müssen, hätte versuchen müssen, die Situation mit ihm zu klären. Stattdessen war sie wie ein trotziges Kind weggelaufen.

»Ist es nicht so? Emma?«

Sie sah ihn an. Was sollte sie antworten?

»Du wärst nicht gegangen, wenn ich dir nicht vorgeworfen hätte, dass du unsere Zukunft verraten hast, als du das Studium geschmissen hast.«

»Ich weiß es nicht«, erwiderte sie leise.

»Ich habe alles falsch gemacht«, fluchte er wütend. »Alles.«

»Du arbeitest in einer angesehenen Kanzlei«, erwiderte Emma ernst. »Alles also wohl nicht.«

Er ballte eine Hand zur Faust. »Das bedeutet mir nichts, verstehst du?«

Sie lachte auf. »Was soll das heißen? Anwalt zu sein war immer dein Traum. Als mein Vater dir angeboten hat, in der Kanzlei ein Praktikum zu absolvieren ...«

Er trat einen Schritt auf sie zu und umfasste ihre Unterarme. »Ich habe mich getäuscht, Emma.«

Sie sah irritiert auf seine Hände. »Ich verstehe nicht ...«

»Pardon.« Er ließ sie wieder los. »Mein Vater ist Schlosser, meine Mutter hat in ihrem Leben schon so viele Hilfsjobs angenommen.« Wieder schüttelte er den Kopf. »Wir hatten nie viel Geld, Emma. Das weißt du. Ich habe immer neben der Schule gejobbt, habe Zeitungen ausgetragen, um mir neue Klamotten kaufen zu können. Meine Eltern mussten eisern sparen, um meine Klassenfahrten finanzieren zu können.«

»Und es war mir immer egal«, erklärte sie heiser. »Das weißt du auch.«

Er nickte. »Das sagt sich so einfach. Sieh dir doch das Haus an, in dem du aufgewachsen bist.« Er lachte auf. »Haus! Villa ist wohl der bessere Begriff.«

»Das hat mich nie interessiert.«

»Aber mich«, brauste er auf. »Ich wollte ...« Er verdrehte die Augen. »Ich wollte etwas anderes als meine Eltern. Ich wollte dir etwas bieten. Wollte mit deiner Familie mithalten. Du kannst dir doch gar nicht vorstellen, wie das ist, wenn es zu Hause ständig Diskussionen darüber gibt, was wir uns leisten können und was nicht. Wenn man nicht einfach in Urlaub fahren kann, wie man das möchte. Verdammt, Emma. Meine Eltern waren immer arm. Eine Villa mit Pool! Von so etwas konnten Leute wie wir doch nur träumen. Hast du dir jemals Gedanken darüber gemacht, wie dieser Unterschied zwischen uns für mich war? Du hattest alles und ich nichts.«

Emma sah ihn ungläubig an. »Deine Eltern sind herzensgute Menschen. Du solltest froh sein, eine solche Familie zu haben. Und ich habe dich nie darum gebeten, mir etwas zu bieten.« Das letzte Wort spuckte sie fast abfällig aus.

»Das sagst du nur, weil du nicht weißt, wie es ist, nichts zu haben. Du musstest niemals Klamotten auftragen, bis sie fast auseinandergefallen sind. Du hast nie neidisch auf die Urlaubsfotos der Klassenkameraden blicken müssen, wenn welche herumgezeigt wurden und du selbst noch nie außerhalb Frankreichs warst. All diese Erfahrungen kennst du nicht, Emma.«

»Das heißt, ich bin also selbst schuld, dass dir deine Juristenkarriere wichtiger war als das Glück deiner Freundin? Ich habe dich unter Druck gesetzt?« Mit ihrem pampigen Ton versuchte sie, ihre Unsicherheit zu überspielen.

»Nein«, widersprach Léon heftig. »Nein! Das wollte ich damit überhaupt nicht sagen. Ich wollte ...«

»Was? Was wolltest du dann sagen?«, wollte sie leise wissen. Schlagartig wurde ihr bewusst, dass sie sich noch nie Gedanken hinsichtlich Léons finanziellem Hintergrund gemacht hatte. Hatte sie zu wenig Verständnis für ihn aufgebracht? Für sein Motiv, derart ehrgeizig auf seine beruflichen Ziele hinzuarbeiten? Léon hatte sich ein anderes Leben gewünscht. War das nicht nachvollziehbar? Emma dämmerte langsam, dass sie alles andere als unschuldig an ihrer Trennung gewesen war. Sie schloss kurz die Augen.

»Dass ich dich bis heute nicht vergessen habe«, erklärte er und blieb stehen. »Wenn ich die Zeit zurückdrehen könnte ...«

»Das kannst du aber nicht. Was geschehen ist, ist geschehen.« Sie wandte den Blick ab und sah aufs Meer. Schaumkronen tanzten wie kleine Schneebällchen auf den Wellen. In der Ferne erkannte sie zwei Segelboote. Möwen schwebten über den Klippen.

Léon trat hinter sie. Senna vollführte Bocksprünge neben ihnen, während Balou ihr unermüdlich folgte.

»Ich weiß. Und es tut mir so unendlich leid, dass ich nicht für dich da war.«

Sie biss sich auf die Unterlippe. »Mir tut es auch leid. Vielleicht hätte ich ... Ich habe mir nie wirklich klargemacht, was es für dich bedeuten musste, ständig vor Augen geführt zu bekommen, was andere besitzen, während deine Eltern jeden Cent umdrehen mussten. Dass es bei uns noch nie Geldsorgen gab.«

Sie spürte seine Hand auf ihrer Schulter. Sein Geruch stieg ihr erneut in die Nase. Es war so verdammt lange her, dass er sie berührt hatte. Und doch schienen die Erinnerungen an damals seit ihrer Rückkehr nach Collioure allgegenwärtig zu sein.

»Ich kann dir gar nicht sagen, wie sehr du mir gefehlt hast«, raunte er an ihrem Ohr.

Bei seinen Worten durchlief Emmas Körper ein Schauer. »Was sollen wir tun?«, stammelte sie atemlos.

Er drehte sie behutsam zu sich um und fuhr mit seiner Hand über ihre Wange. »Was wäre geschehen, wenn ich mich damals anders verhalten hätte?«

Sie räusperte sich. »Ich weiß es nicht.«

»Wir waren ein gutes Team, du und ich.« Seine Miene wurde weicher.

»Ja, das waren wir.« Sie lächelte. »Aber wir waren auch sehr jung.«

Er zuckte mit den Achseln. »Sind wir das nicht immer noch?«

»Die Zeit ist nicht stehen geblieben.«

»Es gibt einen Mann in deinem Leben?« Seine Stimme klang enttäuscht.

Emma schüttelte den Kopf. »Außer Balou …« Wieder grinste sie.

»Der hat momentan keine Augen für dich.« Léon deutete mit dem Daumen zu den Hunden. »Im Gegensatz zu mir.« Wieder strich er über ihr Gesicht. Seine Hand fühlte sich warm und vertraut an. Emma schmiegte ihre Wange fester an seine Finger.

»Treulose Tomate«, frotzelte Emma verlegen.

»Balou oder ich?«

»Balou«, flüsterte sie.

»Emma.«

Als sich Léons Gesicht ihrem näherte, erhoben sich Tausende Schmetterlinge in ihrem Bauch und vollführten einen Freudentanz. Das konnte doch nicht sein. Sie waren seit sieben Jahren getrennt. Fieberhaft versuchte Emmas Verstand, die Oberhand zu behalten. Doch als sie seine Lippen auf ihren spürte, konnte sie nicht anders, als ihre Hände in seinen Nacken zu legen und ihm entgegenzukommen. Was tat sie? Küsste ihn, als wäre es das Letzte in ihrem Leben. Ließ sich die Sinne vernebeln, genoss seinen Geschmack in ihrem Mund, seine Hände auf ihrem Rücken. Es fühlte sich so richtig an. Jede Faser ihres Körpers sehnte sich nach seinen Berührungen. Sie wollte ihn nie mehr loslassen. Als seien sie nie getrennt gewesen, als hätten sie die letzten Jahre nur auf diesen magischen Augenblick hingefiebert. Atemlos löste sie sich nach einer halben Ewigkeit von ihm und fuhr sich mit den Fingern über die Lippen. »Wow!«

Léon lachte. »Selber wow!«

»Das ...« Sie schnaufte. »Das war so nicht geplant.«

»Das Leben ist eben unberechenbar.« Er grinste, zog sie aber sofort wieder an sich. »Es hat sich richtig angefühlt, Emma.«

Sie schloss kurz die Augen und hörte in sich hinein. Er hatte recht. »Was machen wir jetzt?«

»Ich hätte da eine Idee«, schlug er vor, bevor er sie erneut küsste. Emma vergaß augenblicklich alles um sich herum. Sie erwiderte seinen Kuss und klammerte sich enger an ihn.

»Du schmeckst noch genauso wie damals«, merkte er leise an, als er sie wieder freigab.

»Ist das gut oder schlecht?« Emma sah ihn mit Unschuldsblick an.

»Es ist sehr, sehr gut.« Er schüttelte den Kopf. »Nein, es ist perfekt.« Vorsichtig strich er ihr eine kurze Locke aus der Stirn. »Du bist so unglaublich hübsch.«

»Geringelte Leggings und rote Doc Martens machen sich nicht allzu gut neben einem schnieken Anzug.« Emma zog eine Grimasse.

»Ganz im Gegenteil. Ich finde, Ringelleggings und Anzug ergänzen sich sogar perfekt. Wie war das noch mit den Gegensätzen, die sich anziehen?«

»Ich ...«, setzte Emma an, da ihr noch immer ganz schwindlig war. Was hatte sie getan? »Ich weiß nicht, was das alles hier zu bedeuten hat.«

»Du bist doch früher nicht so verkopft gewesen«, neckte Léon sie liebevoll.

Sie wandte den Blick ab. »Ich muss zurück. Ich habe mein Leben in Deutschland, ich habe Verantwortung, einen Job, der mich erfüllt, meine Tante und mein Onkel leben dort. Ich werde nicht hierbleiben, Léon.«

Er streichelte ihren Rücken. »Aber jetzt bist du doch erst mal hier.«

Sie sah ihn wieder an, musterte sein Gesicht, fixierte seine blauen Augen, nahm seine Hände in ihre und nickte. »Ja«, erklärte sie gedehnt. »Ja, jetzt bin ich erst mal hier.«

Im nächsten Moment war es Emma, die Léon zu sich zog und ihn erneut küsste. Während sie sein weiches Haar zwischen ihren Fingern spürte, verdrängte sie jegliche Zweifel an der Richtigkeit ihres Tuns und konzentrierte sich ganz auf den Mann, der ihre Sinne durcheinanderwirbelte, wie es noch kein anderer in ihrem Leben geschafft hatte. In diesem Moment wollte sie nur ihr Glück genießen, die Leichtigkeit, die mit einem Mal Besitz von ihr ergriffen hatte.

• • •

Nachdenklich saß Emma in dem kleinen Hof hinter der Patisserie, legte den Kopf in den Nacken und starrte in den schier endlosen Sternenhimmel. Sie legte die Füße auf den Eisenstuhl, der ihrem gegenüberstand, und wickelte die Decke um ihre Beine. Nachdem sie nach Hause gekommen war, hatte sie keine Lust gehabt, sich in die Wohnung zu setzen. Balou war dermaßen fertig gewesen, dass er sich sofort auf seine Decke verzogen hatte und nur kurz desinteressiert den Kopf gehoben hatte, als Emma an ihm vorbei in den Hof gegangen war. Sie wollte sich den Briefen an Claire widmen, wollte endlich herausfinden, wer die unbekannte Autorin war. Doch ihre Gedanken waren zu aufgewühlt, als dass sie sich auf die traurigen Texte hätte konzentrieren können. Sie legte den Brief zurück auf den Tisch. War sie verrückt geworden? Bei dem Gedanken an Léon musste sie schmunzeln. Sie konnte gar nicht mehr sagen, wie oft sie sich während der zwei Stunden, die sie miteinander verbracht hatten, geküsst hatten. Immer und immer wieder waren sie stehen geblieben, hatten sich ihre Lippen gefunden, hatte sie Léons Körper dicht an ihrem gespürt. Das war nicht der Plan gewesen. Überhaupt nicht. Aber sie hatte der Versuchung einfach nicht widerstehen können. Schon damals war ihre Beziehung sehr körperlich gewesen. Sie hatte es geliebt, Léon zu berühren, hatte seine Nähe stets in vollen Zügen genossen und ihn schmerzhaft vermisst, wenn sie nicht zusammen gewesen waren.

Mittlerweile war sie jedoch kein Teenager mehr, keine Jugendliche, deren Hormone Achterbahn fuhren. Und Léon? Er war fast dreißig. Doch ihm schien es ebenso ergangen zu sein wie ihr. Auch er hatte sie während ihres Spaziergangs immer wieder an sich gezogen, hatte ihre Hände berührt, ihren Nacken mit zarten Küssen bedeckt. Wohlige Wärme breitete sich in Emma aus. Was war da zwischen ihnen? War es möglich, dass sie sich noch immer ... liebten? Sie musste an ihre Wut von damals denken, an die Enttäuschung, als Léon ins gleiche Horn wie ihr Vater gestoßen hatte. Nach jenem Abend hatte sie Mireille angerufen und ihrer Tante ihr Leid geklagt. Der spontane Vorschlag, zu ihnen nach Stuttgart zu kommen, erschien Emma damals wie ein Rettungsanker. Was wäre geschehen, wenn sie stattdessen das Gespräch mit dem Mann gesucht hätte, den sie über alles geliebt hatte? Hatte sie überstürzt gehandelt?

Als sie zu frösteln begann, zog sie die Decke enger um sich. Obwohl Léons Liebkosungen ihre Sinne völlig vernebelt hatten, hatte sie sich im letzten Moment dagegen entschieden, ihn nach Hause zu begleiten. Es wäre zu überstürzt gewesen.

Emma fasste sich ans Schlüsselbein. Sie musste in Ruhe überlegen, wie sie sich weiter verhalten sollte. Sie konnten nicht einfach an jenem Punkt anknüpfen, an dem sie damals auseinandergegangen waren. Als ob nichts zwischen ihnen geschehen wäre. Es war Jahre her. Beide hatten in dieser Zeit ihre eigenen Erfahrungen gemacht. Fast hätte Emma laut losgelacht. Wen belog sie hier eigentlich gerade? Während sie an Léons Berührungen dachte, begann ihr Unterleib zu kribbeln. Die Sprache ihres Körpers war eindeutig. Sehnsucht stieg in ihr auf. Würde es zwischen ihnen wieder sein wie damals? Léon war schon immer sehr liebevoll gewesen, stets darauf bedacht, dass es Emma gut ging, dass sie sich wohlfühlte. Wie hatte sie nur vergessen können, wie zärtlich und zuvorkommend er war?

Ihre Augen begannen zu brennen. Langsam nahm sie ihr Smartphone auf und blickte aufs Display. Sollte sie ihn anrufen? Sie wusste ja nicht einmal, ob er nicht vielleicht in einer Beziehung steckte. Doch hätte er sich dann mit ihr verabredet? Hätten sie sich dann geküsst? Nein, Léon war kein Draufgänger. Emma war sich fast sicher, dass er ebenfalls Single war. Aber sicher hatte es in den letzten Jahren andere Frauen in seinem Leben gegeben. Würde sie damit umgehen können? Sei nicht albern, schalt sie sich sofort. Er war ein junger Mann und kein Mönch. Sie war nach Deutschland gezogen. Hätte er ihr sieben Jahre lang nachtrauern sollen? Auch Emma hatte in der Zeit andere Männer kennengelernt, war ausgegangen und hatte ihren Spaß gehabt.

Es war kühl, doch die frische Abendluft tat ihren wirren Gedanken gut. Wie sollte es nun weitergehen? Würde sie am Sonntag abreisen können nach dem, was heute Abend geschehen war? Ihre Kehle wurde eng. Sie hatte ihr Leben in Deutschland, sie liebte ihren Job und war nur wegen ihres Vaters nach Collioure zurückgekehrt. Aber Léon lebte hier. Mehr als tausend Kilometer von ihrer neuen Heimat entfernt. Verzweiflung stieg in Emma auf.

Das Klingeln des Telefons riss sie aus ihrem Grübeln.

»Emma«, meldete sich ihr Bruder. »Deine beiden Nichten fragen, wann du ihnen endlich den Laden mit den tollen Leggings zeigst.«

Emma musste lachen. Gerührt wischte sie sich eine Träne von der Wange. »Wann immer sie Zeit für mich haben.«

»Wie wäre es mit morgen Vormittag?«

»Ist denn kein Kindergarten?« Emma stellte die Füße wieder auf den Boden und setzte sich aufrecht hin.

»Erzieherausflug.«

»D'accord. Kein Problem.«

»Ist etwas mit dir?«

Emma fasste sich an den Hals. »Nein, es ist alles in Ordnung. Warum fragst du?«

»Du klingst so merkwürdig.«

»Ich sitze gerade im Hof«, erwiderte sie vage.

»Im März?«

»Wir sind in Südfrankreich.« Emma lächelte. »Mit Jacke und Decke ist es kein Problem.«

»Wie du meinst«, entgegnete Olivier und schwieg.

»Bei dir alles in Ordnung?«

»Es ist wegen Papa«, begann er zögernd.

»Ja?« Emma horchte auf. »Er macht doch bereits Fortschritte.«

»Vom Sprechen her schon.«

»Aber?« Emma hielt den Atem an.

»Das Laufen scheint nicht zu funktionieren«, merkte Olivier mit ernster Stimme an.

»Der Schlaganfall ist noch nicht mal eine Woche her.« Emma bemühte sich um Zuversicht, obwohl ihr bei den Worten ihres Bruders das Herz schwer wurde. »Das wird doch sicher noch.« Sie machte eine Pause. »Oder nicht?«

Olivier schnaubte. »Die Ärzte wissen es nicht. Ich habe vorhin mit Camille telefoniert. Sie hat mit dem Physiotherapeuten gesprochen, der Papa unterstützt. Sie macht sich große Sorgen. Ab nächster Woche muss sie sich um ein größeres Bauprojekt in Argelès kümmern. Sie kann keinen Urlaub mehr nehmen.«

»Aber Papa ist doch im Krankenhaus gut betreut«, warf Emma beunruhigt ein.

»Ja, natürlich«, bestätigte Olivier. »Wir bekommen das schon irgendwie hin. Sicher muss er auch noch im Anschluss zur Reha.«

Emma überlegte. »Ich könnte anfragen, ob ich noch eine Woche verlängern kann.« Unweigerlich musste sie an Léon denken.

»Das musst du entscheiden. Ich würde mich natürlich sehr freuen, wenn du noch eine Weile bleiben würdest, aber du hast einen Job in Deutschland.«

»Ich habe noch Resturlaub aus dem letzten Jahr«, erklärte Emma mit fester Stimme. »Gleich morgen früh rufe ich meine Chefin an und frage, ob ich noch ein paar Tage länger bleiben kann.« So hätte sie auch mehr Zeit, um herauszufinden, was zwischen Léon und ihr war. Sie lachte kurz auf. Als ob sie das vorhin nicht klar und deutlich gespürt hätte …

»Was ist?« Olivier klang irritiert.

»Was meinst du?«

»Warum lachst du?«

Emma überlegte hastig. »Ich hatte einen Frosch im Hals«, log sie.

Sie verabredeten eine Uhrzeit für den nächsten Morgen und beendeten das Gespräch. Emma freute sich auf ein Wiedersehen mit den beiden Mädchen. Und Carine war ihr auch auf Anhieb sympathisch gewesen. Ein wenig Abwechslung konnte nicht schaden.

Frohen Mutes nahm sie erneut den Brief auf, den sie vorhin

mit hinuntergenommen hatte, und begann zu lesen. Wenn sie herausfinden wollte, was mit der unbekannten Verfasserin und deren Tochter geschehen war, musste sie endlich weitere Anhaltspunkte finden. Außerdem wollte sie wissen, wie die Geschichte zwischen der Autorin und deren großer Liebe weitergegangen war.

Liebe Claire,

wie sehr hatte ich gehofft, dich bald wiederzusehen. Mehr als ich es mir wohl selbst eingestehen wollte. Immer wieder hatte ich mir eingeredet, ich würde es schaffen, würde stark bleiben, auch wenn sie mich nicht gehen lassen. Doch tief in meinem Inneren keimte tagelang dieses kleine Pflänzchen der Hoffnung. Die Aussicht, diesem Moloch zu entrinnen, milderte das Elend, das um mich herum herrscht, ein wenig ab. Doch jetzt ist alles dahin. Ich komme hier nicht raus. Ich weiß nicht, wie lange sie uns noch festhalten wollen.

Ich möchte aufstehen und meine Wut herausschreien. Doch ich weiß ja, dass mich niemand erhören würde. Ach, was sehne ich die Zeit herbei, die ich mit Louis verbracht habe. Auch damals kam ich mir eingesperrt und wertlos vor, doch wie anders war das Leben vor nicht einmal einem Jahr. Ich hatte stets genug zu essen, Hunger war im Gegensatz zu den letzten Monaten nie ein Thema. Obwohl Louis' Mutter mich nicht in ihrer Nähe haben wollte, versorgte sie mich mit dem Besten, was ihre Küche hergab. Hätte ich diese Zeit doch mehr genießen können. Aber ich ahnte ja nicht, dass mich das gleiche Schicksal ereilen würde wie Hannah. Wochen nach ihrem Verschwinden hatte Louis mir erzählt, dass man Hannah verhaftet und nach Gurs gebracht hatte. Seitdem hatte er nichts mehr über sie in

Erfahrung bringen können. Ich mache mir große Sorgen um Hannah. Wie ergeht es ihr in dem anderen Lager? Herrschen dort ähnliche Umstände wie hier? Sie fehlt mir, unsere Gespräche. Unsere gemeinsame Zeit hat uns auf eine außergewöhnliche Art verbunden.

Der Sommer war trotz der widrigen Umstände, unter denen wir uns trafen, wunderschön. Wenn ich zurückdenke, kann ich sagen, dass diese Zeit mit Louis mir trotz der angespannten Situation Halt und Hoffnung gegeben hat. Wir saßen jeden Abend zusammen, oft blieb Louis über Nacht bei mir. Ich sah ihm an, dass er sich große Sorgen machte. Oft redeten wir über die Zeit danach. Nach dem Krieg. Und doch ahnten wir, dass diese vielleicht noch in sehr weiter Ferne liegen konnte. Unser Zusammensein wirbelte meine Gefühle immer wieder aufs Neue durcheinander. In den Stunden vertrauter Zweisamkeit gab es nur Louis und mich, alles andere um uns herum blendeten wir aus. Doch schon kurze Zeit später überkam uns erneut die Verzweiflung, wenn uns bewusst wurde, wie aussichtslos unsere Lage war. Wie sehr sehne ich mich nach den Nächten mit deinem Vater!

Ich bin noch keine zwanzig Jahre alt. Spüre, dass da draußen noch so viel mehr darauf wartet, entdeckt zu werden. Dass die Ereignisse des vergangenen Sommers nur den Anfang darstellten. Wird es mir vergönnt sein, ein weiteres Mal Liebe und Glück zu empfinden? Das Herz wird mir so unglaublich schwer, wenn ich daran denke, was sie mir vorenthalten.

Seit einigen Wochen haben wir hier im Lager Katzen. Die Schwestern haben sie wegen der Rattenplage angeschafft. Wenn ich die eleganten Tiere beobachte, wird mir klar, dass es keine anderen Wesen auf dieser Welt gibt, die sich so gnadenlos, so unbarmherzig verhalten wie wir Menschen. Wir sind das schrecklichste, brutalste Tier von allen.

Aber ich schweife schon wieder ab. Der Tag, an dem sie mich

verhaftet haben, begann kalt und trüb. Mir ging es schon seit einigen Tagen nicht besonders gut. Ständig war mir übel, und ich hatte starke Gliederschmerzen. Irgendetwas in meinem Körper war anders als vorher. Und dann traf mich auf einen Schlag die Erkenntnis: Ich war schwanger. Es konnte keine andere Erklärung geben.

Was würde mich erwarten? Wie sollte ich die Schwangerschaft hier in der Scheune überstehen? Ich malte mir die furchtbarsten Bilder aus. In den Wehen liegend, allein, schmerzerfüllt, ohne Hilfe. Ich sehnte den Abend herbei, um Louis davon zu erzählen. Ich lief durch die Scheune, trat, in mehrere Decken eingehüllt, ins Freie, starrte immer wieder in Richtung des Trampelpfads, der zu dem Hof von Louis' Eltern führte. Die Stunden zogen sich schier endlos. Meine Unruhe wuchs, meine Schmerzen wurden unerträglich. Ich glaube, ich spürte damals schon, was geschehen würde.

Als ich plötzlich Hundegebell hörte, war mir klar, dass ich nicht mehr dazu kommen würde, Louis von dir zu erzählen. Die Polizisten tauchten wie aus dem Nichts auf. Mit ruhiger Stimme befahlen sie mir, meine Sachen zusammenzupacken. Ohne ein Wort des Widerspruchs ließ ich zu, dass sie mich in ihre Mitte nahmen und zu einem hellen Transporter führten. Ich wurde zu einer Polizeiwache gebracht, und eine Beamtin forderte mich auf, mich komplett auszuziehen. Da Leugnen zwecklos war, gab ich meine Identität preis und beantwortete ihre Fragen. Nein, ich wüsste nicht, wer mir geholfen habe. Jede Woche sei ein älterer Mann gekommen, der mich mit Lebensmitteln versorgt habe. Seit etwa drei Wochen befände ich mich in der Scheune. Davor hätte ich mich in der Region Paris versteckt. Nein, den genauen Ort wüsste ich nicht. Das Verhör ging stundenlang, am Ende war ich nur noch erschöpft und müde. Wo würden sie mich hinbringen? Müsste ich nach Deutschland zurück? Wusste Louis schon, dass ich verhaftet worden war? Befanden er und seine Familie sich ebenfalls in Gefahr, weil sie mir geholfen hatten?

Mitten in der Nacht verfrachtete man mich erneut in einen Transporter und fuhr mich mit drei weiteren Frauen durch die Dunkelheit. Als wir schließlich ausstiegen, konnte man kaum die Hand vor den Augen erkennen. Der Fahrer erklärte uns, dass wir ins Lager in Rivesaltes gebracht wurden. Den Namen hatte ich nie zuvor gehört. Das Aufnahmeverfahren dauerte ewig, ich konnte mich vor lauter Müdigkeit kaum noch auf den Beinen halten. Die anderen Frauen sprachen Spanisch und kamen in einen anderen Bereich als ich. Immerhin waren sie nicht allein. Eine Angestellte mit weißer Schürze nahm mich schließlich in Empfang und führte mich in der kalten Nachtluft zwischen unzähligen Baracken hindurch. »Hier ist ein Bett für Sie frei.« Sie deutete zu einer Holztür, nickte mir leicht zu und verschwand im Dunkel.

Ich schloss meine brennenden Augen und begann zu weinen. Furchtbare Angst hielt mich im Griff. Die feuchte Kälte ließ mich zittern. Hastig fasste ich nach der Tür und öffnete sie. Im Inneren der Baracke konnte ich nichts erkennen. Gleichmäßige Atemgeräusche schlugen mir entgegen. Wie sollte ich hier um Gottes willen ohne Licht ein leeres Bett erkennen? Aus Furcht, mir den Unmut der anderen Insassen zuzuziehen, holte ich meine komplette Kleidung aus der kleinen Tasche, die ich hatte mitnehmen dürfen, und breitete sie auf dem kalten Betonboden aus. Frierend kauerte ich mich darauf und zog meine Strickjacke enger um mich. Als ich den Kopf gegen die Wand lehnte, konnte ich aus dem hoch gelegenen Fenster die Sterne sehen. Sie schienen um die Wette zu funkeln, einer heller als der andere. Es erschien mir wie ein Hohn, dass der Himmel über einem so hässlichen Ort wie diesem genauso wunderschön aussah wie an jedem anderen Platz auf dieser Welt. War es wirklich erst wenige Stunden her, dass ich auf dem Stroh in der Scheune gelegen und nachgedacht hatte, wie ich Louis beibringen sollte, dass er Vater würde? War es erst gestern gewesen, als ich in seinen Armen lag, als ich seine Hände an meinem Körper spürte, seine Lippen auf meinen? Verzweiflung stieg in mir auf. Noch wollte ich nicht wahrhaben, dass meine Flucht vergebens gewesen war. Alles, was in den letzten zwei Jahren geschehen war, war vergeblich gewesen. Ich hatte es nicht geschafft. Mein Vater hatte mich 1939 aus Deutschland weggeschickt, um mich zu retten. Jetzt befand ich mich genau dort, wovor er mich hatte bewahren wollen. All die Mühe, all die Unterstützung von mir wildfremden Menschen hatten nicht ausgereicht.

Behutsam legte ich eine Hand auf meinen Bauch. An Schlaf war keine Sekunde zu denken. Hätte ich der Polizistin sagen sollen, dass ich ein Kind erwartete? Wie hätte sich dieser Umstand auf meine Situation ausgewirkt? Vielleicht hätte man mich gehen lassen. Fast musste ich lachen. Wie naiv war ich? Machte mich diese Schwangerschaft nicht noch unerwünschter? Immerhin bekam ich ein Kind, das meinesgleichen war. Jüdisch, so wie ich. Ich hielt inne. Nicht ganz, verbesserte ich mich sofort. Es war auch das Kind eines Franzosen. Doch würde diese Tatsache wirklich etwas an meiner Situation verändern? Ich strich über meinen noch flachen Bauch. Ich musste dich schützen. Was würde dich hier draußen erwarten? In einer Welt, in der Gesetze herrschten, die Menschen entrechteten und herabwürdigten. Die die Bevölkerung in Klassen einteilten. Die so viel Leid verursachten und Leben zerstörten. Würdest du es eines Tages als Geschenk empfinden, in diese Welt hineingeboren worden zu sein? So viele Fragen, die mir in jener Nacht durch den Kopf schwirrten. Doch ich fand keine Antworten. Habe sie bis heute nicht gefunden. Aber ich werde weitersuchen.

Deine Mama

Emma atmete tief durch. Obwohl sie es befürchtet hatte, erschütterte sie die Tatsache, dass die Frau letzten Endes erwischt worden war, zutiefst. Emma wusste, dass es in Rivesaltes eine Gedenkstätte für die Tausenden von Lagerinsassen gab. Ihr Kopf dröhnte. Diese Brieflektüre tat ihr nicht gut. Hatte sie nicht genug eigene Probleme in ihrem Leben? Nein, mit dem Schicksal dieser Frau waren ihre Sorgen absolut nicht vergleichbar. Sie hatte die Briefe gefunden. Wenn sie sich nicht mit dem Verbleib dieser beiden Frauen beschäftigte, wer würde es dann tun? Bereits mit dem Lesen des ersten Briefs hatte sie Verantwortung übernommen. Sie war es dieser Mutter schuldig, ihr Vermächtnis zu bewahren. Mit großer Wahrscheinlichkeit lebte die Frau nicht mehr, doch das änderte nichts an Emmas Aufgabe. Möglicherweise war die Tochter noch am Leben. Und sie hatte ein Recht darauf, von den Briefen ihrer Mutter zu erfahren.

20

»Zoé möchte einen Vertrag mit mir schließen.« Emma verdrehte die Augen. »Einen Vertrag über die tägliche Lieferung einer vereinbarten Anzahl Macarons.« Sie verfolgte, wie Balou sich neben Emilie stellte und zu ihr aufsah, während ihre jüngere Nichte sich mit kritischer Miene im Spiegel betrachtete.

»Das klingt doch gut«, erwiderte Carine. »Olivier hat mir erzählt, dass es schon immer dein Traum war, irgendwann selbst eine kleine Macaronnerie zu führen.«

Emma lachte. »Das waren Mädchenträume. Mittlerweile bin ich aber in der Realität angekommen.«

»Aber jetzt hast du vielleicht die Chance, deinen Traum Wirklichkeit werden zu lassen.«

Als Emma gerade etwas erwidern wollte, stürmte Savannah aus der Umkleidekabine. »Die ist toll, Maman. Die möchte ich haben.«

Emma blickte erst auf ihre eigenen Leggings, bevor sie das blonde Mädchen anschaute. »Dann können wir im Partnerlook gehen.«

»Was ist ein Partnerlook?« Savannah runzelte die Stirn. Emma stellte sich neben ihre Nichte und zeigte in den großen Spiegel an der Wand. »Sieh mal! Das ist ein Partnerlook. Wir sind genau gleich angezogen.«

Savannahs Blick fiel auf Emmas Doc Martens. »Dann will ich auch deine Schuhe.«

Emma sah grinsend zu ihrer Schwägerin, doch diese zuckte nur mit den Achseln. »Ich glaube, die gibt es nicht in deiner Größe.«

»Ich will auch die Ringeldings«, krähte Emilie hinter ihnen und stolzierte hoch erhobenen Hauptes an ihnen vorbei.

»Wisst ihr was?«

Die beiden Mädchen sahen erwartungsvoll zu Emma.

»Wenn eure Maman nichts dagegen hat, würde ich euch die Leggings gern schenken. Und wenn ihr sie dann tragt und ich wieder in Deutschland bin, erinnern sie euch an mich.« Emma lächelte zuversichtlich, obwohl ihr beim Gedanken an ihre Rückkehr nach Deutschland regelrecht das Herz schwer wurde. Obwohl sie am Morgen ihren Urlaub um eine Woche hatte verlängern können, erschien ihr die verbleibende Zeit immer noch viel zu kurz.

»Menno, warum musst du denn wieder nach Deutschland?«, quengelte Savannah, während auch ihre Schwester das Gesicht verzog.

»Weil ich dort meine Arbeit habe, Mademoiselle«, erklärte Emma fröhlicher, als ihr zumute war.

»Warum kannst du nicht hier arbeiten?« Emilie sah sie mit großen Augen an. »Dann können wir immer zusammen einkaufen gehen. Und wir können mit Balou spielen. Und …«

»Es ist genug, Schatz«, unterbrach Carine ihre jüngere Tochter. »Ganz bestimmt kommt Emma uns bald wieder besuchen.«

»Jetzt bin ich ja erst mal noch hier«, brachte sich Emma in die Diskussion ein und streckte die Hände aus. »Was haltet ihr davon, wenn ihr euch jetzt wieder umzieht, wir die Leggings bezahlen und ich euch ein großes Eis spendiere?«

Eine halbe Stunde später saß Emma mit Carine auf dem Spielplatz und beobachtete ihre Nichten beim Spielen. »Ich freue mich sehr für Olivier«, durchbrach Emma das Schweigen, während sie verfolgte, wie die Mädchen auf dem Klettergerüst herumkrabbelten. »Er hat das gefunden, was wir selbst nie erleben konnten.«

Carine sah sie von der Seite an und schlug ein Bein über das andere. »Du bist noch so jung. Sicher wirst du auch irgendwann eine eigene Familie gründen.«

Emma musste an den Abend zuvor denken. Als Léon und sie sich geküsst hatten, an seine Entschuldigung. »Seit ich hier bin, ist alles anders«, gestand sie ihrer Schwägerin nach kurzem Zögern.

»Was meinst du?«

Emma erzählte ihr von dem Streit mit ihrem Vater, der der Auslöser für ihren damaligen Weggang gewesen war, und von ihrer Enttäuschung, als Léon sie nicht unterstützt hatte.

»Ich denke, es ist oft leichter, sich aus der Distanz seine eigene Wahrheit zu konstruieren«, entgegnete Carine gedehnt, hob aber im nächsten Moment die Hände. »Wir kennen uns nicht gut, Emma. Ich möchte dir auf keinen Fall zu nahe treten. Aber Olivier hat mir natürlich auch einiges erzählt. Und Léon kenne ich mittlerweile seit mehreren Jahren.«

»Du denkst, ich habe mir nur etwas eingebildet?« Emma wurde nachdenklich.

»Nein«, widersprach Carine sofort. »Eingebildet würde ich das nicht nennen. Ich glaube dir auf jeden Fall, dass die Worte deines Vaters dich damals sehr verletzt haben. Was er zu dir gesagt hat, war unfair und falsch. Und ich verstehe auch, warum du enttäuscht von Léon bist. Ihr wart zwei Jahre zusammen. Er hat dich damals sicher so gut gekannt, dass er wusste, dass du mit einem Jurastudium niemals glücklich werden würdest.« Sie machte eine

Pause. »Aber ich denke schon, dass ein klärendes Gespräch dazu hätte beitragen können, dieses Missverständnis aus der Welt zu räumen.«

»Missverständnis«, wiederholte Emma leise. »Mein Vater hat mir vorgeworfen, ich sei genauso flatterhaft wie meine Mutter. Ich wüsste nicht, was ich wolle. Und es sei unter der Würde seiner Tochter, Elefantenkacke wegzuschaufeln.« Sie sah zu ihrer Schwägerin. »Das waren seine Worte.« Sie schüttelte den Kopf. »Und Léon hat ihm recht gegeben. Er hat mir vorgeworfen, unsere Zukunft zu verraten.«

»Sie haben sich dir gegenüber jeder auf seine Weise nicht richtig verhalten.« Carine winkte Emilie zu, die ihrer Mutter in diesem Moment eine Kusshand zuwarf, während sie die Rutschbahn erklomm.

»Léon hat sich entschuldigt«, erwiderte Emma und scharrte mit einem Fuß im Sand.

»Wenn du vor sieben Jahren mit ihm gesprochen hättest, hätte er dies womöglich schon damals getan.«

»Du denkst, ich habe überreagiert?« Emma schluckte, als sie an Léons Worte denken musste, und kannte die Antwort auf ihre Frage. Hatte sie sich damals ernsthaft in seine Situation hineinversetzt?

Carine lachte. »Nein. Du warst verletzt. Die Menschen, die dir etwas bedeutet haben, haben dich im Stich gelassen. Olivier war nicht greifbar. Vielleicht war es einfach der richtige Moment für dich, einen Schnitt zu machen.«

»Seit ich hier bin, fühlt es sich irgendwie anders an«, murmelte Emma betreten.

»Es ist doch nie zu spät, etwas zu ändern.«

Emma atmete tief durch. »Womit hat mein Bruder eigentlich eine so intelligente Frau wie dich verdient?« Sie lachte.

»Ich glaube, das hat mit Intelligenz nichts zu tun.« Carine sah sie eindringlich an. »Du spürst jetzt, was dir gefehlt hat. Was du vermisst hast. Was du damals alles hinter dir gelassen hast.«

Emma nickte. »Ja, genauso fühlt es sich an. Wenn ich aufs Meer blicke, denke ich, wie ich es all die Jahre ohne diesen Geruch von Salz und Tang aushalten konnte. Ich sehe die Weinreben, die Berge der Pyrenäen in der Ferne und frage mich, wie ich damals einfach so alle Zelte hinter mir abbrechen konnte. Selbst Camille ...« Sie brach ab.

Eine Mutter auf der gegenüberliegenden Bank rief ihren Sohn zu sich und reichte ihm eine hellblaue Trinkflasche. Der Junge stampfte mit dem Fuß auf und schüttelte heftig den Kopf, während die dunkelhaarige Frau leise auf ihn einredete.

»Was ist mit Camille?«

Emma erzählte Carine von ihren damaligen Vorbehalten gegen die zweite Frau ihres Vaters und von ihrem jetzigen Eindruck. »Sie ist ganz anders.«

Wieder lachte Carine. »Ich glaube nicht, dass Camille anders ist.« Sie legte eine Hand auf Emmas Unterarm. »Du bist anders, Emma. Du bist älter, reifer. Sicher hat dich dein Umzug verändert. Mit etwas Abstand sehen wir die Dinge oft in einem ganz anderen Licht.«

»Ich habe Léon geküsst«, rutschte es ihr plötzlich heraus. »Bitte sag Olivier nichts.« Verlegen fuhr sie mit ihrem Fuß über den Boden.

Carine verzog das Gesicht. »Warum sollte ich? Sicher hat er dir auch keine detaillierte Auskunft über sein Liebesleben gegeben.« Sie grinste. »Zumindest hoffe ich das.«

Zwei Kinder lachten im Sandkasten laut auf, während sie mit ihren Förmchen auf das Holz der Umrandung schlugen.

»Und es hat sich richtig gut angefühlt«, fuhr Emma fort und

verspürte Erleichterung, als sie sich ihre Gefühle zum ersten Mal offen eingestand. Sie seufzte. »Was soll ich nur machen?«

Emilie und Savannah sahen zu ihnen hinüber. Emma winkte ihnen zu. Die beiden rannten zu den Schaukeln und sprangen jauchzend auf die Sitzflächen. »Wer höher schaukelt, hat gewonnen«, rief Savannah lachend und bewegte die Beine hastig vor und zurück. Auch Emilie bemühte sich, mit ihrer Schaukel an Höhe zu gewinnen.

»Was willst du denn machen?«

Emma erwiderte ihren Blick. »Nichts, was ich auf einem Spielplatz erwähnen sollte.«

Sie lachten. Neben ihrer Bank stritten sich drei Tauben um die Überreste eines weggeworfenen Baguettes.

»Was hindert dich denn, Emma? Olivier hat dich immer als einen sehr zielstrebigen, sehr klaren, sehr konsequenten Menschen beschrieben. Und wenn ich dich so ansehe, würde ich ebenfalls vermuten, dass du nicht viel auf die Meinung anderer Leute gibst.«

Emma grinste. »Wegen meiner Klamotten?«

Zwei Väter betraten mit ihren Kindern den Spielplatz.

»Auch, aber nicht nur. Hör in dich hinein. Und tu das, wobei du dich wohlfühlst.«

Emma stöhnte. »Dann wird es kompliziert.« Sie vergrub das Gesicht in ihren Händen. »Richtig kompliziert.«

»War die Liebe denn jemals einfach?«

• • •

»Alain!«, rief Emma erstaunt aus, als sie am Nachmittag ihren Onkel vor dem Zimmer ihres Vaters erblickte. »Was machst du denn hier?«

Der jüngere Bruder ihres Vaters hatte sich kaum verändert,

seit Emma ihn das letzte Mal gesehen hatte. Das musste mindestens vierzehn Jahre her sein.

»Emma?«

Lächelnd betrachtete er sie, ließ den Blick über die rote Tunika und die geringelten Leggings wandern. »Unverkennbar Margaux´ Tochter.«

Ihr Onkel trat auf sie zu und umarmte sie. »Das muss ja eine Ewigkeit her sein.« Er schob sie ein Stück von sich weg. »Ich hätte dich fast nicht erkannt.«

Emma verzog das Gesicht. »Als du mich das letzte Mal gesehen hast, war ich noch ein Kind.«

Er nickte. »Du hast recht. Ich hätte viel früher ...«

»Warst du bei Papa?« Emma deutete zur Tür.

»Camille hat mich angerufen und mir gesagt, was mit Roger geschehen ist.« Seine Stimme klang belegt.

»Du kennst sie?«, wollte Emma überrascht wissen.

»Nicht persönlich«, gab er zu. »Als die beiden sich kennengelernt haben, war ja der Kontakt zwischen Roger und mir bereits abgebrochen.« Er atmete tief durch. »Aber ich weiß natürlich, dass er wieder geheiratet hat.«

»Du hast mir gefehlt«, bekannte Emma ehrlich. Als ihre Mutter noch bei ihnen gelebt hatte, war Alain oft sonntags zu ihnen zum Essen gekommen. Er war mit Olivier und Emma schwimmen gegangen oder hatte Ausflüge nach Spanien mit ihnen unternommen. Kurz nach dem Weggang ihrer Mutter hatten sich die beiden Brüder verkracht. Seitdem hatte Emma ihn nicht mehr gesehen.

»Camille meinte, Roger könne vielleicht besser wieder fit werden, wenn wir die Dinge zwischen uns endlich klären würden.« Er zuckte entschuldigend mit den Achseln.

Emma bekam sofort ein schlechtes Gewissen. »Ich lebe seit

sieben Jahren in Deutschland. Davor lief es zwischen Camille und mir …«, sie zögerte, » … nicht allzu gut.«

Er nickte. »Kann ich verstehen.«

»Wirklich?« Emma sah ihn verwundert an.

»Na ja. Eure Mutter war weg, und euer Vater setzt euch einfach eine neue Frau vor die Nase. Du warst ja noch fast ein Kind.«

»Ich war vierzehn, als er sie kennenlernte«, korrigierte Emma ihn.

Ihr Onkel grinste. »Sag ich doch. Fast noch ein Kind.«

»Warst du schon bei ihm?«

»Ja, wir haben …« Er brach ab. »Wir haben lange gesprochen.« Er wackelte mit dem Kopf. »Ich mehr als er. Es geht doch noch sehr schleppend.«

»Ja, aber es war gestern schon besser als am Tag davor«, bestätigte Emma, während eine Schwester an ihnen vorbeieilte und ihnen kurz zunickte.

»Er hat mir verziehen.«

»Verziehen?« Emma verengte die Augen. »Was soll er dir denn verzeihen?«

Der Blick ihres Onkels wurde wachsamer. »Ich dachte, du wüsstest, dass deine Mutter und ich …«, stammelte er unsicher.

»Maman und du?« Emma meinte, ihren Ohren nicht zu trauen. Der Flur um sie herum schien plötzlich enger zu werden. »Soll das etwa heißen …?« Sie konnte es nicht glauben. Was passierte hier gerade?

»Ich dachte, Roger hätte dir erzählt, warum wir uns nicht mehr gesehen haben.« Alain schien genauso irritiert zu sein wie sie selbst.

»Du hast mit Maman eine Affäre gehabt?« Emma bemühte sich fieberhaft, nicht loszubrüllen. Auf einmal erschien die Trennung ihrer Eltern in einem ganz anderen Licht. War die Affäre ihrer Mutter etwa der Auslöser für ihren Weggang gewesen? Und warum hatte ihr Vater nie etwas gesagt? Warum um alles in der Welt wusste sie nichts davon?

»Ja«, gab ihr Onkel schuldbewusst zu. »Es war ein riesengroßer Fehler, aber ich kann es nicht mehr rückgängig machen.«

Emma starrte zu Boden. »Weiß Olivier davon?«

»Er hat es doch herausgefunden.«

Emma rang um Fassung. »Und Mireille?«

Alain zuckte mit den Achseln. »Ich vermute es, ja.«

»Ich glaube es nicht«, presste sie wie vor den Kopf gestoßen hervor. »Warum hat mir denn nie jemand etwas gesagt?«

»Du hast doch so sehr an Margaux gehangen.«

Sie sah ihn an. »Ist das ein Wunder? Sie ist meine Mutter!«

»Natürlich, aber euer Verhältnis war anders als das zwischen ihr und Olivier. Er kam schon immer eher nach eurem Vater. Margaux und du dagegen …«

Deswegen hatte ihr Vater ihre Mutter als flatterhaft bezeichnet. »Ist Maman deswegen ausgezogen? Weil Papa von euch beiden erfahren hat?«

Alain schnaufte und fuhr sich durchs Haar. »Emma, vielleicht redest du lieber mit meinem Bruder darüber.«

»Keine Sorge, das werde ich«, meinte sie bestimmt. »Es scheint ja sowieso jeder Bescheid gewusst zu haben außer der dummen kleinen Emma.«

»Du warst noch so jung«, versuchte ihr Onkel sie zu beschwichtigen. »Wahrscheinlich dachte Roger, du würdest es nicht verstehen.«

»Du hast recht«, bestätigte sie traurig. »Ich habe die Welt damals wirklich nicht mehr verstanden.« Und verstehe sie jetzt immer weniger, fügte sie in Gedanken hinzu. Ihre Mutter hatte ihren Vater betrogen. Doch Roger Duvalle hatte seiner Tochter den wahren Grund der Trennung nie verraten. All die Jahre war Emma davon ausgegangen, dass er ihre Mutter aus dem Haus getrieben hatte. Mit seiner ständigen Nörgelei. Mit den unzähligen Überstunden abends und an den Wochenenden. Jetzt sah Emma die Beziehung ihrer Eltern in einem ganz anderen Licht.

»Es tut mir sehr leid, Emma. Ich hätte schon viel früher mit dir reden müssen. Diese Affäre …« Er schüttelte den Kopf. »Das war ein riesengroßer Fehler. Ich würde mich wirklich sehr freuen, wenn wir uns in Zukunft wieder öfter sähen.«

Emma bemühte sich um ein Lächeln. Warum hatte niemand mit ihr gesprochen? »Ich bleibe nur noch bis Ende nächster Woche in Collioure«, presste sie enttäuscht hervor. Sie verband schöne Kindheitserinnerungen mit Alain. Er hatte oft mit ihnen im Garten herumgetobt, war schon immer extrovertierter und gefühlsbetonter gewesen als sein Bruder. Doch das Wissen um seine verbotene Beziehung mit ihrer Mutter trübte Emmas Meinung von ihm.

»Komm doch mal bei mir vorbei.«

Sie nickte halbherzig. »Warum nicht?« Ihre Erschütterung saß tief. Diese neuen Erkenntnisse musste Emma erst mal in Ruhe verarbeiten.

Nachdem er sich von ihr verabschiedet und sich bereits umgedreht hatte, fiel ihr noch etwas ein. »Alain?«

Er wandte sich ihr nochmals zu. »Hm?«

»Warum bist du damals nicht mit ihr gegangen?«

Er lächelte schwach. »Sie wollte, dass ich mit ihr weggehe. Nach Paris. Aber das mit uns hätte nicht geklappt. Margaux war zwar der Ansicht, es sei etwas Ernstes, aber ich …« Er schüttelte den Kopf. »Es war eine Riesendummheit. Ich hätte mich niemals auf sie einlassen dürfen. Margaux war die Frau meines Bruders.«

»Du hattest Gewissensbisse.«

»Natürlich.«

»Wie lange ging das mit euch?«

»Nicht lange. Drei oder vier Wochen.«

Sie musterte ihn sekundenlang. »Danke.«

»Wofür?«

»Für die Wahrheit.«

Er nickte, erwiderte jedoch nichts mehr. Als er sich wieder umwandte, hob er kurz die Hand. Nachdenklich blickte Emma ihm nach.

• • •

Kurz darauf öffnete Emma das Fenster des Krankenzimmers und schaute auf den Park hinaus.

»Ich hätte … es dir sagen … müssen«, erklärte ihr Vater schleppend, nachdem sie ihn auf die Affäre zwischen ihrer Mutter und Alain angesprochen hatte.

»Das hättest du allerdings«, stimmte Emma zu, während sie zwei Schwestern beobachtete, die sich auf einer der Bänke miteinander unterhielten. »Wie konnte sie nur?«

»Sie ist … deine Mutter. Ich weiß nicht …«

Emma drehte sich um. »Was ist sie für eine Mutter? Wann hat sie uns das letzte Mal besucht? Sie erwartet, dass wir zu ihr nach New York fliegen, wenn wir ihre Unterstützung brauchen.« Emma tippte mit dem Zeigefinger an ihre Stirn. »Nach New York! Warum nicht gleich zum Mond?« Sie konnte es immer noch nicht glauben.

»Emma.«

»Was?« Sie trat an das Bett und betrachtete ihren Vater. Das Kopfteil war hochgeklappt, sodass er fast aufrecht sitzen konnte.

»Ich hätte ein Recht auf die Wahrheit gehabt«, schimpfte sie weiter. »Jeder wusste, was los war, nur mir hat niemand etwas gesagt.«

»Was hätte ... es denn ... geändert?«

»Alles«, erklärte sie bestimmt. »Es hätte alles geändert.«

»Du liebst ... sie.«

Bei seinen Worten fühlte Emma sich merkwürdig berührt. Ihr Vater hatte sonst nie über Gefühle gesprochen. Sie setzte sich an sein Bett und nahm seine rechte Hand in ihre. Seine blassen Augen schimmerten. Die Furchen in seinem Gesicht wirkten noch ausgeprägter als in den letzten Tagen.

»Ich wollte ... nicht, dass ... du ... ein schlechtes ... Bild von ... ihr hast.«

Emma schüttelte den Kopf. Das Gedankenchaos der letzten Tage wurde nicht kleiner. Alles war plötzlich anders.

»Sie ... war ...« Er brach ab.

»Was?« Emma tigerte zum Fenster zurück. »Was war sie?«

»Unzufrieden.«

»Unzufrieden?« Sie strich sich eine Strähne aus der Stirn. »Und deshalb beginne ich eine Affäre mit meinem Schwager?«

»Es war ... nicht ... ihre ... erste«, stammelte ihr Vater kraftlos.

Emma kniff die Augen zusammen. »Was soll das heißen?«

»Sie ... war ... unzufrieden.«

»Das sagtest du bereits. Hat sie noch andere Männer gev...?«

»Emma!« Das Gesicht ihres Vaters nahm einen tadelnden Ausdruck an.

»Wie viele?«

Er wandte den Kopf ab und schwieg.

Emma erhob sich wieder, stellte sich dicht neben das Bett und beugte sich über ihn. »Wie viele, Papa?«

»Drei«, flüsterte er nach einer gefühlten Ewigkeit.

Emma drehte sich auf dem Absatz um und legte die Hände an den Kopf. »Drei?« Sie schluckte. »Das kann doch nicht sein.«

»Sie ist ... kein ... schlechter Mensch.«

Emma lachte auf. »Na, du bist gut.«

»Los, setz dich ... erst mal wieder hin.«

Widerwillig nahm sie auf dem Bettrand Platz.

Ihr Vater streckte eine Hand aus und umfasste ihre Finger. »Sie ist ... eure Mutter. Sie ... liebt ... euch. Als wir uns kennengelernt ... haben ... deine Mutter war ... wunderschön. Liebevoll. Zärtlich. Wir wussten ... vom ersten Moment an, dass wir ... zusammenbleiben wollten. Wir hatten ... gute Jahre zusammen. Als es mit ihrer Kunst ... nicht rundlief, veränderte sie sich. Sie wurde ... unzufrieden. Ich konnte ... ihre Launen ... kaum noch ertragen. Wir waren ... oft nur noch voneinander ... genervt. Ich habe ... zu spät ... reagiert.« Er machte eine Pause. »Gar nicht reagiert.«

Emmas Augen begannen zu brennen. »Du hast damals zu mir gesagt ...«

»Pscht«, unterbrach ihr Vater sie und schüttelte den Kopf. »Ich war ... ein ... Idiot. Vergiss ... was ich ... damals ...« Erschöpft schloss er seine Augen. »Ich ... hätte das ... nicht ...«

Emma wischte sich eine Träne von der Wange. Ihr Vater wirkte so unglaublich schwach. Warum hatte sie nicht früher mit ihm gesprochen? Sie wusste nicht mehr, was richtig und was falsch war. Ihre Mutter hatte die Familie verraten, ihr Vater gab sich selbst die Schuld an dem Zerwürfnis zwischen seiner Frau und sich. All die Jahre hatte Emma ein komplett anderes Bild ihrer Familie mit sich herumgetragen. Sie betrachtete ihren Vater, der mit geschlossenen Augen vor ihr lag. Die eingefallenen Wangen verliehen seinem Gesicht Schwermut und Verletzlichkeit. Das ergraute Haar ließ ihn alt und müde wirken. Sie streckte eine Hand aus und fuhr ihm über die Stirn. In diesem Moment fühlte sie sich ihm so nah, wie sie ihm wohl seit langer Zeit nicht mehr war. Trotz ihrer inneren Zerrissenheit spürte Emma, dass ihre Familie sie brauchte. Und sie brauchte ihre Familie. Ihr Blickwinkel hatte sich tatsächlich über all die Jahre völlig verändert. Alles schien auf den Kopf gestellt. Was sie noch vor einer Woche für ihre Realität gehalten hatte, war mittlerweile überholt und von der Wahrheit abgelöst worden.

21

Meine liebe Claire,

sie nennen es Lager, ich nenne es Gefängnis. Als ich im ersten Tageslicht erkannte, wo man mich hingebracht hatte, brachen in mir alle Dämme. An den Wänden der Baracke reihte sich Bett an Bett, eines schäbiger als das andere. Die unzähligen Frauen in dem Gebäude lagen unter modrig riechenden Decken. Hohlwangige, eingefallene Gesichter blickten mir entgegen, als ich mich von meinem unbequemen Nachtlager erhob. Erst jetzt erkannte ich, dass sich in der rechten hinteren Ecke eine leere Pritsche befand. Ohne zur Seite zu schauen, steuerte ich auf das für mich gedachte Bett zu und stellte meine Tasche daneben. Neben mir knarrte es, als meine Nachbarin sich zu mir umdrehte.

»Bist du neu?«, fragte sie mich auf Deutsch.

Ich nickte stumm.

Sie schälte sich unter ihrer Decke hervor und streckte mir ihre Hand hin. »Dorothea.«

Ich stellte mich ebenfalls vor und breitete ein Handtuch auf der Pritsche aus.

»Bist du Jüdin?«

Wieder nickte ich. »Du auch?«

»Wir alle.« Sie deutete auf die Betten hinter sich. »In diesem Block befinden sich nur Juden.«

»Wie lange bist du schon hier?« Ich setzte mich und musterte die stark unterernährte Frau, die ich auf Anfang bis Mitte vierzig schätzte.

»Seit zwei Monaten.«

Tränen stiegen in mir auf. »Ich glaube, ich schaffe das hier nicht …«

Sie lächelte mitleidig. »Glaub mir, das haben wir am Anfang alle gedacht. Warte ab, bis du das Essen siehst. Zum Sterben zu viel, zum Leben zu wenig.«

»Ich bin seit zwei Jahren auf der Flucht«, setzte ich leise an. »Ich hatte so gehofft, dass der Krieg bald zu Ende sein würde und ich nach Hause zurückkehren kann.«

»Ja, diese Hoffnung hatte ich auch einmal. Ich bin vor sieben Jahren mit meinen Eltern nach Paris gegangen.«

Ich verengte die Augen. »Wie alt bist du?«

»Fünfundzwanzig.«

Ich rang um Fassung. Diese Frau sah zwanzig Jahre älter aus. Furcht stieg in mir hoch. »Was ist passiert?«

»Wir haben zusammen mit einer anderen Familie in einem kleinen Zimmer im Hinterhof eines leer stehenden Hauses gelebt. Nichts Besonderes, aber wir wähnten uns in Sicherheit. Die ersten Jahre arbeiteten meine Mutter und ich in einer Wäscherei, mein Vater nahm verschiedene Gelegenheitsjobs an. Als die Deutschen einmarschiert sind, haben wir alles verloren. Unser Chef wollte uns nicht mehr weiterbeschäftigen. Anweisung von ganz oben, meinte er.« Dorothea schüttelte den Kopf. »Seitdem waren wir auf Hilfe angewiesen. Leute von der Résistance brachten uns hier in den Süden, nach Arles. Auf einem Bauernhof konnten wir ein wenig bei der Ernte helfen und damit unseren Unterhalt sichern. Aber irgendwer muss uns verraten haben. Vor drei Monaten kamen sie im Morgengrauen und haben uns verhaftet.«

Ich senkte den Blick. »Was ist mit deinen Eltern?«

Sie atmete tief aus. »Ich weiß es nicht. Zuerst waren wir gemeinsam im Lager in Gurs untergebracht. Aber vor zwei Monaten haben sie mich abgeholt und hierher gebracht.«

»Was denkst du, wie lange wir hierbleiben müssen?« Ich betrachtete das strohige Haar der Frau.

»Wir kommen hier nicht mehr raus«, flüsterte sie, nachdem sie sich umgedreht und die anderen Insassinnen fixiert hatte. »Einige von uns wurden schon abgeholt.«

Entsetzen stieg in mir auf. »Was meinst du?«

Sie kaute auf ihrer Unterlippe. »Die Nazis haben Lager errichtet, in denen sie …« Ihre Stimme versagte. Sie schloss kurz die Augen. »Ich will dir keine Angst machen.«

Mir wurde schwindlig. Ich wollte das nicht hören. Angestrengt kämpfte ich gegen das Entsetzen an, das sich unaufhörlich in mir ausbreitete. Ich schluckte.

»Meine Eltern sind in Deutschland geblieben, weil meine Oma schwer krank war. Ich hoffe so sehr, dass es ihnen gut geht«, murmelte ich mehr zu mir selbst.

Dorothea schüttelte den Kopf. »Wenn sie sich nicht rechtzeitig versteckt haben oder ausgereist sind …«

»Ich habe seit zwei Jahren nichts mehr von ihnen gehört.«

»Zwei Jahre oder zwei Monate«, setzte Dorothea an. »Was macht das für einen Unterschied? Ich weiß auch nicht, was sie mit meinen Eltern gemacht haben.« Sie zögerte. »Ob sie noch leben …«

»Ich bin schwanger«, stieß ich leise hervor.

Ihr Blick wanderte zu meinem Bauch.

»Man sieht noch nichts«, erklärte ich verlegen. »Aber ich bin mir sicher.«

»Vielleicht lassen sie dich gehen«, erwiderte Dorothea. »Ich habe von einigen spanischen Flüchtlingen gehört, die in eine Klinik bei Perpignan gebracht worden sind, um dort ihre Kinder zur Welt zu bringen.«

Leise Hoffnung stieg in mir auf. »Mussten diese Mütter nicht wieder zurück ins Lager?«

Wieder sah sie sich um, doch die anderen Frauen lagen entweder in ihren Betten und starrten apathisch an die Wände oder unterhielten sich selbst untereinander. Niemand nahm von unserem Gespräch Notiz.

»Offiziell schon«, entgegnete Dorothea zögernd. »Aber einige Frauen scheinen die Schwestern freibekommen zu haben.« Sie machte eine Pause. »Wird erzählt. Eine Schweizerin leitet die Klinik. Vielleicht sprichst du mit Jeanne. Möglicherweise kann sie dir helfen.«

»Wer ist Jeanne?«

»Sie arbeitet für eine Hilfsorganisation und ist für uns zuständig, wenn wir Fragen haben. Oder wenn es Probleme gibt.«

»Probleme«, stieß ich bitter hervor. »Diese Baracke gleicht einem Kuhstall. Warum tut man uns das an?«

»Sie befolgen nur die Anweisungen«, versuchte Dorothea mich zu beschwichtigen. »Jeanne ist wirklich sehr nett.«

»Sie dürfen uns nicht einsperren.« Ich wusste selbst, dass ich mich wie ein kleines Kind benahm. Aber ich wollte in dem Moment einfach noch nicht wahrhaben, dass meine Flucht wirklich zu Ende war. Dass mir niemand mehr würde helfen können.

Was war wohl mit Louis geschehen? Mit seiner Familie? Die Scheune hatte sich ein gutes Stück von dem Anwesen seiner Eltern entfernt befunden. Hoffentlich hatte sie niemand verdächtigt. Einen anderen Gedanken durfte ich nicht zulassen.

»Bis wir etwas zu essen bekommen, dauert es noch. Wollen wir ins Freie gehen?« Dorotheas Frage unterbrach mein Grübeln.

Ich nickte und hängte mir eine Decke über die Schultern. Als wir vor die Baracke traten, pfiff ein scharfer Wind um das Gebäude. Ungläubig sah ich mich um.

»Wie viele Menschen leben hier?«

»Tausende«, erwiderte Dorothea ernst. »Es gibt mehrere Blöcke und Hunderte von Baracken.«

»Wie eine eigene Stadt ...«

Sie nickte. »Eine Stadt voller Gefangener«, ergänzte sie.

»Ich habe Angst«, bekannte ich scheu, während ich verfolgte, wie aus der gegenüberliegenden Baracke drei Frauen heraustraten und mit blassen Gesichtern über die Gasse eilten.

»Da vorne sind die Latrinen«, erklärte Dorothea in diesem Moment.

Ich begann zu weinen. Hinter dem Gebäude, das wir gerade verlassen hatten, befand sich eine hohe Mauer mit Stacheldraht. Hier würde niemand entkommen.

Ach, meine liebe kleine Claire. Noch hege ich die schwache Hoffnung, dass du diese Briefe niemals sehen wirst. Dass es mir vielleicht doch vergönnt sein wird, mein kleines Baby wieder in meinen Armen halten zu dürfen. Für die meisten Mütter eine Selbstverständlichkeit, für mich käme es einem Wunder gleich. Kein Mensch sollte so behandelt werden. Niemand. Niemals. Nirgendwo.

In Liebe,
Deine Mama

Emma atmete tief durch, während sie den Brief sinken ließ. Einen Moment lang starrte sie benommen auf das azurblaue Wasser vor ihr und beobachtete teilnahmslos das Pärchen, das eng umschlungen an ihr vorbeischlenderte.

Nach dem Besuch bei ihrem Vater und den neuesten Enthüllungen über ihre Mutter hatte sie dringend frische Luft gebraucht. Sie hatte Balou geholt und sich mit ihm an einen kleinen Tisch in einem Café an der Strandpromenade gesetzt. Möwen kreischten über der Kaimauer, die alten Mauern der Wehrkirche leuchteten in der grellen Mittagssonne. Es war ein schöner Frühlingstag an der Purpurküste, doch Emma fröstelte innerlich. Die Briefe klangen verzweifelter und eindringlicher denn je. Aus jeder Zeile konnte sie die tiefe Angst der Verfasserin herauslesen. Einer Mutter, die um ihr eigenes Leben und das ihrer Tochter bangte.

Balou legte den Kopf auf ihre Oberschenkel und sah sie mit treuen Augen an. Emma musste bei dem Anblick schmunzeln. Nachdenklich nippte sie an ihrem Kaffee. »Dagegen sind meine Sorgen doch völlig unbedeutend«, murmelte sie mehr zu sich selbst. Diese Frau hatte vor vielen Jahrzehnten Todesangst verspürt und nicht gewusst, was das Schicksal mit ihr vorhatte. Emma dagegen ... Ihr Vater lag schwer krank im Krankenhaus, während sie gerade erfahren hatte, dass ihre Mutter nicht das Opfer vom Ehrgeiz ihres Mannes war, als das sie sie all die Jahre gesehen hatte. Und als ob das noch nicht genug wäre, spukte Emma ständig ihr Ex-Freund durch den Kopf, den sie doch bereits vor Jahren abgehakt hatte. Eigentlich also Probleme, die kaum der Rede wert waren angesichts der Sorgen und Ängste der jüdischen Frau. Wer war sie nur?

Emma seufzte und nahm das zweite Schreiben zur Hand.

Meine liebe Claire,

die ersten Tage im Lager waren sehr schwer. Immer wieder kam die Verzweiflung in mir hoch. Ich konnte nicht glauben, dass dies wirklich mir geschah. Dass meine zwei Jahre andauernde Flucht umsonst gewesen sein sollte. Doch so war es. Das Versteckspiel war endgültig zu Ende. Mehr als einmal habe ich mich gefragt, welchen Sinn so ein Leben überhaupt noch hatte. Doch spätestens, als sich mein Bauch veränderte, als ich merkte, dass ein kleines Menschlein in mir heranwuchs, wurden die düsteren Gedanken von der Sorge um dich überlagert. Auch wenn ich dich noch nicht sehen, nicht riechen, nicht hören konnte, warst du bereits allgegenwärtig. Denn ich spürte dich mit jeder Faser meines Körpers.

Eines Nachmittags im Dezember – es war ein eiskalter Tag – saß ich in Decken eingehüllt auf meinem Bett und döste vor mich hin. Bis das Abendessen verteilt wurde, dauerte es noch. Die Schwester von der Hilfsorganisation saß gegenüber am Bett meiner Barackennachbarin und redete leise auf sie ein. Am Gesichtsausdruck der Frau konnte ich erkennen, dass sie die Angestellte nicht verstand. Ja, die Verständigung war und ist ein großes Problem. In unserer Baracke befinden sich ausschließlich deutsche Insassinnen. Die Frauen, die vor ihrer Inhaftierung schon jahrelang in Frankreich gelebt hatten, sprachen die fremde Sprache mehr oder weniger gut und kamen zurecht. Doch es gab auch Häftlinge, die direkt aus Deutschland in Lager nach Frankreich deportiert worden waren. Sie verstanden nichts und konnten sich ihrerseits auch nicht mitteilen.

Als die Schwester sich schließlich erhob, senkte ich den Blick. Doch sie umrundete das Bett und steuerte geradewegs auf mich zu.

»Dorothea hat mir von Ihrem Zustand berichtet«, setzte sie vorsichtig an, während ich ihren Blick auf mir spürte.

Ich zuckte mit den Achseln, wusste nicht, was ich erwidern sollte.

»Vielleicht wäre es gut, wenn sich ein Arzt um Sie kümmern würde«, ließ sie nicht locker.

Ich zupfte an meiner Decke und zog sie enger um mich.

Nach einigen Sekunden des Schweigens schob die Frau meine Decke etwas zur Seite und setzte sich zu mir. »Ich bin Jeanne.«

»Ich weiß«, murmelte ich undeutlich. Dorothea hatte mir ja bereits von der jungen Frau erzählt, die sich um uns kümmerte.

»Was ist mit dem Vater des Kindes?«

Instinktiv legte ich beide Hände auf meinen Bauch. »Ich weiß es nicht.«

»Ist er ebenfalls interniert worden?« Ihre Stimme klang warm und mitfühlend.

Ich schüttelte den Kopf. Meine Augen begannen zu brennen. »Er ist kein ...« Ich schluckte. »Er ist Franzose.«

»Weiß er von dem Baby?«

»Nein«, erwiderte ich leise, und ein Schluchzen entfuhr meiner Kehle.

Jeanne betrachtete mich einen Moment lang, bevor ich ihre Hand auf dem Rücken spürte. Schweigend ließ sie mich weinen und wartete, bis ich mich wieder beruhigt hatte. Unwirsch fuhr ich mir über die Augen. »An dem Abend, als ich verhaftet wurde, wollte ich es ihm sagen.«

Sie nickte. »Was ist mit ihm passiert?«

»Ich weiß es nicht. Der Hof seiner Eltern befand sich ein sicheres Stück von meinem Versteck entfernt. Ich glaube nicht, dass sie eine Verbindung zwischen seiner Familie und mir herstellen konnten.«

»Du sprichst gut Französisch.«

»Louis hat es mir beigebracht«, erwiderte ich traurig, während ich an meinen Geliebten denken musste. »Und davor die Kinder der Bauernfamilie, wo wir Unterschlupf gefunden hatten.«

»Wir?«

»Eine jüdische Familie, Hannah und ich.« Ich erzählte Jeanne kurz, was mit den anderen geschehen war.

»Wann wird das Baby kommen?« Sie lächelte vorsichtig.

»Anfang des Sommers, schätze ich«, entgegnete ich leise. »Werde ich dann noch hier sein?«

Jeanne wandte ihren Blick ab und starrte an die Mauer.

»Jeanne?«

»Ich fürchte, ja«, erklärte sie nach einer halben Ewigkeit.

»Was passiert mit uns?« Ängstlich sah ich sie an.

Sie wirkte niedergeschlagen. »Ich weiß es nicht, ehrlich. Sie sagen uns nichts. Wir werden lediglich über die Anzahl der Neuzugänge und Abgänge informiert. Darum haben wir uns zu kümmern. Alles Weitere wird an anderen Stellen entschieden.«

»Der Gedanke, dass ich mein Kind in dieser Umgebung auf die Welt bringen muss ...« Meine Stimme versagte. Ich musste an den katastrophalen Zustand der Latrinen denken, an das Fehlen jeglicher Privatsphäre, an die Kälte, den Dreck um uns herum und das schlechte Essen.

Jeanne legte einen Arm um meine Schultern und zog mich an sich. »Es gibt eine Klinik ganz in der Nähe, die werdende Mütter aus den umliegenden Lagern aufnimmt. Ich versuche, mit meinem Vorgesetzten zu sprechen.«

»Danke«, hauchte ich traurig.

»Es ist nicht viel, was wir tun können«, wiegelte Jeanne ab. »Als ich meinen Dienst hier antrat, hatte ich mir meine Arbeit auch etwas anders vorgestellt.« Sie hielt inne. »Dieses unsägliche Leid ... Wenn ich die jungen Leute hier sehe, so desillusioniert und perspektivlos

…« Sie schüttelte den Kopf. »Ich verstehe den Sinn nicht.« Sie suchte nach Worten. »Seit Pétain mit den Deutschen zusammenarbeitet, steht die Welt hier im Süden kopf. Natürlich darf ich mich nicht beklagen. Ich gehe abends nach Hause und komme erst morgens wieder. Ihr dagegen …« Sie verzog den Mund. »Es tut mir so unendlich leid, dass wir nicht mehr für euch tun können.«

»Wenn ich nicht schwanger wäre, würde ich aufhören zu …«, setzte ich leise an.

»So darfst du nicht denken, bitte.« Sie sah mich eindringlich an, da sie meine Gedanken zu ahnen schien. »Ihr dürft die Hoffnung nicht aufgeben. Irgendwann muss dieser Albtraum ein Ende haben.« Sie überlegte. »Nächste Woche ist Weihnachten. Einige spanische Flüchtlingskinder üben bereits fleißig passende Lieder aus ihrer Heimat ein, die sie einem Teil der Insassen vortragen möchten, vor allem unseren Kranken und Alten. Aus der Schweiz wird eine große Hilfslieferung erwartet, damit wir jedem der Kinder eine kleine Freude bereiten können.« Sie lächelte aufmunternd. »Vielleicht hast du Lust, uns ein wenig zu helfen?«

»Ich überlege es mir.«

Jeanne erhob sich und strich mir noch mal über den Rücken. »Ja, tu das. Es ist nicht gut, den ganzen Tag nur zu grübeln. Versuche, dich zu beschäftigen. Ich weiß, dass die ganze Situation für euch nicht leicht ist.« Sie deutete auf meinen Bauch. »Aber du hast ein Ziel. Ein kleiner Mensch wächst in dir heran. Das ist ein wundervolles Geschenk.«

Jeanne hob die Hand zum Abschied und wandte sich um. Während sie zwischen den Betten durchging, sah ich ihr nachdenklich hinterher.

Meine kleine süße Claire, du bist der einzige Grund, warum ich überhaupt noch lebe. Es fällt mir so unglaublich schwer, meinem Da-

sein noch etwas Positives abzugewinnen. Ich habe alles verloren, was mir wichtig war, was mir etwas bedeutet hat.

War es nicht doch ein Fehler, dich wegzugeben? Schon wieder kommen mir die Tränen. Wärst du jetzt nur bei mir! Du, mein kleiner Sonnenschein. Mein Gewissen plagt mich zutiefst. Gehört ein Baby nicht zu seiner Mutter? Es ist immer dieselbe Frage, die mich umtreibt. Wieder und wieder reflektieren meine Gedanken die vergangenen Monate. Ja, ich werde dir weiter davon berichten. Du sollst wissen, wie es mir ergangen ist, bevor du zur Welt kamst. Denn ich weiß nicht, wann ich dich wiedersehe. Ich vermisse dich so sehr.

Deine Mama

Emma strich vorsichtig über das vergilbte Papier. Einige Wörter waren nur noch sehr schwierig zu entziffern gewesen. An manchen Stellen verblasste die Schrift schon stark. Warum hatten sich die Briefe in der Abstellkammer der Ferienwohnung befunden? Noch immer fand Emma keinerlei Verbindung zu ihrer Familie, bezweifelte stark, dass es überhaupt eine gab. Sie hatte nie mitbekommen, dass über dieses Lager gesprochen worden wäre. Sie stöhnte. Von den Eskapaden ihrer Mutter hatte sie ja auch keine Kenntnis gehabt. Sie musste nochmals mit Mireille sprechen. Könnte auch ihr Vater etwas wissen? Im nächsten Moment verwarf sie den Gedanken wieder. Er hatte nie etwas mit dem Haus ihrer Tante und ihrer Mutter zu tun gehabt. Sie glaubte nicht, dass er seit Emmas Weggang jemals nur einen Fuß in die Wohnung gesetzt hatte. Nein, ihr Vater war mit Sicherheit eine Sackgasse. Außerdem wollte sie ihn in seinem Zustand nicht unnötig belasten.

Er musste gesund werden, musste sich um seine Genesung kümmern. Bevor sie vorhin gegangen war, hatte er ihr leise erzählt, dass er sich kaum auf den Beinen halten könne. Seine Stimme hatte gezittert, und Emma konnte sich nicht erinnern, wann sie ihn jemals so schwach erlebt hatte. Dass er sich nicht eigenständig bewegen konnte, schien ihn schwer zu belasten. Kein Wunder, dachte Emma beklommen. Roger Duvalle war schon immer ein Macher gewesen, ein Alphatier. Auf Hilfe angewiesen zu sein musste für ihn eine völlig neue Situation sein.

Wieder sah sie zur Promenade hinüber. Ein älterer Mann ließ seinen grauschwarzen Chihuahua an der Ufermauer schnüffeln. Emma warf Balou einen Blick zu, doch der Pudel hatte seinen Kopf auf den Boden gelegt und die Augen geschlossen. Der ältere Mann sagte etwas zu seinem Hund und zog ihn dann weiter. Eine Frau mit zwei Kindern blieb auf dem Weg stehen und sah sich um. Sie nahm eines der Mädchen, das gerade mit ihr redete, an die Hand und küsste es auf die Wange. Die Szene versetzte Emma einen kleinen Stich. Mütter, die ihre Kinder liebten. Die immer für sie da waren und sie umsorgten. Das Thema schien momentan in ihrem Leben allgegenwärtig zu sein. Wie wäre es wohl, wenn ihre eigene Mutter hier bei ihr in der Sonne säße? Wenn sie ihr von ihren Sorgen wegen Léon berichten, auf einen Rat von ihr hoffen und mit ihr über Papa reden könnte? Eine alltägliche Situation, die Emma so nie erlebt hatte.

»Kann ich Ihnen noch etwas bringen?«, unterbrach die Kellnerin ihr Grübeln.

Emma starrte kurz zum Wasser und nickte schließlich. »Ja, ich hätte gern noch einen Kaffee.«

»Kommt sofort«, erwiderte die Frau und entfernte sich wieder.

»Schlechte Nachrichten?«

Als Emma den Kopf hob, blickte sie direkt in das Gesicht von Mathildes Mutter. Die ältere Dame lächelte schwach und deutete auf den Brief in Emmas Händen.

»Ach das«, wiegelte sie zerstreut ab. »Nein, das ist ... nichts.« Hastig faltete sie das Papier zusammen und schob es in ihre Tasche. »Möchten Sie sich zu mir setzen?«

»Ich will Sie nicht stören.«

»Sie stören nicht.«

»Ich dachte schon, es ginge Ihrem Vater schlechter«, merkte die Frau an, während sie sich auf den Stuhl setzte, der Emma gegenüberstand.

»Wieso?«

»Weil Sie aussehen, als müssten Sie morgen auf den Mond fliegen.« Madame Marais lachte.

»Ich? Auf den Mond?« Emma schüttelte den Kopf. »Wobei ... vielleicht wäre der Mond gar nicht so verkehrt.«

»Ach je. Ich hoffe doch, dass ich mit meiner Vermutung falschliege.«

Als die Kellnerin Emmas Kaffee brachte, bestellte Mathildes Mutter sich einen Tee.

»Meinem Vater geht es unverändert«, berichtete Emma und rührte in ihrer Tasse. »Das Sprechen wird besser, aber er kann noch nicht eigenständig laufen.«

»Einen Schlaganfall darf man nicht auf die leichte Schulter nehmen. Die Genesung braucht ihre Zeit.« Madame Marais zog ihre dünne Jacke aus. »Es ist erstaunlich warm heute.«

Emma nickte. »Ein kleiner Vorgeschmack auf den bevorstehenden Sommer.«

»Eine langjährige Freundin von mir hatte vor zehn Jahren ebenfalls einen Schlaganfall.« Sie zwinkerte. »Und soll ich Ihnen etwas sagen? Als ich sie fragte, ob sie mit nach Collioure käme, ein paar Tage Urlaub mit mir genießen, winkte sie ab und meinte, sie sei mit ihrem Sohn zum Wandern in den Pyrenäen verabredet.« Sie hob die Augenbrauen, wie um ihre Worte zu unterstreichen. »Lorraine ist Mitte siebzig.«

Emma nippte gedankenverloren an ihrer Tasse. »Mein Vater ist starker Raucher. Sport hat er nie getrieben.« Sie hielt inne. »Zumindest nicht, seit ich denken kann.«

»Die Ärzte werden ihn sicher beraten, wie er sich verhalten muss, um einen weiteren Anfall zu vermeiden.«

»Das haben sie bereits, aber Papa ...« Emma winkte ab.

Die ältere Dame beugte sich vor. »Er wird es schon schaffen. Ich habe übrigens heute Morgen zehn Macarons bei Zoé gekauft. Es waren nicht mehr viele da.«

»Das freut mich sehr«, bekannte Emma.

»Sie haben wirklich Talent.«

»Beim Backen vielleicht«, erwiderte sie seufzend.

»Wenn es nicht Ihr Vater ist, was bedrückt Sie dann? Ein Mann?«

Emma sah die Ältere überrascht an. »Woher ...?«

»Ach, Emma. Denken Sie nicht, dass ich immer so war wie jetzt. Auch wir Alten waren irgendwann einmal jung.«

»Pardon, ich wollte nicht ...«

Madame Marais lächelte nachsichtig. »Schon gut. Als ich in Ihrem Alter war, konnte ich mir auch nicht vorstellen, wie schnell die Jahre doch verstreichen.« Sie tippte sich an den Kopf. »Hier oben ändert sich in all der Zeit relativ wenig.«

Emma grinste. »Die Frage ist, ob das eine gute oder eine schlechte Nachricht darstellt.«

Wieder lächelte die Ältere.

»Ich weiß einfach nicht mehr, was ich tun oder denken soll«, gab Emma schließlich zu.

Mathildes Mutter streckte ihre Hand aus und legte sie auf Emmas.

Während sie die faltige Haut über ihrer glatten betrachtete, begann Emma zu erzählen. Sie berichtete von dem gestrigen Spaziergang, von der Annäherung zwischen Léon und ihr und endete mit Alains Offenbarung über ihre Mutter. »Alles erscheint mir plötzlich in einem anderen Licht.«

Madame Marais nickte bedächtig.

Einige Augenblicke lang herrschte Stille am Tisch. Emma verfolgte, wie die Wellen stetig ans Ufer rollten. Sie konzentrierte sich auf das Rauschen des Wassers und überlegte, was die ältere Frau über ihren Monolog dachte. Immerhin kannten sie sich kaum.

»Einer der Vorteile des Alterns ist tatsächlich, dass sich unsere Sichtweise immer wieder ändert. Erfahrungen schärfen unseren Blickwinkel, wir lernen, dass das Leben nicht nur schwarz-weiß ist«, durchbrach Madame Marais schließlich die Stille. »Ich bin nur eine alte Frau und weiß sehr wenig über Ihr Leben.« Sie lächelte verschmitzt. »Ihre Backkünste kenne ich allerdings schon sehr gut.« Sie ließ Emmas Hand wieder los. »Hören Sie in sich hinein. Ihren Worten entnehme ich, dass Léon Ihnen nicht gleichgültig ist. Fragen Sie sich, warum das so ist. Was schätzen Sie an ihm? Und können seine guten Eigenschaften sein Verhalten von damals aufwiegen?« Sie nickte. »Er hat Sie sehr verletzt. Menschen verletzen einander. Das ist leider so. Wir sagen oft Dinge, die wir so nicht meinen. Vielleicht, weil wir selbst verletzt sind, vielleicht auch, weil wir in jenen Momenten bewusst verletzen möchten, weil wir hilflos und überfordert sind, weil wir Angst haben. Von Größe zeugt es aber doch, wenn wir erkennen, dass wir einen Fehler begangen haben. Dass wir jemandem mit unseren

Worten sehr wehgetan haben. Fehler sind dazu da, bereinigt zu werden.«

»Ich mag dieses Chaos nicht«, gab Emma zu. »Ich habe die Dinge gern geordnet.«

Mathildes Mutter lachte. »Wer hat das nicht gern?«

»Ich fahre Ende nächster Woche nach Deutschland zurück. Im Moment habe ich das Gefühl, dass ich hier so viele lose Enden hinterlasse, dass ich nicht weiß, wie ich meinen Kopf freibekommen soll.«

»Das verstehe ich gut.« Die alte Frau sah zum Château Royal. »Das Leben lässt uns oft keine andere Wahl. Wir müssen Unordnung aushalten, ob wir wollen oder nicht.« Sie fuhr sich mit einer Hand über die Augen. »Als mein Mann vor vielen Jahren starb, hatte ich ebenfalls das Gefühl, die Ordnung zu verlieren. Wir waren über fünfundvierzig Jahre lang verheiratet. Ich konnte mir gar nicht vorstellen, wie ein Leben ohne ihn funktionieren sollte. Und meine Mathilde tingelte durch Frankreich, immer auf der Suche nach den schönsten Motiven.« Ihre Stimme klang wehmütig. »Was soll ich sagen? Man gewöhnt sich an das Alleinsein. Meine Tochter ist nicht aus der Welt. Ich mag die Gegend hier. Was hindert mich also daran, sie zu besuchen, wenn mir nach ihrer Gesellschaft ist?«

»Das war sicher nicht einfach«, entgegnete Emma mitfühlend. »Ich kann mir überhaupt nicht vorstellen, wie es sich anfühlen muss, so lange mit einem Mann zusammen zu sein. Und dann plötzlich nicht mehr. «

»Sie sind noch jung.«

»Jung und unbeschwert«, ergänzte Emma leise.

»Reden Sie mit Léon. Sagen Sie ihm, wie es in Ihnen aussieht. Es gab doch sicher Zeiten, da waren Sie sich sehr nah.«

Emma nickte. Ja, die gab es. Nie in ihrem Leben hatte sie sich bisher jemandem näher gefühlt als dem Mann mit den wunderschönen blauen Augen.

»Und bedenken Sie, dass Ihre Eltern auch nur Menschen sind. Wir erwarten, dass sie sich immer korrekt verhalten. Dass sie fehlerlos sind und immer eine Lösung parat haben.« Sie lachte. »Aber glauben Sie mir. Ich bin selbst Mutter. Und ich habe weiß Gott genug Fehler in meinem Leben gemacht. Und war sicher auch nicht immer die perfekte Mutter.«

»Warum muss alles nur so unglaublich kompliziert sein?« Emma nahm einen Schluck Kaffee. »Wenn ich Macarons backe, weiß ich genau, was ich tun muss, um die perfekte Konsistenz zu bekommen. Kann nicht alles so einfach sein?«

Die Dame schüttelte den Kopf. »Ihnen fällt das Backen leicht.« Sie senkte die Stimme. »Aber ich verrate Ihnen etwas. Vor vielen Jahren habe ich mich ebenfalls an diesen wunderschönen Teilchen versucht.« Sie verengte die Augen. »Es endete in einer Katastrophe. Meine Küche und ich sahen aus, als sei der Ofen explodiert.« Sie lehnte sich wieder zurück. »Seitdem beschränke ich mich aufs Essen und lasse das Backen bleiben.« Ihre Mundwinkel zuckten. »Es kommt immer auf den Blickwinkel an.«

»Sie sind sehr klug.«

Madame Marais lachte. »Ich glaube, Sie wissen selbst ganz genau, wie Sie den Knoten in Ihrem Kopf entwirren können.«

Emma wollte widersprechen, als ihr Smartphone plötzlich klingelte. »Pardon«, wisperte sie in Richtung ihrer Gesprächspartnerin.

»Gehen Sie nur dran, sicher ist es etwas Wichtiges.«

»Emma, ich bin es.« Die Stimme hätte sie unter Tausenden erkannt.

»Léon«, rief sie überrascht aus, während sie das Schmunzeln der Älteren bemerkte.

• • •

Léon trommelte mit den Fingern auf der Schreibtischplatte. Ein Termin jagte den anderen, doch er konnte sich kaum auf die Anliegen seiner Klienten konzentrieren. Und er wollte es auch nicht. Er schnaufte. Wann waren seine Illusionen geplatzt? Das Hadern mit seinem Job hatte schon lange vor Emmas Rückkehr nach Collioure begonnen. Dass sie nach sieben Jahren seine Gefühlswelt noch einmal dermaßen durcheinanderwirbeln konnte, machte seine Situation nicht gerade einfacher. Als sein Smartphone klingelte, blickte er aufs Display. Simone. Einen kurzen Moment überlegte er, das Gespräch anzunehmen. Vielleicht war es dringend. Andererseits war er nicht in der Verfassung, sich erneut Vorwürfe anzuhören. Nein, er würde sie später zurückrufen.

Es klopfte an seiner Tür, die im nächsten Moment ohne Aufforderung geöffnet wurde. »Léon, die Baillats warten ungeduldig.«

Er raufte sich die Haare und nickte Madeleine zu. »Zehn Minuten noch, d'accord?«

Sie schüttelte den Kopf, da sie seine Verzweiflung zu erkennen schien. »Was ist nur los mit dir?« Während sie die Tür hinter sich zuzog, hörte er sie irgendetwas von einem liebeskranken Anwalt murmeln. Léon stützte die Ellenbogen auf die Tischplatte und legte seinen Kopf in die Hände. War er liebeskrank? Emmas Lippen auf seinen hatten sich vertraut und aufregend zugleich angefühlt. Ihr schlanker Körper hatte sich immer wieder an seinen geschmiegt, seine Liebkosungen waren nicht ohne Reaktion geblieben. Was war mit ihm los? Wie hatte er sich dazu hinreißen lassen können, sie zu küssen? Doch schon im nächsten Moment verbesserte er sich. Nicht nur er hatte Emma geküsst. Sie war ebenfalls aktiv geworden. Immer wieder hatte sie ihn zu sich herangezogen und ihm gezeigt, dass die Jahre ihrer gegenseitigen Anziehungskraft nichts hatten anhaben können. Und doch – wie sollte es mit ihnen weitergehen? Emma lebte inzwischen in Deutschland. Selbst wenn sie ihre Urlaube dafür verwendeten, sich gegenseitig zu besuchen ... Halt, stoppte er sich sofort. Sie hatten sich lediglich geküsst. Er wusste noch nicht mal, wie Emma zu ihrem leidenschaftlichen Spaziergang stand. Vielleicht wünschte sie ihn schon in diesem Moment zum Teufel. Er hob den Blick. Ja, er hatte sich wie ein liebestoller Teenager verhalten. Die Entschuldigung für sein bescheuertes Verhalten vor Emmas Weggang war angesichts ihrer aufgewühlten Hormone seiner Meinung nach völlig untergegangen. Es war ihm doch so wichtig gewesen, die Situation zu klären. Emma nahezubringen, was damals in ihm vorgegangen war. Er hatte eine gute Zukunft für sie beide gewollt.

Léon sprang auf und ballte die Fäuste. Was war er nur für ein Idiot. Er schaffte es nicht, einen Schritt nach dem anderen zu machen. Nein, er war wieder einmal mit der Tür ins Haus gefallen. Wer wusste, ob Emma ihn ein weiteres Mal anhören würde. Anstatt die Gunst der Stunde zu nutzen, war er über sie hergefallen, als habe er sieben Jahre auf Entzug gelebt. Bei dem Bild musste er schmunzeln. Brachte es seine Beschreibung nicht genau auf den Punkt? Er stellte sich Emmas fein geschnittenes Gesicht vor, ihre samtweichen Locken, die seidige Haut unter seinen Händen. Ja, er war süchtig nach ihr. Doch sie waren beide nicht mehr dieselben wie damals. Sie hatten sich verändert, hatten jetzt eine Vergangenheit. Es würde nicht einfach werden, die Umstände auszublenden. Zum Kuckuck! Wieder fuhr er sich durchs Haar. Wie sollte er sich nur auf seine Arbeit konzentrieren, wenn unentwegt die schwarzhaarige Frau mit den geringelten Leggings und dem unwiderstehlichen Duft durch seine Gedanken spukte?

Er wandte den Blick ab und überlegte. Wie konnte er ihr beweisen, dass es ihm ernst war? Dass er eine echte Chance sah, einen Neuanfang zu wagen? An mangelnden Gefühlen haperte es zumindest nicht. Er verhielt sich doch sonst nicht so unbeholfen. Zum Teufel! Entschlossen schnappte er sich das Telefon und kramte auf seinem Schreibtisch nach der Nummer, die Olivier ihm gestern kommentarlos hingelegt hatte. Bevor er noch mal darüber nachdenken konnte, lauschte er auch schon dem Klingeln am anderen Ende.

»Emma, ich bin es«, presste er aufgeregt hervor, als sie endlich abnahm.

»Léon!« Er konnte die Überraschung in ihrer Stimme nicht überhören.

»Ich hoffe, du denkst nicht, dass es eine dumme Idee war, dich anzurufen …«, begann er unsicher und verfluchte sich sofort für seine ungelenke Ausdrucksweise.

»Nein«, erwiderte sie sofort. »Nein, das denke ich nicht.« Lächelte sie?

Er schloss die Augen und bemühte sich um Festigkeit in der Stimme. »Wegen gestern«, setzte er entschlossen an. »Ich würde sehr gern mit dir darüber sprechen.«

Am anderen Ende der Leitung blieb es still.

»Emma? Bist du noch dran?« Sie hatte doch wohl nicht einfach aufgelegt?

»Ja. Ja, natürlich bin ich noch dran.«

»Ich habe heute noch vier Termine. Morgen früh könnte ich mir aber freinehmen.«

»Ich habe nichts vor«, erwiderte sie leise.

Sein Herz schlug einen Takt schneller. »Ich würde gern einen Ausflug mit dir machen. Wir könnten reden und …«

»Und?« Sie klang erheitert.

»Einen schönen Tag miteinander verbringen. Es ist eine kleine Überraschung für dich.«

»An was hast du gedacht?«

Er lachte. Neugierig war sie schon damals gewesen. »Was ist der Charakter einer Überraschung?«

Er hörte sie kichern. »Es wird dir gefallen, Emma.«

»Was ist mit den Hunden?«

»Die kommen mit«, erwiderte er leichthin. »Sie gehören doch zu uns.«

»Ich freue mich«, hauchte sie kaum hörbar.

»Ich freue mich auch. Ich hole dich gegen Mittag ab. Passt dir das?«

»Ja, bis morgen.«

»Bis morgen, Emma.«

Nachdem er das Telefonat beendet hatte, sprang er auf und boxte in die Luft. Das lief doch besser als erwartet. Und morgen würde er in Ruhe mit ihr reden. Immerhin hatte sie seinen Vorschlag nicht abgelehnt. Das hieß doch, dass sie ebenfalls nicht abgeneigt war, es erneut zu versuchen. Oder? Er fluchte. Wer wusste schon, wie Frauen tickten?

22

»Morgen hat er eine Überraschung für mich«, beendete Emma ihre Ausführungen und blickte im Schein der Kerzen von Amélie zu Lara. Die beiden Frauen waren vor einer Stunde bei ihr vorbeigekommen, als Emma sich gerade, mit dicker Decke und einem Buch bewaffnet, in den Hinterhof setzen wollte. Kurzerhand hatte sie zwei weitere Decken aus der Wohnung geholt und Kerzen und Sektgläser auf dem kleinen Mosaiktisch drapiert, nachdem Amélie grinsend zwei Proseccoflaschen präsentiert hatte.

»Bei dir geht es momentan ja Schlag auf Schlag«, merkte Lara lächelnd an, bevor sie an ihrem Glas nippte. »Aber ich kann mich auch in meinem Leben an Zeiten erinnern, die ...« Sie unterbrach sich kurz. » ... sehr stürmisch waren.«

»Stürmisch«, wiederholte Emma nachdenklich. »Ich bin hergekommen, weil mein Vater krank ist. Aber mittlerweile habe ich das Gefühl, dass mich meine komplette Vergangenheit auf Schritt und Tritt verfolgt.«

Amélie lachte. »Das klang aber eben weniger negativ.« Sie griff zu der zweiten Flasche und sah Emma fragend an.

Die schüttelte den Kopf. »Für mich nicht mehr, danke. Nach unserem letzten ... Saufgelage ging es mir am nächsten Tag nicht so besonders.« Sie grinste schief.

»Und morgen benötigst du definitiv einen klaren Kopf.« Amélie nickte. »Vielleicht vernebeln dir dann ja andere Gefühle die Sinne.«

»Amélie!« Emma schlug die Hände vors Gesicht.

»Was?« Die Autorin sah sie mit Unschuldsmiene an. »Du hast uns doch gerade erzählt, dass du ihn bei eurem Spaziergang geküsst hast, als wärt ihr nie auseinander gewesen.« Sie zuckte mit den Achseln. »Ich spinne die Geschichte nur weiter.«

»Das ist keine Geschichte«, widersprach Emma verzweifelt. »Das ist mein verdammtes Leben! Und das führe ich mittlerweile in Deutschland.«

»Ach ja«, mischte sich Lara ins Gespräch. »Kennen wir diesen Satz nicht irgendwoher, Amélie?«

Die lachte.

»Ihr habt gut reden«, merkte Emma mit düsterer Stimme an. »Bei euch hat sich letzten Endes alles zum Guten gewendet.«

»Glaub ja nicht, dass uns das von Beginn an klar war«, stellte Amélie richtig. »Wenn ich daran denke, wie Benjamin und ich ...« Sie schüttelte den Kopf. »Ich dachte, ich flippe aus, als meine Tante mir mitteilte, dass sie ihn nicht vor die Tür setzen würde und ich mir das Haus mit ihm teilen müsse.«

»Mit Félix war es auch erst schwierig«, ergänzte Lara wehmütig. »Wenn ich daran denke, dass wir fast ...« Sie atmete tief aus. »Lassen wir das. Es hat sich alles geklärt, und ich bin ...« Ihre Augen begannen im Kerzenschein zu leuchten. » ... die glücklichste Frau der Welt.«

»Diesen Rang werde ich dir definitiv nicht ablaufen.« Emma fuhr mit ihrem Finger am Wachs einer Kerze entlang.

»Vielleicht machst du dir einfach zu viele Gedanken.« Mitfühlend legte Amélie eine Hand auf ihre. »Du fühlst dich wohl in seiner Gegenwart. Er hat sich bei dir für damals entschuldigt. Ihr habt euch geküsst, und es hat dir gefallen. Was spricht denn dagegen, dass ihr es noch mal miteinander versucht?«

»Aufgewärmte Beziehungen«, murmelte Emma und starrte in die Flammen. »Das kann doch nicht funktionieren.«

Lara grinste. »Ich glaube, ihr beiden müsst nichts aufwärmen. Für mich hört es sich an, als sei eure Liebe nie erloschen.«

»Wir haben uns sieben Jahre lang nicht gesehen«, protestierte Emma schwach.

»Na und?« Amélie zuckte mit den Achseln.

»Das ist eine lange Zeit. Mit Sicherheit hat Léon nicht auf mich gewartet.«

»Hätte er das denn müssen?« Lara runzelte die Stirn. »Du hast doch auch nicht auf ihn gewartet.«

Emma erwiderte nichts.

»Emma?«

»Nein, natürlich nicht. Also nicht direkt zumindest«, druckste sie verlegen herum. »Ich wusste ja gar nicht, dass ich irgendwann doch wieder zurückkehre. Eigentlich hatte ich vor, nie wieder nach Collioure zu kommen.«

Amélie beugte sich vor. »Weißt du was, Emma? Lara und ich sind auf jeden Fall sehr froh, dass du es dir doch anders überlegt hast.« Sie lächelte. »Sonst hätten wir uns niemals kennengelernt.«

Emma wurde es warm. Amélie hatte recht. Auch Emma fühlte sich in der Gegenwart der beiden pudelwohl. Obwohl sie sich erst vor wenigen Tagen begegnet waren, hatte sie die Frauen schon fest in ihr Herz geschlossen.

»Und dafür bin ich sehr dankbar«, merkte sie leise an. »Ihr seid … toll.«

»Du wirst sehen, es wird alles gut werden«, erklärte Lara und nickte aufmunternd. »Deinem Vater geht es besser, Léon hat sich bei dir entschuldigt, du hast die Familie deines Bruders kennengelernt.« Sie begann zu grinsen. »Und du backst wundervolle Macarons.«

»Meine Mutter jedoch entpuppt sich als größte Enttäuschung meines Lebens.«

Amélie verdrehte die Augen. »Nicht ganz so theatralisch, Emma.«

»All die Jahre habe ich mich danach gesehnt, mit ihr irgendwo zu sitzen und genau diese Gespräche zu führen.«

»Ich kann dich sehr gut verstehen«, entgegnete Lara. »Obwohl mir nie wirklich bewusst war, dass mir mein Vater derart gefehlt hat. Erst seit ich ihn kenne, überlege ich oft, wie es hätte sein können, wenn er von Beginn an Teil meines Lebens gewesen wäre. Aber es ist müßig, darüber nachzudenken. Ich kann die Zeit nicht zurückdrehen. Meine Mutter hatte ihre Gründe, ihn mir gegenüber nie zu erwähnen, ob mir diese nun gefallen oder nicht.« Sie seufzte. »Und du hast recht. Eine Mutter ist durch nichts zu ersetzen. Meine fehlt mir auch entsetzlich.«

»Es tut mir leid«, bekannte Emma leise. »Mein Gejammer war dumm. Deine Situation ist so viel trauriger als meine.«

»Vergleiche bringen nichts«, widersprach Amélie. »Wer oder was uns Schmerzen zufügt, können wir nicht beeinflussen. Gefühle sind nicht vergleichbar. Du bist von deiner Mutter enttäuscht. Punkt.«

»Amélie hat recht. Du wünschst dir mehr Unterstützung und mehr Aufmerksamkeit von ihr. Das ist dein gutes Recht.« Lara zögerte. »Aber vielleicht versuchst du, den positiven Dingen in deinem Leben mehr Gewicht zu geben.« Sie lächelte. »Deine Mutter kannst du nicht mehr ändern. Aber es gibt doch Menschen in deinem Umfeld, die dich sehr mögen, die froh sind, dass du hier bist.« Sie blickte zu Amélie. »Und da sind wir beide noch nicht einmal eingerechnet.«

»Ich danke euch«, reagierte Emma gerührt und blickte von Lara zu Amélie. »Und ich bin so gespannt, welche Überraschung Léon für mich vorbereitet hat.«

»Du liebst ihn noch immer«, stellte Amélie mit ernster Stimme fest. »Dann vergiss diese blöden Vorurteile von wegen zweiter Chance und so. Wenn er dich ebenfalls noch liebt«, sie zwinkerte vergnügt, »und davon gehe ich felsenfest aus, solltest du alles daransetzen, die Dinge zwischen euch zurechtzurücken.«

Emma lehnte sich auf ihrem Stuhl zurück und legte den Kopf in den Nacken. Gedankenverloren betrachtete sie die Sterne am klaren Himmel. »Wenn mir vor einer Woche prognostiziert worden wäre, was in den letzten Tagen alles geschehen ist …« Sie schüttelte den Kopf.

»Es gibt Phasen im Leben, da treten wir auf der Stelle«, setzte Lara an. »Und dann gibt es Zeiten, da geht es Schlag auf Schlag.«

»Das Schlimme ist, dass ich mir genau jetzt in diesem Moment überhaupt nicht vorstellen kann, in wenigen Tagen nach Deutschland zurückzukehren«, gab Emma unumwunden zu. »Wenn ich daran denke, was ich hier alles zurücklassen muss …« Ihre Stimme brach.

»Du musst nichts überstürzen.« Amélie schenkte Lara und sich noch einen Schluck Prosecco ein. »Emma?«

Die schüttelte den Kopf. »Nein, danke.«

»Warte ab, wie sich alles entwickelt. Wie es mit deinem Vater weitergeht, mit Léon …«

»Was würde ich nur ohne euch machen?« Emma seufzte. Würde sich das Durcheinander auflösen? Sie zog die Knie an und schlang ihre Arme darum. Irgendwo in der Nähe bellte ein Hund. Emma blickte in den dunklen Himmel und bewunderte die schimmernden Sterne. Ja, sie fühlte sich in Collioure trotz all der Irrungen zu Hause und angekommen.

23

Als Emma an die bevorstehende Überraschung dachte, wurde ihr warm ums Herz. Würden Léon und sie sich erneut küssen? Sie schloss die Augen und stellte sich vor, wie sich seine weichen warmen Lippen ihrem Gesicht nähern würden, wie seine Hände über ihre Haut glitten, wie ihr Körper an seinem … Balou riss sie mit seinem Winseln aus ihrem Tagtraum. »Ich weiß, du musst raus.« Sie schüttelte den Kopf, beugte sich zu ihrem Pudel hinab und schloss das Halsband.

War sie jetzt völlig durchgedreht? Emma Duvalle, die Hüterin aller Prinzipien, die konsequenteste Frau auf diesem Erdball, warf sämtliche Überzeugungen über Bord und dachte nicht nur daran, ihre festgefahrene Meinung zu ändern, sondern fühlte diese für sie schon unfassbare Gedankenkehrtwende in jeder Faser ihres Körpers! Verdammt! Léon hatte sie enttäuscht. Er hatte ihr die für sie so wichtige Unterstützung versagt und sie damit verraten. Oder nicht? Gott sei Dank war sie gestern hart geblieben und hatte nur ein Glas Prosecco getrunken. Eine Matschbirne wäre bei solch tiefschürfenden Entscheidungsfindungen wenig hilfreich.

Während sie weiter über sich selbst staunte, hastete sie mit Balou die Treppen hinunter und warf die Tür hinter sich ins Schloss. Sie fühlte sich motiviert und frisch. Ob das an dem gestrigen Abend mit ihren neuen Bekannten lag? Als sie vor der Konditorei die Hand zum Gruß heben wollte, erblickte sie Zoé, die weinend hinter ihrem Tresen stand.

»Warte, Balou«, forderte sie den Rüden auf und zog ihn zu den Stufen des Geschäfts. Sie öffnete die Tür. »Bonjour, Zoé. Kann ich … Ist irgendwas passiert?«

Sie kannten sich nicht lange, und Emma wollte nicht indiskret erscheinen. Soweit sie wusste, befand sich Zoé in keiner Beziehung. Ein Mann steckte wohl also eher nicht hinter ihrer Traurigkeit.

»Das Krankenhaus hat gerade angerufen«, schluchzte die Ladenbesitzerin.

Emma verstand nicht. Mit drei Schritten war sie bei Zoé und nahm sie in den Arm.

»Meine Mutter ist heute früh schwer gestürzt.« Sie schniefte. »Eine Nachbarin hat sie gefunden und sofort den Notarzt verständigt. Niemand weiß, wie lange sie da auf dem Boden lag.«

»Das tut mir sehr leid«, erwiderte Emma mitfühlend. »Wie geht es ihr jetzt?«

»Sie wird noch untersucht.« Zoé starrte auf ihre Auslage. »Was soll ich nur tun?« Sie zeigte auf die Theke.

»Wenn ich den Laden jetzt schließe, kann ich heute Abend alles wegwerfen. Das ist …« Sie begann erneut, bitterlich zu weinen. »Das kann ich mir nicht leisten.«

»In welchem Krankenhaus liegt sie denn?«

»In Bordeaux«, flüsterte Zoé. »Ich kann sie doch in diesem Zustand nicht allein lassen. Sie ist meine Mutter. Ich habe ihr schon die ganze Zeit gesagt, sie soll in ein Heim gehen, aber sie wollte nicht. Und jetzt …« Ihre Stimme versagte.

Emma ließ den Blick über die zahlreichen Gebäckstückchen, Kuchen und kleinen Törtchen schweifen. Plötzlich kam ihr eine Idee. Sie drehte sich um und inspizierte die Küche, die nur durch eine Tür vom Verkaufsraum abgetrennt war. »Fahr zu deiner Mutter.«

Zoé trocknete sich die Augen. »Weißt du, wie viel mich das Sortiment kostet? Ich habe dir doch erzählt, dass die Patisserie nicht allzu gut läuft. Außer deinen Macarons …«

»Ich kümmere mich um den Verkauf«, verkündete Emma voller Tatendrang. »Bis Mittag kann ich hierbleiben. Dann habe ich zwar eine Verabredung, aber ich denke, einiges kann ich verkaufen.«

»Das geht nicht«, widersprach Zoé überrascht.

»Warum nicht? Die Küche hat einen Ofen. Ich kann nebenher sogar ein paar Macarons für morgen backen, wenn du magst.«

»Bordeaux liegt nicht um die Ecke, Emma.« Wieder putzte sich die Konditorin die Nase. »Ich weiß nicht, wann ich zurückkäme.«

Emma nickte. »Fahr zu deiner Mutter«, wiederholte sie nachdrücklich. »Und ruf mich an, sobald du mehr weißt. Wir bekommen das irgendwie hin«, setzte sie zuversichtlich nach.

»Aber …« Noch immer schien Zoé wenig überzeugt von Emmas Idee.

»Ich helfe dir.«

»Du bist …« Wieder begann sie zu weinen. »Du bist ein Schatz, Emma.« Sie nahm ihr Gesicht in die Hände und hauchte ihr einen Kuss auf die Wange. »Ich weiß nicht, wie ich dir danken soll.«

Emma lächelte. »Darf ich mir später ein Schokoladentörtchen nehmen?«

»Du darfst sie alle aufessen«, entgegnete Zoé ernst.

»Eins reicht.«

Eilig richtete die Konditorin ihr Haar und wischte sich über die Wangen.

»Ich muss kurz mit Balou gehen, aber in fünfzehn Minuten bin ich spätestens zurück. Reicht dir das?«

»Natürlich«, erwiderte die Ladenbesitzerin dankbar. »Ich warte, bis du alles erledigt hast.«

Emma hob die Hand zum Abschied und verließ den kleinen Laden. Kurz darauf wählte sie Léons Nummer und lauschte auf das leise Tuten.

»Emma?«

Beim Klang seiner Stimme machte ihr Herz einen kleinen Hüpfer.

»Es tut mir leid, Léon, aber ich muss deine Überraschung …«

»Nein, Emma. Bitte nicht«, unterbrach er sie leise.

Sie musste lachen angesichts seines verzweifelten Tonfalls. »Lass mich doch erst mal ausreden.«

»Du willst unseren Ausflug absagen«, erklärte er mit finsterer Stimme. »Ich dachte …«

»Nein«, fiel sie ihm ins Wort. »Ich möchte nicht absagen. Ich muss ihn nur ein wenig nach hinten verschieben.« Sie hörte ihn laut ausatmen und hätte beinahe aufgelacht. »Ich muss noch einer Bekannten helfen. Reicht es, wenn du eine Stunde später kommst?«

»Eine Stunde? Kein Problem.« Er schwieg einen Moment. »Es ist mir wirklich wichtig, Emma. Unser Spaziergang … war für mich wunderschön.«

Emma schloss die Augen. »Für mich auch«, hauchte sie berührt. »Und ich bin schon sehr gespannt, was du vorhast.«

Er lachte. »Es wird dir gefallen, ganz sicher.«

»Bis später.«

Während sie den Verkaufsraum im Auge behielt, begann Emma, die Zutaten für die Macaronhäubchen zu vermischen. Die Küche war klein, aber gut ausgestattet. Und viel benötigte sie ja nicht. Als die Türglocke läutete, wusch sie sich hastig die Hände und trat hinter den Tresen. Die Kundin kaufte eine halbe Torte und drei Zitronenküchlein. Zufrieden legte Emma das Geld in die Kasse. Es wäre doch gelacht, wenn sie die Auslage nicht verkaufen könnte. Sie kehrte in die Küche zurück und inspizierte die Lebensmittelfarben. Nach was stand ihr heute der Sinn? Gelb, Orange oder ... Blau? Emma nickte zufrieden, ja, heute würde es Blau sein. Sie schüttete die Farbe in die Eischnee-Zucker-Mischung und verfolgte, wie das Weiß sich in ein wunderschönes zartes Himmelblau wandelte. Sie würde Léon einige Macarons mitbringen. Als ihr Smartphone klingelte, stellte sie die Schüssel beiseite und klemmte sich das Telefon zwischen Schulter und Ohr.

»Bonjour, Camille.«

»Bonjour, Emma. Ich wollte fragen, wann du heute ins Krankenhaus kommst.«

Sie zögerte. »Es tut mir leid, Camille. Aber heute klappt es wohl überhaupt nicht.«

»Das ist kein Problem, Emma. Du bist schließlich nur ein paar Tage hier unten. Ich kann gut verstehen, dass du deinen Aufenthalt nicht nur im Krankenhaus verbringen möchtest.«

»Das ist es nicht.« Emma wischte sich mit dem Unterarm über die Stirn, bevor sie ihrer Stiefmutter von Zoés Mutter berichtete.

»Das ist sehr nett von dir, Emma.«

»Sie war so verzweifelt. Und ich habe ja Zeit. Heute Mittag ...« Sie unterbrach sich.

»Heute Mittag?«, wiederholte Camille.

Emma räusperte sich. »Léon möchte einen Ausflug mit mir machen.« Warum erzählte sie ihr das überhaupt?

»Das freut mich für dich«, erklärte Camille. »Für euch.« Sie machte eine Pause. »Ich weiß, ich bin zwar nicht deine Mutter, aber ich finde es gut, dass du die Zeit nutzt, um ... na ja, um die Dinge von damals zu klären.«

»Ja, eigentlich haben Léon und ich bereits darüber gesprochen, aber …«

»Du musst mir nichts erklären, Emma. Ich wünsche dir einen wunderschönen Nachmittag. Léon ist ein sehr netter und außerordentlich anständiger Mann. Ich kann dich gut verstehen. Ich werde deinem Vater sagen, dass du es heute nicht schaffst.« Sie seufzte. »Der Physiotherapeut will heute Mittag wiederkommen und mit ihm erneut das Gehen versuchen. Dein Vater hat schon keine Lust mehr, obwohl er ja sonst immer so zielstrebig ist und sich durch nichts von seinen Vorhaben abbringen lässt.«

Emma schüttelte den Kopf. »Ja, ich kann mir bildlich vorstellen, wie genervt er ist, wenn es nicht so läuft, wie er es gern hätte.«

Erneut läutete die Türglocke, und eine ältere Dame trat ein. Emma verabschiedete sich von Camille und begrüßte die Kundin.

»Bonjour.« Die Kundin runzelte die Stirn.

Emma hob die Hände. »Ich bin nur die Vertretung.«

Die Frau nickte. »Man muss sich auch mal einen freien Tag gönnen.« Sie ließ den Blick über die Auslage schweifen. »Ich hatte vorgestern ein Dutzend dieser leckeren Macarons gekauft.« Sie ließ ihre Schultern sacken. »Aber ich sehe, dass Sie heute keine mehr haben. Bin ich schon zu spät?«

Emma lachte und deutete mit dem Daumen hinter sich in die Küche. »Wir haben heute keine im Angebot. Es tut mir leid. Aber ich bin gerade dabei, neue zu backen. Morgen gibt es wieder welche.«

»Sie sind die Backkünstlerin?« Die Miene der Kundin nahm einen anerkennenden Ausdruck an. »Ich habe noch nie so wundervolle Macarons gegessen.«

Emma spürte, wie ihre Wangen heiß wurden. »Danke«, erwiderte sie verlegen. »Ich backe einfach gern. Schon als junges Mädchen habe ich damit begonnen.« Sie lächelte wieder. »Und kann es seitdem nicht mehr lassen.«

»Gut so! Kann ich dann bitte für morgen vorbestellen?«

Emma holte sich einen Schreibblock und notierte sich den Wunsch der Kundin, die den Laden kurz darauf wieder verließ.

• • •

»Tja, und jetzt stehe ich in der Patisserie, verkaufe Kuchen und backe gleichzeitig Macarons«, schloss Emma kurz darauf grinsend ihren Bericht von den Ereignissen der letzten Tage, nachdem Mireille sie am Telefon gefragt hatte, wie es ihr ergangen war.

»Die arme Zoé«, erwiderte ihre Tante mitfühlend. »Hoffentlich geht es ihrer Mutter bald besser.«

»Die Dame ist zweiundachtzig«, erklärte Emma seufzend. »Ihre Genesung wird wohl ein Weilchen dauern.«

»Willst du solange in Collioure bleiben und ihr helfen?«

Emma lachte. »Schon vergessen? Ich habe einen Job. Ich glaube nicht, dass Martina begeistert wäre, wenn ich meinen Urlaub ein weiteres Mal verlängern würde. Nein, ab nächstem Wochenende muss Zoé sich etwas anderes einfallen lassen. Bis dahin helfe ich gern aus.«

»Du klingst glücklich«, merkte Mireille an. »Lebendig, voller Elan.«

Emma zögerte. »Ich fühle mich erstaunlicherweise auch … großartig.« Sie musste an Léon denken. »Ich hätte nie gedacht, dass mir Frankreich so sehr gefehlt hat. Wenn ich aufs Meer schaue, frage ich mich, wie ich es nur einen Tag ohne aushalten konnte. Wenn ich durch die Gassen laufe, meine ich jeden Stein zu kennen. Olivier, Carine, Camille, sogar Papa – es ist wie ein Nachhausekommen.«

»Collioure ist dein Zuhause, Emma«, sagte ihre Tante mit Nachdruck.

»Das ich damals für immer hinter mir lassen wollte.«

»Und Stuttgart und deine Freunde hier fehlen dir gar nicht?«, erkundigte sich ihre Tante.

Emma überlegte. »Doch«, erwiderte sie gedehnt. »Doch, natürlich. Ihr fehlt mir vor allem und die Tiere.« Sie atmete tief aus. »Warum muss immer alles so schwierig sein?«

»Manche Leute finden nie das, was du jetzt in doppelter Ausführung hast. Du musst dich nur entscheiden, wohin es dein Herz zieht.«

Emma atmete tief durch. Sie wollte Mireille nichts von ihrer Verabredung mit Léon erzählen, weil sie Angst hatte, dass diese noch eindringlicher auf sie einreden würde, Collioure eine zweite Chance zu geben. Und Emma hatte keine Ahnung, ob sie der Überzeugungskraft ihrer Tante etwas entgegenzusetzen hätte.

»Jetzt bin ich ja erst mal hier«, erwiderte sie daher leichthin. »Ich habe übrigens diese Briefe weitergelesen«, wechselte sie abrupt das Thema. »Du weißt schon, die ich ...«

»Ja, die du in der Abstellkammer gefunden hast. Und?«

»Die Worte dieser Frau sind ... so unendlich traurig und hoffnungslos. Sie beschreibt schreckliche Dinge, die damals geschehen sein müssen. Ich bin nicht in der Lage, mehr als einen oder zwei am Stück zu lesen. Diese Zeilen schmerzen mich zu sehr.«

»Es war keine schöne Zeit«, merkte Mireille ernst an. »Auch wenn ich damals noch nicht gelebt habe ... Wenn es sich bei dieser Frau tatsächlich um eine deutsche Jüdin gehandelt hat, dann ...« Sie brach ab.

»Du glaubst nicht, dass sie überlebt hat.«

»Wenn sie die Briefe im Lager verfasst hat, nein.« Klang Mireilles Stimme belegt?

Emma schluckte. »Es sind noch einige wenige übrig, die ich noch nicht gelesen habe. Vielleicht fahre ich nach Rivesaltes und erkundige mich dort, ob es noch alte Unterlagen gibt.«

»Die gibt es mit Sicherheit. Pass auf, dass du dich da nicht zu sehr verstrickst. Ich befürchte, dass diese Geschichte kein Happy End hatte.«

»Dafür ist es schon zu spät. Irgendwie empfinde ich eine Verantwortung der Frau gegenüber. Da die Briefe in eurer Wohnung lagen, kann ich mir nicht vorstellen, dass diese Claire sie jemals gesehen hat.«

Ihre Tante erwiderte nichts.

»Was ist?«

»Claire ist ein jüdisches Kind gewesen. Es ist leider sehr wahrscheinlich, dass auch sie …«

»Nein«, unterbrach Emma sie. Sie wollte das nicht hören. Obwohl sie weder Mutter noch Tochter persönlich kannte, wollte sie an ihrer Hoffnung festhalten, dass die beiden den Krieg auf irgendeine wundersame Weise überlebt hatten. Die berührenden und gefühlvollen Worte dieser Frau durften nicht zu denen einer Toten werden. Sie hatte es verdient, zu leben und eine gemeinsame Zukunft mit ihrer kleinen Tochter vor sich zu haben.

Als die Türglocke ging, beendete Emma das Telefonat und trat in den Verkaufsraum. Mathilde und ihre Mutter standen vor der Theke.

»Emma«, rief die Künstlerin überrascht aus. »Was machst du denn hier?«

Sie erzählte in knappen Sätzen von Zoés Mutter und ihrer kurzfristigen Vertretung.

»Ja, wenn Mütter alt werden«, sinnierte Mathildes Mutter leise und blickte zu ihrer Tochter.

»Du bist doch noch topfit, Maman«, lächelte die zurück. »Und wenn du es nicht mehr allein schaffst, kommst du ganz zu mir. Das klappt doch jetzt auch schon gut.«

»Wir Alten wollen euch nicht zur Last fallen.«

»Papperlapapp.« Unwillig schüttelte Mathilde den Kopf, bevor sie sich wieder an Emma wandte. »Ich wage kaum zu fragen, aber hast du es trotz deines neuen Jobs geschafft, Macarons zu backen?«

Emma lächelte. »Ich bin gerade dabei.«

»Sie sind ein Schatz.« Madame Marais' Augen begannen zu strahlen.

»Möchten Sie für morgen welche vorbestellen?«

Die beiden lachten. »Was für eine Frage.«

Nachdem die Frauen noch vier mit Schokolade gefüllte Éclairs gekauft hatten, verließen sie die Patisserie wieder. Emma holte die ersten Macaronhäubchen aus dem Ofen und schob die nächste Ladung hinein.

Als auch die letzten Gebäckstücke fertig waren, legte Emma die Häubchen zum Trocknen auf die Arbeitsplatte. Zum Befüllen reichte die Zeit nicht mehr, das musste sie auf heute Abend verschieben. Aufgeregt blickte sie in den Spiegel des winzigen Badezimmers und strich sich eine Strähne aus der Stirn. Ob Léon ähnlich empfand wie sie? Dass sie den ganzen Vormittag beschäftigt gewesen war, hatte auch sein Gutes. So hatte sie wenigstens nicht stundenlang grübeln können, wie sie sich gleich verhalten sollte. Was hatte Léon sie noch vor Kurzem gefragt? Seit wann sie so verkopft sei? Ja, seit wann?

Vielleicht lag es an der gesamten Situation, in der sie sich momentan befand. Sie war wegen des Schlaganfalls ihres Vaters nach Collioure gereist. Natürlich machte sie sich Gedanken, wie es mit ihm weitergehen würde. Ob er je wieder ganz der Alte werden würde. Doch die Begegnungen mit Olivier und seiner Familie, mit

Léon, das Backen, die Abende mit ihren neuen Freundinnen und nicht zuletzt diese herzzerreißenden Briefe aus der Vergangenheit ließen die Sorge um ihren Vater zu einem Puzzleteil von vielen ihres Aufenthalts hier werden. Jetzt wollte sie sich allerdings auf Léons Überraschung konzentrieren. Die Vorfreude, ihn gleich wiederzusehen, wuchs.

Sie kehrte in den Verkaufsraum zurück und überflog die unverkaufte Auslage. Was sollte sie damit machen? Wegwerfen war viel zu schade. Ihr Blick fiel auf ein kleines Holzregal, das an der linken Wand der Patisserie stand.

Eine Idee formte sich in ihrem Kopf. Da es draußen noch nicht allzu warm war und das Schaufenster am Nachmittag im Schatten lag, könnte es sogar klappen. Kurz entschlossen kleidete sie das Regal mit dem Papier aus, das sich auch in der Theke unter den Kuchen befand. Vorsichtig ordnete sie die Törtchen auf dem Regal an.

»Bonjour, Mademoiselle«, ertönte plötzlich synchron mit der Türglocke Léons Stimme hinter ihr. Mit pochendem Herzen ließ Emma von ihrer Arbeit ab und drehte sich um.

»Salut.«

Léon durchquerte die Konditorei und blieb dicht vor ihr stehen. Unbeholfen hob er eine Hand und berührte sie am rechten Oberarm.

»Ich finde es toll, dass du der Konditorin hilfst.« Er grinste. »Auch wenn ich dich dadurch ein wenig länger vermisst habe.«

Seine Worte ließen die Schmetterlinge in ihrem Bauch erwachen. »Wo ist Senna?« Sie räusperte sich.

»Im Wagen.« Er zeigte auf das Regal. »Was machst du da?«

Sie seufzte. »Ich bringe es nicht übers Herz, all diese Köstlichkeiten wegzuwerfen. Daher dachte ich, ich stelle das Regal vor die Tür und bringe einen Zettel daran an, dass die Kunden sich selbst bedienen können und das Geld in den Briefkasten werfen sollen.« Als Léon nichts erwiderte, verdrehte sie die Augen. »Ich weiß, naiv. Wahrscheinlich sind die Küchlein heute Abend weg, und der Briefkasten ist leer.«

»Wenn du sie wegwirfst, bleibt er auch leer.« Er lächelte. »Aber ich glaube nicht, dass die Leute so dreist sind, sich zu bedienen und nichts zu bezahlen.«

»Du findest die Idee gut?« Emma runzelte die Stirn.

»Ja, warum nicht? Einen Versuch ist es wert. Heute Abend weißt du, ob es sich gelohnt hat.«

In diesem Moment hätte sie am liebsten ihre Arme um ihn geschlungen und ihn erneut geküsst, doch die verhaltene Spannung zwischen ihnen hielt sie zurück, und sie beschränkte sich darauf, ihn anzustrahlen und sich über seine Worte zu freuen.

• • •

»Wo würden wir jetzt stehen, wenn ich dir damals geraten hätte, hier in der Réserve Sigean wegen einer Ausbildung zu fragen?« Eineinhalb Stunden später lenkte Léon den Wagen im Schritttempo durch das weitläufige Gehege der Tibetbären, von denen sich bisher noch keiner hatte sehen lassen. Überrascht warf Emma ihm einen Seitenblick zu. »Meinst du das ernst?«

Er wandte den Kopf und sah sie lächelnd an. »Ja.«

Sie wusste nichts zu erwidern. Gedankenverloren ließ sie ihre Augen über die grüne Fläche wandern. Das Wasser des Sees, der sich in der Mitte der Anlage befand, glitzerte in der Mittagssonne. Es war ein wunderschöner Märztag, wolkenlos und warm.

»Ich kann es dir nicht sagen«, raunte sie schließlich leise.

»Da!« Léon zeigte nach links. »Hinter dem Busch. Siehst du

ihn?« Mit gemächlichen Schritten näherte sich ein schwarzes Etwas dem asphaltierten Weg. Léon wurde langsamer.

»Ein schönes Tier. Tibetbären sind eher nachtaktiv. Sie halten Winterruhe, fressen sich also im Herbst einen entsprechenden Fettvorrat an. Außerdem sind sie Allesfresser. Sie ernähren sich von Beeren, Larven, Insekten, Nüssen und Obst«, zählte sie auf. »Aber sie machen auch schon mal Jagd auf Nutztiere oder Wild.« Emma beugte sich vor, um den Bären besser sehen können. »Er wirkt überhaupt nicht wie ein Raubtier, oder?«

»Wollen wir aussteigen und es testen?«

Sie lachte. »Danke.«

Er runzelte die Stirn. »Wofür?«

»Für den Ausflug. Dass du mit mir hier in das Reservat gefahren bist …« Sie brach ab. »Es bedeutet mir wirklich viel.« Zu viel, setzte sie in Gedanken hinzu. Wo war ihre Wut geblieben? Ihr Zorn? All die Jahre hatte sie Léon zu einem regelrechten Feindbild aufgebaut, ihn mehr als einmal für ihre Trennung verflucht. Die Schmetterlinge in ihrem Bauch beendeten ihren Winterschlaf. Ihr Magen begann zu flattern. Konnte es so einfach sein? Ein Ausflug in den Safaripark, und alles wäre wieder gut? Sie erinnerte sich nur allzu deutlich daran, wie sie das erste Mal mit Léon hier war. Es war an ihrem achtzehnten Geburtstag. Sie waren die Ersten an der Kasse gewesen und die Letzten, die den Zoo wieder verlassen hatten. Es war ein wundervoller Tag damals. Emma hatte sich nicht sattsehen können. Immer wieder hatte sie Léon von einem zum anderen Gehege geschleift. »Lass uns noch mal zu den Kängurus gehen.« – »Können wir die Schimpansen noch mal besuchen?« – »Diese Savannentiere … bitte, Leόn, wir machen noch einen zweiten Abstecher zu ihnen.« Bei der Erinnerung an ihre damalige Euphorie musste sie schmunzeln.

»Woran denkst du?« Er musterte sie.

»An unseren ersten Besuch hier«, bekannte sie amüsiert. »Als ich …« Sie schüttelte den Kopf.

»Als du dich nicht losreißen konntest.« Der Bär verschwand hinter einem Busch, und Léon beschleunigte leicht das Tempo. »Weißt du noch, wie oft wir damals hier durchgefahren sind?«

»Dreimal?«

»Fünfmal!«

Emma schlug die Hände vor die Augen. »Ich war ziemlich bescheuert.«

»Nein, das warst du nicht«, widersprach er finster. »Wenn hier einer bescheuert war, dann ich.« Während er sie ansah, blieb der Wagen fast stehen.

»Du darfst nicht anhalten«, murmelte Emma und hob den Flyer mit dem Warnhinweis hoch. »Du weißt schon, Lebensgefahr und so.«

Er nickte schweigend.

Emma räusperte sich. »Jetzt kommen die Löwen.« Sie trommelte mit den Fingern gegen die Beifahrertür.

»Ich hätte dich niemals gehen lassen dürfen.« Er nahm die rechte Hand vom Steuer und griff nach ihrer linken.

Bei seiner Berührung durchlief sie ein Schauer. »Wer weiß, was mit uns geschehen wäre, wenn ich geblieben wäre.« Der Gedanke war ihr eben erst gekommen. Vielleicht hatte es so sein müssen, dass sie einige Jahre getrennt durchs Leben gegangen waren. Léon war ihr erster Freund gewesen. Hätte eine solche Beziehung halten können? Fast musste sie innerlich auflachen. Immerhin hatte sich an dieser Tatsache überhaupt nichts geändert.

»Du denkst, es ist sogar von Vorteil, dass wir uns erst jetzt wieder begegnet sind?« Léon klang überrascht. »Von der Seite habe ich es noch gar nicht betrachtet.«

»Wir sind älter«, erklärte Emma mit bebender Stimme. »Reifer, haben eine gewisse Lebenserfahrung.«

»Das klingt … uralt.«

Sie seufzte. Während Léon durch das Löwengehege fuhr, blickte sie aus dem Fenster. Sie konnte seinen Geruch neben sich wahrnehmen, spürte seine Anwesenheit mit jeder Zelle ihres Körpers. Nein, uralt fühlte sie sich weiß Gott nicht. Vielmehr beschlich sie das dumpfe Gefühl, die letzten Jahre wie in einer Blase verbracht zu haben. Sie hatte eine Ausbildung absolviert, war jeden Tag einer erfüllenden Arbeit nachgegangen. Doch bestand das Leben nicht auch noch aus anderen Aspekten? Sie musste daran denken, wie Léon und sie stundenlang am Meer gesessen hatten, wie sie gemeinsam gelacht und über ihre Zukunft sinniert hatten. Wie Emma seine Berührungen genossen hatte. Ja, sie war süchtig nach seiner Liebe gewesen.

Langsam wandte sie den Kopf und sah ihn verstohlen an. Seine Miene wirkte angespannt. Auch er schien unsicher zu sein, wie es mit ihnen weitergehen sollte. Als er ihren Blick bemerkte, verzogen sich seine Lippen zu einem liebevollen Lächeln.

»Da oben liegen sie.«

Emma nickte, sah ihn jedoch weiter an.

»Was ist?«

»Nichts. Ich …« Sie atmete tief durch. »Ich weiß es nicht.« Jetzt blickte sie doch aus dem Fenster.

Das Löwenmännchen lag neben einem großen Felsen und blickte in die Richtung ihres Wagens. Emma zählte sieben Weibchen, die sich um den Anführer verteilten. Die prächtige Mähne des Löwen wirkte majestätisch und erhaben. »Ein schönes Tier.«

»Eine schöne Frau«, korrigierte Léon und legte eine Hand auf ihren Oberschenkel.

Wieder meldeten sich ihre Schmetterlinge und vollführten einen doppelten Rittberger in ihrem Magen. Emma konzentrierte sich auf die Raubkatzen. Die Situation fühlte sich unwirklich und seltsam an. »Löwen können bis zu zwanzig Jahre alt werden in freier Wildbahn.« Sie lächelte. »Meist erreichen aber nur Weibchen dieses Alter, da die Männchen schon vorher von jüngeren Konkurrenten getötet werden.« Sie deutete auf den Löwen. »Im Zoo können sie sogar bis zu dreißig Jahre alt werden, da sie da ohne Feinde sind.«

Léon verzog anerkennend seine Mundwinkel, während er ihr zuhörte. Emma genoss seine Aufmerksamkeit in vollen Zügen.

»Sieh dir nur ihr wunderschönes Fell an. Das Netz wirkt unglaublich filigran und elegant«, merkte Emma an, während sie die Giraffen betrachtete. Den Wagen hatten sie vor einer Stunde auf dem Parkplatz abgestellt und waren nun mit den Hunden zu Fuß im Park unterwegs. »Die Bullen können bis zu sechs Meter hoch werden, die Weibchen einen guten Meter weniger. Wusstest du, dass ihre Halswirbelsäule wie bei anderen Säugern nur aus sieben Halswirbeln besteht, diese aber stark verlängert sind?« Sie legte Léon eine Hand in den Nacken. »Deshalb ist ihr Hals so lang.« Sie grinste.

»Wow, du kannst dich ja immer noch so begeistern.« Léon strich über ihre Wange. »Und deine Ausbildung scheint sich ja mächtig gelohnt zu haben.« Er schüttelte den Kopf. »Was du alles weißt! Ich bin … ehrlich beeindruckt.«

»Was für dich deine Paragrafen sind, sind für mich die Tiere.« Emma zuckte mit den Achseln. »Ich kann nicht anders, sie faszinieren mich einfach.«

»Du hast deine Berufung gefunden«, merkte Léon leise an.

Sie wandten sich vom Gehege ab und schlenderten auf die

Flamingos zu, die im flachen Wasser des Étang standen und die Köpfe neugierig in die Höhe reckten.

»Ich glaube, sie beobachten Senna und Balou«, entgegnete Emma, ohne auf Léons Bemerkung einzugehen.

»Die beiden haben nur Augen für sich selbst.« Grinsend deutete Léon auf Balou, der dicht neben Senna trabte und immer wieder seinen Kopf in die Richtung der Hündin streckte, um sie mit seiner Schnauze anzutippen.

»Mein Hund ist liebeskrank«, jammerte Emma, lachte jedoch im nächsten Moment. »Dass es ihn auf seine alten Tage nochmals so erwischen würde, hätte er sich wohl auch nicht träumen lassen.«

»Alte Tage«, tadelte Léon empört. »Lass dir das nicht gefallen, Kumpel.«

Sie lachte. »Solidarität unter Männern – oder doch eher unter Gleichaltrigen?«

»He. Ich bin nur zwei Jahre älter als du. Also Vorsicht!«

Wie selbstverständlich griff er nach ihrer Hand und führte sie kurz an seine Wange, bevor sie weitergingen.

Die Geste rührte Emma. Seine Haut an ihrer. Unauffällig senkte sie den Kopf und betrachtete ihre verschlungenen Finger. Dann wanderte ihr Blick zu seinem Gesicht zurück. Er sah fantastisch aus. Alles in ihr sehnte sich danach, ihn endlich zu berühren. Nicht nur seine Hand, seinen Bauch, seine Schenkel, seinen Rücken, seinen Nacken.

Reiß dich zusammen, ermahnte sie sich sofort wieder. Ihr seid in einem Zoo. Und du fährst nächste Woche nach Deutschland zurück.

»Lust auf ein paar Erdmännchen?« Léon schien nichts von ihren Gedanken zu ahnen.

»Aber immer doch«, bemühte sie sich um einen lockeren Ton,

während sie fieberhaft versuchte, das Bild vor ihrem geistigen Auge zu verdrängen, wie sie sich hemmungslos gegen seinen festen Körper drängte, ihr Unterleib gegen seinen gepresst, seine Lippen auf ihren, sein Geschmack in ihrem Mund.

Während sie an das Gehege traten, wurde das Bild immer intensiver. Sie schwankte.

»Alles in Ordnung?« Léon umfasste ihren Arm und sah sie eindringlich an. »Geht es dir nicht gut?«

Emma musterte sein Gesicht, das sich nur wenige Zentimeter von ihrem entfernt befand. »Küss mich.«

Seine Augen weiteten sich überrascht. Sie befanden sich ganz allein vor dem Gehege.

»Küss mich«, wiederholte sie leiser.

Als seine Lippen sich auf ihre senkten, lösten sich mit einem Ruck sämtliche Fragen und Grübeleien in Emmas Kopf auf. In diesem Moment besaß sie alles, was sie benötigte. Sie hatte es sieben Jahre lang verdrängt, doch ihr Herz konnte sie nicht mehr täuschen. Ihre Liebe zu Léon war nie erloschen. Fast schien es, als sei die Zeit stehen geblieben und ihr Weggang nach Deutschland habe nie stattgefunden. Während sie ihn küsste und seine Hände auf ihren Schulterblättern spürte, wurde ihr klar, dass sie rettungslos verloren war. Dass sie ihn kein zweites Mal würde verlassen können. Und dass sie vor einer immens schweren Entscheidung stand.

24

Als Léon vor ihrer Wohnung den Motor seines Wagens abstellte, klopfte Emma das Herz bis zum Hals. Sie ahnte, was kommen würde. Und sie kannte auch ihre Antwort. Der Nachmittag war wie im Rausch an ihr vorbeigeflogen. Obwohl sie Tiere über alles liebte, hatte sie die vielen Eindrücke, die im Safaripark auf sie gewartet hatten, kaum bewusst verarbeiten können. Léons Nähe hatte Emmas Gedanken in eine einzige Richtung gelenkt. Selbst als sie ein zweites Mal mit dem Wagen durch die Gehege fuhren, flogen die Szenen wie hinter einer Nebelwand nur so an ihr vorbei. Die Nashörner, die sich nicht beim Fressen hatten stören lassen, und Léons Hand, die sanft ihren Arm streifte, die Löwen, bei denen drei Weibchen unruhig über den Hügel gestreift waren, keine drei Meter von ihrem Wagen entfernt, und Léons Finger, die ihre Wange gestreichelt hatten. Die Zebramütter, die mit ihren Tierkindern gemütlich über die Straße getrabt waren, und der Strauß, der mit seinem ausgestreckten Hals und dem harten Schnabel der Fahrerseite gefährlich nah gekommen war, während Léon ihre Handinnenfläche geküsst hatte. Erlebnisse, die unter anderen Umständen ihr Herz berührt hätten. Doch Léons Hand auf ihrer hatte ihren Körper in einen Ausnahmezustand versetzt, der jegliche Gedanken, die nichts mit dem verführerisch riechenden Mann neben ihr zu tun hatten, auslöschte.

»Magst du noch mit hochkommen?« Emma wandte den Kopf in seine Richtung. Sekundenlang starrten sie sich schweigend an. Ihr Herz hämmerte in ihrer Brust. Sie erkannte das Feuer in seinen Augen, die Sehnsucht in seiner Miene. Statt einer Antwort beugte er sich vor und küsste sie.

»Wow!« Als sie sich nach einer gefühlten Ewigkeit wieder voneinander lösten, legte Emma eine Hand auf seine Lippen. »Das heißt dann wohl ja?«

Léon lächelte schelmisch und öffnete die Wagentür. Nachdem er die Hunde aus dem Kofferraum gelassen hatte, legte er einen Arm um Emmas Schulter und steuerte auf die Eingangstür zu.

»Das Regal ist ja fast leer«, platzte es aus Emma heraus, als sie am Schaufenster der Patisserie vorbeiliefen. »Das ist ja …« Sie konnte es kaum glauben.

»Klasse«, entgegnete Léon. »Deine Idee scheint angenommen worden zu sein.«

»Fragt sich nur, ob Zoé mit meiner Idee ein Verlustgeschäft gemacht hat oder ob sie sich auf ihre ehrlichen Kunden verlassen konnte.«

»Sieh nach.«

Emma zog den Ladenschlüssel hervor und schloss den Briefkasten auf. Als sie die Klappe öffnete, rollten einige Münzen heraus und fielen auf den Boden. Emma traute ihren Augen kaum.

»Das sieht gut aus.«

Während Léon die Münzen aufsammelte, nahm Emma das restliche Geld aus dem Kasten. »Ich glaube es einfach nicht.«

»Die Welt ist nicht so schlecht, wie sie oft dargestellt wird.« Léon lachte und ließ seine Münzen in Emmas Hand fallen.

Im Flur der Wohnung angekommen, legte Emma das Geld behutsam auf die Kommode. Nachdem sie sich die Hände gewaschen hatten, kehrten sie gemeinsam in die Küche zurück.

»Ich muss noch die Füllungen für die Macarons machen«, murmelte Emma unsicher, während Léon einen Schritt auf sie zuging.

»Du weißt, wie sehr ich deine Macarons liebe.« Seine Stimme klang belegt. »Aber könntest du das vielleicht auf später verschieben?«

Sie schluckte. »Möchtest du etwas trinken?«

Er schüttelte schweigend den Kopf, während er zu ihr trat und ihre Hände ergriff.

»Hast du Hunger?« Ihre Stimme glich einem Krächzen. Sie räusperte sich.

Wieder verneinte er wortlos.

Aus einem Impuls heraus hob sie eine Hand und legte sie an seine Wange. Gott, fühlte sich das gut an. Emma schwankte leicht.

»Alles in Ordnung?«, wollte er leise wissen.

Sie nickte.

Er nahm ihr Gesicht in seine Hände und senkte die Lippen auf ihre. Ja, das war es, worauf sie gewartet, wonach sie sich den ganzen Nachmittag gesehnt hatte. Emma schloss die Augen und gab sich ganz ihren Empfindungen hin, die sich in den letzten Tagen in ihr aufgestaut hatten. Sein Geschmack in ihrem Mund, sein Duft in ihrer Nase, seine Berührungen auf ihrer Haut. Sie drängte sich dichter an ihn, konnte auch seine Sehnsucht spüren. Als Léons Hände unter ihren Pullover wanderten, hielt sie ihn nicht auf. Mit zitternden Fingern öffnete sie die Knöpfe seines Hemds. Sie wollte jede Sekunde auskosten. Sieben lange Jahre hatte sie auf diesen Moment gewartet, ohne dass es ihr selbst bewusst gewesen wäre.

Während er ihr den Pullover über den Kopf streifte, schlüpfte sie ungeduldig aus ihren Doc Martens. Seine Hände fuhren über die hautengen Leggings. Selbst durch den Stoff hindurch reagierte ihr Körper auf seine Liebkosungen. Emma schlang ihre Arme um seinen Nacken und zog ihn enger an sich.

»Oh Gott, wie du mir gefehlt hast«, hörte sie ihn atemlos an ihrem Ohr raunen. Die Gewissheit, dass Léon sie ebenso wollte wie sie ihn, ließ sämtliche Dämme in ihr brechen. Hastig löste sie sich von ihm und zerrte an ihrer Hose herum.

Als sie in der Küche endlich nackt vor ihm stand, genoss sie seinen ungläubigen Blick.

»Du bist noch viel schöner, als ich dich in Erinnerung habe.«

Er hob eine Hand und strich über ihr Schlüsselbein. Bedächtig ließ er den Blick über ihren Körper wandern, bevor er sie aus heiterem Himmel hochhob und auf seine Arme nahm.

»Was machst du?«, protestierte sie schwach.

»Das, was ich schon längst hätte tun sollen.«

Er lief mit ihr durch den Flur und hinein ins Schlafzimmer, kickte die Tür mit einem Fuß hinter ihnen zu und ließ sie vorsichtig aufs Bett sinken.

»Nicht loslassen«, bettelte sie leise und streckte ihm ihre Arme entgegen.

»Nicht, wenn du es nicht möchtest«, hauchte er über ihr, bevor sie seinen Körper auf ihrem spürte, seine warme Haut an ihrer, seinen Atem in ihrem Gesicht.

Emma schloss die Augen und gab sich ganz ihren Emotionen hin, die sich wie eine gewaltige Welle in ihr ausbreiteten. Sie reckte sich Léon entgegen, konnte nicht genug von seinen Liebkosungen bekommen, saugte jede einzelne Empfindung wie ein Schwamm in sich auf. Wie lange war es her, dass sie die Erde unter sich beben spürte? Sie wollte mehr, wollte alles. Und sie wollte es mit Léon. Er war der Mann, den sie seit fast zehn Jahren liebte, der sie kannte wie sonst niemand, der ihr vor vielen Jahren gezeigt hatte, wie schön das Leben sein konnte. Woran sich bis heute nichts geändert hatte. Als ihr bewusst wurde, dass ihre Gefühle für ihn nie erloschen waren, dass Léon bis heute den Platz in ihrem Herzen besetzte, entwich ihrer Kehle ein leises Schluchzen.

Léon hielt abrupt inne. »Was ist?«

Als sie die Augen aufschlug, sah sie seinen besorgten Blick. »Nichts«, flüsterte sie. »Es ist ... wunderschön.«

»Habe ich dir wehgetan?« Er wischte ihr eine Träne weg.

Sie schüttelte den Kopf. »Du kannst mir nicht wehtun. Niemals.«

Sein Blick flackerte kurz, bevor er sie erneut küsste. Emma verdrängte den Schmerz über die verlorenen Jahre und besann sich auf das Hier und Jetzt. Sie wollte berührt werden, geküsst, liebkost. Alles, was in diesem Moment zählte, waren Léon und sie. Ihre Verbundenheit, ihre Leidenschaft, ihre Vertrautheit – und ihre Zukunft. Sie konnte ihn spüren. Jede Zelle ihres Körpers stand unter Hochspannung. Und Léon war der Einzige, der ihr Erlösung verschaffen konnte. Sie küsste ihn.

• • •

Als Léon aus dem Bad trat, zog sich sein Herz bei Emmas Anblick zusammen. Sie stand im Trägerhemd mit hoch konzentriertem Gesichtsausdruck in der Küche an der Arbeitsplatte, die Zungenspitze lugte zwischen ihren Lippen hervor, und drückte eine weiße Masse aus dem Spritzbeutel in ihrer Hand. Er konnte noch immer nicht glauben, was in den letzten Stunden geschehen war. Er war so ein Mistkerl gewesen, hätte schon damals um Emma kämpfen und versuchen müssen, sie zum Bleiben anzuhalten. Wie viel Unruhe in seinem Leben hätte er sich dadurch erspart! Doch dafür war jetzt nicht der richtige Moment. Er wollte die zarte

Verbindung zwischen ihnen, die gerade dabei war, zu ihrer alten Intensität zurückzufinden, nicht durch ellenlange Diskussionen und Vorhaltungen zerstören. Er schloss kurz die Augen. Emma durfte kein zweites Mal gehen. Er liebte sie und war sich nicht sicher, was passieren würde, wenn sie ihn ein weiteres Mal verließe.

Mit langen Schritten trat er hinter sie und schlang seine Arme um ihre Taille. »Weißt du eigentlich, wie sexy du aussiehst, wenn du Macarons füllst?«

Grinsend wandte sie den Kopf. »Hast du noch nicht genug?«

»Niemals«, erklärte er voller Inbrunst.

»Ich muss mich konzentrieren, mein Lieber.« Sie blickte tadelnd auf seine Hände, die er gerade über ihren Oberkörper wandern ließ. »Zoé zählt auf mich.«

»Wie geht es ihrer Mutter?« Léon hatte im Bad gehört, dass Emma mit der Konditorin telefoniert hatte.

Emma zuckte mit den Achseln. »Nicht gut. Sie möchte sie momentan nicht allein lassen.«

»Und da hast du angeboten, ihren Laden zu schmeißen.« Léon löste sich von ihr und stellte sich neben sie.

»Findest du das blöd?« Sie hielt in ihrer Arbeit inne und blickte zu ihm auf.

»Nein, überhaupt nicht. Ich finde es … zauberhaft. Dass du dieser Frau hilfst. Das bist einfach du, Emma.« Er hob eine Hand und fuhr ihr zärtlich übers Haar.

»Es macht mir Spaß«, merkte sie leise an, während sie die Häubchen vorsichtig auf die gefüllten Gegenstücke drückte. »Wenn ich noch keinen Job hätte …«

Léon horchte auf. »Willst du nicht zurück zu deinen Tieren?«

Als sie ihn ansah, musste sie lachen. »Doch, doch, natürlich. Ich liebe meine Arbeit. Sehr sogar.« Sie zeigte auf das Gebäck.

»Aber eine eigene Macaronnerie, das war mein großer Kindheitstraum.«

Er nickte. »Ich erinnere mich.«

»Ja?« Sie hob den Kopf.

Er legte seine Hände an ihre Wangen. »Ich habe nichts vergessen, Emma. Gar nichts.« Ganz sachte küsste er sie auf ihre wunderschönen Lippen. »Und ich kann nur immer wieder wiederholen, wie armselig ich mich damals verhalten habe. Es gibt auch keine Entschuldigung. Ich habe unsere Zukunft einfach anders gesehen. Als du dein Studium abgebrochen hast …«

Sie drückte ihren Mund auf seinen. »Das hatten wir doch alles schon.«

»Du bist nicht mehr böse?«

Lächelnd hielt Emma Daumen und Zeigefinger fünf Zentimeter auseinander. »Ein bisschen vielleicht noch.« Dann wurde sie ernst. »Ich habe ebenfalls Fehler gemacht«, räumte sie nachdenklich ein. »In Bezug auf meinen Vater, meine Mutter …« Sie atmete tief durch. »Aber darüber möchte ich heute Abend nicht reden.«

Er zog sie erneut an sich. »Du weißt, dass ich für dich da bin. Egal, was ist. Wenn du reden willst …«

Sie nickte. »Das ist lieb.«

»Wie fühlst du dich?«

»Was meinst du?«

Er begann zu grinsen. »Na ja, wegen eben. Wie war es für dich?«

Emma lachte ebenfalls. »Was denkst du? Hast du es nicht gefühlt?«

»Ich möchte es von dir hören.«

Sie beugte sich vor. »Es war wunderschön«, flüsterte sie. »Viel schöner, als ich es in Erinnerung hatte.«

Léon nickte. »Mir geht es genauso.«

»Und jetzt lass mich bitte noch die letzten Macarons fertig füllen.« Mit entschlossener Miene löste sie sich von ihm und nahm den Spritzbeutel wieder zur Hand. »Kannst du mir bitte einen großen Löffel aus der Schublade holen?«

Léon blickte auf die Küchenschränke und zog die erste Schublade neben sich auf. Statt Besteck lag ein Packen vergilbtes Papier darin. Er holte das oberste Blatt hervor und überflog es stirnrunzelnd. »Was ist denn das?«

Emma sah auf und zögerte.

»Emma?« Léon musterte sie fragend.

»Das ist eine lange Geschichte«, erklärte sie schließlich seufzend und berichtete ihm, dass es sich bei dem Stapel um Briefe einer deutschen Jüdin handelte, die diese an ihre Tochter adressiert hatte.

»Wie kommen sie in diese Wohnung?« Wieder sah er auf das Schreiben, doch da er nur ein paar Brocken Deutsch konnte, war es ihm unmöglich, den Text zu entziffern.

Emma zuckte mit den Schultern. »Das wissen wir nicht. Mireille wusste nichts von den Briefen. Wir vermuten, dass sie seit Ewigkeiten in der Abstellkammer lagen und niemandem aufgefallen sind.«

»Die Frau war in Rivesaltes inhaftiert?«, wollte Léon wissen und überlegte. »Das ist nicht weit von hier.«

»Nein, ich habe vorhin die Abzweigung gesehen, als wir nach Sigean gefahren sind«, bestätigte Emma ernst. »Ich habe mir schon überlegt, die Gedenkstätte zu besuchen. Vielleicht kann mir dort sogar jemand helfen, herauszufinden, wer die Frau war. Die Briefe wurden 1942 geschrieben, da war die Verfasserin neunzehn.«

»Wahrscheinlich lebt sie nicht mehr«, mutmaßte Léon, dessen Interesse geweckt war. »Aber das Kind, diese Claire, die könnte noch am Leben sein.«

Emma nickte. »Könnte, ja. Wenn sie nicht …« Sie brachte den Satz nicht zu Ende.

»Warum fahren wir nicht morgen früh zusammen hin?«, schlug Léon spontan vor.

Emma sah ihn überrascht an. »Du würdest mitkommen?«

Er lächelte. »Nur, wenn du mir gleich einen oder zwei davon übersetzt.«

Sie nickte heftig. »Ja, klar. Das mache ich. Ihre Worte sind so … herzzerreißend. Wenn ich diese Briefe lese, habe ich das Gefühl, dass ich noch nie in meinem Leben echte Probleme hatte. Sie klingt so verzweifelt, so hoffnungslos. Von Brief zu Brief scheint sie mehr resigniert zu haben.«

»Kein Wunder«, erwiderte Léon. »Eine deutsche Jüdin, sagst du?«

Emma nickte. »So! Fertig!« Sie räumte die Macarons in eine Schüssel und stellte sie in den Kühlschrank. »Ich würde morgen früh die Patisserie für einige Stunden öffnen, danach können wir zu der Gedenkstätte fahren. Und nachmittags besuche ich Papa.«

»Klingt nach einem guten Plan«, grinste Léon, während er die beiden Pudel anblickte, die zur Abwechslung einmal friedlich nebeneinander auf Balous Kissen lagen und schliefen. »Aber nichts anderes habe ich von meiner Herzdame erwartet.« Er klopfte auf seine Schenkel, als Emma sich einen Stuhl zurechtrücken wollte.

Sie setzte sich auf seinen Schoß und nahm den ersten Brief in die Hand. Stumm las sie einige Zeilen, bevor sie zu übersetzen begann.

Meine geliebte Claire,

Weihnachten ging vorüber, und auch der Jahreswechsel geschah geräuschlos. Obwohl verständlicherweise keine feierliche Stimmung unter uns Insassen aufkommen wollte, berührten mich die kleinen Spanier mit ihren glockenhellen Stimmen zutiefst, als sie uns alte Weihnachtslieder aus ihrer Heimat vorsangen. Mehr als einmal kamen mir die Tränen, und wieder einmal wurde mir bewusst, wie sehr ich mich nach meinen Lieben sehnte. Meine Eltern und Louis fehlten mir so unglaublich, dass ich meinte, ich könne den Schmerz nicht mehr aushalten.

Ach, Claire, die Tage waren so endlos lang, die Nächte so einsam und kalt.

Anfang Februar kam Jeanne zu mir und erzählte, dass sie dabei seien, eine Nähstube für uns Häftlinge einzurichten. Es hörte sich im ersten Moment grotesk an, aber die Schwestern waren der Meinung, ein wenig Beschäftigung würde uns etwas ablenken von unserem tristen Alltag. Meine Begeisterung hielt sich sehr in Grenzen, und ich konnte mich nicht motivieren, ihr zu helfen. Lieber saß ich auf meiner Pritsche in dieser erbärmlichen Baracke und stierte reglos vor mich hin.

Als Jeanne drei Wochen später erneut auf mich zukam und mich bat, ihr zu folgen, konnte ich eine gewisse Neugierde nicht verbergen. Wir liefen schweigend zwischen den Baracken entlang, bis wir am anderen Ende des Blocks ankamen.

»Voilà.« Sie öffnete die Tür und zeigte in das Innere des Gebäudes.

Äußerlich unterschied sich die Hütte in keiner Weise von den

Schlafbaracken. Als ich eintrat, bemerkte ich jedoch sofort die wohlige Wärme, die mich an jenem windigen Februarmorgen im Inneren empfing. Anstatt der bekannten Eisenbetten standen mehrere Holztische in langen Reihen parallel zueinander. Etwa dreißig Stühle befanden sich in dem großen Raum. Neben dem wummernden Holzofen war ein Regal aufgebaut, in dem ich Wolle und Stoffrollen erkannte.

»Wie findest du es? Deine Eltern hatten doch eine Schneiderei.« Ich hörte den Stolz aus Jeannes Stimme heraus.

»Es sieht … gemütlich aus«, erwiderte ich, während ich mich um die eigene Achse drehte.

»Was meinst du? Magst du den anderen Frauen vielleicht zeigen, was man mit diesen Materialien …«, sie zeigte zum Regal, » … anfangen kann?«

Ich zuckte mit den Achseln. »Warum nicht?«

Sie schien von meiner verhaltenen Reaktion ein wenig enttäuscht zu sein, riss sich jedoch zusammen. »Heute Nachmittag?«

Ich nickte.

Und was soll ich sagen? Als ich wenige Stunden später die Traube von Frauen vor der Nähstube erblickte, wurde mir schlagartig klar, dass ich nicht die Einzige war, die sich nach Abwechslung sehnte. Nach einem Hauch Normalität. Nach Alltagsleben.

Jeanne begleitete mich und schloss die Tür auf. Gemeinsam inspizierten wir die Stoffe und verteilten die Textilien so, dass keine der Frauen leer ausging. Einige waren wesentlich älter als ich, doch ich erkannte auch jugendliche Gesichter, aus denen mich dunkle blitzende Augen hoffnungsfroh ansahen. Nach einer guten Stunde hatte ich ihnen grob die Grundzüge des Nähens erklärt. Und obwohl ich niemals damit gerechnet hätte, vergaß ich sogar selbst für eine kurze Zeit die Umstände, unter denen wir hier zusammengefunden hatten.

Neben mir saß eine junge Spanierin, die ich nur wenige Jahre älter schätzte, als ich selbst war. Sie hieß Antonia und war ebenfalls schwanger. Ihrem Bauchumfang nach zu urteilen, konnte es bei ihr jederzeit mit der Geburt losgehen. Da sie schon seit mehreren Jahren in Frankreich lebte, sprach sie gut Französisch.

»Hast du keine Angst?«, wagte ich irgendwann die Frage, die mich am meisten beschäftigte, während wir konzentriert an den kleinen Höschen nähten, deren Schnittmuster ich verteilt und erklärt hatte.

»Was meinst du?« Sie hielt in ihrer Arbeit inne und sah mich an.

»Wegen der Geburt, meine ich. Wenn das Baby hier im Lager zur Welt kommt …«

Sie lächelte schwach. »Ich darf nächste Woche in die Maternité. Jeanne hat es mir gestern mitgeteilt.«

Ich ließ meine Hand mit der Nadel sinken. »Das ist toll. Jeanne erzählt nur Gutes über die Klinik.«

Antonia nickte. »Die Leiterin muss ein sehr großes Herz haben. Ich habe mit anderen Müttern gesprochen, die schon dort waren.« Sie blickte sich um, bevor sie ihre Stimme senkte. »Die Schwestern haben schon einigen Frauen zur Flucht verholfen.«

Meine Augen weiteten sich.

Wieder nickte sie, bevor sie ihren Zeigefinger auf den Mund legte.

»Jeanne möchte anfragen, ob auch ich für eine Weile in die Maternité gehen darf.«

Antonia nahm ihre Näharbeit wieder auf. »Du hast noch ein paar Monate. Meinetwegen hat sie auch erst letzte Woche mit dem Kommandanten gesprochen, der für uns zuständig ist.«

»Ja, ich schätze, das Baby kommt im Frühsommer.«

»Was ist mit dem Vater?«

Ich erzählte ihr von meiner Flucht und von den letzten Monaten mit Louis. »Was ist mit dir?«

Sie seufzte. »Wir sind vor vier Jahren aus Spanien geflohen. Mein Verlobter war Arzt und hat die Kommunisten unterstützt, aber die Situation wurde immer schwieriger. Er wurde bespitzelt und verfolgt, weil sie herausgefunden hatten, dass er sich um die Opfer unter Francos Gegnern kümmerte. Irgendwann fühlte er sich nicht mehr sicher. Wir sind dann zu Freunden nach Montpellier geflohen, die uns für die ersten Wochen bei sich aufgenommen haben. Später sind wir nach Béziers gegangen, da wir dort ein günstiges Zimmer bekommen haben. Bis dahin hatten wir großes Glück, niemand interessierte sich für uns. Manuel, also mein Verlobter, nahm ein paar Gelegenheitsarbeiten an, und irgendwie kamen wir über die Runden. Als die Deutschen einmarschiert sind, wurde es schwieriger. Die Unsicherheit bei den Franzosen wuchs. Wir waren schon vorher nicht willkommen, aber jetzt befand sich Frankreich im Krieg. Manuel bekam keine Arbeit mehr.« Sie sah kurz auf. »Es gab Zeiten, da haben wir tagelang nichts zu essen gehabt. Vor einem halben Jahr etwa war es so schlimm, dass Manuel angefangen hat zu stehlen. Ich habe versucht, ihn zurückzuhalten. Doch er wusste, dass ich schwanger war, und wollte unbedingt verhindern, dass ich das Baby verliere. Er hat sich von Anfang an so gefreut, Vater zu werden.« Sie schüttelte bekümmert den Kopf.

»Was ist passiert?«, wollte ich wissen.

»Er hatte nur Lebensmittel, Obst und Reis, für uns besorgt«, erwiderte Antonia mit leiser Stimme. »Aber sie haben ihn erwischt und verhaftet. Einen Tag später standen sie vor unserer Tür und haben auch mich mitgenommen.« Sie sah mich an. »Tja, und seitdem bin ich hier.«

»Wo ist Manuel?«

Sie zögerte. »Ich weiß es nicht. Niemand wollte oder konnte mir *etwas sagen. Jeanne hat schon mehrmals versucht, etwas herauszufinden. Hier in Rivesaltes ist er nicht. Wer weiß, wo sie ihn hingebracht haben.«*

Es war eine traurige Geschichte, wie sie wohl jede von uns inhaftierten Frauen zu erzählen hatte.

Wochen später berichtete mir Jeanne, dass Antonia einen kleinen Jungen in der Maternité geboren hatte und nicht mehr ins Lager zurückkehren würde. Sie hatte Glück, sie hat es geschafft. Ich wünsche ihr von Herzen, dass sie ihren Manuel wiedergefunden hat und ihm seinen Sohn zeigen konnte.

Wenn ich jetzt hier sitze und an dich, kleine Claire, denke, fällt mir oft dieses Gespräch mit Antonia in der Nähstube ein. Es war einer der Momente, die sich ein wenig nach normalem Leben anfühlten. In denen ich für eine kurze Zeit vergaß, wo ich war.

Leider war uns beiden Antonias Schicksal nicht vergönnt, so sitze ich hier allein und grüble wie immer seit unserer Trennung darüber, wie es dir geht, wo du bist und wann ich dich endlich wiedersehen darf. Du fehlst mir so sehr.

Deine Mama

Léon schluckte. »Das ist …«

»Furchtbar, oder?« Emma legte ihren Arm um seinen Hals. »Mir gehen diese Zeilen auch jedes Mal sehr nahe.« Sie starrte auf den Boden. »Und es wird von Brief zu Brief schlimmer.«

»Denkst du, sie hat es geschafft?«

Emma schluckte. »Ich weiß es nicht. Ich kann mir kaum vorstellen, dass sie dem Lager entkommen konnte. Aber ...« Sie atmete tief durch, dann schüttelte sie den Kopf.

Léon drehte sich zur Seite und holte einen weiteren Brief heraus. »Bitte, lies weiter.«

Emma sah ihn eindringlich an. »Wirklich?«

Er nickte nur stumm.

Liebe Claire,

eigentlich wollte ich dir während unserer Trennung von meinen Monaten hier im Lager berichten. Heute gelingt mir das nicht. Eine Frau aus meiner Baracke hat sich gestern das Leben genommen. Noch am Morgen habe ich mit ihr gesprochen. Sie hieß Mechthild und lebte bis vor einem Jahr mit ihrem Mann und drei Kindern in Mannheim. Obwohl ihr Mann schon vor Jahren seine Arbeit als Lehrer verloren hatte, hat die Familie es geschafft, sich mithilfe von Freunden und Bekannten über Wasser zu halten.

Mechthild und ihre Familie wurden erst im letzten Jahr, 1941, nach Frankreich deportiert. Sie und die drei Mädchen wurden direkt bei der Ankunft von ihrem Mann getrennt. Und auch später konnte ihr niemand sagen, wo er geblieben war, wo man ihn hingebracht hatte. Nach einigen Monaten im Lager in Gurs wurden Mechthild und die Mädchen nach Rivesaltes verlegt. Ich mochte die drei. Sie waren zwischen zwölf und fünfzehn Jahre alt. Sehr aufgeweckt und freundlich. Die Große hatte mir erzählt, dass es ihr großer Traum sei, einmal Kinderärztin zu werden. Die Kleinste hat mir immer wieder ihre selbst gemalten Kunstwerke gezeigt. Sie konnte wunderschön zeichnen.

Letzte Woche bekam Mechthild die Nachricht, dass die Schwes-

tern es geschafft hätten, die Mädchen in einem der Erholungsheime unterzubringen. Wie groß war ihre Freude, als sie mir davon berichtet hat! »

Dort wird es ihnen besser gehen als hier«, hat sie mir immer wieder erklärt. »Besseres Essen, eine wärmere Unterkunft. Und zusammen mit anderen Jugendlichen sind sie sicherer aufgehoben als hier im Lager zwischen Alten und Kranken.« Ich stimmte ihr zu und freute mich mit ihr.

Ich erinnere mich noch genau, wie wir die Mädchen verabschiedet haben. Die drei waren aufgeregt und kicherten vergnügt herum. Ich sehe sie noch jetzt vor mir. Jede mit einer kleinen Tasche in der Hand, die Haare fein gebürstet, die zerlumpte Kleidung notdürftig geflickt. Trotz des Abschiedsschmerzes, der ihnen die eine oder andere Träne abrang, freuten sie sich, dieser Hölle zu entkommen. Mechthild drückte und herzte die drei zum Abschied, bevor sie ihnen mit strenger Stimme eintrichterte, sie sollten sich ja benehmen und ihr keine Schande bereiten.

Jeanne erfuhr von der Leiterin des Heims, dass die drei nie angekommen sind. Warum dies erst Tage später aufgefallen ist, bleibt mir ein Rätsel. Jeanne war ihre tiefe Sorge anzusehen, als sie unsere Baracke verließ, um den Verbleib der Kinder zu klären. Mechthild blickte apathisch auf die Betten, in denen die Mädchen geschlafen hatten. Tränen liefen ihr übers Gesicht. Ich saß neben ihr und hielt sie im Arm. Mehr konnte ich nicht tun. Wie sollte ich ihre Sorge mildern? Drei Mädchen, und alle waren verschwunden. Über Stunden hofften und bangten wir. Obwohl ich es mir nicht anmerken ließ, fürchtete ich insgeheim, dass etwas Schlimmes geschehen sein musste. Menschen verschwanden nicht einfach so. Ohne jedes Lebenszeichen, ohne Spur.

Am späten Abend, als die meisten unserer Bettnachbarinnen schon schliefen, trat Jeanne mit bleichem Gesicht in die Baracke.

Tiefe Schatten lagen unter ihren Augen. Bei ihrem Anblick ahnte ich sofort, was sie uns gleich eröffnen würde.

»Was?« Mechthild schluchzte laut auf.

Jeanne presste die Lippen aufeinander und blieb schweigend vor uns stehen. Man konnte ihr ansehen, dass sie um Fassung rang. »Es gab ein Missverständnis.«

»Was heißt das?« Mechthilds schrille Stimme weckte einige der anderen Insassinnen, die verschlafen zu uns herübersahen.

»Ich weiß nicht, was genau falsch gelaufen ist. Wer für die Verwechslung verantwortlich ist«, setzte Jeanne leise an und berührte Mechthild an der Schulter. »Aber die Mädchen sind nach Deutschland gebracht worden.«

»Nein!«, schrie Mechthild verzweifelt.

Gemeinsam mit Jeanne versuchte ich, sie zu stützen, sie zu beruhigen. Doch welchen Trost konnte es in dieser Situation geben? Obwohl es niemand ausgesprochen hatte, war uns allen klar, was mit den dreien geschehen war.

»Nein! Nein! Nein!« Mechthild war nicht zu beruhigen. Als wir uns nicht mehr zu helfen wussten, entschied Jeanne, sie in die Krankenbaracke zu bringen. Ich wusste, dass es Stunden dauern konnte, bis ein Arzt nach Mechthild sehen würde. Was hätten wir anderes tun sollen? Mechthild hatte einen Nervenzusammenbruch erlitten.

Nachdem Jeanne mit Mechthild die Baracke verlassen hatte, ließ ich mich auf meine Pritsche sinken, doch ich fand keinen Schlaf. Immerzu musste ich an die drei Mädchen denken. Ihr wunderschönes langes Haar, ihre hellen Augen, ihre so junge Haut. Wann hatten sie begriffen, dass man sie nicht in ein Heim zur Erholung bringen würde? Wie groß war ihre Angst gewesen, ohne Eltern, ohne die Sprache zu sprechen? Hatten sie irgendwann gewusst, was sie erwarten würde?

Ich vergoss lautlose Tränen. Wie konnte man als Mutter den Verlust dreier Kinder ertragen?

Claire, schon der Gedanke an unsere Trennung schmerzt mich so stark, dass ich manchmal fürchte, nicht mehr weiterleben zu können. Wie viel schrecklicher, grausamer, erbarmungsloser musste sich dieser Schicksalsschlag für Mechthild anfühlen? Allein mit den Kindern irgendwo in der Fremde interniert, voller Sorge um den eigenen Mann. Und dann der Hoffnungsschimmer, dass die Mädchen dem Lagerleben endlich entkommen konnten. Um dann erfahren zu müssen, dass sie durch ein Versehen, einen Fehler, den irgendwer aus Unachtsamkeit oder Fahrlässigkeit begangen hatte, in den Tod geschickt worden waren.

Heute Morgen fand man Mechthild schwer verletzt vor den Latrinen. Sie hatte sich mit der scharfen Kante einer Konservendose die Pulsadern aufgeschnitten. Sie starb kurz darauf in Jeannes Armen.

Ich kann es immer noch nicht glauben. Gestern Morgen wähnte sie ihre Kinder noch in der schützenden Obhut Schweizer Krankenschwestern. Und nur einen Tag später ist klar, dass vier Menschen wegen eines Missverständnisses ihr Leben verloren haben.

Ich bin furchtbar müde. Meine liebe Claire, ich versuche, stark zu sein. Ich verspreche es dir. Aber ich bin mir nicht sicher, ob es mir gelingen wird. Wie viel Leid kann ein Mensch ertragen, bevor er daran zerbricht?

Ich sitze hier und weiß, dass es keine Hoffnung mehr gibt. Diese Hilflosigkeit, völlig ausgeliefert zu sein. Das Wissen, dass das vergangene Leben unwiderruflich zerstört ist. Und die Angst, was mit den Menschen geschehen ist, die man liebt. Dieses Wirrwarr an Gefühlen kann ich kaum in Worte fassen. Nichts ist, wie es sein sollte. Mein Herz trauert, mein Verstand weigert sich nach wie vor, das Unausweichliche zu akzeptieren. Ich möchte so gern leben. Ich möchte wieder lachen, wieder lieben. Möchte einen Alltag, möchte lernen, kochen, für mein Kind sorgen.

Ach Claire, einen solchen Brief wollte ich dir nicht schreiben. Vielleicht zerreiße ich ihn, sobald ich dich wiedersehe. Wenn ich dich wiedersehe.

Deine Mama

25

Als Emma am nächsten Morgen nach dem Duschen ins Schlafzimmer zurückkehrte, schlummerte Léon noch. Sein Haar war verwuschelt, ein Arm lag auf Emmas Kissen. Der Anblick zauberte ihr ein Lächeln auf die Lippen. Wie hatte sie nur vergessen können, wie feinfühlig und empathisch Léon war? Wie liebevoll und zärtlich. Gestern Abend hatten sie noch lange über die Briefe an Claire gesprochen. Léon war ähnlich aufgewühlt gewesen wie Emma.

Sie hatte einen großen Fehler gemacht. Sie hätte damals mit ihm reden müssen, sich in ihn hineinversetzen sollen, anstatt wie ein trotziges Kleinkind ihre Koffer zu packen und ohne ein Wort zu verschwinden. Was hatte sie sich damals nur gedacht? Die Liebe, die sie in diesem Moment für Léon empfand, überlagerte sämtliche anderen Empfindungen, die sich im Laufe der letzten Tage in ihr angestaut hatten.

Vorsichtig setzte sie sich an den Bettrand und betrachtete den wundervollen Mann, der da vor ihr lag. Als ob er ihre Anwesenheit gespürt hätte, blinzelte Léon kurz darauf und kniff die Augen zusammen.

»Emma.«

Lächelnd fuhr sie ihm mit einer Hand über seine Wange. Sie konnte die Bartstoppeln spüren.

Er räusperte sich. »Warum bist du schon wach?«

»Ich muss den Laden gleich öffnen.«

Léon seufzte. »Meine fleißige Bäckerin.«

Emma lachte. »Bleib ruhig noch liegen. Es ist Samstag.«

»Ohne dich?« Er stützte sich auf die Ellbogen, seine stahlblauen Augen fixierten sie.

»Ich habe es Zoé versprochen.« Wie gern hätte sie sich zu ihm ins Bett gekuschelt, seine Arme um sich geschlungen und seine Nähe genossen. Doch sie wäre nicht Emma gewesen, wenn sie sich nicht an ihr Wort gehalten hätte.

Er nickte zögernd. »Schade.«

»Nur ein paar Stunden, d'accord?« Emma beugte sich zu ihm hinab und küsste ihn.

Als sie sich wieder aufrichten wollte, packte er ihre Handgelenke und hielt sie fest. »Nur ein paar Minuten.« Mit unschuldiger Miene blickte er sie an. »Bitte.«

Nur zu bereitwillig schmiegte sie sich an ihn und ließ ihre Hand über seinen nackten Oberkörper wandern.

»Kommst du morgen zu unserem Frühjahrsturnier?«

Emma sah ihn überrascht an. »Möchtest du wirklich, dass deine Boulefreunde mich dort sehen?«

Léon runzelte die Stirn. »Warum nicht? Denkst du, du bist mir peinlich?«

»Nein«, widersprach sie zögernd. »Das nicht, aber …« Sie brach ab.

»Ich lasse dich nicht mehr gehen, Emma.« Seine Stimme klang ernst. »Ich habe mich einmal absolut dämlich benommen. Diesmal wird es anders sein.«

»Ich habe einen Job in Deutschland.«

»Hier hast du auch einen Job.« Er grinste.

»Zoé weiß doch noch gar nicht, wie es mit ihrer Mutter weitergeht. Und von ein paar Macarons kann ich nicht leben.«

»In deiner Nähe befindet sich ein großer Safaripark, der mit Sicherheit Verwendung für eine einfühlsame Tierpflegerin hätte.«

Emma schloss die Augen, der Gedanke war ihr in der Nacht ebenfalls gekommen. Sie hatte sich sogar überlegt, ob sie Zoé fragen sollte, ob sie die Patisserie gemeinsam führen wollten. Der gestrige Vormittag hatte ihr solchen Spaß bereitet, dass sie sich durchaus vorstellen könnte, hauptberuflich Macarons zu backen und zu verkaufen. Amélie und Lara hatten es doch vorgemacht. Aber konnte sie sich wirklich vorstellen, für immer nach Collioure zurückzukehren?

»Lass mich noch mal darüber schlafen, okay?« Sie fuhr durch Léons Haar. »Vor zwei Wochen hätte ich mir noch nicht mal vorstellen können, jemals wieder einen Fuß in diese Stadt zu setzen.«

»Dein plötzlicher Sinneswandel hängt nicht zufällig mit einem gut aussehenden, erfolgreichen Anwalt zusammen?«, frotzelte er belustigt.

Sie drehte sich auf die Seite und sah ihm fest in die Augen. »Wenn mir in Deutschland jemand gesagt hätte, dass ich in wenigen Tagen mit dir hier liegen würde ...« Sie schüttelte den Kopf.

»Das kannst du jeden Tag haben, wenn ...« Er brach ab.

»Wenn?« Sie betrachtete ihn neugierig.

Léon schüttelte den Kopf. »Nichts, vergiss es. Nicht jetzt.«

»Du willst also, dass ich morgen deinen Fanklub anführe«, wechselte sie das Thema, als sie merkte, dass er nichts weiter sagen würde.

»Ja, ich würde mich sehr freuen.«

»Dann kümmere ich mich zuerst um die Patisserie, und dann komme ich nach. Was hältst du davon?«

»Das ist eine fantastische Idee«, stimmte er zu und zog sie

dichter an sich. »Aber jetzt fällt mir gerade noch etwas viel Fantastischeres ein.«

• • •

»Bonjour, Madame. Was kann ich für Sie tun?«

»Bonjour. Sind Sie Emma?«

Emma blickte die ältere Kundin irritiert an. »Ja«, erwiderte sie gedehnt. »Kennen wir uns?«

Die Frau lachte. »Nein, nein. Ich wollte Sie nicht verwirren. Meine Nichte Amélie hat mir von Ihren Backkünsten und den wunderbaren Macarons erzählt.« Sie streckte eine Hand über die Theke. »Ich bin Valérie, Amélies Tante.«

»Nett, Sie kennenzulernen.« Emma erwiderte den Handschlag. »Amélie hat mir schon ein wenig von ihrer Familie erzählt.«

Valérie lachte. »Ja, ein sehr kompliziertes Thema. Und Sie kommen ursprünglich aus Collioure?«

»Ja, vielleicht kennen Sie meinen Vater. Roger Duvalle.«

»Der Steueranwalt?«

Emma nickte. »Genau der.«

»Ich kenne ihn nicht persönlich.« Amélies Tante hob die Hände. »Gott bewahre. Bisher habe ich noch keinen Anwalt benötigt.«

»Dann haben Sie wahrscheinlich alles richtig gemacht.« Emma grinste.

»Da haben Sie wohl recht.« Anerkennend ließ die Kundin den Blick über die Auslage schweifen. »Amélie hat nicht übertrieben. Die Macarons sehen zauberhaft aus.« Sie überlegte. »Ich nehme zwanzig. Heute Mittag kommen Amélie und Benjamin zu uns, weil sie mit der Familie auf ihre Verlobung anstoßen wollen.« Sie verengte die Augen. »Machen Sie dreißig daraus.«

Emma holte einen dünnen Pappkarton hervor und faltete ihn zusammen. Vorsichtig stapelte sie die Macarons darin und übergab sie Amélies Tante. Während diese bezahlte, ertönte die Türglocke erneut, und Mathildes Mutter trat ein. Nachdem Emma Valérie verabschiedet hatte, wandte sie sich an die ältere Dame. »Bonjour, Madame. Wie geht es Ihnen?«

Die Frau zwinkerte. »Das wollte ich Sie gerade fragen.«

»Sehr gut«, erklärte Emma lächelnd. »Es ist ... alles wunderbar.«

Die Dame lachte verschmitzt. »Ja, was so ein Anruf vom richtigen Mann bewirken kann.«

»Wir waren gestern zusammen in Sigean.«

»Wie schön!«, entgegnete Madame Marais voller Anerkennung. »Der junge Mann hat sich Gedanken gemacht.«

»Wir sind ...« Emma zögerte. »Ich denke, wir sind wieder zusammen.«

»Sie geben ihm noch eine Chance«, schlussfolgerte Madame Marais zufrieden. »Und so wie Sie heute Morgen strahlen, war es wohl die richtige Entscheidung.«

Emma kaute auf ihrer Unterlippe. »Zumindest fühlt es sich richtig an.«

»Dann ist es das auch. Haben Sie Mut.« Die Dame nickte ihr aufmunternd zu. »Und jetzt möchte ich zwölf dieser traumhaften Macarons.«

Emma musste schmunzeln, als sie merkte, dass nur noch ein kleiner Restbestand übrig blieb. Es war noch nicht einmal zehn Uhr vormittags.

»Vielleicht gehen wir demnächst wieder einmal gemeinsam einen Kaffee trinken.«

»Wie lange bleiben Sie noch in Collioure?«

»Ich bin Rentnerin. Ich habe alle Zeit der Welt. Und Sie?«

»Ich weiß es noch nicht«, erwiderte Emma leise, obwohl ihr Herz ihr eine ganz andere Antwort vorgab. Seit gestern Abend schwebte sie wie auf Wolken. War ihre Entscheidung nicht längst gefallen? Sie benahm sich doch sonst nicht so zögerlich, zog für gewöhnlich den einmal eingeschlagenen Weg gnadenlos durch. Gefühle ließen sich nicht beeinflussen. Und was Léon ihr nach wie vor bedeutete, signalisierte Emma ihr beschleunigter Puls allzu deutlich, wenn sie nur an ihn dachte.

• • •

Voller Ehrfurcht liefen Emma und Léon am frühen Nachmittag an den heruntergekommen wirkenden Baracken vorbei. »Es bedeutet mir wirklich viel, dass du mit mir hergekommen bist«, raunte sie leise.

»Ich war selbst auch noch nie hier«, erwiderte Léon ehrlich. »Eigentlich eine Schande, wenn man bedenkt, wie nah Collioure ist.« Er blickte sie an. »Und diese Briefe, die du mir gestern übersetzt hast …« Er schüttelte den Kopf. »Ich bekomme jetzt noch Gänsehaut, wenn ich an die Worte der Frau denke.«

»Vielleicht war sie in dieser Baracke untergebracht.« Emma blieb stehen und zeigte auf eine der Hütten, deren Mauern mit dicken Holzpfosten an den Seiten abgestützt wurden. »Oder sie hat hier ihre Tochter Claire zur Welt gebracht.« Sie drehte sich um und deutete in die entgegengesetzte Richtung. »Der Gedanke, dass sie hier an diesem Ort ihre Briefe verfasst hat, hat etwas Gruseliges, finde ich.« Sie rümpfte die Nase. »Stell dir vor, du musst Wochen oder Monate hier verbringen. Umringt von einem hohen Stacheldrahtzaun. Ohne Familie, ohne Hoffnung, ohne Zukunft.«

»Schrecklich«, merkte Léon an, während er den Rundweg verließ und auf eine der Baracken zusteuerte. Emma folgte ihm zögernd. Der blanke Betonboden und die hohen kleinen Fenster im Inneren der Hütte lösten Beklemmungen in ihr aus. Sie ließ den Blick über die Wände schweifen und versuchte sich vorzustellen, wie sich die Briefschreiberin auf ihrer Pritsche zusammengekauert und an ihre Tochter gedacht hatte. Wie sie hier gebangt und gehofft hatte. Fröstelnd schlang Emma ihre Arme um sich und verließ eilig die Baracke.

»Alles in Ordnung?« Léons Blick wirkte besorgt.

Sie nickte. »Dieser Ort … er strahlt etwas Böses aus. Mich überkommt fast das Gefühl, die Toten würden uns anstarren. Denkst du nicht, dass ihre Seelen auf Erlösung warten? Dass sie Vergeltung suchen?«

Léon kniff die Augen zusammen. »Ich wusste gar nicht, dass du an Übersinnliches glaubst.«

»Das tue ich auch nicht«, widersprach Emma zögernd. »Aber das Lager wirkt irgendwie unheimlich.« Sie zeigte auf das flache Gelände. »Schau es dir doch an. Diese Ruinen sind ein schreckliches Mahnmal.«

Léon umfasste Emmas Arm. »Vielleicht hat Claires Mutter überlebt.«

»Ja, vielleicht«, murmelte Emma, obwohl die Wahrscheinlichkeit, dass man die Frau freigelassen hatte, verschwindend gering war.

»Lass uns weitergehen«, forderte Léon sie sanft auf und legte den Arm um ihre Schultern.

Die Sonne strahlte von einem wolkenlosen Himmel auf sie herab, doch es wehte ein kalter Wind über die Freifläche. Emma zog die Strickjacke enger um sich.

»Ist dir kalt?«

»Es geht.« Sie bemühte sich um ein Lächeln. Die bedrückende Atmosphäre des Lagers schlug ihr aufs Gemüt. Auf der rechten Seite tauchte ein längliches, schmales Gebäude auf. An den Seiten befanden sich Betonstufen, die auf ein erhöhtes Podest führten, von dem mehrere kleinere Kabinen abgingen.

»Die Latrinen«, bemerkte Léon mit belegter Stimme.

Emma schluckte. »Kannst du dir vorstellen, so leben zu müssen? Ohne Privatsphäre. Mit zig Leuten in einer zugigen Baracke eingesperrt, diese Handvoll Toiletten für vielleicht Hunderte Menschen?« Emma schüttelte den Kopf. »Die Briefe dieser Frau haben mich sehr berührt und aufgewühlt. Jetzt aber den Ort zu sehen, wo sie all ihre Gedanken niedergeschrieben hat …« Emma fehlten die Worte, um auszudrücken, was gerade in ihrem Kopf vor sich ging. »Ich glaube, allein hätte ich das heute nicht geschafft.«

»Was meinst du? Wollen wir noch in das Museum der Gedenkstätte gehen?« Er zeigte auf den flachen Bau, der sich in der Mitte der Baracken befand.

»Auf jeden Fall.« Sie atmete tief durch. »Vielleicht können wir mit jemandem sprechen, der Zugriff auf die alten Dokumente hat.«

Während sie den abfallenden Weg zum Eingang des unter der Erde liegenden Museums entlanggingen, kramte Emma in ihrer Tasche nach dem Notizzettel, auf dem sie sich einige Eckdaten aus den Briefen notiert hatte. Der Name von Claires Mutter war bisher nirgends aufgetaucht. Vielleicht hätte sie vor ihrem Besuch erst mal die restlichen Briefe lesen sollen. Doch Léons Idee gestern Abend war so spontan gekommen, dass sie nicht daran gedacht hatte.

»Zwei Erwachsene?« Der Angestellte an der Kasse blickte sie fragend an.

Während Léon bezahlte, blickte Emma sich in der weitläufigen Ausstellungshalle um. Zu ihrer Linken waren hohe Stellwände mit Fotos und Textmaterial aufgestellt. In der Mitte des Gebäudes zog sich eine lange Ausstellungstheke durch den Raum, während ringsum Filme zu unterschiedlichen Themen abgespielt wurden. Das Museum war gut besucht, doch aufgrund der Größe verteilten sich die Besucher auf der Fläche.

»Wo wollen wir beginnen?«, fragte Léon leise, während er die Eintrittskarten wegsteckte.

»Bei den Bildern.«

Die Ausstellung zeigte alte Fotografien, auf denen das Lagerleben festgehalten war. Auf Schwarz-Weiß-Abbildungen waren Kinder mit eingefallenen Wangen, in Lumpen gekleidet, zu sehen, Frauen, die unter dicken Decken auf ihren Pritschen kauerten. Ein Foto zeigte eine Menschenschlange, die vor einem Wagen anstand. Auf dem Schild daneben wurde erklärt, dass es sich um die Essensausgabe handelte. Ausgemergelte Männergesichter blickten emotionslos in die Kamera. Kinder mit großen Augen saßen im Dreck und spielten mit einer Konservendose. Auf einem anderen Bild waren drei Frauen in Schwesterntracht zu sehen.

Vor einem Foto, auf dem eine Frau einen Säugling im Arm hielt und mit leerer Miene auf ihr Kind sah, blieb Emma stehen.

»Was ist?«

»Vielleicht ist sie das«, flüsterte sie.

Léon schnaufte. »Emma, in dem Lager waren Tausende Menschen inhaftiert. Denkst du wirklich ...«

»Ich weiß ja«, unterbrach sie ihn, während sie weiter das verhärmte Gesicht der Frau betrachtete. »Aber genauso stelle ich sie mir vor.«

Er nickte, erwiderte jedoch nichts.

Nachdem sie am Ende der Fotogalerie angekommen waren, steuerte Emma auf die Ausstellungsreihe in der Mitte zu. Hier wurden Alltagsgegenstände der Häftlinge präsentiert. Eine verbogene Gabel, geschnitzte Figuren von einem Häftling, der letztlich in einem Konzentrationslager umgebracht worden war. Ein Koffer, ein Stück des ursprünglichen Stacheldrahts an der Mauer.

Emmas Augen begannen zu brennen, als sie Léons Hand auf ihrem Rücken spürte. Dankbar umklammerte sie seinen Arm.

»Es nimmt dich sehr mit.«

Sie nickte, während sie weiter mit den Tränen kämpfte. »Sie hat ihre Tochter so sehr geliebt.«

»Das hier zeigt die Menschen hinter den Zahlen. Ihre Schicksale.« Er zeigte den Raum entlang. »Da vorne ist von einem Ehepaar die Rede, das seinen kleinen Sohn weggegeben hat, bevor sie in Rivesaltes interniert wurden. Sie starben ein Jahr später, während das Kind den Krieg überlebte.«

Emma ging weiter, bis ihr eine Schautafel ins Auge stach. »Léon, schau mal.«

»Was?«

Sie überflog die Zahlen, während sich ein Kloß in ihrer Kehle bildete. »Das kann doch nicht sein.«

»Von knapp zweitausenddreihundert Juden haben keine hundert überlebt«, fasste Léon mit kratziger Stimme zusammen.

»Sie haben sie nach Auschwitz deportiert«, presste Emma hervor, während die Handschrift der Briefschreiberin vor ihrem geistigen Auge auftauchte. »Sieh mal, die Daten. Die Menschen wurden von August bis Oktober 1942 abgeholt. Claire ist im Juni 1942 geboren worden.«

»Sie hat die Briefe nach der Geburt des Kindes geschrieben, hast du gesagt.«

Emma nickte. »Das heißt, ihr blieben nur noch wenige Wochen in Rivesaltes, bevor sie …«

Sie erblickten den Angestellten, der vorhin an der Kasse gestanden hatte, neben sich.

»Pardon, haben Sie einen Moment für uns?«, wandte Emma sich an den Mann und kramte ihren Zettel hervor. Dann erzählte sie ihm von dem Fund der Briefe und deren Inhalt.

»Haben Sie die Schriftstücke dabei?«

»Nein, daran habe ich gar nicht gedacht«, gab Emma zu. »Aber wissen Sie, ob noch Aufzeichnungen von damals existieren?«

»1942, sagten Sie?«

Emma und Léon nickten gleichzeitig.

Er überlegte. »Die Unterlagen befinden sich alle im Archiv.«

»Das Kind ist im Juni geboren und wurde kurz darauf aus dem Lager geholt.«

Der Mitarbeiter nickte. »Hier haben viele Schwestern von Hilfsorganisationen gearbeitet, die sich immer wieder bemühten, Kinder und auch deren Mütter freizubekommen. Mal gelang es ihnen, mal wurden ihre Anträge abgelehnt. Aber es war keine Seltenheit, dass Säuglinge in Kinderheime gegeben wurden.«

»Könnten Sie vielleicht nachsehen, was mit der kleinen Claire damals geschehen ist? Und ob ihre Mutter das Lager überlebt hat oder …«

»Wenn Sie mir Ihre Telefonnummer geben, schaue ich mal nach, ob ich etwas finde, und melde mich dann bei Ihnen.« Nachdem Emma ihm ihre Daten genannt hatte, bedankten sie sich bei dem Angestellten und setzten ihren Rundgang durch das Museum fort.

• • •

Zwei Stunden später betrat Emma das Krankenzimmer und hob die kleine Glasschüssel an, die sie in der Patisserie für ihren Vater hergerichtet hatte. »Bonjour, Papa. Ich habe dir etwas mitgebracht.«

»Macarons.« Roger Duvalle versuchte, sich etwas aufrechter hinzusetzen. »Du hast gebacken.«

Emma nickte, während sie sich einen Stuhl zurechtschob und neben ihrem Vater Platz nahm. »Hat Camille nichts erzählt?«

Er lächelte. »Doch. Du hilfst dieser Konditorin, die den Laden in Margaux´ Haus führt.« Er sprach noch immer schleppend, doch schon wesentlich zusammenhängender als noch vor zwei Tagen.

»Ja, bei Zoé«, erwiderte Emma und öffnete die Schüssel.

»Die sehen toll aus.« Ihr Vater blickte Emma in die Augen. »Du hast ja schon als Kind so gern gebacken.«

»Und es hat mich nie wirklich losgelassen. Ich habe gestern Abend noch wie eine Verrückte gebacken, nachdem ...« Sie brach ab.

»Nachdem?«

Emma zögerte. »Ich war mit Léon in Sigean.«

»Mit Léon?« Der Blick ihres Vaters wurde wachsamer.

Sie zuckte mit den Achseln. »Es hat sich so ergeben.«

Ihr Vater hob seine Hand und griff nach ihren Fingern. »Léon ist ein guter Mann.«

Emma verdrehte die Augen. »Papa!«

Der nickte nachdrücklich. »Doch. Er arbeitet hart, und ... er ist sehr ehrlich.« Er starrte zum Fenster. »Manchmal zu ehrlich für unseren Job.«

»Was willst du damit sagen?« Irritiert sah sie ihn an.

»Ich glaube, er hadert mit sich.«

Sie musste an Léons Worte bei ihrem ersten Spaziergang denken. Hatte er damals nicht angedeutet, dass er unzufrieden sei mit der Art seiner Klienten? Doch sie erwähnte nichts, immerhin war ihr Vater sein Chef, und wenn Léon etwas verändern wollte, musste er selbst mit seinem Vorgesetzten sprechen.

»Hast du deine Arbeit denn noch nie hinterfragt?«, wollte sie stattdessen von ihrem Vater wissen.

Der zuckte mit den Schultern. »Ich führe meine Kanzlei seit mehr als zwei Jahrzehnten. Natürlich gefällt mir auch nicht immer, wenn Klienten der Ansicht sind, sie seien vom Finanzamt aufs Kreuz gelegt worden. Aber ich bin Steueranwalt. Ich muss aushalten können, anderer Meinung zu sein als meine Klientel. Sonst könnte ich diesen Job nicht machen. Zumindest nicht überzeugend. Léon ist aus einem anderen Holz geschnitzt. Und er ist noch jung, idealistisch. Möchte alles richtig machen, will seine Klienten, die teilweise die französischen Gesetze etwas großzügig auslegen, auf den rechten Weg zurückbringen.« Er schüttelte den Kopf. »Aber es gibt eben auch Menschen, die das nicht hören wollen. Damit müssen wir leben, sonst können wir unsere Aufgabe nicht gewissenhaft erledigen.« Er zeigte auf die Macarons. »Darf ich mir eins nehmen?«

Emma hielt ihm die Schüssel hin. »Sie sind alle für dich. Ich wollte nicht zu viele mitbringen, so viel Süßes ist bestimmt nicht gesund für dich. Aber ich denke, drei gehen in Ordnung.«

Er nahm sich eins und steckte es in den Mund. Während er kaute, schloss er die Augen und lehnte den Kopf zurück. »Hm.«

Emma musste lachen. »Ich wusste gar nicht, dass du auch genießen kannst.«

Er blickte sie wieder an, sagte jedoch einige Sekunden lang nichts. »Die letzten Tage habe ich sehr viel Zeit gehabt.« Er wandte den Kopf ab. »Nicht mal rauchen darf ich hier drin.«

»Das ist auch gut so«, erwiderte Emma schmunzelnd. »Du hattest einen Schlaganfall, Papa«, erinnerte sie ihn mit ernster Stimme. »Damit ist nicht zu spaßen.«

»Ich weiß ja.« Er biss sich auf die Unterlippe. »Das mit dem Laufen ...«

»Ja?« Sie rückte auf ihrem Stuhl vor. »Was ist damit?«

Ihr Vater schüttelte den Kopf. »Es klappt nicht. Irgendwie wollen meine Beine nicht so wie ich.«

Emma fuhr sich über ihr Gesicht. »Es ist noch nicht lange her, Papa. Wenn du jeden Tag übst, wirst du bestimmt merken, dass es langsam besser wird«, versuchte sie, ihm Mut zuzusprechen.

»Vielleicht«, murmelte er. »Nächste oder übernächste Woche wollen sie mich in eine Reha-Einrichtung verlegen.«

»Dort hast du bestimmt noch einmal ganz andere Möglichkeiten.«

Er sah ihr in die Augen. »Aber was ist, wenn ich gar nicht mehr gehen kann?«

Sie konnte die Angst in seiner Miene erkennen. Ihr Herz wurde schwer. »Du bist noch jung, Papa. Du musst fest daran glauben, dass du wieder ganz der Alte wirst.« Sie zögerte. »Na ja, nicht ganz.« Sie streckte ihren Daumen aus. »Weniger Zigaretten«, dann hob sie ihren Zeigefinger, »und weniger Arbeit. Dafür mehr Sport und Bewegung.«

Er seufzte. »Hast du dich mit Camille abgesprochen?«

Emma grinste. »Nein, das sagt mir mein gesunder Menschenverstand.«

»Ich wollte noch mal wegen deiner Mutter mit dir reden«, wechselte er unvermittelt das Thema. »Vor zwei Tagen warst du sehr verärgert wegen ... na ja, wegen damals. Was geschehen ist.«

Emmas Laune sank. »Sie hat dich betrogen.«

Er machte ein undefinierbares Geräusch.

»All die Jahre hatte ich ein völlig falsches Bild, warum sie von uns weggegangen ist. Und keiner von euch hat es für nötig erachtet, mir zu erklären, was wirklich passiert war.«

»Wütend auf jemanden zu sein, der nicht greifbar ist, kann einen zermürben.«

»Wie meinst du das?«

»Du hast sehr an deiner Mutter gehangen, Emma.« Ihr Vater nahm sich noch ein Macaron und lächelte. »Diese kleinen Teilchen können süchtig machen.«

Doch sie ging nicht auf sein Ablenkungsmanöver ein. »Wie meinst du das?«, wiederholte sie ihre Frage.

»Was hätte es genutzt, wenn du es gewusst hättest? Du hast so sehr unter Margaux´ Weggang gelitten. Ich wollte nicht, dass du sie in schlechter Erinnerung behältst.«

»Du hast gewusst, dass sie uns nicht nachholt?« Emma kniff ihre Augen zusammen.

Wieder seufzte er. »Was heißt ›gewusst‹? Ich kenne eure Mutter. Ich habe mir gedacht, dass sie sich ... dass sie ihren Weg noch nicht gefunden hatte. Wie hätte sie sich da mit zwei Kindern durchschlagen sollen?«

»Durchschlagen sollen«, wiederholte Emma ungläubig. »Sie war doch erwachsen. Andere Frauen kümmern sich auch allein um ihre Kinder.«

»Eure Mutter ist aber nicht wie andere Frauen. Sie war es auch nie.«

Emma reckte das Kinn vor. »Sie war nie für uns da.«

»Das kannst du so nicht sagen«, warf ihr Vater ein. »Sie hat sich bemüht ...«

Sie lachte auf. »Bemüht.« Mit festem Blick sah sie ihrem Vater ins Gesicht. »Ich hätte eine Mutter gebraucht. Als ich meine erste Periode bekam, als ich ... zum ersten Mal Liebeskummer hatte, als ... die Sache mit Léon begann.« Ihre Augen begannen zu brennen. »Das alles musste ich mit mir selbst ausmachen. Die ersten Slipeinlagen hat mir deine Sekretärin besorgt.«

»Es tut mir leid.«

»Es ist nicht deine Schuld. Du bist ein Mann. Es gibt Dinge im Leben einer Frau, die sie mit ihrer Mutter besprechen möchte und mit niemandem sonst.«

»Ich weiß, dass ich euch damals kein guter Vater war.«

Emma erhob sich und ging ans Fenster. »Ich habe dir unrecht getan, Papa. Du warst für mich der Böse, der Maman aus dem Haus getrieben hat.«

Ihr Vater seufzte. »Das war besser, als wenn du auf deine Mutter sauer gewesen wärst.«

»Aber ich habe all die Jahre ein völlig falsches Bild von meiner Familie mit mir herumgetragen.« Sie kehrte zu ihrem Vater zurück und setzte sich auf die Bettkante. »Es tut mir leid, Papa.«

Er nahm ihre Hand und drückte sie. »Es ist schön, dass du da bist.«

Emmas Kehle schnürte sich zu. Sekundenlang blickte sie ihn an, versuchte, in seinen Augen zu lesen. Einem inneren Impuls folgend, beugte sie sich vor und schmiegte sich vorsichtig an ihn. »Du hast mir so gefehlt, Papa«, flüsterte sie mit tränenerstickter Stimme. »Bitte werde wieder ganz gesund. Ich brauche dich doch noch.« Während ihr weiter Tränen über die Wangen rannen, spürte sie eine Hand ihres Vaters auf ihrem Hinterkopf. Emma schloss die Augen und genoss die Nähe zu ihrem Vater, den sie viel zu lange nicht gesehen hatte.

• • •

Als Emma eine halbe Stunde später das Krankenhaus verlassen hatte, war sie auf dem Parkplatz Olivier und Camille in die Arme gelaufen, die gerade auf dem Weg zu ihrem Vater waren.

»Warum hast du mir nie etwas gesagt?« Vorwurfsvoll sah Emma Olivier an.

»Wir wollten dich schützen«, mischte sich ihre Stiefmutter ein. »Du warst noch so jung. Und was hätte es genutzt?«

»Nein, du hast recht, Emma«, gab Olivier zu. »Ich hätte es dir sagen müssen. Zumindest, als du älter warst.«

»Vielleicht wäre ich nie nach Deutschland gegangen«, sinnierte Emma nachdenklich. »Ich habe Papa immer angelastet, dass er Maman aus dem Haus getrieben hat. Hatte stets das ungute Gefühl, ihm nicht zu genügen und ihn an unsere Mutter zu erinnern.« Bekümmert schüttelte sie den Kopf. »Dass es Maman war, die unsere Familie zerstört hat, lässt alles in einem ganz anderen Licht erscheinen.«

»Zu einer Trennung gehören immer zwei«, gab Camille zu bedenken. »Wenn man glücklich verheiratet ist, beginnt man keine Affäre mit seinem Schwager. Wir wissen nicht, was in der Beziehung eurer Eltern schiefgelaufen ist, keiner von uns.«

»Du hast recht, Camille. Keiner von uns weiß, was zwischen den beiden vorgefallen ist. Es tut mir leid, Emma. Ich hätte längst mit dir reden sollen.« Olivier verzog bekümmert das Gesicht.

»Ich gehe schon mal vor«, wandte Camille sich an Emmas Bruder. »Vielleicht finde ich einen Arzt, mit dem ich wegen der Reha sprechen kann.«

Olivier nickte. »Ich komme gleich nach.«

Camille umarmte Emma zum Abschied und steuerte dann auf den Eingang zu.

»Hast du sie damals darauf angesprochen?«, wollte Emma von ihrem Bruder wissen, während sie verfolgte, wie Camille das Krankenhaus betrat.

»Maman? Natürlich.« Olivier zog die Brauen hoch.

»Und?« Emma betrachtete sein Gesicht.

Ihr Bruder zögerte. »Sie hat mir erklärt, dass sie neben unserem Vater erfröre, da er ihr gegenüber keinerlei Gefühle zeige. Sie habe sich nach Liebe gesehnt, danach, endlich wieder als Frau gesehen zu werden.«

Emma konnte es nicht glauben. »Das hat sie dir gesagt? Und ihr Schwager war dann derjenige, der sie als Frau gesehen hat?« Fassungslos schüttelte sie den Kopf. »Ich verstehe sie immer weniger. Sie hat doch Verantwortung für uns gehabt.«

Olivier seufzte. »Für mich war es damals auch sehr schwierig, ihre Beweggründe nachvollziehen zu können. Wahrscheinlich schaffe ich das bis heute nicht wirklich. Aber was hätte ich tun sollen?«

Emma schloss kurz die Augen, bevor sie antwortete. »Nichts«, gab sie resigniert zurück. »Du hättest nichts tun können. Wie kann man sich als Mutter derart unvernünftig verhalten?«

»Und genau diese Gedankengänge wollten wir damals bei dir verhindern, als wir entschieden haben, dir nichts davon zu erzählen.« Olivier berührte Emmas Oberarm.

»Ich muss in Ruhe darüber nachdenken«, murmelte sie abwesend, während ihr unzählige Fragen durch den Kopf schwirrten.

»Wie war es mit Léon?«, wechselte Olivier abrupt das Thema und grinste. »Ich wollte nicht vor Camille fragen.«

Gegen ihren Willen musste Emma schmunzeln. »Was meinst du?«

»Ach, komm, Emma. Léon hat mir gesagt, dass er mit dir nach Sigean wollte.«

»Es war sehr schön«, erklärte sie leise.

»Das freut mich ehrlich.« Olivier legte einen Arm um ihre Schultern. »Er liebt dich, Emma. Das musst du ihm glauben. Ich glaube, er hat sich nie ganz von deinem Wegzug erholt.«

»Mir geht es ähnlich.« Sie biss sich auf die Lippe und blickte ihrem Bruder ins Gesicht. »Am liebsten würde ich hierbleiben.«

Oliviers Augen wurden groß. »Du willst nach Collioure zurück?« Er berührte ihre Oberarme. »Das wäre ja großartig. Emma, ich würde mich so sehr freuen. Die Mädchen sind ganz vernarrt in dich. Sie tragen übrigens nur noch die Leggings, die du ihnen gekauft hast.«

»So einfach ist es nicht. Ich habe einen tollen Job in Deutschland und bin ehrlich gesagt hin- und hergerissen.« Sie atmete aus. »Ich hätte nie erwartet, dass mir Collioure, die Küste ...«, sie verzog die Lippen zu einem Lächeln, » ... dass ihr mir wieder derart ans Herz wachst. Ich fühle mich ... zu Hause. In Deutschland fühle ich mich auch wohl, aber hier liegt meine Heimat. Und das spüre ich mit jeder Stunde, die ich hier verbringe, intensiver.«

»Das klingt großartig, Emma, ehrlich. Und Tiere gibt es hier auch zur Genüge.«

»Mir schwebt noch eine andere Idee vor«, erwiderte Emma nachdenklich.

Als sie den fragenden Blick ihres Bruders bemerkte, winkte sie ab. »Nicht jetzt. Ich muss mir selbst erst noch ein paar Gedanken dazu machen.«

Er nickte. »Du wirst sehen. Es wird sich für alles eine Lösung finden. Und die Sache mit Simone bereut Léon bis heute zutiefst. Aber was soll er tun? Er kann nichts mehr rückgängig machen.«

Alarmiert rückte Emma von ihrem Bruder ab. »Welche Sache mit Simone?«

Olivier sah sie ungläubig an. »Léon wollte doch ...« Er schlug die Hand vor den Mund. »Hat er dir nichts gesagt?«

»Welche Sache mit Simone?«, wiederholte Emma lauter.

Olivier schloss die Augen und schwieg einige Sekunden. »Ich

dachte, er hätte es dir gesagt. Vor sechs Jahren hatte er eine kurze Affäre mit Simone Boudain.«

»Mit Simone?« Emmas Stimme klang schrill. Simone Boudain war eine Klassenkameradin von ihr gewesen, die ihr jahrelang das Leben schwer gemacht hatte. Sie hatte Emma immer wieder wegen ihrer Kleidung, wegen ihres Aussehens gehänselt. Und als Emma mit Léon zusammengekommen war, hatte Simone keinen Hehl aus ihrer Meinung gemacht, Léon hätte eine Bessere verdient. Eine wie Simone. Die sich teuer kleidete, die jahrelang Klassensprecherin und eines der beliebtesten Mädchen der Schule war. Ihre Mitschülerinnen rissen sich um Simones Freundschaft, während die Jungs sich zum Hampelmann machten, um eine Verabredung mit ihr zu ergattern. Emma hatte die falsche Schlange vom ersten Tag ihres Kennenlernens an gehasst. Und da sie nicht zu ihrer Anhängerschaft gehören wollte, hatte Simone sie sehr schnell auf dem Kieker gehabt. Einer Simone Boudain widersetzte man sich nicht ungestraft. Alle, die nicht für sie waren, waren automatisch gegen sie. Und Léon hatte davon gewusst. Immer wieder hatte Emma ihm von der oberflächlichen Unruhestifterin erzählt. Wie hatte er sich nur auf sie einlassen können?

»Ja«, erwiderte Olivier, der bemerkt zu haben schien, dass er gerade einen Fehler gemacht hatte, und sich entsprechend unwohl fühlte.

»Wie lange?«

Er zögerte. »Nicht lange, aber …«

»Aber?« Emma hatte das Gefühl, der Boden unter ihr beginne zu beben.

»Die Affäre ist nicht folgenlos geblieben.«

Emma schluckte.

»Die beiden haben einen kleinen Sohn. Yannick.«

»Nein!« Alles um Emma herum begann sich zu drehen. Hilfe suchend klammerte sie sich an ihren Bruder. »Nein!«

»Das hat überhaupt nichts mit euch zu tun«, versuchte Olivier zu ihr durchzudringen. »Ich hätte dir das nicht sagen sollen. Léon, dieser verdammte Idiot ... Ich dachte, er habe dir ...«

»Nein, hat er nicht«, murmelte Emma undeutlich. »Dazu war er wohl zu feige.« Wütend stampfte sie mit dem Fuß auf, ließ ihren Bruder ohne ein weiteres Wort stehen und steuerte hastig auf ihren Wagen zu. Sie riss den Kofferraum auf und zerrte Balou an seiner Leine heraus. »Komm, ich brauche dringend ein wenig Bewegung«, stieß sie hervor, während sie kaum noch klar denken konnte. Dann knallte sie die Heckklappe herunter und ignorierte die Rufe ihres Bruders hinter sich. Hektisch zog sie Balou vom Parkplatz weg. Mit jeder weiteren Sekunde überkam sie stärker das Gefühl, keine Luft mehr zu bekommen. Wie hatte Léon ihr nur verschweigen können, dass er ein Kind mit ihrer Erzfeindin hatte?

26

Liebe Claire,

mit jedem Tag, der vergeht, vermisse ich dich mehr. Wenn ich denke, meine Sehnsucht kann nicht größer werden, belehrt mich der nächste Tag eines Besseren. Es wird immer schwieriger, die schlechten Gefühle zu verdrängen. Die Verzweiflung, die Wut, den Hass auf die, die uns das antun. Am schlimmsten ist die Hoffnungslosigkeit. Keiner von uns glaubt noch daran, dass wir jemals in unsere Leben zurückkehren können. Aber für dich habe ich noch Hoffnung, du wirst ein gutes Leben führen, meine Kleine.

Im April war ich an einem ähnlichen Punkt angelangt. Mein Bauch war mittlerweile unübersehbar und wirkte regelrecht grotesk angesichts meines ansonsten abgemagerten Körpers. Das Atmen fiel mir schwer. Ich war furchtbar erschöpft, obwohl ich fast nur noch auf dem Bett lag und schlief. Ich war beinahe zu müde, um mein Essen zu mir zu nehmen. Als Jeanne bemerkte, wie es um mich stand, zögerte sie nicht lange und ließ mich umgehend in die Krankenbaracke bringen. Der Arzt, der mich untersuchte, diagnostizierte dann auch, was Jeanne bereits vermutet hatte: einen gravierenden Erschöpfungszustand aufgrund chronischer Mangelernährung während der Schwangerschaft. Ich machte mir große Sorgen, dass ich dich nicht ausreichend versorgen konnte. Doch der Arzt erklärte mir, dass eher ich diejenige sei, um die ich mich sorgen müsste. Ab sofort bekam ich die doppelte Portion Reis, abends ein paar Rüben und Tomaten und zusätzlich einen halben Liter Milch. Die Krankenschwestern bemühten sich redlich, sie kamen immer wieder vorbei, um uns zu trösten. Neben mir in der Krankenbaracke lagen zwei Kinder. Das eine hatte starken Durchfall, das andere eine Lungenentzündung. Eine ältere Frau, die mir schräg gegenüber gelegen hatte, starb zwei Tage nach meiner Ankunft. Obwohl ihr Gesicht von tiefen Furchen durchzogen war, schätzte ich, dass sie wahrscheinlich noch keine vierzig Jahre alt gewesen war. Die Leute im Lager alterten schnell. Die Sorgen, die Angst und die Perspektivlosigkeit waren den Menschen anzusehen. Bei vielen erkannte man an ihren stumpfen Augen, dass sie sich schon lange aufgegeben hatten. Jugendliche, die in der Blüte ihres Lebens stehen sollten, schlurften wackelig wie Greise zwischen den Baracken hindurch. Kinder ohne Unterhosen sprangen im Dreck herum, waren weinerlich, jähzornig, böse. Viele hatten aufgedunsene Bäuche, geschwollene Finger- und Zehenspitzen, ansteckende Augeninfektionen. Medikamente gab es so gut wie keine.

Während ich von meinem Krankenbett aus das Geschehen verfolgte, dankte ich Gott mehr als einmal, dass ich nicht ernsthafter erkrankt war. Ich lag eine Woche lang auf der Krankenstation. Drei Frauen starben während dieser Zeit. Zuerst die Ältere, drei Tage später schaffte man zwei jüngere Frauen um die dreißig aus der Baracke. Wenn ich an ihre ausgemergelten Körper zurückdenke, würde ich meinen, sie seien verhungert. Meinen beiden kleinen Bettnachbarn ging es glücklicherweise nach zwei Tagen besser. Sie durften die Station verlassen und zu ihren Müttern zurückkehren, die jeden Tag mehrere Stunden am Bett ihrer Kinder verbracht hatten. Doch es dauerte nicht lang, bis die Betten erneut belegt waren. Eine Mutter mit ihrer halbwüchsigen Tochter. Die Augen der Jugendlichen waren rot und geschwollen, die Mutter hatte hohes Fieber. Nachdem der

Arzt die beiden angeschaut hatte, erklärte er der Schwester, dass er ohne Medikamente nichts für die Patientinnen tun könne. Man solle ihnen die auf der Krankenstation übliche Essensportion geben und abwarten. Bei seinen Worten bekam ich eine Gänsehaut. Wenn das Fieber nicht falle, würde die Frau sterben. Und das Personal stand daneben und konnte nichts tun. Gott sei Dank verstanden die beiden deutschen Frauen kein Französisch.

Eines Abends sprach mich die Mutter an. Noch immer zeugten die glänzenden Augen und die stark geröteten Wangen von dem viel zu hohen Fieber, das in dem Körper der Frau tobte. »Mein Mann wurde zum Arbeitsdienst abkommandiert«, setzte sie an. »Sie haben ihm gesagt, dass er irgendwo in den Pyrenäen eingesetzt würde.«

»Wurde er in ein anderes Lager verlegt?«, wollte ich wissen, während ich meinen Reis in mich hineinschaufelte. Langsam spürte ich, wie meine Kräfte zurückkamen.

Sie schüttelte schwach den Kopf. »Nein, sie übernachten außerhalb. Jetzt, wo der Schnee weg ist, gibt es dort anscheinend mehr als genug Arbeit.«

»Das ist eine gute Nachricht«, ermunterte ich die Frau.

Jeder Ort war besser als das Lager, dachte ich, während ich die Kranke musterte.

Sie nickte. »Ja, ich hoffe, dass er nicht mehr zurückmuss.«

»Wie geht es Ihnen?«

»Ich habe keine Kraft mehr«, hauchte sie kaum hörbar. »Das Fieber …« Ihre Stimme versagte.

»Sie schaffen es.« Ich bemühte mich um Zuversicht. »Sie sind noch jung.«

»Ich weiß nicht, ob all das überhaupt noch irgendeinen Sinn hat.«

»Denken Sie an Ihre Tochter«, erinnerte ich sie an das schlafende Mädchen neben ihr.

»Das tue ich. Jede Minute, jede Sekunde. Schauen Sie sie an. Sie braucht dringend Medikamente. Wenn die Infektion nicht besser wird …« Sie schluchzte leise auf. »Ich habe Angst, dass sie erblindet.«

»Wenn ich Jeanne sehe, spreche ich mit ihr.« Vielleicht konnte sie mit dem Kommandanten sprechen, der für uns zuständig war. Ich wusste, dass sie schon mehreren kranken Insassen geholfen hatte, in ein Krankenhaus außerhalb umzuziehen.

»Jeanne ist eine bemerkenswerte Frau«, stimmte sie zu. »Aber sie kann auch keine Wunder vollbringen.«

»Einige Inhaftierte hat sie freibekommen.«

Sie stützte sich auf ihre Ellenbogen und sah mich an. Ihr Gesicht glühte. »Wir sind Juden. Sie werden uns nicht gehen lassen.«

»Aber …« Ich wollte widersprechen.

»Es liegt nicht an Jeanne.«

»Aber Ihr Mann hat es doch auch geschafft.« Ich änderte meine Sitzposition und legte eine Hand auf meinen gerundeten Bauch.

»Mein Mann hat es nicht geschafft«, relativierte sie mit düsterer Stimme. »Was denken Sie, was sie mit ihm machen, wenn er nicht mehr zur Arbeit taugt?«

Ich schloss die Augen.

»Er ist nur eine Arbeitskraft«, fuhr sie völlig emotionslos fort. »Solange er ihnen nützlich ist, ist er sicher. Wenn die Arbeit ihn jedoch kaputtgemacht hat, er zu schwach ist …« Sie verzog keine Miene.

Draußen pfiff der Wind um die Baracke. Ansonsten herrschte Stille. Die meisten Patienten schliefen oder starrten mit offenen Augen gegen die Decke.

Vier Tage nach diesem Gespräch konnte ich die Krankenstation verlassen. Eine Woche nachdem ich in meine Baracke zurückgekehrt war, erfuhr ich, dass die Frau gestorben war. Ihre Tochter dagegen befand sich auf dem Weg der Besserung, eine positive Nachricht, die *wieder ein wenig die Hoffnung in mir schürte, dass vielleicht doch noch alles gut werden würde.*

In Liebe
Deine Mama

Während Emma die Tränen übers Gesicht liefen, hob sie den Blick und starrte an die Wand. Es zerriss ihr das Herz, wenn sie nur daran dachte, welche Gefühle in dieser Mutter getobt hatten. Wie sehr sie ihre kleine Claire vermisst hatte, wohl wissend, dass das Baby außerhalb des Lagers sicherer und besser aufgehoben war. Emma musste wissen, ob es Mutter und Tochter entgegen allen Befürchtungen geschafft hatten.

Hoffentlich konnte der Museumsmitarbeiter aus Rivesaltes mit den wenigen Daten, die Emma ihm geliefert hatte, etwas herausfinden. Rivesaltes, dachte sie bitter. Heute Morgen hatte sie noch nicht gewusst, welch böse Überraschung der Tag für sie bereithalten würde. Wut stieg in ihr auf. Wut auf Léon, der ihr verheimlicht hatte, dass er sie ausgerechnet mit Simone betrogen hatte. Direkt betrogen nicht, verbesserte Emma sich sofort. Schließlich waren sie zu jenem Zeitpunkt nicht mehr zusammen gewesen. Aber warum fühlte es sich dann so unglaublich schmerzvoll an? Warum hatte er ihr seinen Sohn verschwiegen? Und Wut auf sich selbst, weil sie sich ein zweites Mal auf ihn eingelassen hatte, nachdem er sie damals so erbärmlich im Stich gelassen hatte. Aufgewärmte Beziehungen konnten sich niemals so stabil und vertrauensvoll entwickeln wie echte Neuanfänge. Jeder von ihnen hatte mittlerweile eine Vergangenheit. Eine Vergangenheit nach ihrer gemeinsamen Zeit – und gleichzeitig vor ihrer gemeinsamen Zeit. Das konnte nicht funktionieren. Wenn sie sich nur vorstellte, wie Léon und Simone … Sie begann bitterlich zu schluchzen. Balou trabte auf sie zu und legte den Kopf auf ihre Oberschenkel.

»Ach, Balou«, seufzte sie voller Verzweiflung. »Hatte ich mir nicht gerade noch überlegt, ob wir nach Collioure zurückkehren sollen?«

Sie war so eine Idiotin. Im einen Moment voller Begeisterung für ihren unverhofften Job in der Konditorei, im nächsten zutiefst enttäuscht von dem Mann, der sie erst zu ihren Überlegungen einer Rückkehr bewogen hatte. Was war nur mit ihr los? Sie stand auf, ging ins Bad und spritzte sich Wasser ins Gesicht. Nachdenklich blickte sie in den Spiegel, betrachtete ihre verquollenen Augen, die geröteten Wangen. In der letzten Stunde hatte Léon fünfmal versucht, sie zu erreichen. Doch sie wollte nichts von ihm hören, wollte nicht mit ihm sprechen. Wenn sie nur an die Genugtuung in Simones Gesicht dachte, wenn diese ihren imaginären Sieg ihr gegenüber auskostete, wurde Emma übel. Nein, eine solche Situation durfte sie niemals zulassen.

Als ihr Handy erneut zu klingeln begann, vermutete sie sofort, dass es wieder Léon war, der versuchte, sie zu erreichen. Doch auf dem Display stand der Name ihrer Mutter. Emma überlegte einen Moment, das Klingeln zu ignorieren, entschloss sich dann aber, endlich Klartext zu reden. Viel zu lange hatte sie alles in sich hineingefressen, war einer Illusion aufgesessen.

»Emma, ich bin's, Maman. Wie geht es dir?«

»Ich habe Alain getroffen«, erklärte sie ihrer Mutter ohne Umschweife. »Im Krankenhaus. Er hat Papa besucht.«

Kurzes Zögern. »Das ist gut. Euer Vater kann jetzt sicher jeden Beistand gebrauchen, den …«

»Tu doch nicht so scheinheilig«, unterbrach Emma sie wütend.

»Was meinst du?«

»Alain und du«, platzte es aus ihr heraus.

»Emma, hör zu ...« Ihre Mutter schwieg einen Moment. »Damals war es nicht leicht für mich. Euer Vater ...«

Emma lachte höhnisch. »Unser Vater? Ist er jetzt schuld daran, dass du mit seinem Bruder gevögelt hast?«

»Emma!«

»Was?« Jetzt gab es kein Halten mehr. »Und Alain war ja wohl nicht der Einzige.«

»Was ist denn plötzlich los mit dir?« Ihre Mutter seufzte schwer. »Du weißt doch, wie Roger mich damals behandelt hat.«

»Wenn ich ehrlich bin, weiß ich es nicht. Ich dachte tatsächlich all die Jahre, dass es Papa war, der dich aus dem Haus getrieben hat. Mit seiner unsensiblen Art, seiner vielen Arbeit, dass er nie da war.« Sie schnaufte. »Nachdem ich weiß, wie sehr du ihn verletzt hast, bin ich mir nicht mehr so sicher, ob ich die Ereignisse richtig in Erinnerung habe.«

»Emma, vielleicht sollten wir mal in Ruhe über alles sprechen.«

Emma schüttelte den Kopf. »Wann kommst du?«

Ihre Mutter zögerte. »Das geht momentan nicht, aber vielleicht könntest du zu mir ...«

»Papa hatte einen schweren Schlaganfall«, erwiderte Emma wütend. »Hast du das schon vergessen? Ich bin seinetwegen in Frankreich. Und ich werde ganz sicher nicht ins nächste Flugzeug steigen, um meine Mutter in New York zu besuchen und mit ihr zu reden.«

»Das verstehe ich ja, Emma. Aber du solltest mir schon die

Chance geben, dir zu erklären, was damals wirklich geschehen ist.«

»Wenn es dir wichtig wäre, würdest du herkommen«, konterte Emma.

»Es ist mir wichtig, Emma. Du bist mir wichtig. Aber ich habe dir doch gerade gesagt, dass es im Moment ...«

»Du hast uns damals versprochen, uns nachzuholen«, entgegnete Emma leise, während sie in die Küche zurückkehrte und vor Balou in die Hocke ging. Liebevoll strich sie dem Pudel über den Kopf. »Das ist vierzehn Jahre her. Ich war zwölf. In den Jahren danach hätte ich so dringend eine Mutter gebraucht.«

Ihre Mutter räusperte sich. »Ach, Emma. Ich dachte doch auch nicht, dass das alles so kompliziert werden würde ... aber euer Vater ...«

»Lass doch endlich Papa aus dem Spiel«, warf Emma mit kühler Stimme ein. »Er hat uns nicht im Stich gelassen.«

»Ich habe euch doch nicht im Stich gelassen. Ich hatte wirklich vor, euch nachzuholen. Aber die Umstände ...«

»Es gibt Mütter, die mussten sich aus Liebe, aus Angst von ihren Kindern trennen. Ihnen hat das Herz geblutet, so sehr haben sie ihre Kleinen vermisst. Doch sie wollten nur das Beste für ihre Kinder, wollten sie beschützen, in Sicherheit wissen, wollten ihnen das Leben retten. Kennst du dieses Gefühl, Maman? Hast du uns jemals so vermisst?«

»Was redest du denn da?« Ihre Mutter klang irritiert. »Natürlich habe ich euch vermisst. Ich vermisse euch selbst heute noch. Aber ihr wart doch nie in Gefahr. Ich verstehe überhaupt nicht, was du da ...«

Emma nickte. »Nein, du verstehst nichts. Das wird mir jetzt gerade klar. Ich weiß nicht, wie ich mir so viele Jahre etwas vormachen konnte. Vielleicht wollte ich es einfach nicht sehen.« Eine tiefe Leere machte sich in Emma breit. »Du interessierst dich nur für dich selbst. Ich hoffe, dass ich anders werde, wenn ich selbst vielleicht irgendwann mal Kinder habe.« Sie schluckte. »Die Liebe einer Mutter kann so viel größer sein als das, was du uns weismachen willst. Es gibt Frauen, die würden alles für ihr Kind tun. Alles, verstehst du. Von einer achtstündigen Reise würden sie sich sicherlich nicht abhalten lassen, um ihren Kindern beizustehen, wenn sie sie bräuchten.« Tränen stiegen in ihr auf. »Mach's gut, Maman.«

Ohne eine Erwiderung ihrer Mutter abzuwarten, beendete Emma das Telefonat. Ernüchterung stellte sich ein. Entschlossen kehrte sie zum Esstisch zurück und nahm den nächsten Brief auf. Dann schnappte sie sich Balous Leine, pfiff ihrem Pudel und verließ die Wohnung.

Nachdem sie eine große Runde durch Collioure gedreht hatten, setzte Emma sich auf eine Mauer an der Uferpromenade und kramte den Brief an Claire hervor. Das Gespräch mit ihrer Mutter steckte ihr noch immer in den Knochen. Doch der lange Spaziergang hatte Emma gutgetan, hatte ihre Gedanken wieder geordnet. Der sanfte Wind auf ihrer Haut, der salzige Duft des Meeres, vermischt mit dem Geruch von Fisch und Algen, der im ganzen Ort allgegenwärtig war, hatten sie von ihrem Kummer ablenken können. Die Schönheit ihrer Heimat, die heimeligen Gassen der Altstadt mit ihren hübsch hergerichteten Dorfhäusern, blumenverzierten Balkonen und liebevollen Details in allen Ecken überwältigten sie immer wieder aufs Neue. Jetzt blickte sie auf die Wellen, die mit einem gedämpften Schwappen an den Strand rollten, und genoss für einen Moment die Weite, die sich vor ihr erstreckte. Entschlossen nahm sie den Brief auf und begann zu lesen.

Meine geliebte Claire,

gestern haben sie Dorothea geholt. Mir wird übel, wenn ich nur daran denke. Die Schwestern sind hektisch durch die Baracken gelaufen und haben unzählige Namen aufgerufen. Es war furchtbar. Einige der genannten Frauen brachen in Tränen aus. Wir, die wir nicht an der Reihe waren, weinten ebenfalls vor Verzweiflung. Wo würden sie die Frauen hinbringen? Was würde mit ihnen geschehen? Die leeren Blicke der Schwestern, als sie die Aufgerufenen abholten, haben mir das Blut in den Adern gefrieren lassen. Wissen sie etwas? Und versuchen sie lediglich, sich nichts anmerken zu lassen?

Der gestrige Tag begann heiß und trocken. Die Luft in der Baracke stand, überall riecht es seit Wochen nach Schweiß und Schmutz. Die Situation wird von Tag zu Tag unerträglicher. Dorothea und ich hatten uns am frühen Morgen in den Schatten vor der Baracke gesetzt. Doch auch dort war kein Windhauch zu spüren. Es ist August. Die Temperaturen steigen und steigen. Nachts ist kaum an Schlaf zu denken, und tagsüber raubt uns die Hitze jegliche Energie.

Dorothea und ich saßen auf dem staubigen Boden und redeten über unsere Flucht. Sie schwelgte in Erinnerungen an ihre Eltern, ich beichtete ihr meine unstillbare Sehnsucht nach Louis. Es ging uns beiden nicht gut. Als Jeanne auftauchte und drei Frauen aus der Baracke gegenüber führte, die ihre wenigen Sachen zusammenpacken sollten, wechselten wir einen furchtsamen Blick.

»Was passiert hier?«, presste Dorothea mit erstickter Stimme hervor.

Ich zuckte nur stumm mit den Achseln. Die Angst schnürte mir die Kehle zu.

Im nächsten Moment kam uns Jeanne auch schon entgegen. Ihre Miene zeigte nicht die geringste Gefühlsregung. Sie blieb vor uns stehen und blickte lange von Dorothea zu mir, bevor sie den Kopf senkte und auf das Blatt Papier in ihrer Hand sah.

»Dorothea, bitte pack deine Sachen.«

Nein! Das durfte nicht sein. Tränen stiegen mir in die Augen. Als ich meine Bettnachbarin ansah, erkannte ich die Todesangst in ihrem Blick.

»Was geschieht mit uns?« Ihre Stimme glich einem leisen Wimmern.

»Einige Insassen sollen verlegt werden«, erwiderte Jeanne mit belegter Stimme. Sie räusperte sich.

»Wohin?«, platzte ich heraus. »Wo werden sie hingebracht?«

Jeannes Blick flackerte. »Wir wissen es nicht. Sie haben es uns nicht gesagt.«

Sie log. Das ahnte ich sofort. Und Dorothea wusste es auch. Während sie sich schwerfällig vom Boden erhob, begann sie bitterlich zu weinen. Ich beeilte mich, ebenfalls aufzustehen, und nahm sie in meine Arme. Das durfte nicht sein. Sie war doch noch so jung, hatte ihr ganzes Leben vor sich.

»Bitte, beeil dich, Dorothea. Du musst dich noch registrieren lassen.« Jeannes Stimme zitterte.

Ich weiß nicht, wie lange ich mit Dorothea vor der Baracke stand. Wir umklammerten uns wie zwei Ertrinkende, die auf eine letzte wundersame Rettung hofften. Und doch war uns beiden klar, dass diese nicht eintreten würde.

Meine liebe Claire, ich kann überhaupt nicht in Worte fassen, was mir in jenen Minuten durch den Kopf gegangen ist.

Nach einer gefühlten Ewigkeit lösten wir uns voneinander und kehrten in die Baracke zurück. Jeder Schritt kostete mich unendlich viel Kraft, ich musste an meine Ankunft hier denken, an mein erstes

Gespräch mit Dorothea. Schweigend stopfte sie die wenigen Habseligkeiten, die ihr geblieben waren, in eine kleine Tasche. Ein ganzes Leben in einer Tasche, dachte ich beklommen.

Jeanne war bereits zur nächsten Baracke weitergeeilt.

Als Dorothea fertig war, stellte sie die Tasche auf den Boden und ließ sich schwerfällig auf die Pritsche sinken, die monatelang ihr Nachtlager gewesen war.

»Ich habe Angst«, flüsterte sie und bedeckte ihr Gesicht mit den Händen. »Wo bringen sie uns hin?«

Wir ahnten beide die Antwort, doch wir sprachen sie nicht aus. Mir war klar, dass es nichts nutzte, Dorothea Trost oder Mut zuzusprechen. Ihr zu versichern, dass alles gut würde. Nichts würde gut werden. Gar nichts. Ich setzte mich neben sie und strich über ihren Rücken. Es gab einfach nichts zu sagen. Worte konnten nicht widerspiegeln, was uns beiden durch den Kopf ging, welche Gefühle in uns wüteten.

»Denkst du, es wird schnell gehen?« Sie sah mich mit großen Augen an.

Wieder stiegen Tränen in mir hoch. »Ich weiß es nicht. Ich hoffe es.«

Sie nickte stumm. »Ich muss gehen.«

Nein, wollte ich schreien. Nein, geh nicht. Bleib einfach hier. Bei mir. In dieser Baracke. Lass uns zusammen durchhalten.

Dorothea erhob sich und sah mich mit leerem Blick an. »Leb wohl.«

Ich stand ebenfalls auf und umarmte sie ein letztes Mal. Dann drehte sie sich um und verließ die Baracke.

Fassungslos stand ich da und sah ihr hinterher. Eine Frau mit langem dunklem Haar in einem verblichenen roten Sommerkleid. Sie drehte sich nicht mehr um.

Es war einer der schlimmsten Momente meines Lebens. Mir

wurde bewusst, dass es nur eine Frage der Zeit sein würde, bis ich diejenige war, die mit einer kleinen Tasche in der Hand aus diesem Gebäude heraustreten würde.

Claire, wir werden uns niemals wiedersehen. Dorotheas Abreise hat den letzten Funken Hoffnung unwiderruflich in mir zerstört. Aber du bist in Sicherheit. Allein dieser Gedanke verleiht mir die Kraft, mich in mein unabwendbares Schicksal zu fügen. Der Tatsache ins Auge zu sehen, dass ich dich niemals werde aufwachsen sehen. Du wirst es schaffen, kleine Claire. Du wirst die Kraft haben, dein Leben zu meistern, auch ohne mich. Die Hoffnung in mir zu tragen, dass du überleben wirst, gibt mir die gute Gewissheit, alles richtig gemacht zu haben.

Claire, ich liebe dich über alles.

Deine Mama

Emma konnte kaum begreifen, was sie gerade gelesen hatte. Natürlich kannte sie die Fakten vom Zweiten Weltkrieg, wusste über die Verbrechen der Nazis Bescheid. Diese Briefe hier zeigten jedoch das Schicksal eines Menschen. Keine Zahlen, keine Statistiken konnten auf solch traurige und eindringliche Weise aufzeigen, wie die Opfer sich damals gefühlt hatten. Emma fühlte sich der Verfasserin nahe, auch wenn sie keinen Namen und kein Gesicht vor Augen hatte. Emma kam aus einer völlig anderen Welt, spürte aber die Emotionen dieser Briefschreiberin wie ihre eigenen. Die Verzweiflung, die Wut, die Hoffnungslosigkeit und vor allem die überwältigende Liebe zu ihrer kleinen Tochter Claire. Was war wohl aus ihr geworden?

27

Abwesend blickte Emma in ihrer Küche auf die Zucker-Eischnee-Mischung, die unter ihrem Schlagen sämiger und glänzender wurde. Nachdem sie am frühen Abend mit Balou von der Uferpromenade zurückgekehrt war, hatte sie sich kurzfristig entschlossen, erneut zu backen. Die gewohnte Routine würde sie hoffentlich beruhigen, würde ihr Gedankenchaos entwirren. Doch Gefühle ließen sich nicht ignorieren.

Ihr Traum war geplatzt. Obwohl sie erst seit Kurzem ernsthaft in Erwägung gezogen hatte, ihre Zelte in Deutschland wieder abzubrechen und nach Collioure zurückzukehren, hatte die Realität sie schneller eingeholt, als sie sich überhaupt mit dem Gedanken hatte anfreunden können. Léon hatte sie ein weiteres Mal verletzt, doch diesmal konnte er nichts tun, um ihren Schmerz zu lindern. Er hatte sich mit einer Frau eingelassen, mit der Emma ihr Leben lang unschöne Erlebnisse verbinden würde. Sie musste an eine der lange zurückliegenden Schulfeiern denken. Wie alt war sie damals gewesen? Vierzehn, fünfzehn? Ihre Klasse hatte an jenem Nachmittag ein Theaterstück aufgeführt. Es ging um ein Bienenvolk, das sich auf die Suche nach einem verloren gegangenen Mitglied seiner Gemeinschaft gemacht hatte. Die abtrünnige Biene war von Emma gespielt worden. Kurz vor ihrem Einsatz hatte sie hinter dem Vorhang gestanden und vor Aufregung kaum noch klar denken können, als sie Simones Stimme in der Umkleide vernahm, die sich mit einigen anderen Mädchen ihrer Klasse gerade umzog.

»Meine Mutter hat mir erzählt, dass Emmas Mutter depressiv war. Seht euch Emma doch an. Diese lächerlichen Leggings, die kurzen Haare. Sie sieht ja auch überhaupt nicht wie ein Mädchen aus.« Emma hörte die anderen lachen. »Und der Vater ist doch auch nie zu Hause. Wahrscheinlich hält er es mit seiner gestörten Tochter einfach nicht aus.« Obwohl Emma Simones Gehässigkeit hinlänglich bekannt war, hatte ihr das belauschte Gespräch im Herzen wehgetan. Nicht nur, dass ihre Klassenkameradinnen über Emma herzogen. Nein, dass jemand so über ihre Eltern sprach, schmerzte sie noch viel stärker. Und es war niemand da, mit dem sie hätte darüber reden können.

Das Klingeln an der Wohnungstür riss Emma aus ihren traurigen Erinnerungen. Sie stellte die Schüssel beiseite und ging zur Tür.

»Emma.«

Als sie Léon erblickte, schloss sie kurz die Augen. »Was willst du?«

An seiner Miene erkannte sie, dass er sich keinen Reim auf ihr Verhalten machen konnte.

»Ich verstehe nicht …« Er sah sie durchdringend an. »Bereust du es etwa? Das mit uns?«

»Ja«, erklärte sie mit fester Stimme. »Ich bereue zutiefst, dass ich ein weiteres Mal auf dich hereingefallen bin.« Sie musste sich zwingen, seinem Blick standzuhalten.

»Hereingefallen? Was meinst du damit? Heute Morgen war doch noch alles in Ordnung. Und seit drei Stunden gehst du plötzlich nicht mehr als Telefon, wenn ich anrufe.«

Sie sah ihn nur stumm an.

»Darf ich reinkommen?«

Emma schüttelte den Kopf. Ihr Herz krampfte sich bei seinem Anblick zusammen, doch es half nichts. Er hatte sie hintergangen.

»Wann wolltest du mir von Simone erzählen?« Trotz all ihrer Bemühungen, selbstbewusst zu klingen, begann ihre Stimme zu zittern.

Léons Gesichtszüge entgleisten. »Simone? Woher …?« Er fuhr sich mit der Hand übers Gesicht. »Emma, ich wollte es dir in Ruhe erklären.« Er schüttelte den Kopf. »Ich wollte einfach auf den richtigen Zeitpunkt warten.«

Sie konnte es nicht glauben. »Den richtigen Zeitpunkt? Für diese Nachricht gibt es keinen richtigen Zeitpunkt. Niemals.« Sie stampfte mit dem Fuß auf und kniff die Augen zusammen. »Du hast ein Kind! Wann genau wolltest du mir das sagen? Und du wusstest genau, wie Simone sich all die Jahre mir gegenüber verhalten hatte. Du wusstest ebenfalls, dass sie schon immer scharf auf dich war. Dass sie mir immer wieder weismachen wollte, sie sei die bessere Partie für dich. Erinnerst du dich?«

Léon seufzte.

»Erinnerst du dich?« Emma wurde lauter.

»Ja, verflucht«, presste er schließlich hervor. »Ja, ich erinnere mich.«

»Warum hast du mir deinen Sohn verheimlicht?«, schleuderte sie ihm voller Verachtung entgegen. »Und dann noch ausgerechnet mit Simone.«

»Das war nicht geplant, Emma.« Er klang verzweifelt. »Das musst du mir glauben.«

»Ich muss gar nichts«, erklärte sie kühl. »Und ich möchte nie wieder etwas mit dir zu tun haben. Nach unserer letzten Trennung hast du dich ja auch im Nullkommanichts anderweitig getröstet.

Also, geh jetzt bitte.« Sie bemühte sich um einen harten Ton, als sie spürte, wie ihr die Tränen kamen. »Ich habe noch Arbeit zu erledigen.«

»Bitte, schick mich nicht weg, Emma. Lass uns wenigstens darüber reden.«

Sie konnte seinen Blick kaum noch ertragen. »Mach's gut, Léon.« Nachdem sie die Tür geschlossen hatte, lehnte sie sich mit dem Rücken gegen die Wand und schlug die Hände vors Gesicht. Während sie stumm vor sich hin weinte, hörte sie Léons Schritte im Treppenhaus. Schluchzend kehrte sie in die Küche zurück und begann, den Macaronteig in die Silikonmatten zu füllen. Sie kannte die Abläufe auswendig, ihre Hände führten alles routiniert aus, während ihre Gedanken Achterbahn fuhren. Sie bekam das Bild von Léon und Simone nicht aus dem Kopf. Immer wieder musste sie sich vorstellen, wie die beiden zusammen …

»Nein!«, brüllte sie. Warum hatte er sich ausgerechnet mit ihrer größten Erzfeindin trösten müssen? Es gab doch so viele andere Frauen. Aber doch nicht Simone. Diese arrogante und eingebildete Pute mit dem langen glänzenden blonden Haar. Nein, sie könnte nicht ein Leben lang deren Sticheleien ertragen. Wenn sie nur an dieses perfekt geschminkte Gesicht dachte mit den roten Lippen und dem dicken schwarzen Lidstrich, der stets diese gehässigen und kalten Katzenaugen umrahmte.

Als sie zwei Stunden später die letzten Macaronhäubchen aus dem Ofen zog, klingelte es erneut an der Tür. Wollte Léon noch einen Versuch wagen? Mit mulmigem Gefühl lief sie zum Eingang. Als sie die Tür öffnete, erblickte sie ihren Bruder.

»Olivier!«, begrüßte sie ihn überrascht. »Mit dir hatte ich gar nicht gerechnet.«

»Was riecht denn hier so gut?« Er schnupperte demonstrativ,

nachdem er sie fest umarmt hatte. Balou tänzelte schwanzwedelnd um sie herum und schleckte Olivier aufgeregt die Hände ab.

»Ich habe gerade gebacken. Ich musste mich ablenken. Außerdem hat Zoé angerufen und mir gesagt, dass sie die Lieferung für morgen abbestellt hat, um mir Arbeit zu ersparen.« Emma zögerte. »Ich dachte, ich könnte ein kleines Experiment wagen.«

»Was für ein Experiment?«

»Ich fülle die komplette Auslage mit Macarons.« Sie deutete Richtung Küche. »Ich habe zweihundert Stück gebacken.«

Seine Augen wurden groß.

»Es hat Spaß gemacht. Obwohl …« Sie hielt inne. Sie würde nicht in Collioure bleiben. Der Gedanke, Léon und seiner Familie jederzeit über den Weg laufen zu können, war zu schmerzhaft.

»Obwohl?« Ihr Bruder sah sie fragend an.

»Nichts«, erwiderte sie nach kurzem Zögern. »Gar nichts. Warum bist du vorbeigekommen?«

Empört stemmte er die Hände in die Hüften. »Weil ich meine Schwester besuchen wollte?«

Emma musste lachen. »Was machen die Mädchen?«

»Fragen jeden Tag nach dir und Balou.«

»Sie sind wirklich toll«, erwiderte sie und lächelte beim Gedanken an ihre Nichten.

»Was ist? Wollen wir einen kleinen Spaziergang unternehmen?«, schlug ihr Bruder vor.

»Warum nicht?«

Sie riefen Balou herbei und verließen gemeinsam das Haus. Draußen begann es bereits zu dämmern. Es befanden sich kaum noch Menschen in den Gassen. Emma fiel die ruhige und friedliche Atmosphäre auf, die um sie herum herrschte. Balou blieb an einem Rosenstock stehen und schnüffelte ausgiebig. Aus dem

Haus daneben klang leises Stimmengewirr. Auf dem Balkongeländer saß eine schwarze Katze und blickte reglos auf sie herab.

»Sollen wir an die Uferpromenade gehen?«, unterbrach Olivier die Stille.

»Wenn du magst«, erwiderte Emma gleichgültig.

»Ich muss mit dir reden.«

»Wenn Léon dich geschickt hat …«

»Nein«, unterbrach Olivier sie sofort. »Léon hat mich nicht geschickt. Aber ich habe doch gesehen, wie aufgewühlt du heute Mittag vom Krankenhaus weggefahren bist. Verdammt, Emma. Ich hätte nicht sagen sollen …«

Emma blieb abrupt stehen und sah ihn an. »So wie bei Maman? All die Jahre dachte ich, Papa hätte sie vertrieben. Und dann noch unser unsäglicher Streit …« Sie überlegte. »Vielleicht hätte ich damals anders reagiert, wenn ich alles gewusst hätte.« Balou schnüffelte jetzt an einer Straßenlaterne.

»Emma, wir dachten, es wäre einfacher für dich«, versuchte Olivier sie zu beschwichtigen.

»Traut ihr mir nicht zu, mir meine eigene Meinung zu bilden?«

»Doch, doch, klar. Aber du warst noch so jung damals.« Olivier strich sich eine Strähne aus der Stirn. »Es tut mir leid. Wir hätten es dir später sagen müssen. Aber Papa wollte dich schützen. Er wollte nicht, dass du schlecht von Maman denkst.«

»Dafür habe ich von ihm keine gute Meinung gehabt.« Wieder überkam sie ihr schlechtes Gewissen. Sie musste daran denken, wie hilflos er in seinem Krankenbett lag mit der schrecklichen Ungewissheit, ob er je wieder würde laufen können.

»Ja, du hast recht. Es war falsch.« Er zögerte. »Aber in Léons Angelegenheiten hätte ich mich auf keinen Fall einmischen dürfen. Ich dachte, er hätte es dir längst gesagt. Als wir in der Kanzlei darüber sprachen …«

»Ihr habt über mich geredet?« Emma rang um Fassung.

»Nicht so, wie du denkst. Aber ich arbeite seit Jahren mit ihm zusammen.« Olivier stellte sich vor sie und sah sie eindringlich an. »Emma, der Mann liebt dich. Du hättest ihn mal die letzten Tage sehen sollen, seitdem er erfahren hat, dass du wieder in Collioure bist.«

Emma schnaubte. »Er war mit Simone im Bett.«

Olivier hob seine Brauen. »Das ist sechs Jahre her. Und das war …«

»Was? Ein Ausrutscher? Mit der Frau, die seine Freundin am meisten gehasst hat? Ein merkwürdiger Zufall.«

»Denkst du, er wollte dich damit bestrafen? Sich rächen? Das ist lächerlich, Emma.«

»Lächerlich ist, dass er mit dieser Frau ein Kind hat.«

Olivier seufzte. »Er liebt dich. Und du liebst ihn.«

»Ich habe ihn weggeschickt.« Sie blickte zum Wasser. Beobachtete eine Möwe, die am Strand durch eine Welle schritt. Eine Gruppe Jugendlicher saß im Sand und unterhielt sich leise. Die Wehrkirche thronte an der Hafenausfahrt, als wolle sie ihr kleines Örtchen vor allem Ungemach beschützen. Wehmut stieg in Emma auf. Wie sehr hatte sie diesen Ausblick vermisst! Diesen Moment am Abend, wenn der Horizont mit dem Meer zu verschmelzen schien. Sie ließ den Blick über das Château Royal wandern. Die mächtigen Schutzmauern fielen fast bis ins Wasser hinab. Auf dem Steg, der an der Festung vorbeiführte, lief ein Pärchen mit seinem Dackel entlang. Balou nahm jedoch keine Notiz davon. Er legte sich neben Emma und blickte sie mit seinen braunen Augen an.

»Ihr solltet reden.«

Emma erwiderte sekundenlang nichts. »Ich wüsste nicht, worüber.«

»Willst du wieder einfach so verschwinden? Ohne Aussprache? Was hast du denn zu verlieren, wenn du ihn anhörst?«

»Meine Würde«, erwiderte sie abwesend. »Meinen Stolz.«

Olivier schüttelte den Kopf. »Du machst es dir sehr einfach, Emma. Du bist vor vielen Jahren gegangen. Denkst du, das Leben stand seither still? Du hast doch sicher auch nicht wie eine Nonne in Deutschland gelebt.«

Emma wandte das Gesicht ab. Über ihr vergangenes Liebesleben wollte sie jetzt ganz sicher nicht mit Olivier sprechen. »Ich dachte, wir könnten ...«, begann sie leise, bevor sie ihn wieder ansah. »Ich hatte mir ernsthaft überlegt, nach Collioure zurückzukommen.«

»Was hält dich dann jetzt davon ab?« Er umfasste ihre Schultern. »Verdammt, Emma. Wir lieben dich. Papa würde sich riesig freuen. Und die Kinder, Carine und ich ebenfalls. Du bist meine Schwester. Weißt du, wie sehr du mir gefehlt hast?«

»Ich könnte es nicht ertragen. Simone ...«

»Vergiss doch diese blöde Kuh«, mahnte er eindringlich. »Du lässt dich doch nicht von dieser Schnepfe vertreiben. Léon hat einen Fehler gemacht, ja. Menschen machen Fehler. Aber ich glaube, er selbst bereut das am allermeisten. Und dass er sich um Yannick kümmert, sollte selbstverständlich sein. Er hat Verantwortung übernommen. Das zeugt doch von Größe.«

»Bin ich jetzt die Böse?«

Olivier schüttelte lächelnd den Kopf. »Du bist nicht die Böse. Und warst es auch nie. Du bist konsequent und manchmal vielleicht etwas stur, aber ...« Er zog sie an sich. »Bleib, wie du bist, Emma. Aber sei nicht so streng mit dir. Und mit anderen. Wir sind alle nicht perfekt.«

Emma lenkte den Blick wieder zurück auf die Wellen und betrachtete die gleichmäßigen Bewegungen. Es wehte nur ein schwacher Wind, die Luft war für März recht mild. Könnte sie sich doch einfach treiben lassen wie die Möwen auf dem Wasser! Warum musste nur alles so furchtbar kompliziert sein? War sie wieder einmal zu selbstgerecht gewesen? Hatte sie seit ihrer Rückkehr an die Purpurküste nicht schon mehrfach erkennen müssen, dass ihre Sturheit sie keinen Schritt weitergebracht hatte? Sie legte den Kopf auf Oliviers Schulter und wischte sich eine Träne von der Wange, die sich still und heimlich gelöst hatte.

28

Liebevoll ordnete Emma am nächsten Morgen die Macarons in der Auslage an. Sie hatte am späten Abend noch drei verschiedene Crememischungen kreiert und die Gebäckhäubchen damit gefüllt. Der Anblick der bunten Macarons ließ Emmas Laune etwas steigen, auch wenn sie die halbe Nacht nicht geschlafen hatte. Immer wieder hatte sie in die Dunkelheit gestarrt und daran denken müssen, wie wunderschön die Nacht davor gewesen war. Wie geborgen sie sich fühlte, als sie ihre Hand nur ausstrecken musste, um Léon zu spüren. Wenn sie nun jedoch an ihn dachte, erschien unweigerlich das eingebildete Gesicht von Simone im Vordergrund.

Emma richtete sich auf und schnaufte schwer. Wie hatte er sich auf diese dumme Pute einlassen können! Sie stellte sich vor, wie seine Hände über Simones Körper wanderten, wie er sie küsste, wie er … Ihr wurde schwindlig. Der Schmerz saß so tief, dass sie Mühe hatte, an etwas anderes zu denken. Wie ein zartes Pflänzchen hatte sich ihre neu erwachte Liebe angefühlt. Emma hatte sich ausgemalt, wie sie Léon eröffnen würde, dass sie nun für immer zu ihm zurückkehren würde. Sie musste an ihre Nichten denken, die sie regelmäßig sehen könnte. An ihren Vater, ja, sogar an Camille. Sie konnte auch ohne Léon hierbleiben. Bei ihrer Familie. In ihrer Heimat.

Im nächsten Moment trat Mathilde mit ihrer Mutter in den Laden. »Bonjour, Emma.«

»Bonjour, die Damen«, grüßte sie zurück, während sie sich um ein Lächeln bemühte.

»Ist heute Macaron-Tag?«, wollte Mathildes Mutter wissen.

»So ähnlich. Zoé hat das andere Gebäck erst mal abbestellt, bis sie weiß, wie es mit ihrer Mutter und damit auch mit der Patisserie weitergeht. Da der Laden leer steht, dachte ich, ich starte ein kleines Experiment und teste, wie die Kunden auf eine reine Macaronproduktion anspringen.«

Mathilde lachte. »Wir nehmen vierzehn. Oder, Maman?«

»Vierzehn klingt gut.« Ihre Mutter nickte. »Sieben für mich und sieben für dich.« Dann wandte sie sich an Emma. »Ich wette, dass die Auslage in wenigen Stunden wie leer gefegt sein wird.«

Emma verzog das Gesicht. »Dann wäre mein Experiment geglückt.«

»Süße Teilchen bekommt man hier in jeder Konditorei. Aber diese Macarons – die sind einzigartig. Glauben Sie einer alten Frau.«

Emma seufzte. »Danke.«

»Wir haben zu danken«, erwiderte Mathilde, während sie den Karton entgegennahm, in den Emma die Macarons gelegt hatte. »Fünf mit der Zitronenfüllung, fünf mit der Vanillefüllung und vier mit weißer Schokoladenganache.«

Die Mutter der Malerin verdrehte die Augen. »Ich glaube, bis heute Nachmittag halte ich es nicht aus.«

Emma lachte und verabschiedete die beiden.

Im Laufe des Vormittags bewahrheitete sich Madame Marais´ Prophezeiung. Als Lara um kurz nach elf bei Emma vorbeischaute, lagen noch zehn Macarons in der Theke.

»Ich komme zu spät«, jammerte sie lächelnd.

»Ich hatte zweihundert Stück gebacken.«

»Wow!« Laras Augen weiteten sich. »Ich nehme die restlichen.«

Während Emma das Gebäck verpackte, wollte Lara wissen: »Wie läuft es denn?«

»Was meinst du?«

»Mit deinem Vater, mit der Konditorei. Und mit Léon ...«

Emma stöhnte. »Ganz falsches Thema.«

»Oje! Was ist passiert?«

Sie winkte ab. »Beendete Beziehungen sollte man einfach nicht noch mal aufwärmen. So einfach ist das.«

»Du klingst nicht glücklich.«

Emmas Augen begannen zu brennen.

»Ich wollte nicht ...« Lara ließ die Schultern sacken. »Es tut mir leid.« Sie nahm den Karton entgegen und bezahlte. »Wenn du reden möchtest, Emma ... du weißt, wo du mich findest.«

In dem Moment läutete die Türglocke erneut. Emma erstarrte, als sie Léon erblickte.

»Bonjour«, grüßte er mit ernster Stimme, während er fragend zu Lara sah. Die zuckte mit den Achseln und wandte sich an Emma: »Mein Angebot gilt.«

»Danke«, murmelte sie angespannt und beobachtete, wie ihre Nachbarin den Laden verließ.

»Können wir reden?«

Sie erwiderte Léons Blick. »Ich arbeite.«

Er nickte und deutete auf die Auslage. »Du bist ausverkauft.«

»Ich ...«, begann Emma zu stammeln und wandte den Blick ab. Aus dem Augenwinkel bemerkte sie, dass Léon das »Geöffnet«-Schild an der Tür umdrehte.

»Was tust du da?«

»Dein Geschäft schließen. Deine Waren sind alle.«

»Du kannst doch nicht einfach …«

Er trat hinter die Theke und musterte sie mit eindringlichem Blick. »Wo sind die Schlüssel?«

Unsicherheit machte sich in Emma breit.

»Die Schlüssel?« Er streckte die flache Hand aus.

Sie wusste nichts zu erwidern. Schweigend gab sie ihm den Ladenschlüssel.

Nachdem er abgeschlossen hatte, ließ er die Jalousien am Schaufenster herunter und kehrte zu Emma zurück.

»Was willst du? Ich habe dir gestern doch gesagt, dass ich keine …«

Léon stellte sich dicht vor Emma, sodass sie zu ihm aufschauen musste. »Ich hätte dir von Beginn an reinen Wein einschenken müssen.« Er nahm ihr Gesicht in seine Hände.

Emma schluckte. Ihr Magen krampfte sich sehnsüchtig zusammen. Die Haut unter seinen Fingern begann zu kribbeln. Sie rang um Fassung. »Du hast mit Simone geschlafen.«

Er nickte grimmig. »Ja, das habe ich. Aber ich habe einen Sohn. Und Yannick ist … Ich liebe ihn über alles, verstehst du das? Er kann nichts dafür. Mir war von Anfang an klar, dass Simone und ich niemals eine Familie sein werden. Aber jetzt sind wir eben gemeinsam Eltern.« Er atmete tief durch. »Und mir ist sehr wohl bewusst, wie gehässig sie sich dir gegenüber all die Jahre verhalten hat.« Er fuhr sich mit der Hand über das Gesicht. »Ich kann es nicht mehr rückgängig machen. Was geschehen ist, ist geschehen.« Er machte eine Pause und strich zärtlich über ihre Wange.

Emma hielt den Atem an. Ihre Haut begann zu glühen.

»Was ich aber beeinflussen kann, ist die Gegenwart. Und die Zukunft.« Er hauchte ihr einen Kuss auf die Wange. »Emma, ich liebe dich. Ich liebe dich seit dem Tag, an dem wir uns begegnet sind. Das ist mittlerweile fast zehn Jahre her. Von denen wir sieben nicht zusammen waren.« Er schloss kurz die Augen.

Seine Worte wühlten Emmas Inneres zutiefst auf, sie wusste nicht mehr, was sie noch denken sollte.

»Wenn ich mir nur vorstelle, dass du dich in Deutschland mit anderen Männern getroffen hast, dass du sie geküsst hast, sie ...« Er brach ab. »Ich weiß, dass wir nicht zusammen waren. Und mir ist auch klar, dass ich keinerlei Anspruch auf dich habe. Aber allein die Vorstellung, wie du mit einem anderen ...« Er schüttelte den Kopf. »Glaub mir, Emma. Ich weiß, wie du dich fühlen musst.«

Das Herz klopfte Emma bis zum Hals. »Für mich gab es nie einen anderen«, hauchte sie leise.

Léons Blick wurde intensiver. »Was?«

Sie nickte. »Ich ...« Verlegen senkte sie den Blick. »Ich hatte in Deutschland keinen Freund. Ich konnte nicht ...« Sie kämpfte mit den Tränen.

»Du hast noch nie mit einem anderen ...«

Sie schüttelte den Kopf.

»Emma, Süße.« Léon legte seine Hand unter ihr Kinn und hob ihr Gesicht an. »Weißt du, was du da gerade sagst?«

Sie erwiderte nichts.

Vorsichtig zog Léon sie dichter an sich heran und streichelte ihren Rücken. »Es tut mir so leid. Du kannst dir gar nicht vorstellen, wie sehr.«

»Ich bekomme diese Bilder nicht aus dem Kopf«, schluchzte Emma an seiner Brust, während sie ihre Tränen wegwischte. »Simone und du und ...«

»Vergiss es, Emma. Bitte. Stell dir das nicht vor.« Während er beruhigend auf sie einredete, brachen in Emma alle Dämme, und sie begann, noch verzweifelter zu schluchzen.

»Sie ... wird mich immer wieder ... daran erinnern«, wimmerte sie hilflos.

Léon schob sie ein Stück von sich weg und sah sie eindringlich an. »Emma, ich liebe dich, nicht Simone. Egal, was sie sagt, egal, was sie tut. Du bist die Frau, mit der ich mein Leben verbringen möchte. Und ich werde es kein zweites Mal zulassen, dass du gehst, ohne dass wir alles zwischen uns geklärt haben.«

»Was gibt es denn zu klären?« Emma weinte bitterlich. »Da ist dieses Kind, das euch ewig aneinander bindet.«

Seine Miene nahm einen bekümmerten Ausdruck an. »Yannick ist ein toller Junge.« Er zögerte. »Ich würde mir wünschen, dass du ihn kennenlernst. Aber ich habe auch ein Leben. Und das möchte ich endlich wieder mit dir teilen. Und zwar nur mit dir und keiner anderen Frau. Verstehst du das?«

Sie nickte und blickte ihm in die Augen. Dieses strahlende wunderschöne Blau, das sie seit ihrer ersten Begegnung am Strand nicht mehr losgelassen hatte.

»Ich liebe dich, Léon. Aber ich weiß nicht, ob ich es schaffe, mit dieser Situation umzugehen.«

»Du bist die stärkste Frau, die ich je getroffen habe.« Er nickte nachdrücklich. »Und ich weiß, dass du es schaffst. Ich werde dir helfen.« Er schnaufte. »Ich muss mir über so einiges Gedanken machen. Zum Beispiel über meinen Job, mit dem ich absolut nicht mehr zufrieden bin. Aber ich möchte dich an meiner Seite wissen. Bitte, versuch es. Bitte, geh nicht mehr nach Deutschland zurück.«

Emma fuhr mit einer Hand zärtlich über sein Haar. »Wäre ich nur nie von Collioure weggegangen ...«

Er lächelte. »Würdest du nur jetzt nicht gehen ...«

»Ich kann dir nichts versprechen, Léon«, erklärte sie leise.

»Das musst du auch nicht, Emma. Lass uns einfach sehen, wie

es weitergeht.« Er zögerte. »Kommst du heute Nachmittag zu unserem Turnier? Yannick wird auch da sein.«

Emma schluckte. »Du möchtest ihn mir vorstellen?«

Er nickte. »Es wäre mein größter Wunsch.«

Sie bemühte sich um ein Lächeln. »Gut, ich komme.«

»Ich freue mich.« Er hauchte ihr einen Kuss auf die Stirn. »Und Senna wird sich auch sehr freuen«, setzte er grinsend hinzu.

Meine geliebte Claire,

in mir wächst die traurige Gewissheit, dass ich dich nicht mehr wiedersehen werde. Jeden Tag werden weitere Insassen abgeholt. ›Verlegt‹, wie sie es nennen. Doch wir alle ahnen, welches Schicksal auf die Abreisenden wartet. Zu viele Gerüchte sind im Umlauf. Es ist nur noch eine Frage der Zeit, bis Jeanne auch meinen Namen aufrufen wird. Die Baracken des Lagers sind überfüllt. Ständig kommen Neuzugänge hinzu, die aus anderen Lagern nach Rivesaltes überführt werden, um wenig später ›weiterzureisen‹. Wochenlang habe ich gebangt und gehofft. Ich kann es kaum glauben, aber es sind nun schon zwei Monate vergangen, seit Jeanne dich in das Heim gebracht hat. Ach, Claire, wenn ich daran denke, dass ich dich in dieser unmenschlichen und grausamen Welt allein zurücklassen muss, meine ich, keine Luft mehr zu bekommen.

Jeanne war vorhin bei mir und hat mir eine frohe Nachricht überbracht. Gestern Abend war sie kurz in deinem Kinderheim und hat dich dort gesehen. Du hättest enorm zugenommen. Deine Wangen seien rosig gewesen, deine wunderschönen Augen hätten geglänzt, als sie dich auf dem Arm hielt. Es gibt keine Worte, die widerspiegeln würden, wie sehr ich sie um diesen Moment beneide.

Wäre es mir doch nur ein letztes Mal vergönnt, deinen Duft zu riechen. Deine seidige Haut zu streicheln, deine kleinen Fingerchen an meinen zu spüren. Hätte ich doch die kurze Zeit, die uns blieb, nur intensiver genutzt! War mir bei unserem Abschied schon bewusst, dass es ein Lebewohl für immer werden würde? Nein, damals spürte ich noch ein Fünkchen Hoffnung.

Ich wollte, dass du es besser hast als hier im Lager bei mir. Wenn ich die Mütter sehe, die gemeinsam mit ihren Kindern ihre Taschen packen müssen, weiß ich, dass meine Entscheidung die richtige war.

Claire, du bist mein Fleisch und Blut. Ein Kind, das aus einer großen Liebe heraus geboren wurde. Und doch kann ich nichts tun, um dich glücklich zu machen. Wirst du auf dieser Welt jemanden finden, der dich so liebt wie ich? Wird sich ein gutherziger sanfter Mensch deiner annehmen? Ich hoffe es sehr. Mehr als das bleibt mir nicht.

Während ich im Schatten sitze und diese Zeilen schreibe, eilen schon wieder Frauen mit Taschen an mir vorbei. Ihre Blicke sind fahrig, ihre Mienen ausdruckslos. Haben sie sich mit ihrem Schicksal abgefunden? So wie ich? Wie muss es sich anfühlen, wenn man seine letzte Reise antritt?

Sollte der Krieg jemals enden, wird es für die jetzigen Inhaftierten von Rivesaltes zu spät sein. Niemand von uns wird dann mehr am Leben sein. Es bleibt mir nur, zu hoffen, dass dich irgendwo da draußen ein schönes Leben erwartet. Wie gern hätte ich dich auf deinem Weg begleitet. Hätte deine ersten Schritte verfolgt, deine ersten Worte bewundert. Die Liebe, die ich für dich empfinde, ist mit nichts vergleichbar, was ich bisher erlebt habe. Sie ist so rein wie das klare Wasser eines Bergsees, so tief wie die unendlichen Weiten der Ozeane. Eine Liebe, die durch nichts getrübt werden kann.

Ich beobachte, wie drei Frauen aus meiner Baracke treten. Zwei haben Taschen bei sich, die dritte trägt nichts, sondern starrt nur mit traurigem Blick auf den Boden. Mit schweren Schritten steuern sie auf die Gruppe zu, die eine lange Zweierreihe vor dem Verwaltungsbüro gebildet hat. Einige stehen dort bereits seit Stunden. Die Fläche liegt in der prallen Sonne, nirgends befindet sich auch nur der Hauch eines Schattens. Mein Blick wandert über die geröteten Gesichter. Vielen läuft der Schweiß über die Stirn, andere haben sich Tücher um ihren Kopf gebunden. Sie wissen es! Sie wissen es, genauso, wie ich es weiß. Wann wird es bei mir so weit sein? Wäre es nicht einfacher, sie hätten meinen Namen ebenfalls vorhin aufgerufen? Auf was warte ich? Was kann ich mit meiner Zeit noch anfangen? An Schlaf ist seit Dorotheas Abreise kaum noch zu denken. Manchmal nicke ich kurz ein, wenn die Erschöpfung allzu übermächtig wird. Doch der ständige Hunger und die nie endende Angst lassen es nicht zu, dass mein Körper zur Ruhe findet.

Sie haben unsere Essensportionen gekürzt. Ich nehme an, es hängt damit zusammen, dass sie die vielen Neuankömmlinge mitversorgen müssen. War es vorher schon knapp bemessen, so reichen die Mahlzeiten kaum noch aus, um auch nur für kurze Zeit das Hungergefühl auszuschalten.

Das Lagerleben ist in den letzten Tagen fast völlig zum Erliegen gekommen. Die Nähstube ist seit zwei Wochen geschlossen. Was so liebevoll von den Angestellten gestaltet worden war, erreicht die Häftlinge nicht mehr. Keiner von uns kann sich mehr dazu motivieren, Näharbeiten durchzuführen. Einige Insassen hatten schon vor Monaten mit zwei Schwestern einen kleinen Garten angelegt, wo Gemüse angepflanzt worden war. Gestern habe ich im Vorbeigehen gesehen, dass die Beete ausgetrocknet und verstaubt brachliegen. Auch hier findet sich niemand mehr, der sich um die Pflanzen kümmern möchte. Erst stirbt der Boden, dann sterben die ... Ich schaffe es nicht. Ich bin keine starke Frau, Claire. Alles, was ich immer wollte, war, ein normales Leben zu führen. Nichts Außergewöhnliches, *meine Ansprüche waren nie groß. Doch diesen Wunsch haben sie mir zerstört. Meine Liebe zu dir jedoch werden sie niemals zerstören.*

Deine Mama

Emma konnte den Schmerz dieser Frau kaum noch ertragen. Würde ein Wunder geschehen? Emmas Herz klopfte laut. Aufgewühlt legte sie eine Hand auf ihre linke Brust und schloss die Augen. Sie musste unbedingt die Identität der Autorin lüften. Es erschien Emma wie eine Art Vermächtnis, dass sie die Briefe in der dunklen Abstellkammer gefunden hatte. Wer, wenn nicht sie, sollte sich auf die Suche nach Mutter und Tochter machen? Mit einem dicken Kloß im Hals nahm sie den nächsten Brief auf und begann zu lesen.

Liebe Claire,

ich weiß nicht, wie viel Zeit mir noch bleibt und wie viele Briefe ich dir noch schreiben kann. Ich möchte die Zeit nutzen, um dir noch mehr über deine Mutter, über meine Familie und über deine Herkunft zu erzählen.

Habe ich dir schon verraten, dass ich Marienkäfer liebe? Diese kleinen roten Käferchen, die bei schönem Wetter über deine Hand laufen und einen passenden Platz für ihren Abflug suchen. Meist befindet er sich auf einer der Fingerkuppen. Ich finde, mit ihren roten Flügeln und den unzähligen Punkten sind sie sehr hübsch anzuse-

hen. Zu meinem sechsten Geburtstag nähte mir meine Mutter eine wunderschöne Marienkäfergirlande. Jedes Jahr kam dann ein weiterer Käfer dazu. Als ich zwölf war, fragte sie mich, ob die Girlande nicht zu kindisch sei. Doch ich liebte die fein genähten Käferchen und bestand weiterhin darauf, dass sie mir meine Geburtstage versüßten. Ach, welch wundervolle Zeiten waren das. Zum Geburtstag gab es immer einen feinen Zitronenkuchen mit dicker süßer Glasur obenauf. Ja, meine Mutter wusste es wahrlich, Feste zu feiern. Die Eltern meines Vaters waren früh gestorben, aber meine Oma mütterlicherseits versäumte keinen meiner Ehrentage. Es war eine behütete Kindheit. Ich fühlte mich geborgen und umsorgt, auch wenn meine Mutter und mein Vater viel in unserer Schneiderei arbeiteten.

Jeden Mittag nach der Schule durfte ich mit meiner Oma, die ganz in der Nähe von uns wohnte, zu dem Laden von Frau Krause gehen. Dort suchte ich mir drei Bonbons heraus und hob sie sorgsam auf bis nach dem Mittagessen. Meist entschied ich mich für Vanille, Schokolade und Karamell. Ab und zu durfte es aber auch Erdbeere oder Kirsche sein. Wenn ich daran denke, meine ich fast, den Geschmack der Bonbons auf der Zunge zu spüren. Was wohl aus Frau Krause geworden ist? Sie war damals schon sehr alt. Doch wenn meine Oma sie darauf ansprach, pflegte sie stets zu sagen, dass ein Leben ohne ihr Geschäft für sie nicht vorstellbar sei. Es war einer dieser Läden, die bis unter die Decke mit allerlei Krimskrams vollgestopft waren. Ich glaube, es gab nichts, was man nicht bei Frau Krause bekommen konnte. Die Bonbons standen immer in einem großen runden Glas auf der schmalen Theke, direkt neben der Tageszeitung. Ja, ich sehe die Regale mit dem Waschmittel, den Seifen und den Konserven regelrecht vor mir.

Das Leben war schön.

Oft bin ich mit Papa an den Samstagnachmittagen zu einem nahe gelegenen Feld gegangen, um Ball zu spielen. Meistens kamen noch andere Kinder aus der Nachbarschaft hinzu, und wir kickten und warfen, bis die Dunkelheit uns nach Hause trieb. Dort wartete meine Mutter mit dem Abendessen auf uns, bei dem ich ihr stets aufgeregt von unseren Erlebnissen der vergangenen Stunden berichtete. Keiner von uns ahnte in diesen Momenten, welch traurige und furchtbare Zukunft auf uns warten würde. Wir waren damals glücklich. Meine Eltern waren nicht reich, aber es ging uns gut. Wir hatten alles, was wir benötigten.

Meine geliebte Claire, dies sollte ein freudiger Brief werden, der dir Mut macht, der dich auf das Leben, das dich erwartet, neugierig machen soll. Doch ich merke, dass ich es schon wieder nicht schaffe, die düsteren Gedanken auszuschalten. Daher rufe ich mir jetzt einen der schönsten Momente meines Lebens ins Gedächtnis. Deine Geburt.

Die Schmerzen begannen mitten in der Nacht. Zuerst war mir gar nicht bewusst, dass es wirklich schon so weit war. Doch als die Wehen schlimmer wurden, ich kaum noch wusste, wohin mit mir, wenn mich die nächste Welle ergriff, benachrichtigte Dorothea Jeanne, die sofort herumtelefonierte, um die Hebamme zu erreichen. Man brachte mich in einen freien Bereich in der Krankenbaracke.

Deine Geburt war lang und anstrengend. Nie zuvor hätte ich mir solch unbeschreibliche Schmerzen vorstellen können. Doch als ich dich zum ersten Mal erblickte, überlagerte mein Glück die Erinnerungen an die letzten Stunden. Du warst so winzig klein. Ein Bündel, eingepackt in ein viel zu großes Tuch. Die Hebamme wusch dich und legte dich dann neben mich auf die Pritsche. Ich konnte meine Augen nicht von dir abwenden. Deine kleine Nase, die hellen Augen, das spärliche Haar. Du warst ein Wunder. Ein kleines Menschlein, das in meinem Körper herangewachsen war, ungeachtet all der Widrigkeiten, die meine Schwangerschaft begleitet hatten. Ganz vorsichtig berührte ich deine rosigen Wangen und streichelte sie. Wie zart und weich deine Haut war! Wie klein deine Zehen, wie dünn deine Fingerchen. In jenem Augenblick glaubte ich ganz fest, dass nun alles gut werden würde. Kein Mensch konnte doch zulassen, dass einem kleinen unschuldigen Wesen wie dir etwas zustieße. Dieser Gedanke erschien mir völlig abwegig. Wie sehr hatte ich mich getäuscht! Alle Versuche Jeannes, uns beide aus dem Lager freizubekommen, scheiterten. Sie wollten mich nicht gehen lassen. Ich musste bleiben – und ließ dich gehen, auch wenn es mir fast das Herz zerriss.

Ich fürchte sehr, dass du die Sprache deiner Mutter niemals erlernen wirst. Aber vergiss bitte nie, wo du herkommst. Deutschland ist meine Heimat. Und auch wenn die Nazis mein Schicksal besiegelt haben und daran schuld sind, dass wir uns niemals kennenlernen können, möchtest du später vielleicht irgendwann einmal wissen, wo deine Mama und deine Großeltern herkamen.

Der Tag neigt sich dem Ende zu, es ist spät. Die Dämmerung bricht bereits herein. Überall begegnen mir verzweifelte Gesichter, verwahrlost wirkende Kinder in Kleidung, die Lumpen gleicht. Der Gedanke an dich scheint mir noch das einzig Reine, das einzig Schöne in dieser Umgebung des Elends zu sein.

So viele kleine und große Kinder um mich herum, die hoffentlich noch nichts von ihrem schweren Schicksal erahnen.

Jeanne war gerade da. Fünf weitere Frauen müssen ihre Sachen packen. Morgen geht der nächste Transport ins Ungewisse. Mein Name ist nicht gefallen. Sollte ich doch Glück haben? Oder ist dieses Wort angesichts der beängstigenden Situation fehl am Platz? Ich höre ihr Schluchzen hinter mir. Das markerschütternde Geräusch verursacht mir eine Gänsehaut. In den Augen der Nazis sind wir keine Menschen.

Aber Claire, bitte glaube mir. Sie liegen falsch. Wir sind kein Ungeziefer, keine Parasiten. Wir sind liebenswert und empathisch, gü-

tig und mild. Und ich glaube fest daran, dass das Gute siegen wird. Irgendwann. Du wirst diesen Zeitpunkt noch erleben.

Deine Mama

Emmas Blick fiel auf die letzten beiden Briefe. Sollte sie …? Nein. Entschlossen schob sie sie zur Seite. Heute hatte sie keine Kraft mehr dazu. Das Gelesene konnte sie so schnell nicht verdauen. Diese Hoffnungslosigkeit, diese unglaublich tiefgehenden Emotionen, die aus jeder Zeile sprachen, waren das Ergreifendste und zugleich das Schrecklichste, was Emma je in ihrem Leben gelesen hatte. Minutenlang blieb sie stumm am Esstisch sitzen und starrte ins Leere. Nachdem Léon gegangen war, um seinen Sohn abzuholen, hatte Emma sich entschlossen, die Konditorei zu schließen und sich erneut den Briefen zu widmen.

Als Balou jetzt angetrabt kam und ihre Hand anstupste, begann sie, ihn mechanisch zu streicheln. Was würde ihre eigene Mutter zu den Worten dieser Frau sagen? Und Léon, der selbst ein Kind hatte? Mit einer Frau, die Emma abgrundtief hasste, setzte sie stumm hinzu. Nachdenklich stützte sie ihre Ellenbogen auf und legte den Kopf in die Hände. Zu viel stürmte auf Emma ein. Die eigenen Sorgen um ihren Vater, der noch immer nicht laufen konnte, die Wahrheit über ihre Mutter, Léons Affäre mit Simone, die nicht folgenlos geblieben war, und nicht zuletzt diese Briefe einer unbekannten Mutter, die tragischer nicht sein könnten.

Emma blickte zur Decke und atmete tief aus. Sie musste endlich wieder zur Ruhe kommen, ihre Situation klären und sich darüber Gedanken machen, wie es weitergehen sollte. Beherzt erhob sie sich und sah den Pudel an, der noch immer neben ihr stand.

»Machen wir einen kleinen Ausflug zu Senna?« Sie wollte zum Bouleturnier aufbrechen. Gleich würde Emma Yannick kennenlernen. Sie warf einen Blick auf die Briefe. Was hatte diese Frau nicht alles geschafft? Dagegen wirkte Emmas Herausforderung geradezu lächerlich. Sie würde dem Sohn des Mannes begegnen, der ihr mehr bedeutete, als sie sich all die Jahre hatte eingestehen wollen. Ihr war klar, dass Leugnen nichts nutzte. Die ganze Zeit hatte sie tief in sich gespürt, dass es kein anderer Mann mit Léon aufnehmen konnte. Auch wenn ihr nicht bewusst gewesen war, wie sehr ihr erster Freund ihr noch immer in den Knochen, in ihrer Seele steckte, mittlerweile war sie einfach zu alt, um sich noch länger etwas vorzumachen. Emma hatte keine Ahnung, was geschehen würde, wenn Simone vor ihr stehen und sie erneut angehen und zu demütigen versuchen würde. Was sie jedoch wusste, war, dass sie diesmal nicht einfach abhauen würde. Sie würde kämpfen. Um ein neues Leben, um ihr Glück und vor allem um den Mann, den sie seit vielen Jahren über alles liebte. Sie schnappte sich ihre Tasche und verließ mit Balou die Wohnung.

29

Als Emma am Boulodrome ankam, begann Balou augenblicklich, wie ein Verrückter an seiner Leine zu zerren. Schon von Weitem erkannte Emma Léons weiße Hündin Senna, die neben einem kleinen dunkelhaarigen Jungen verharrte, der auf einer Holzbank saß und den Pudel ausgiebig kraulte. Der Anblick versetzte ihr einen leichten Stich. Das musste Léons Sohn sein. Sie schluckte, während sie Balous Leine fester umgriff.

»Warte, du Irrer!«

Mit klopfendem Herzen näherte sie sich den Boulebahnen, an denen sich Dutzende von Männern tummelten. Einige Frauen standen in Grüppchen zusammen, lachten und unterhielten sich. Emma ließ den Blick über die Leute wandern, bis sie neben der hinteren Bahn Léon entdeckte, der mit Tristan, seinem besten Kumpel, und einigen anderen Männern zwei Spielern beim Werfen der Kugeln zusah.

Es herrschte eine ausgelassene Stimmung. An der Vereinshütte war ein langes Büfett aufgebaut, auf dem unzählige Kuchen auf Abnehmer warteten. Balou, der nicht mehr zu bremsen war, seit er Sennas Anwesenheit gewittert hatte, zog Emma unaufhörlich in die Richtung der Hündin.

»Was ist denn nur mit dir los?«, schimpfte Emma nervös, während sie an seinem Halsband herumnestelte, um ihn freizulassen.

Der Rüde nutzte die neu gewonnene Freiheit sofort und stürzte auf seine Herzensdame zu. Kopfschüttelnd folgte Emma ihm.

»Salut«, grüßte sie den Jungen, der mit großen Augen die beiden Pudel beobachtete, die sich abwechselnd umkreisten, bevor sich wieder einer von ihnen mit erhobenem Hinterteil flach auf den Boden legte, um den anderen zum Spielen aufzufordern.

»Salut«, erwiderte der Junge abwesend, ohne den Blick von den Hunden abzuwenden.

Emma ließ sich neben dem Kind nieder. Er war klein und zierlich. Léons Sohn! Emma betrachtete ihn unauffällig. »Die beiden sind wirklich unzertrennlich.«

»Sie kennen sich?« Jetzt sah der Junge zu Emma. Er hatte Léons Augenfarbe, schoss es ihr augenblicklich durch den Kopf. Und sein Haar. Simone war hellblond. Von ihr hatte er die schmale Nase geerbt.

»Ja, seit ein paar Tagen.« Sie lächelte. »Das ist Balou. Und ich bin Emma.«

»Yannick. Mein Papa liegt mit seiner Mannschaft vorn.«

Emma musste schmunzeln, als sie die Begeisterung in Yannicks Augen erblickte.

»Emma.« Beim Klang von Léons Stimme tobte es in Emmas Bauch. Sie sah auf. Léon stand lächelnd vor ihnen und deutete auf die Hunde. »Mal sehen, wie lange das mit den beiden in diesem Trubel gut geht. Habt ihr euch schon miteinander bekannt gemacht?« Léon sah unsicher von Emma zu Yannick.

Sie nickte.

»Hast du einen Moment?«

Unsicher musterte Emma Yannicks Gesicht, bevor sie sich erhob.

»Wir kommen gleich wieder, Großer, d'accord?« Léon nickte

seinem Sohn aufmunternd zu, bevor er Emma bedeutete, ihm zu folgen.

Einige Meter von der Menge entfernt blieb er stehen. »Er weiß nichts von uns.«

Sie zuckte mit den Achseln.

»Ich würde es ihm gern in Ruhe erklären. Nicht hier auf dem Platz zwischen all den Leuten.«

»Wie du meinst.« Sie kam sich unbeholfen vor. »Ich kenne mich mit so etwas nicht aus.«

»Ich möchte nur nicht, dass du denkst ...« Er verdrehte die Augen. »Wenn Yannick nicht da wäre, würde ich mich dir gegenüber anders verhalten. Verstehst du, was ich meine?«

Sie musste schmunzeln. »Du möchtest andeuten, dass du ohne die Anwesenheit deines Sohnes hier vor aller Welt über mich herfallen würdest?«

Léon lachte leise. »Nicht ganz, aber so ähnlich.« Sein Blick wurde intensiver. »Vielleicht könnte ich es dir heute Abend unter vier Augen erklären.«

»Erklären?« Sie verzog das Gesicht.

»Zeigen?«, raunte er leise.

»Das klingt schon besser.«

»Ich freue mich sehr, dass du doch gekommen bist.«

»Es ist seltsam für mich«, bekannte Emma ehrlich. »Yannick ist ein süßer Junge. Ich kann dir nichts versprechen, aber ich gebe mein Bestes.«

»Du bist toll.« Er berührte kurz ihre Hand mit seiner. Scheu, fast züchtig, bevor er sie wieder losließ und leise fluchte.

»Was hältst du davon, wenn ich mir die drei gleich schnappe und eine Runde am Wasser mit ihnen drehe?«, schlug Emma vor.

Léon sah sie sekundenlang schweigend an. »Du bist wirklich unglaublich.«

»Warte ab, bis ich das erste Mal mit der lieben Simone aneinandergerate.«

Léon lachte erneut.

»Du gehörst mir.« Sie tippte Léon auf die Brust. »Und ich werde dich mit keiner anderen Frau teilen.«

»Weißt du, was ich jetzt am liebsten mit dir tun würde?« Seine Stimme klang rau.

»Denkst du an eine Wiederholung von vorletzter Nacht?« Sie lachte ihn wissend an.

»Eine Wiederholung?« Er schüttelte den Kopf. »Eine Steigerung!«

»Vielleicht gehst du erst mal kalt duschen, bevor ihr wieder an der Reihe seid«, frotzelte sie, während ihr Herz einen kleinen Hüpfer vollführte.

»Man sollte neu erwachte Energien entsprechend nutzen und nicht wegduschen.« Er grinste.

»Ich drücke euch die Daumen. Wann seid ihr wieder dran?«

Léon blickte auf die Uhr. »In einer Dreiviertelstunde.«

»Bis dahin sind wir zurück.« Sie nickte ihm noch mal zu, bevor sie auf den Jungen zusteuerte und ihm ihren Vorschlag unterbreitete.

»Ja, klasse«, freute sich Yannick und sprang auf. »Komm, Senna. Wir gehen mit Balou und Emma Gassi.«

»Maman mag Senna nicht«, begann Yannick, als sie den beiden Pudeln beim Herumtollen am Wasser zuschauten. »Sie mag gar keine Tiere.«

»Das ist schade«, erwiderte Emma, während sie ein Segelboot fixierte, das von den Wellen sanft hin und her geschaukelt wurde. »Ich arbeite in einem Zoo, weil ich Tiere über alles liebe. Sie interessieren sich nicht dafür, ob du arm oder reich, dick oder dünn, groß oder klein bist. Wenn du sie gut behandelst, geben sie dir ihre Dankbarkeit zurück.«

»Gibt es da auch Löwen und Elefanten?«

Sie lächelte. »Ja. Ich arbeite allerdings in der Südamerikaanlage. Dort betreue ich zum Beispiel die Alpakas.«

»Ich mag Alpakas«, verkündete Yannick, während er einen Kiesel aufhob und ins Meer schleuderte. »Die sehen witzig aus.« Mit einem lauten Platsch kam der Stein auf der Wasseroberfläche auf und sank augenblicklich in die Tiefe.

Emma musste grinsen.

»Wo ist dieser Zoo?«

»In Deutschland. In Stuttgart, das liegt in Süddeutschland.«

»Oh«, seufzte Yannick. »Das ist aber weit weg. Warum arbeitest du in Deutschland?«

»Das ist eine lange Geschichte«, brachte Emma vorsichtig an. »Die erzähle ich dir ein andermal, wenn du magst.«

»Wann fährst du wieder dorthin?«

Emma musste an Léon denken, an ihren Vater, an Olivier und die Mädchen. Ihr Herz wurde schwer. »Ich weiß es noch nicht genau. Eigentlich muss ich nächstes Wochenende zurück.«

»Dann können Senna und Balou sich ja gar nicht mehr sehen.« Seine Stimme klang traurig.

»Vielleicht ja doch.« Emma versuchte, den Kloß in ihrer Kehle zu ignorieren. »Es ist momentan ein wenig schwierig.«

»Das sagt Papa auch immer. Und Maman ebenfalls.« Er zog eine Schnute. »Ich glaube, ich möchte nicht erwachsen werden, wenn es immer schwierig ist.« Er zögerte. »Mein Papa lebt nicht bei uns, weißt du?« Er zog seine Mundwinkel nach unten.

»Bist du deshalb traurig?« Emma sah den Jungen von der Seite an.

Er zuckte mit den Achseln. »Karims Vater lebt in Paris, und Myriams Eltern haben sich gerade getrennt.«

»Sind das Freunde von dir?«

Er nickte.

»Maman ist oft böse auf Papa«, erklärte Yannick nach einigen Sekunden des Schweigens.

»Böse? Warum das denn?«

»Erst war sie sauer, als er sich Senna geholt hat.« Er schluckte. »Sie hat sie schon öfter als Köter bezeichnet.«

»Das tut dir weh«, stellte Emma fest, während sie an Simones perfekt geschminktes Gesicht, ihre fein manikürten Fingernägel und die Designerklamotten, ohne die sie nie unterwegs war, denken musste.

Er nickte. »Senna ist meine Freundin. Sie ist kein Köter. Maman meint, Papa könne viel mehr erreichen, wenn er nur wolle. Er sei undiszi...« Er brach ab.

»Undiszipliniert?«

Wieder nickte Yannick.

»Und dein Papa?«

»Papa redet gar nicht über Maman. Wenn ich bei ihm bin, unternehmen wir coole Sachen. Er hat uns schon öfter ein Boot gemietet und ist mit mir aufs Meer gefahren. Und einmal sind wir bis an den Atlantik gefahren.« Seine Augen leuchteten auf. »Weißt du, was es da für große Wellen gibt?«

»Wow, das klingt spannend. Ich war noch nie am Atlantik.«

»Vielleicht kannst du mal mitkommen, wenn wir wieder hinfahren? Und Senna und Balou kommen auch mit.« Doch im nächsten Moment nahm seine Miene einen betrübten Ausdruck an. »Aber dann bist du ja gar nicht mehr da.«

Emmas Herz machte einen Sprung. Sie begann, den Kleinen zu mögen.

»Deine Schuhe sind cool.« Er zeigte auf die Doc Martens. »Die Farbe ...« Er grinste. »Na ja, aber in Schwarz oder Blau könnte ich auch ...«

Sie lachte. »Mal sehen, was dein Vater dazu sagt.«

»Woher kennst du Papa?«

Emma musste lachen. »Wir haben uns schon vor vielen Jahren kennengelernt. Als wir noch jünger waren.«

»Bist du jetzt seine Freundin?«

Überrascht blickte sie zu ihm hinab, bevor sie sich bückte und ebenfalls einen Stein aufhob. Sie blickte auf die Wasseroberfläche, die im hellen Schein der Sonne wie Millionen Diamanten glitzerte und funkelte. »So ähnlich.«

Möwen kreisten über ihnen.

»Aber das geht doch gar nicht, wenn du in Deutschland bist und er hier.«

»Das ist etwas schwierig, ja«, gab Emma zu, während sie über den klugen Verstand des Kindes staunte.

»Karim sieht seinen Papa nur in den Ferien.«

»Paris ist auch ein Stückchen von Collioure entfernt«, erwiderte Emma und streckte Yannick den Stein hin.

»Wir wohnen in Béziers, Maman und ich«, erklärte Yannick, während er den Kiesel ins Meer warf. Die beiden Pudel stürmten augenblicklich auf die Stelle zu und reckten ihre Köpfe ins Wasser.

»Sie tauchen«, rief der Junge aus und deutete aufgeregt zu den Hunden. »Sieh mal, Balou hat seinen ganzen Kopf unter Wasser gesteckt.«

»Du bist also nur zu Besuch hier«, stellte Emma fest.

»Maman arbeitet in Béziers, und ich gehe dort zur Schule. Eigentlich wäre ich erst nächstes Wochenende bei Papa. Aber ich wollte ihn heute unbedingt anfeuern. Später holt Maman mich wieder ab.«

»Apropos anfeuern«, entfuhr es Emma. Sie sah auf die Uhr. »Lass uns zurückgehen. Dein Papa ist in fünf Minuten an der Reihe.«

• • •

Zwei Stunden später stand Emma allein mit Lynette Sommène in der kleinen Küche von Léons Eltern und richtete eine Käseplatte her.

»Ich bin Lynette«, erklärte Léons Mutter, während sie den Kopf hob und Emma anblickte. »Jetzt kennen wir uns schon so lange. Da finde ich es nur angemessen, wenn wir uns endlich duzen.«

Emma lächelte. »Ehrlich gesagt dachte ich nicht, dass Sie ... dass du und dein Mann besonders begeistert seid, wenn Léon mich einfach so ohne Vorwarnung zum Abendessen mitbringt.«

Lynette richtete den Käse auf der Platte an und legte ein paar Oliven dazu. Bei Emmas Worten hielt sie inne. »Ich liebe unseren Enkel wirklich über alles, aber seine Mutter ...« Sie hob die Brauen. »Ich weiß nicht, was Léon sich dabei gedacht hat.« Jetzt blickte sie Emma fest in die Augen. »Nach dir gab es keine andere für ihn. Mein Sohn kümmert sich rührend um sein Kind, ist immer für Yannick da, unternimmt sehr viel mit ihm und sorgt sich. Er fährt mit ihm in Urlaub, macht Ausflüge, geht mit ihm schwimmen, hilft ihm bei Schulproblemen. Aber ohne Frau ...« Sie seufzte. »Ich möchte dir etwas gestehen, Emma. Am Anfang, also als ihr gerade zusammengekommen seid, da dachte ich oft, das kann nicht gut gehen.« Sie schaute auf. »Du kommst aus einer völlig anderen Welt.« Sie zeigte in die Küche. »Wir hatten nie viel. Alles, was übrig war, haben wir für Léon gespart. Damit er seine Träume verwirklichen kann. Ein Studium ist teuer.« Lynette öffnete den Kühlschrank und holte ein Stück Salami heraus. »Und dann auch noch ausgerechnet Jura. Aber er wollte es so. Und Léon ist unser einziger Sohn. Ich habe immer zu Philippe gesagt, der einzige Wunsch in meinem Leben ist, Léon dieses Studium zu ermöglichen.« Sie nickte. »Und glaub mir, es war nicht leicht. Aber wir haben es geschafft.«

»Léon hat mir erzählt, wie schwierig es für ihn war«, erwiderte Emma.

Lynette nickte. »Ja, er musste viele Entbehrungen hinnehmen. Zu Beginn eurer Beziehung … Dein Vater ist kein Unbekannter. Euer Haus, euer Leben – ich dachte damals, das passt alles nicht zu Léon.«

»Und was denkst du jetzt?« Emma nahm sich ein kleines Stückchen Käse.

Lynette verfolgte lächelnd ihre Bewegung. »Jetzt denke ich, dass es für Léon keine bessere Frau gibt als dich. Das dachte ich schon, bevor ihr euch getrennt hattet. Als du dann plötzlich Knall auf Fall weg warst, war ich erst sehr wütend auf dich. Dass du meinen Sohn einfach so hast sitzen lassen.«

»Ich hätte nicht gehen sollen«, resümierte Emma nachdenklich, während sie aus dem Küchenfenster sah. Eine Katze schlich in der untergehenden Sonne über das gegenüberliegende Dach.

»Ihr wart noch so jung«, beschwichtigte Lynette und stellte sich neben sie. »Und ihr habt noch immer so unendlich viel Zeit.«

Emma riss sich von dem Anblick los und konzentrierte sich wieder auf die Gegenwart. »Ich bin froh, dass ich zurückgekommen bin. Anfangs wollte ich nicht, ich war auf Papa sauer, auf Léon. Aber vielleicht war es auch die Angst vor der erneuten Konfrontation. Die Angst davor, meine eigenen Fehler einzugestehen.«

Lynette legte ihr einen Arm um die Schulter. »Ich wünsche

euch, dass ihr einen Weg findet. Léon und du. Du tust ihm gut. Seit du zurück bist, ist er so anders. Vorher waren da nur Yannick und sein Job. Und diese Arbeit ... sie macht ihn nicht glücklich.«

»Das hat er mir auch erzählt. Aber es ist nie zu spät für einen Wechsel.«

»Wo bleibt denn der Käse?«, murrte es aus dem Esszimmer.

Lynette zwinkerte Emma verschwörerisch zu, bevor sie die Glasplatte nahm und zu den Männern trug. »Voilà!«

»Frauengespräche?« Léon streckte seine Hand nach Emma aus. Sie ergriff sie dankbar und setzte sich wieder neben ihn.

»Ich habe Emma das Du angeboten«, eröffnete Lynette. »Schließlich gehört sie jetzt zur Familie.«

»Das ging ja schnell«, entfuhr es Léon.

»Brauchst du noch Bedenkzeit?«, neckte Emma ihn liebevoll.

Energisch schüttelte er den Kopf. »Keine Sekunde.«

»Ich bin Philippe«, erklärte sein Vater in dem Moment und angelte sich ein Stück Käse und zwei Oliven von der Platte.

»Danke«, setzte Emma an. »Ihr seid so nett. Nachdem wir euch einfach überfallen haben ... Sicher habt ihr nicht damit gerechnet, mich jemals wiederzusehen.«

»Aber gehofft haben wir es«, ergänzte Lynette lächelnd und sah zu ihrem Sohn.

»Wie geht es denn deinem Vater?«, wollte Philippe im nächsten Moment wissen.

»Er kann wieder relativ normal sprechen«, begann Emma zu berichten. »Aber das Laufen klappt noch nicht.«

»Das wird noch«, versuchte Léons Mutter sie zu beruhigen. »Ein Schlaganfall ist keine Erkältung. Es braucht seine Zeit, bis der Körper sich davon erholt.«

»Er kommt in ein paar Tagen zur Reha. Ich hoffe, dass er dort weitere Fortschritte macht. Am liebsten würde er sich sofort wieder seinen Akten widmen und weitermachen wie vorher.«

Lynette nickte. »Das glaube ich gern. In unserem Alter seine Gewohnheiten umzustellen ist nicht allzu einfach.«

»Wenn er seine Enkelinnen aufwachsen sehen will, bleibt ihm nichts anderes übrig.« Emma nippte an ihrem Weinglas.

»Denkst du, ich könnte ihn besuchen?«

Sie blickte zu Léon. »Ich kann ihn gern fragen. Ich glaube, es ist ihm unangenehm, dass wir ihn in einer solchen Lage sehen. So hilflos. Aber vielleicht schaust du mal bei seiner Reha vorbei.«

Léon nickte.

Seine Mutter griff nach einem Stück Baguette.

»Léon hat uns gestern von eurem Besuch in Rivesaltes erzählt«, wechselte Philippe das Thema.

Emma sah zu ihrem Freund. »Ich habe heute zwei weitere Briefe gelesen.« Sie atmete tief durch. »Es ist einfach nur furchtbar.«

»Hat sie es geschafft?«

»Ich weiß es noch nicht.« Sie sah in die Runde. »Ich habe mich nicht getraut, die letzten Briefe zu lesen. Ich möchte unbedingt wissen, was mit dieser Frau geschehen ist, aber gleichzeitig habe ich Angst, dass sie nicht … Blöd, oder? Ich kenne sie ja überhaupt nicht. Und diese Ereignisse liegen Jahrzehnte zurück.«

»Ein dunkles Kapitel«, merkte Philippe mit ernster Stimme an.

»Hast du denn einen Namen?«, wollte Lynette von ihr wissen. »Dann könntest du vielleicht herausbekommen, was mit ihr und dem Kind passiert ist.«

»Das Mädchen war in irgendeinem Heim außerhalb des Lagers untergebracht. Es ist gut möglich, dass die Kleine es geschafft hat. Und nein, sie unterzeichnet jedes Mal mit Mama. Ich habe keine Ahnung, wie sie heißt.«

»Wir rufen noch mal in der Gedenkstätte an«, versuchte Léon, ihr Mut zuzusprechen. »Immerhin haben wir den Namen der Tochter.«

»Den Vornamen«, korrigierte Emma. »Aber du hast recht. Ich werde auch noch mal mit Mireille sprechen. Irgendwie müssen diese Briefe ja in den Besitz ihrer Familie gekommen sein. Sie haben sie doch sicher nicht irgendwo gefunden. Oder?«, setzte sie unsicher hinzu.

Philippe schüttelte den Kopf. »Ein ganzes Bündel sicher nicht. Ein einzelner Brief wäre möglich, klar. Aber so, wie ihr redet, scheint es sich ja um einen ganzen Stapel zu handeln.«

»Ich habe sie nicht gezählt, aber zwanzig sind es bestimmt.«

»Was für eine traurige Geschichte«, murmelte Lynette.

»Ja, mit so etwas hatte ich nicht gerechnet, als ich mich dazu entschlossen habe, nach Collioure zu fahren«, bestätigte Emma.

»Sicher hast du auch nicht damit gerechnet, dass du hier mit meinen Eltern und mir einen netten Abend verbringst.« Léon grinste, während er Emmas Hand an seine Lippen führte und einen Kuss darauf hauchte.

»Nein, damit habe ich weiß Gott nicht gerechnet.« Sie musste lachen.

»Manchmal fügen sich die Dinge eben von ganz allein«, erklärte Lynette und blickte zu ihrem Mann.

• • •

Seit dem Boulespiel hatten sie noch keine Zeit zu zweit verbracht, deswegen erzählte Emma Léon erst jetzt, was sie über ihre Mutter und die damalige Trennung herausgefunden hatte. »Sie haben es nicht für nötig gehalten, mir zu erzählen, was meine Mutter damals wirklich getan hat«, beklagte sich Emma, während sie an dem kleinen Strand vor der Wehrkirche stehen blieben und den Pudeln beim Toben zusahen.

»Sie wollten dich schützen«, erwiderte Léon und legte einen Arm um ihre Schultern.

»Schützen«, stieß Emma genervt hervor. »Ich hatte ein Recht auf die Wahrheit.«

»Und was nützt dir die Wahrheit jetzt?« Léon wandte den Kopf und sah sie mit festem Blick an.

»Ich …«, begann sie zu stammeln. »Ich kann die Dinge besser einordnen.«

»Soso. Du kannst die Dinge besser einordnen«, wiederholte er ernst. »Was ist mit uns? Kannst du die Dinge zwischen uns jetzt auch besser einordnen?«

Sie seufzte. »Ich hasse den Gedanken an Simone und …«

»Dann denk ihn bitte nicht.« Er drehte sie zu sich und strich ihr liebevoll über ihre kurzen Locken. »Bitte, denk nicht daran. Simone und ich … Das hat nichts mit uns zu tun, Emma. Gar nichts. Ich habe diese Frau nie geliebt.«

Emma verdrehte die Augen. »Wenn mir heute Morgen jemand gesagt hätte, dass ich heute Abend hier mit dir stehe, ich hätte denjenigen für verrückt erklärt. Als Olivier mir von deiner Affäre erzählt hat …« Sie schüttelte den Kopf. »Für mich ist eine Welt zusammengebrochen, die sich gerade erst wieder im Aufbau befand.«

Léon nickte. »Wir bauen sie weiter auf. Obwohl wir die sieben Jahre nicht ungeschehen machen können, glaube ich fest daran, dass wir eine echte Chance haben.«

»War Simone die Einzige?« Emma musterte sein Gesicht mit

den wunderschönen Augen. Sie hob eine Hand und legte sie auf seine Wange. »Ich muss es wissen«, flüsterte sie verlegen.

»Ich bin mit anderen Frauen ausgegangen«, erwiderte er leise, während seine Augen sie fixierten. »Aber keine hat es hier rein geschafft.« Er nahm ihre Hand und legte sie auf sein Herz.

»Warum?«

Er lachte. »Bist du mit meiner Antwort nicht zufrieden?«

»Doch«, beeilte sie sich zu sagen. »Doch. Aber du bist jung, siehst gut aus. Warum hat dich keine andere angesprochen?«

Léon schwieg für einige Sekunden. »Weil ich mit keiner anderen das erlebt habe, was wir beide hatten. Erinnerst du dich noch an den Abend, als meine Eltern in Urlaub gefahren sind? Wir waren zuerst am Strand und haben den Sonnenuntergang beobachtet.« Er hielt inne. »An jenem Abend hörte ich die Zikaden singen und das Meer flüstern. Selbst die Sonne schien zu summen. Und die Schmetterlinge flöteten.« Er küsste sie sanft. »Diese Sinfonie habe ich nie wieder gehört. Mit niemandem. Nur mit dir damals. Wir saßen ganz still im Sand, diese Geräuschkulisse im Hintergrund. Erinnerst du dich?«

Emma nickte stumm, da sie Angst hatte, dass ihre Stimme versagen könnte. Nur zu gut war ihr jener Abend im Gedächtnis geblieben. Als es dunkel geworden war, waren sie zu Léons Wohnung gegangen und hatten sich geliebt. Es war eine der schönsten Nächte ihres Lebens geworden. Ein Schauer durchlief ihren Körper.

»Wenn ich mit dir zusammen bin, ergibt plötzlich alles wieder Sinn.« Er zeigte aufs Wasser, in dem sich das Mondlicht spiegelte. »Ist es nicht wahnsinnig schön hier? Wir können uns glücklich schätzen, an diesem Örtchen leben zu dürfen. Ohne dich habe ich das überhaupt nicht mehr gesehen. Ich habe funktioniert, meinen Alltag absolviert. Aber ich habe es nicht mehr gefühlt. Wenn ich jetzt mit dir hier stehe, glaube ich, dass ich der glücklichste Mann der Welt bin. Ich war nicht vollkommen. Verstehst du das?«

Emma traten Tränen in die Augen.

»Habe ich etwas Falsches gesagt?«

»Nein, nein«, beeilte sie sich zu sagen und griff nach seiner Hand. »Deine Worte ... mir geht es ganz genauso.« Sie begann zu weinen. »Wäre ich nur nie von hier weggegangen.«

»Nein, Emma.« Léon zog sie dichter an sich. »Bitte, mach dir keine Vorwürfe. Deine Entscheidung erschien dir zu jenem Zeitpunkt richtig.« Er zögerte. »Vielleicht haben wir die Zeit für uns sogar benötigt, um zu erkennen, wie wichtig wir uns sind.« Er umfasste ihr Gesicht mit beiden Händen. »Ich will keine andere Frau, Emma. Niemals.«

Sie wischte sich eine Träne weg. »Ich liebe dich.« Sie blickte kurz zum Himmel. »Nie im Leben hätte ich gedacht, dass ich das jemals noch mal zu dir sage. Aber es ist die Wahrheit. Ich liebe dich.«

»Und ich liebe dich.« Er senkte die Lippen auf ihre und ließ Emma alles um sich herum vergessen.

Sehnsucht stieg in ihr auf. Sie drängte sich dichter an ihn, genoss seine Wärme, seine Nähe, seinen Geschmack. Wollte ihn nie wieder loslassen.

»Was hältst du davon, wenn ich wieder nach Collioure ziehe?«, raunte Emma an Léons Ohr, als sie kurz voneinander abließen.

Léons Miene nahm einen ungläubigen Ausdruck an. »Meinst du das ernst?«

Sie nickte.

»Was ist mit deiner Arbeit?«

Sie lachte. »Ich habe sehr lange darüber nachgedacht. Ich liebe meinen Job. Aber den müsste ich wohl aufgeben. Ein Arbeitsweg von mehr als tausend Kilometern wäre mir dann doch einen Tick zu weit.« Sie verdrehte die Augen. »Ich kann mir einfach nicht mehr vorstellen, von hier wegzugehen. Von dir, von meiner Familie.« Sie legte eine Hand auf ihr Herz. »Ich fühle es hier drinnen, dass ich nach Collioure gehöre. Hier ist meine Heimat. Alles, was ich brauche, um glücklich zu sein. In Deutschland warten meine Tiere, meine Arbeit. Aber ihr alle würdet mir dort zu sehr fehlen.«

Er fuhr mit seinem Daumen die Konturen ihres Gesichts nach. »Du findest auch hier einen Job. Zum Beispiel in Sigean.«

»Das habe ich mir auch schon überlegt«, erklärte sie ernst. »Die Arbeit mit den Tieren macht mir so viel Spaß. Heute früh habe ich kurz im Zoo angerufen, da es einem der Alpakas nicht gut ging, als ich weggefahren bin.« Sie lächelte beim Gedanken an Wilma. »Aber es geht ihm schon viel besser. Vielleicht könnte ich aber auch weiterhin Macarons backen. Wenn Zoé zurück ist, möchte ich mit ihr sprechen. Eine kleine Macaronnerie war schon ein Kindheitstraum von mir. Vielleicht ist jetzt der richtige Zeitpunkt, um noch mal neu anzufangen. In jeglicher Hinsicht. Und ich könnte Papa bei seiner Reha begleiten.«

»Das klingt nach einer fantastischen Idee.« Er küsste sie. »Wir beide wagen einen Neubeginn. Ich werde mit deinem Vater sprechen.« Er nickte fast grimmig. »Ich muss von dieser Steuersache weg.«

»Papa hat sicher nichts dagegen«, ermunterte Emma ihn und strich über seinen Rücken.

»Wir sind eine Kanzlei für Steuerrecht«, warf Léon ein.

»Was man jederzeit ändern kann«, konterte Emma. »Wir reden mit ihm.«

»Ich rede mit ihm«, verbesserte er sie sanft. »Denn ich möchte nicht den Eindruck erwecken, dass ich mir irgendwelche Vorteile davon verspräche, weil ich die Tochter des Chefs ab sofort auf Händen tragen werde.«

»Das klingt ein wenig kitschig«, frotzelte Emma.

»Mit dir macht sogar Kitsch Spaß. Und es ist mein voller Ernst. Diesmal werde ich alles dafür tun, dass du glücklich bist. Egal, ob du mit den Tieren flüsterst oder Macarons backst, ich werde hinter dir stehen.«

Bei seinen Worten überkam Emma das Gefühl, alles schaffen zu können. Léon würde sie unterstützen, wo auch immer ihr Weg sie hinführen würde. Ihr Herz machte einen kleinen Hüpfer. Wagemutig stellte sie die Frage, die sie schon seit einigen Stunden beschäftigte. »Hat Simone vorhin etwas gesagt? Wegen mir?« Als Yannick am Bouleplatz von seiner Mutter abgeholt worden war, hatte Emma sich gerade mit Tristan, Léons bestem Kumpel, unterhalten. Nur aus dem Augenwinkel hatte sie wahrgenommen, wie Léon und Simone miteinander gesprochen hatten und dabei immer wieder in ihre Richtung schauten.

»Nein, nichts Besonderes.«

»Léon, bitte.«

Er seufzte. »Sie wollte wissen, warum du wieder in Collioure bist.«

»Was hast du ihr gesagt?«

»Nichts. Ich habe sie nur gefragt, ob sie ein Problem damit habe. Emma, mit wem ich zusammen bin, wen ich treffe, das geht sie nichts an. Wir waren nie ein Paar. Ich werde demnächst mit Yannick reden, da er ein Recht darauf hat.«

»Er hat mich gefragt, ob ich deine Freundin sei«, merkte Emma nachdenklich an, während sie die Hunde betrachtete, die sich nebeneinander in den Sand gelegt hatten. »Sie scheinen müde zu sein.«

»Müde ist für Senna ein Fremdwort.« Léon grinste. »Was hast du geantwortet?«

Sie seufzte. »Was hätte ich sagen sollen? So ähnlich.« Sie blickte zu Léon. »Ich hoffe, du bist nicht böse.«

Er schüttelte den Kopf. »Warum sollte ich? Yannick ist nicht dumm. Es ist gut, dass du ihm die Wahrheit gesagt hast. Ich rede auch noch mal mit ihm, wenn ich ihn das nächste Mal sehe.«

»Er möchte, dass Balou und ich mit euch an den Atlantik fahren.«

Léon sah sie überrascht an. »Das hat er gesagt?«

Sie nickte.

»Du scheinst ihn ja mächtig beeindruckt zu haben.«

»Wohl eher Balou. Aber ich hatte den Eindruck, dass er ein wenig bedrückt war. Ich glaube, dass Simone vor deinem Sohn nicht allzu gut über dich spricht.«

Léon fuhr sich durchs Haar. »Das Gefühl habe ich auch. Aber was soll ich tun? Ich kann nur versuchen, ihn davon zu überzeugen, dass Simones Meinung über mich nicht zutrifft.«

»Er hängt sehr an dir«, erklärte Emma.

»Ich auch an ihm. Und es tut mir unendlich leid, dass die Situation so schwierig für ihn ist. Dass wir nicht zusammenleben.«

»Aber er hat doch Ferien. Die können wir nutzen, um ihm ein paar schöne Wochen zu bereiten.«

Léon zog sie erneut zu sich heran. »Wir?«

Sie lächelte ihn kokett an. »So schnell wirst du mich diesmal nicht mehr los.«

»Genau das wollte ich hören.«

30

»Bonjour, meine Süße.«

Emma spürte Léons Atem an ihrem Hals. Mit geschlossenen Augen drehte sie sich im Bett um und rekelte sich, bevor sie die Arme um seinen Nacken schlang. »Du bist schon angezogen?« Stirnrunzelnd blickte sie ihn an.

Léon lachte leise. »Es ist kurz vor neun. Ich muss gleich in die Kanzlei.«

Emma ließ den Kopf zurück aufs Kissen sinken. »Seit ich hier bin, habe ich jegliches Zeitgefühl verloren.«

»Du bist im Urlaub.« Er legte sich neben sie und fuhr behutsam mit einer Hand über ihr Schlüsselbein.

»Was ist mit den Hunden?« Sie drehte den Kopf.

»Die waren schon draußen«, erklärte Léon leise, während er sie betrachtete.

»Träume ich?« Sie hob eine Hand und strich mit dem Zeigefinger bedächtig über seine Lippen. »Oder habe ich gerade wirklich eine wundervolle Nacht mit dem bestaussehenden, heißesten und liebevollsten Mann nördlich des Äquators verbracht?« Emma stützte sich auf ihre Ellenbogen und küsste Léon sehnsuchtsvoll.

»Es ist total verrückt«, erwiderte Léon grinsend, als sie sich wieder voneinander lösten. »Und irgendwie glaube ich es auch noch nicht.«

Wieder schlang Emma den Arm um ihn. »Aber es ist wahr«, raunte sie ihm ins Ohr.

Er nickte. »Was hast du heute vor?«

»Ich besuche später Papa und rede mit ihm«, überlegte Emma laut.

»Er wird sich sehr freuen.«

Emma nickte. »Es fühlt sich richtig an. Die Jahre in Deutschland waren wichtig. Vielleicht hast du recht, und wir haben diese Phase für uns gebraucht, für unsere eigene Entwicklung.« Sie zögerte. »Um wirklich schätzen zu können, was wir verloren hatten. Aber jetzt in diesem Moment kann ich mir kaum vorstellen, dass ich in wenigen Tagen all das hier hinter mir lassen soll.«

»All das hier, ja?«, neckte er sie und knabberte an ihrem Ohr.

Sie musste lachen. »Ich meine diesen sexy Anwalt.«

»Klingt schon besser«, knurrte er, bevor er wieder von ihr abließ. »Auch wenn ich mir nichts Schöneres vorstellen kann, als hier bei dir zu bleiben …« Er seufzte. »Ich muss los. Sonst zieht mir Madeleine die Ohren lang.«

»Interessante Vorstellung.« Emma ließ sich lächelnd zurückfallen.

»Frechdachs.« Léon hauchte ihr einen letzten Kuss auf die Lippen, bevor er sich erhob. »Ach, was ich ganz vergessen habe … Zoé ist unten im Laden.«

Emma setzte sich überrascht auf. »Zoé ist zurück?«

Er nickte. »Sie ordnet irgendwelche Unterlagen. Vielleicht gehst du mal runter zu ihr. Sie wirkte nicht besonders glücklich.«

»Oje«, erwiderte Emma. »Hoffentlich ist alles in Ordnung mit ihrer Mutter.«

»Ich muss, ma chère. Sehen wir uns später?«

»Ich bestehe darauf.« Grinsend warf sie ihm eine Kusshand zu, während sie verfolgte, wie er das Schlafzimmer verließ. Im

Flur rief er nach Senna. Wenige Sekunden später fiel die Tür ins Schloss, und Balou kam ins Schlafzimmer gestürmt. Schwanzwedelnd blieb er vor Emmas Bett stehen und sah sie abwartend an.

Emma stöhnte. »Ich stehe ja schon auf.«

Kurz darauf betrat Emma die Patisserie. »Bonjour, Zoé.«

Die Konditorin blickte von ihrem Ordner auf. »Emma!«

Emma umrundete die Theke und trat neben sie. »Ich hoffe, du konntest mit meinen Notizen etwas anfangen.«

Die Frau verzog das Gesicht. »Machst du Witze? Ich habe meinen Augen kaum getraut, als ich die Beträge der Einnahmen gesehen habe.«

Emma zuckte mit den Achseln. »Es lief ganz gut.«

»Ganz gut?« Zoé tippte auf eine Liste. »Sieh dir mal die Zahlen an. Und schau mal gestern. Da hast du nur Macarons verkauft.« Sie schüttelte den Kopf. »Wie viele hattest du denn gebacken?«

»Zweihundert.«

»Ich weiß nicht, was ich sagen soll.«

»Es hat mir Spaß gemacht.«

Zoé nickte. »Das sehe ich.«

»Wie geht es deiner Mutter?«

»Nicht gut«, erklärte Zoé leise. »Sie wird nicht mehr allein bleiben können. Ich habe schon bei einem Pflegedienst angefragt, der mich ein wenig unterstützen soll.«

»Dich?« Emma sah sie fragend an. »Ich dachte ...«

Zoé zögerte. »Ich werde Mireille später anrufen. Ich habe mir die Entscheidung nicht leicht gemacht, aber die Patisserie lief in den letzten Monaten ja sowieso nicht mehr gut. Ich werde den Laden aufgeben.«

»Nein«, entfuhr es Emma. »Ich hatte gerade ...« Ihre Gedanken rasten. »Ich wollte ...«

»Was?«

»Ich wollte dich eigentlich fragen, ob ich bei dir einsteigen kann. Ob wir neben den Teilchen dauerhaft auch Macarons anbieten wollen. Die Öffnungszeiten könnten wir uns teilen.«

Zoé sah Emma sekundenlang schweigend an, bevor sie den Kopf schüttelte. Ihre Augen schimmerten feucht. »Was für eine wundervolle Idee! Und wenn die Sache mit meiner Mutter nicht passiert wäre, würde ich sofort und ohne Bedenken zustimmen. Ich könnte mir keine bessere Geschäftspartnerin als dich vorstellen, aber … es geht nicht.«

Emmas Traum zerplatzte wie eine Seifenblase.

»Willst du denn hier in Collioure bleiben?«, erkundigte Zoé sich erstaunt.

»Ja, ich habe es mir lange überlegt. Seit ich zurück bin, merke ich erst, wie sehr mir meine Heimat und meine Familie gefehlt haben. Aber ohne Arbeit …« Sie zögerte. »Das wird schwierig.«

Zoés Augen begannen zu leuchten. »Warum ohne Arbeit? Deiner Tante gehört doch der Laden. Warum versuchst du es nicht allein? Deine Macarons sind Weltklasse.« Wieder tippte sie auf die Liste. »Ich bin mir sicher, dass du in den Sommermonaten auch vierhundert oder mehr pro Tag verkaufen kannst.«

Zweifel nagten an Emma. »Meinst du wirklich? Ich bin keine Geschäftsfrau.«

»Quatsch«, fegte die Konditorin Emmas Bedenken beiseite. »Du kannst backen. Und für die Buchhaltung könntest du auch jemanden stundenweise einstellen, wenn der Laden erst mal läuft.« Sie legte den Arm um Emmas Schultern. »Du wirst sehen, die Kunden werden dir deine Macarons aus den Händen reißen. Denk an Mathilde und ihre Mutter.«

Nachdenklich ließ Emma den Blick durch das kleine Geschäft schweifen. Konnte sie sich wirklich vorstellen, ihre eigene Chefin zu sein? Ihre Arbeit mit den Tieren komplett aufzugeben? Der Kontakt mit den Kunden in den letzten Tagen hatte ihr großen Spaß bereitet, vom Backen mal ganz abgesehen. Emma konnte gar nicht mehr sagen, wie viele Macarons sie seit ihrer Rückkehr hergestellt hatte. War es nicht das, was sie immer schon tun wollte? Ein Lädchen, in dem sie ihre selbst hergestellte Ware anbieten konnte? Sie schloss die Augen und hörte in sich hinein. Ein paar Ersparnisse hatte sie in den letzten Jahren erwirtschaftet. Würden die reichen, um die Anfangszeit zu überbrücken? Als sie die Augen wieder öffnete, sah Zoé sie abwartend an.

»Ich versuche es«, erklärte sie entschlossen.

»Ich muss meine Wohnung hier auflösen«, entgegnete die Konditorin eifrig. »Das wird ein paar Wochen in Anspruch nehmen. Wenn du möchtest, kann ich dir in der Anfangszeit ein wenig die buchhalterischen Aspekte erklären. Aber du schaffst das, es ist kein Hexenwerk.«

Emma atmete tief aus und strahlte. »Meine eigene kleine Macaronnerie.«

Zoé nickte. »Eine schöne Idee.«

• • •

Emma tigerte unruhig in der Wohnung umher. Die Idee ihrer Macaronnerie nahm eine immer konkretere Gestalt an. Aber sah sie sich wirklich als selbstständige Ladeninhaberin? Was war mit all ihren Tieren in der Wilhelma?

Ein Hauch von Wehmut legte sich über ihren eben erwachten Tatendrang. Ja, sie würde ihr berufliches Umfeld in Deutschland vermissen, auch ihre Kollegen, mit denen sie jahrelang vertrauensvoll zusammengearbeitet hatte.

Während sie von der Küche ins Wohnzimmer und wieder zurück lief, folgte ihr Balous Blick.

»Ja, du wunderst dich, stimmt's?« Sie lachte. »Aber ein Umzug hierher würde auch bedeuten, dass du Senna täglich sehen könntest.« Als der Pudel seinen Kopf schief legte, als ob er Emma verstanden hätte, musste sie grinsen. »Sollen wir es wagen?«

Was hatte sie zu verlieren? Ihre Familie lebte hier, ihr Vater, Camille, Olivier, Carine und die Mädchen. Sie ging vor Balou in die Hocke und nahm seinen Kopf in ihre Hände.

»So, wie es dich erwischt hat, geht es mir auch.« Emma schloss die Augen. Als sie an Léon dachte, begann ihr Herz schneller zu pochen. Seine Berührungen, seine liebevollen Worte, dieses Gefühl, den Menschen an seiner Seite zu wissen, der einen auch blind verstand. Wie hatte sie ihre Gefühle jahrelang derart verdrängen können? War es die weite Distanz, die sie hatte vergessen lassen, wie nahe Léon ihr einmal stand? Wie vertraut sie sich damals auf Anhieb gewesen waren?

Wenn Emma an die letzte Nacht dachte, konnte sie kaum nachvollziehen, wie sie ihn einfach hatte sitzen lassen können. Ja, er hatte sie damals verletzt. Doch wie hatte sie so rigoros alles ignorieren können, was sie verband? War sie vielleicht zu jung gewesen für Gefühle in dieser Intensität?

Emma erhob sich wieder. Es war müßig, sich darüber Gedanken zu machen. Sie konnte die Vergangenheit nicht mehr ändern. Als sie in die Küche zurückkehrte, fiel ihr Blick auf die Briefe, die noch immer auf dem Tisch lagen. Sollte sie es wagen? Obwohl sie Angst vor dem Inhalt der letzten beiden hatte, war ihr klar, dass sie endlich wissen musste, was mit Claires Mutter damals geschehen war.

Sie kochte sich einen Tee und setzte sich ans Fenster. Dort begann sie zu lesen.

Liebe Claire,

es ist so weit. Vor einer halben Stunde kam eine Frau in unsere Baracke und hat die Namen für die nächste Abreise vorgelesen. Meiner war dabei, es gibt kein Entrinnen mehr. Es hat ganze drei Minuten gedauert, meine Habseligkeiten zusammenzupacken. Ein Leben von knapp zwanzig Jahren. Mehr war mir nicht vergönnt. Verpackt in eine kleine Tasche.

Morgen früh müssen wir uns vor dem Verwaltungsgebäude versammeln und registrieren lassen. Wie oft habe ich die Schlangen in den letzten Tagen verfolgt? Diesmal bin ich keine Außenstehende mehr. Diesmal bin ich selbst dabei. Meine Resignation hat sich in Wut verwandelt. Ich habe mich schon vor langer Zeit selbst aufgegeben, doch jetzt, wo ich weiß, dass meine Abreise naht, die mich von dir trennen wird, will ich mich nicht damit abfinden. Ich möchte kämpfen und mich wehren. Ich beginne zu weinen. Ach, Claire, ich wünschte, ich wäre eine starke Frau. Doch im Angesicht des ungewissen Schicksals, das mich erwartet, spüre ich, dass da keine Stärke in mir ist.

Was wird nur aus dir, meine Claire? Wer wird sich nun um dich kümmern? Wer wird dir die Liebe geben, die du brauchst? Wer wird dich trösten, wenn es dir schlecht geht? Wer lacht mit dir in deinen glücklichen Stunden? Die Furcht um dich ist um so viel größer als die Furcht um mein eigenes Leben. Ich habe dich so viele Monate in meinem Bauch behütet. Habe mit dir gesprochen und dich herbeigesehnt. Meine Freude über dich kann ich nicht in Worte fassen. Ein Teil von mir wird in dir weiterleben. Vergiss niemals meinen Namen, denn dann bin ich nicht tot. Dann existiere ich in deinem Herzen weiter.

Dein Vater weiß nichts von deiner Existenz. Vielleicht nimmst du irgendwann Kontakt zu ihm auf, wenn du größer bist. Er ist ein so guter, wunderbarer und mutiger Mann. Wenn ich mir etwas wünschen dürfte, dann, dass er irgendwann die Rolle einnimmt, die ihm zusteht. Ich weiß, dass er dich sehr lieben wird.

Während meiner Flucht habe ich viele Leute kennengelernt, die sich über geltende Gesetze hinwegsetzten, weil sie sie für grausam und falsch hielten. Die ihr eigenes Leben riskierten, um Wildfremden zu helfen. Sie zu verstecken und damit zu retten. Claire, ich wünschte, ich hätte dir ein anderes Leben schenken können. Eines, das von Beginn an von Glück und Zuversicht geprägt gewesen wäre. Das dir die Freude und Zufriedenheit vermittelt hätte, die mich während meiner eigenen Kindheit und Jugend begleitet haben.

Ich habe dir einen französischen Namen gegeben, in der Hoffnung, er möge dich vor den Untiefen dieser Zeit schützen. Ich habe dich Jeanne anvertraut, weil ich dich vor dem Elend hier im Lager bewahren wollte. Mehr blieb mir nicht. Das ist alles, was ich erreichen konnte. Ich muss nun den Gedanken ertragen, dass mein Kind sein Leben ohne Eltern bestreiten muss. Wie sehr mich dies schmerzt! Unaufhörlich laufen mir die Tränen übers Gesicht. Wäre es doch nur schon vorbei! Wie soll man ertragen, was wir mit uns herumschleppen? Wäre der schnelle Tod nicht sogar eine Erlösung, eine Gnade? Welch furchtbare Gedanken mich umtreiben. Einst war ich ein fröhliches junges Mädchen, das sich unbändig auf das Leben und die Zukunft gefreut hat. Alles in mir sehnt sich nach den unbeschwerten Zeiten zurück. Wann wird diese Energie erlöschen? In der Nacht? Während der Reise? Oder erst mit meinem letzten Atemzug? Ich schließe die Augen und bemühe mich, meine Unruhe zu zügeln. Es ist die Angst, die mich umtreibt. Mein Herz pocht viel zu schnell, *mein Körper zittert. Meine Stunden sind gezählt. Claire, ich liebe dich über alles. Für immer.*

Deine Mama

Emma unterdrückte ein Schluchzen. Das durfte doch nicht wahr sein. Mit einem Mal fühlte sie sich erschöpft und hoffnungslos. Sie hatten sie wirklich umgebracht. Bis zum Schluss hatte Emma auf ein glückliches Ende gehofft, auf eine Wiedervereinigung von Mutter und Tochter. Doch diese Frau hatte sterben müssen, wie so viele andere Namenlose.

Sekundenlang starrte sie auf die kleine verblasste Schrift. Was würde der letzte Brief beinhalten?

Liebe Claire, mein über alles geliebtes Kind,

dies sind die letzten Worte, die ich dir schreiben kann. Es dämmert bereits. In wenigen Stunden werde ich mich auf dem Weg Richtung Osten befinden. Richtung Hölle. Richtung Tod.

Ich sitze hier draußen, die Nachtluft ist lau. Über dem Lager liegt eine eigenartige Stimmung. Vielen, die ebenfalls abreisen müssen, scheint es wie mir gegangen zu sein. Der Schlaf wollte sie nicht übermannen. Stundenlang lag auch ich auf meinem Nachtlager und fand doch keine Ruhe. Wozu auch? Was jetzt vor mir liegt, ist das letzte Kapitel einer für mich viel zu kurzen Lebensgeschichte. Ich bin nur eine von vielen. Niemand wird mich vermissen, niemand wird sich je an mich erinnern. Einzig in dir lebe ich ein Stück weit weiter. Du wirst meinen Namen kennen, mehr nicht. Doch ich bin nicht die Einzige. So viele sind bereits vor mir gegangen. Und nur Gott weiß, wie viele mir noch nachfolgen werden.

Noch bist du zu klein, um zu begreifen, was um dich herum geschieht. Doch eines Tages, wenn ich schon sehr lange nicht mehr unter den Lebenden weilen werde, wirst du deinen eigenen Weg suchen, um glücklich zu werden. Wirst Dinge hinterfragen.

Ich war ein sehr glücklicher Mensch. Die meiste Zeit meines Daseins durfte ich unbeschwert und frohen Mutes durchs Leben schreiten. Auch während meiner Flucht gab es immer wieder Momente der Freuden. Wenn wir von den Bauernkindern ihre Sprache lernten. Was haben wir gelacht, wenn die Aussprache wieder einmal nicht klappen wollte. Und meine Abende mit Hannah. Wir waren uns so nah. Trotz der über uns schwebenden Gefahr gab es Stunden, in denen wir im Gras lagen, in den Himmel starrten, über unsere Zukunft sprachen – und glücklich waren.

Ja, und dann waren da die Monate mit deinem Vater. Wenn ich an ihn denke, wird es mir warm ums Herz. Wir hatten eine wundervolle gemeinsame Zeit, die mir niemand nehmen kann. Die Erinnerung an meine große Liebe wird mich bis zu meinem Tod begleiten. Er hat mir das Schönste geschenkt, was ein Mann einer Frau schenken kann. Dich, liebe Claire, du wundersames hübsches Wesen.

Dein Vater heißt Louis Moustier. Ich werde all meine Briefe Jeanne übergeben und sie bitten, dass sie sie dir zu einem geeigneten Zeitpunkt zukommen lässt. Ich hoffe, sie bringen dir deine Herkunft ein wenig näher. Vielleicht kannst du nun ein wenig spüren, was deine Mutter für ein Mensch war. Ich hoffe, dass die Lücke in deiner Biografie nicht mehr ganz so groß ist.

Und vielleicht triffst du eines Tages wirklich deinen Vater, der bis zu jenem Zeitpunkt nichts von deiner Existenz ahnen wird. Ja, ich *wünsche mir, dass ihr beiden euch findet, dass ihr euch annähert, euch gegenseitig stützt. Und dass ihr vielleicht gemeinsam an mich denkt. Denn mein größter Wunsch wird nicht in Erfüllung gehen. So gern wäre ich dir eine gute Mutter gewesen und Louis eine treue Begleiterin. Das wird nicht geschehen. Ich gehe und muss euch zurücklassen.*

Noch nie habe ich eine solch tief greifende Hoffnungslosigkeit gesehen wie an diesem frühen Morgen. Man sieht kein Lachen, niemand redet. Über den Wartenden liegt eine gespenstische Stille. Doch mir geht es ja nicht anders. Zu sagen gibt es nichts mehr.

Meine geliebte Claire, ich muss dich nun allein lassen. In einem Leben, von dem ich nicht erahnen kann, wie es verlaufen wird. Ich wünsche dir von ganzem Herzen, dass du Menschen findest, die dich aufrichtig lieben, dich unterstützen und immer für dich da sein werden. Und glaub mir, ich hätte nichts lieber getan!

Vergiss mich nicht, mein liebes Kind. Ich heiße Rachel Haas und bin deine Mama.

Und wenn du eines Tages in den Nachthimmel schaust, so stell dir vor, dass ich da oben auf dem glitzerndsten aller Sterne sitze und über dich wache und mich an deinem Glück erfreue. Ich bin unendlich stolz auf dich. Ich liebe dich über alles und werde immer bei dir sein. In deinen Gedanken, deinem Herzen, in dir.

Deine Mama

Emma konnte ihre Tränen nicht mehr zurückhalten. Noch nie in ihrem Leben hatte sie solch bewegende Zeilen gelesen. Es waren die letzten Worte einer Todgeweihten. Einer Mutter, die sich für immer von ihrem Kind verabschiedete.

In Emma tobten die widersprüchlichsten Gefühle. Wut und Trauer wegen des tragischen Endes dieser Frau, Respekt und Bewunderung für deren Stärke und tiefe Sorge, was mit dem Kind geschehen war. Aber jetzt hatte sie Namen. Sie kannte den Namen des Vaters sowie der Mutter. Rachel Haas.

»Rachel Haas«, sprach Emma den Namen mit fester Stimme aus, als ihre Tränen versiegt waren. »Rachel Haas, du wurdest nicht vergessen. Und ich werde alles versuchen, um deine Tochter zu finden und ihr deine Briefe zu übergeben. Sie muss wissen, was für eine außergewöhnliche Frau ihre Mutter gewesen ist.«

Mit zitternden Fingern strich Emma über den letzten Brief.

31

»Die Frau hieß Rachel Haas«, erklärte Emma, während sie sich an ihren Wagen lehnte und zum Eingang des Krankenhauses blickte. Sie hatte heute Morgen vergebens versucht, Mireille zu erreichen. Als sie nun ihr Auto auf den Parkplatz gelenkt hatte, hatte ihre Tante sie zurückgerufen. »Die Tochter heißt Claire und der Vater Louis Moustier.«

»Es tut mir leid, Emma. Aber keiner der Namen sagt mir etwas.«

Emma kaute auf ihrer Unterlippe. »Ich verstehe das nicht. Irgendwie muss es doch eine Verbindung geben.« Sie zögerte. »Sie erwähnt noch die Namen anderer Inhaftierter. Aber die sind entweder bereits im Lager verstorben oder wurden vor ihr deportiert.«

»Eine sehr mysteriöse Sache«, erwiderte Mireille. »Wir hatten niemanden in der Familie, der Deutsch spricht, geschweige denn deutsche Wurzeln hat. Außer mir natürlich.«

Emma konnte das Lächeln in der Stimme ihrer Tante hören.

»Ich musste mich ja in einen Deutschen verlieben.«

»Da fällt mir doch noch etwas ein«, sagte Emma, während sie mit ihren Doc Martens einen Kreis in den sandigen Boden zeichnete.

»Was?«

»Rachel erwähnt in den Briefen immer wieder eine Angestellte. Jeanne.« Sie dachte nach. »Ich glaube, den Nachnamen der Frau nennt sie nirgends.«

»Jeanne?«

»Ja. Sagt dir der Name etwas?«

Am anderen Ende der Leitung herrschte für einige Sekunden Stille.

»Mireille?«

Ihre Tante seufzte. »Meine Großmutter, also deine Urgroßmutter, hieß Jeanne.«

»Wie bitte?« Emma hatte den Namen nie zuvor gehört. »Uroma hieß doch Pauline.«

»Die Uroma, die du kanntest, ja.«

»Das verstehe ich nicht. Die Mutter eurer Mutter war doch Pauline«, wiederholte Emma gereizt.

»Pauline war nicht die leibliche Mutter unserer Mutter.«

»Das höre ich zum ersten Mal.«

Mireille atmete tief durch. »Unser Großvater wollte nie, dass jemand darüber sprach.«

»Worüber sollte niemand reden?«

»Deine Oma ist 1944 auf die Welt gekommen. Ihre Mutter Jeanne hatte nach der Geburt schwere Depressionen. Sie konnte sich nicht um ihre Tochter kümmern und hat zweimal versucht, sich das Leben zu nehmen.«

Emma packte das Grauen.

»Als deine Oma drei Jahre alt war, hat man Jeannes Leiche im Meer gefunden.«

»Sie hat sich umgebracht?«, wollte Emma voller Entsetzen wissen.

»Ja. Dein Uropa kam mit dem kleinen Kind natürlich nur

schwer zurecht. Er musste ja arbeiten. Ein Jahr nach Jeannes Tod hat er Pauline getroffen, und die beiden haben geheiratet.«

»Wusste Oma, dass Pauline nicht ihre leibliche Mutter war?« Emma musste an das gütige Gesicht ihrer Großmutter denken, die schon lange gestorben war.

»Ja, sie war es auch, die Margaux und mir davon erzählt hat. Pauline hatte ihr irgendwann die Wahrheit gesagt. Aber ich bin mir nicht sicher, ob deinem Uropa bekannt war, dass wir es wussten. Er hat Jeannes Namen nach ihrem Tod nicht einmal erwähnt.«

»Ihr Selbstmord muss ihn sehr getroffen haben«, mutmaßte Emma nachdenklich. »Was für eine Geschichte.«

»Ja, schwarze Flecken gibt es wohl in jeder Familienchronik.«

»Ist es möglich, dass meine Uroma Jeanne damals in Rivesaltes gearbeitet hat?«

»Sie war tatsächlich Krankenschwester, so viel weiß ich«, entgegnete Mireille.

»Vielleicht hat sie die Zeit damals ... aus der Bahn geworfen«, überlegte Emma.

»Das ist gut möglich.«

»War sie 1942 schon verheiratet?«

»Ja, ich glaube schon.«

»Das heißt, ihr Nachname lautete wie der von Uropa.«

»Sie hieß Jeanne Fontaine, ja.«

»Ich werde in Rivesaltes anrufen und das klären. Sicher gibt es im Archiv alte Unterlagen über die damaligen Angestellten.«

»Ach, Emma. Was für eine tragische Sache.«

»Ich muss herausfinden, was mit der Tochter passiert ist. Sie muss unbedingt diese Briefe erhalten.«

»Wenn sie noch lebt, weiß sie möglicherweise gar nichts über ihre Herkunft.«

»Deshalb möchte ich sie ja unbedingt finden.« Emma zögerte. »Und dann wollte ich dir noch etwas anderes sagen, Mireille.«

»Das klingt ernst.«

»Wie man's nimmt.« Sie hielt die Luft an. »Ich werde nach Collioure zurückziehen.«

Einen Augenblick lang herrschte Schweigen.

»Mireille? Bist du noch dran?«

»Ja«, erklärte ihre Tante. »Ja, und ich freue mich sehr, dass du endlich erkannt hast, wo du hingehörst.«

Emma fiel die Kinnlade herunter. Sie hatte damit gerechnet, dass Mireille versuchen würde, sie von ihrem Vorhaben abzubringen. Dass sie ihr Vorwürfe machen würde, wie sie ihren Job und ihr Leben in Deutschland einfach so aufgeben wollte. »Ich verstehe nicht ganz.«

»Ach, Kind. Dass du nach Deutschland gekommen bist, war doch nur eine Zwischenlösung. Du hast die Sprache schnell gelernt, eine Ausbildung gemacht, Freunde gefunden. Aber sei doch ehrlich. Dein Herz hast du immer in Collioure gelassen.«

»Woher weißt du …?«

Mireille lachte. »In den letzten Jahren gab es für dich keinen anderen Mann als Léon. An jedem, der dir näherkam, hattest du etwas auszusetzen. Ich bin doch nicht blind gewesen.«

Emma war baff. »Aber ich anscheinend …«, murmelte sie ungläubig. Ihre Tante schien sie besser zu kennen als sie sich selbst. Nachdem sie Mireille noch kurz von ihrer Idee mit der eigenen Macaronnerie erzählt hatte, beendete sie das Telefonat.

Keine fünf Minuten später betrat Emma das Krankenzimmer ihres Vaters. »Wie geht es dir, Papa?« Sie blickte von Camille zu ihrem Vater, der in einem Rollstuhl an der geöffneten Balkontür saß. Sie steuerte auf ihn zu, beugte sich hinab und küsste ihn auf die Wange. Danach umarmte sie Camille.

»Wenn man mir meine aktuellen Akten bringen würde, ginge es mir deutlich besser«, murrte er ungehalten.

Camille zwinkerte Emma über den Rollstuhl hinweg zu.

»Glaub ja nicht, dass ich das nicht sehe«, grollte er weiter.

»Klingt, als ob es dir in der Tat besser ginge.« Emma grinste. »Das Wetter ist herrlich draußen. Man kann den Frühling schon förmlich riechen.«

»Heute früh waren wir schon ein wenig im Park spazieren«, erzählte Camille und legte ihre Hand auf den Arm von Emmas Vater.

»Aber meine Klienten warten auf mich«, empörte er sich weiter.

»Olivier und Léon kümmern sich um alles«, warf Emma ein, bevor sie sich auf die Zunge biss.

»Léon?« Ihr Vater drehte den Kopf und blickte Emma ins Gesicht. »Hast du noch mal mit ihm gesprochen?«

Emma zuckte mit den Achseln. »Ja, wir haben ... uns unterhalten.«

Camille begann neben ihr zu lächeln.

»Über damals?«

»Papa!«

»Er ist mein Angestellter. Ich muss doch wissen, was da draußen vor sich geht, solange man mich hier festhält.«

»Niemand hält dich fest, Roger«, erinnerte ihn Camille ernst. »Und deine Tochter ist dir ebenso wenig Rechenschaft über ihr Privatleben schuldig wie dein Angestellter.«

Emma seufzte. »Früher oder später erfahrt ihr es ja doch. Léon und ich sind wieder zusammen.«

»Was für eine schöne Nachricht!« Camille schien sich ehrlich zu freuen.

Auch ihr Vater nickte mehrmals und murmelte etwas Unverständliches vor sich hin.

»Léon würde dich übrigens gern in der Reha besuchen kommen«, wandte sich Emma wieder an ihren Vater. »Er möchte etwas mit dir besprechen.«

»Will er kündigen?«

»Nein. Wie kommst du denn da drauf?«

Er zuckte mit den Schultern. »Ich merke doch, dass er seit Wochen unzufrieden ist.«

»Ich denke, das solltet ihr allein besprechen«, meinte Emma vage.

»Was ist mit seinem Sohn?«, wollte Camille wissen. »Es ist doch sicher nicht leicht für dich, dass Simone …«

»Es ist die Hölle«, stieß Emma hervor. »Aber was soll ich tun? Ich habe Yannick schon kennengelernt.« Sie lächelte. »Und ich mag ihn. Er ist ein lieber Junge.«

Camille nickte. »Ein Mann, der bereits Kinder hat, ist verantwortungsbewusst. Olivier und du … Ihr habt einfach zu diesem Gesamtpaket dazugehört.« Sie deutete mit dem Kinn auf Emmas Vater und lachte.

Dieser griff nach ihrer Hand und legte sie an seine Wange. »Obwohl du mich hier drinnen so quälst, mir keine Zigaretten mitbringst und mich nicht bei meiner Arbeit unterstützt, bin ich überglücklich, dass du dich damals so entschieden hast.«

»Nicht obwohl, Roger.« Wieder grinste Camille. »Sondern genau deswegen.«

Emma schmunzelte.

• • •

Obwohl es lange hell blieb, kühlte die Märzluft am Abend noch empfindlich ab.

Als Léon nach der Arbeit bei Emma vorbeigekommen war, hatten sie trotzdem entschieden, sich in den Hinterhof zu setzen, um ihre weitere Vorgehensweise zu besprechen. Léon hatte Tee gekocht, während Emma einen Plan mit Ausgaben und Einnahmen aufgestellt hatte. Die kühle Luft tat ihr gut. Weder Léon noch Emma waren heute länger draußen gewesen. Die Hunde lagen nach einer halbstündigen Toberunde völlig erschöpft nebeneinander und schliefen.

Emma musste an den Moment denken, als sie ihrem Vater und Camille eröffnet hatte, wieder nach Collioure zurückzukehren. Während Camille ihrer Freude über Emmas Entscheidung in einer heftigen Umarmung ihrer Stieftochter Ausdruck verliehen hatte, hatte ihr Vater nur stumm dagesessen und weiter auf den Balkon gestarrt. Als Emma sich zu ihm hinabgebeugt hatte, glänzten seine Augen verdächtig feucht.

»Emma?«

Sie riss sich aus ihrem Grübeln. »Tut mir leid, ich musste gerade an Papa denken.« Mit beiden Händen umklammerte sie ihre Teetasse und konzentrierte sich wieder auf Léon. »Was hast du gesagt?«

Er beugte sich vor und streichelte ihr lächelnd über die Wange. »Was geht dir durch den Kopf?«

»Ich bin im Moment …« Sie schüttelte den Kopf. »Es ist so viel. Das Gespräch mit Zoé heute Morgen, mein Vater.«

»Dazu noch meine Wenigkeit mitsamt allen damit verknüpften Problemen«, seufzte Léon theatralisch und verdrehte die Augen.

Emma lachte. »Mach dich nur lustig. Es ist so unglaublich viel, worum ich mich kümmern muss. Meine Chefin war übrigens alles andere als begeistert, als ich ihr vorhin meinen Entschluss mitgeteilt habe.«

»War sie sauer?« Er rückte mit seinem Stuhl näher an Emma heran und umschlang sie mit seinen Armen.

Dankbar kuschelte sich Emma an seine Brust. »Sauer nicht, sie versteht mich schon. Trotzdem fällt ihr eine Arbeitskraft weg.«

»Noch dazu eine so bezaubernde.« Er küsste sie auf ihre Locken.

Emma wandte den Kopf und sah ihn an. »Weißt du eigentlich, wie glücklich ich gerade bin?«

»So glücklich wie ich?«, erwiderte er lächelnd.

Sie schüttelte den Kopf. »Ich war so ein Sturkopf.«

»Soll ich widersprechen?« Er lachte.

»Nein.« Sie musste wieder an vorhin denken. »Papa hat ein wenig geweint, als ich ihm von meinem Entschluss erzählt habe.«

»Du hast ihm gefehlt.«

»Wie konnte es nur so weit kommen?« Sie seufzte. »Wir hätten doch längst miteinander reden können. Wenn Papa den Schlaganfall nicht erlitten hätte …«

» … würdest du jetzt nicht hier sitzen«, beendete Léon ihren Satz.

»Unglaublich, oder?« Sie schlang die Arme um ihren Oberkörper.

»Ist dir kalt?«, wollte Léon leise wissen.

»Es geht schon. Halt mich bitte einfach fest, ja?«, bat sie ihn und lehnte den Kopf gegen ihn.

»Nichts lieber als das.«

Sie angelte sich ihr Handy vom Tisch und wählte die Nummer von Rivesaltes. »Die Stunde der Wahrheit«, sinnierte sie düster.

In kurzen Sätzen erklärte sie dem Angestellten am anderen Ende der Leitung ihr Anliegen.

»Jeanne Fontaine, sagten Sie?«

»Ja, wäre es möglich, dass Sie überprüfen, ob 1942 eine Frau mit diesem Namen in dem Lager gearbeitet hat? Sie muss für eine Hilfsorganisation tätig gewesen sein und deutsche Juden betreut haben.«

»Ich sehe gern für Sie nach.«

»Und auch nach Rachel Haas und deren Tochter Claire?«

»Ja, ich kümmere mich darum. Wenn diese drei Personen in Rivesaltes waren, müssen Unterlagen dazu existieren. Die Dokumente aus jener Zeit liegen alle im Archiv.«

»Das hat mir am Samstag schon einer Ihrer Kollegen mitgeteilt, da waren mir die Namen aber noch nicht bekannt.«

»Die Briefe, die Sie erwähnt haben, könnten wichtige Informationen zur Aufarbeitung der damaligen Ereignisse enthalten.«

Emma zögerte. »Zuerst muss ich Claire finden. Die Briefe sind ihr Privateigentum. Sie soll entscheiden, was mit ihnen geschieht.«

»Sie haben natürlich recht. Ich schaue, welche Informationen ich finden kann, und melde mich dann bei Ihnen.«

Einer inneren Eingebung folgend, erwiderte Emma: »Ich komme morgen nochmals bei Ihnen vorbei. Sind Sie dann vor Ort?«

»Ich bin morgen von zehn bis achtzehn Uhr hier.«

»Ich kann dich leider nicht begleiten. Ich habe morgen zwei Prozesse in Perpignan«, erklärte Léon, nachdem Emma das Telefonat beendet hatte.

»Das macht nichts. Aber ich muss mich dort noch mal umsehen. Jetzt, da ich weiß, was mit Rachel passiert ist.«

Eine Weile herrschte beruhigendes Schweigen zwischen ihnen.

»Wenn ich mir vorstelle, welche Ängste diese Frau ausgestanden haben muss, kommen mir meine eigenen Probleme nichtig und unbedeutend vor«, durchbrach Emma schließlich die Stille. »Das Leben meiner Mutter kreist nur um sie selbst. Sie interessiert sich einfach nicht für uns. Weder für Olivier und seine Familie noch für mich.« Sie sah Léon an. »Aber ich kam bisher gut ohne sie zurecht. Vielleicht sollte ich mich von dem Gedanken frei machen, dass sie unbedingt so sein muss, wie ich es mir wünschen würde. Ja, es tut weh, zu wissen, dass sie mich niemals so unterstützen wird, wie ich das möchte.«

Léon strich über ihr Haar. »Es gibt andere Menschen in deinem Leben, die dir helfen.« Er hauchte ihr einen Kuss auf die Wange. »Ich bin da. Und dein Vater, Olivier, Camille.«

Sie nickte. »Vielleicht sollte ich die Situation einfach so akzeptieren, wie sie ist. Wenn ich ein Kind hätte ...« Sie brach ab.

»Du wirst ein Kind haben, wenn du das willst«, raunte Léon an ihrem Ohr. »Oder auch zwei oder drei. Wir sind noch so jung.«

»Du hast doch schon Yannick«, warf Emma ein.

»Na und?«

Seine Worte zauberten Emma ein Lächeln auf die Lippen. »Ich werde auf jeden Fall diese kleine Macaronnerie eröffnen«, wechselte sie unvermittelt das Thema und hob die Liste an. »Kannst du dir meine Kostenaufstellung morgen mal anschauen?«

Léon lächelte. »Du legst ein ganz schönes Tempo vor, Süße.«

Sie drehte sich zu ihm um. »Worauf soll ich denn warten?«

»Konsequent warst du ja schon immer«, frotzelte er weiter.

»Aber ich bin doch lernfähig, oder?« Sie schob das Kinn vor.

»Bedingt, würde ich mal meinen.«

»He!« Sie boxte ihn sachte in die Seite.

Er lachte.

Zufrieden kuschelte sie sich wieder an ihn und blickte zu ihm auf. »Mir wird langsam kalt.« Sie rückte dichter an ihn. »Was meinst du, sollen wir unseren Standort wechseln?« Langsam schob sie eine Hand unter sein Hemd.

Léon stöhnte leise auf. »Ja, konsequent bist du.« Er lachte heiser. »In jeder Hinsicht.«

32

Am nächsten Morgen rührte Emma in der kleinen Küche der Patisserie die fein gesiebten Mandeln in das Eischnee-Zucker-Gemisch. Sie liebte es, wenn sich der Teig veränderte, wenn er ganz gemächlich seine richtige Konsistenz bildete und zu glänzen begann. Sie hob den Teigschaber an und verfolgte, wie die Mischung sich langsam löste und in die Schüssel zurückfiel. Sie war noch nicht ganz perfekt, benötigte noch einige Sekunden Emmas Aufmerksamkeit, um fließender und noch einen Tick leuchtender zu werden. Sie würde die eine Hälfte türkis und die andere violett einfärben. Eine ansprechende Kombination, wie Emma fand. Bei dem Gedanken daran, ab sofort jeden Tag ihrer Leidenschaft nachgehen zu können, wurde ihr warm ums Herz.

Sie sah zu Balou und Senna, denen sie eine Decke vor einen der Tische gelegt hatte. Senna lag auf der Seite, Balou hatte den Kopf auf ihre Flanke gebettet.

»Ihr seid mir ein Gespann«, murmelte sie kopfschüttelnd und widmete sich wieder dem Macaronteig. Geschickt füllte sie die Mischung in den Spritzbeutel, ordnete die Silikonmatten auf der Arbeitsfläche an und begann, die Häubchen in die Vertiefungen zu spritzen. Sorgsam achtete sie bei jedem darauf, dass der Teig sich jeweils in der kompletten Form verteilte und keine Luftblasen entstanden. Als sie die vier Matten gefüllt hatte, legte sie den

Beutel beiseite und begutachtete ihr Werk. Ein Häubchen glänzte hübscher als das andere. Ein tiefes Gefühl der Zufriedenheit durchströmte Emma. Während das Gebäck trocknete, begann sie mit den Füllungen. Sie arbeitete konzentriert und zügig und merkte gar nicht, dass die Hunde sich erhoben und schwanzwedelnd auf die Tür zusteuerten. Erst das Gefühl zweier vertrauter Arme, die sich von hinten um ihre Taille schlangen, riss sie aus ihrem Arbeitseifer.

»Léon!«

»Bonjour, meine fleißige Bäckerin.« Er begutachtete die Masse vor ihr. »Du kannst es wirklich nicht abwarten.«

Emma drehte sich um und legte ihre Hände an seinen Nacken. »Ich bin …« Sie wusste nicht, wie sie sich ausdrücken sollte. »Hier drinnen brennt es gerade.« Sie deutete auf ihren Brustkorb.

»Soll ich beim Löschen helfen?«, raunte er an ihrem Ohr.

Sie lachte. »Léon, ich muss weitermachen«, erwiderte sie tadelnd. Doch ihr Grinsen, das sie nicht überspielen konnte, verriet sie.

»Bist du glücklich?« Léon ließ von Emma ab und sah sie mit ernster Miene an.

Sie nickte. »Sehr. Und du?«

»Ich bin auch glücklich.« Er streichelte ihr Gesicht.

»Ich kann es immer noch nicht glauben, dass sich eine solche Gelegenheit hier für mich eröffnet hat.« Sie blickte sich in dem Laden um. »Aus heiterem Himmel.«

»Schicksal«, merkte Léon lächelnd an.

»Ja, das glaube ich auch.« Sie nahm seine Hände und löste sie von ihrem Körper. »Aber jetzt muss ich weitermachen, Monsieur.«

Einen Moment lang beobachtete Léon schweigend, wie Emma die Füllungen anrührte. »Du wirst den Laden zu einer Goldgrube machen.«

»Ich wäre schon froh, wenn ich irgendwann davon leben könnte.«

Léon grinste. »Denk an deinen Businessplan. Der ist so hieb- und stichfest, dass doch überhaupt nichts schiefgehen kann.«

»Du bist Anwalt. An dein Gehalt werde ich wohl niemals herankommen, selbst wenn ich rund um die Uhr Macarons backe.« Emma hielt inne. »Aber darauf kommt es doch nicht an. Ist es nicht wichtiger, dass man einen erfüllenden Job hat? Der einem Spaß macht? Für den man morgens gern aufsteht?«

Ein Lächeln legte sich wieder über Léons Gesicht. »So wie du?«

»Ja, so wie ich«, bestätigte sie bestimmt.

»Ich rede mit deinem Vater. Ich möchte nicht länger Reichen dabei helfen, ihre Steuerhinterziehungen zu rechtfertigen. Deals für sie auszuhandeln, obwohl sie keinerlei Reue zeigen.«

»Was willst du ansonsten tun?« Emma betrachtete ihn abwartend.

»Ich will Menschen zur Seite stehen, die meine Hilfe auch wirklich benötigen«, ereiferte sich Léon. »Alleinerziehenden Müttern zum Beispiel, deren ehemalige Partner sich weigern, Unterhalt für das gemeinsame Kind zu zahlen. Menschen, die sich nicht selbst helfen können.«

»Das klingt sehr lobenswert.« Emma lächelte. »Und ganz nach Léon.«

Er verzog die Mundwinkel. »Ich hatte völlig falsche Vorstellungen. Aber ich kann mein Gewissen nicht länger ignorieren.«

»Papa ahnt schon etwas.«

Léon runzelte die Stirn. »Was hat er denn gesagt?«

»Er meinte, du seist unzufrieden, und hat befürchtet, dass du ihm eröffnen willst, dass du kündigst.« Sie hob die Hände. »Ich habe ihm nur gesagt, dass ihr beide das bitte unter euch klären sollt. Ich bin seine Tochter und deine ...« Sie brach ab.

»Meine Freundin«, beendete Léon ihren Satz. »Klingt das nicht unglaublich? Emma ist meine Freundin.« Er nickte. »Ja, es klingt fantastisch. Meine Freundin Emma. Die Frau meiner Träume.«

Sie musste schmunzeln angesichts seiner Euphorie. »Du übertreibst.«

»Nein, das tue ich nicht«, widersprach er ernst. »Du bist die Frau, die mich vollständig macht. Die mich ohne Worte versteht und vor allem ...«, er küsste ihre Nasenspitze, » ... die mich glücklich macht. Sehr, sehr glücklich.«

»Dieser Augenblick fühlt sich gerade irgendwie unwirklich an.«

»Das können wir sofort ändern«, flüsterte Léon, während er sie dichter an sich zog. »Es wird sich gleich sehr wirklich anfühlen.«

Emma lachte. »Musst du nicht zur Arbeit?«

Er stöhnte. »Stur, konsequent und unromantisch.«

»Du wolltest es so.«

Er ließ sie los und sah zu seiner Hündin. »Senna, los geht's. Verabschiede dich von deinem Traummann.«

»Lass sie doch hier. Ich bin noch eine Weile beschäftigt, und später drehe ich eine große Runde mit den beiden.«

Er blickte sie fragend an. »Ist dir das nicht zu viel?«

Sie schüttelte den Kopf. »Sieh dir die zwei doch an. Sie kleben eh die ganze Zeit zusammen. Rufe ich den einen, kommen beide.« Sie grinste.

»Gut, wie du meinst.« Abwartend blieb er stehen.

»Komm.« Sie lockte ihn mit ihrem Zeigefinger. »Ich muss mich doch noch von meinem Traummann verabschieden.«

Kurz darauf betraten Amélie und Benjamin die Konditorei.

»Richtest du hier eine Hundesitterstelle ein?« Amélie deutete auf die zwei Pudel, die noch immer einträchtig nebeneinanderlagen.

Emma lachte. »Nein, ich bleibe beim Backen. Hunde hüte ich nur hobbymäßig.« Dann erzählte sie der Autorin und deren Freund von ihrem Entschluss mit der Macaronnerie.

»Ihr könntet ein Netzwerk gründen«, merkte Benjamin an.

»Ein Netzwerk der Von-Collioure-Verzauberten?«, spottete Amélie.

Seine Mundwinkel zuckten. »Nein, chérie. Ein Netzwerk der Unternehmerinnen.«

»Na ja«, wiegelte Emma ab und hob die Hände. »Noch bin ich keine Unternehmerin. Momentan spielt sich alles nur in meinem Kopf ab.«

»Das aber offenbar sehr konkret.« Amélie deutete mit dem Kinn zu den Macarons.

»Ich musste mich beschäftigen«, bekannte Emma gedehnt. »Die letzten Tage waren so … chaotisch.«

»Wenn du reden möchtest …«, bot Amélie mitfühlend an und berührte Emmas Oberarm.

»Danke, es ist sehr viel passiert, was ich selbst erst mal auf die Reihe bekommen muss.« Sie zögerte. »Der weiße Pudel gehört … Léon.«

Amélies Augen weiteten sich. »Ah, dann ist ja wirklich viel geschehen.«

Emma nickte. »Zu viel für eine einzige Woche …«

»Weswegen wir eigentlich vorbeigekommen sind … Wir wollten mit Lara und dir noch mal ganz offiziell auf unsere Verlobung anstoßen.«

»Oh«, entfuhr es Emma, als sie sich an ihre letzte kleine Privatfeier am Uferkai erinnerte.

Amélie lachte.

»Ja, ich habe auch noch im Gedächtnis, wie jemand am nächsten Morgen über seine Kopfschmerzen geklagt hat.« Benjamin sah Amélie von der Seite an, die so tat, als hätte sie nichts gehört.

»Lara und Félix kommen auch.«

Emma spürte Amélies prüfenden Blick auf sich.

»Und Léon ist uns unbekannterweise auch herzlich willkommen.« Sie grinste.

»Das ist ... sehr nett«, stammelte Emma.

»Die Hunde natürlich auch.«

»Ich frage ihn, aber ich denke, er wird sich ebenfalls freuen.« Emma überlegte. »Und für den Nachtisch sorge ich.«

»Klasse!« Benjamin nickte erfreut. »Deine Kunstwerke sehen wirklich fantastisch aus.«

»Sie müssen noch gefüllt werden.« Emma blickte nachdenklich zu den Macarons. Dann atmete sie tief durch. »Du bist doch Journalist, Benjamin.«

Er nickte. »Wieso?«

»Denkst du, es ist irgendwie möglich, jemanden ausfindig zu machen, von dem man nur den Namen kennt?«

Sein Blick wurde wachsamer. »Was genau meinst du?«

Emma erzählte ihnen in kurzen Sätzen von den Briefen und dem tragischen Schicksal von Rachel Haas. »Ich möchte die Tochter ausfindig machen, Claire. Und im Idealfall auch den Vater, Louis Moustier, wenn er noch lebt.«

Benjamin schien nachzudenken. »Achtundsiebzig Jahre sind eine unglaublich lange Zeit.« Er blickte zu Amélie. »Aber manchmal findet man noch etwas. Ein wenig Glück gehört natürlich dazu.«

»Wo könnte ich mit meiner Suche ansetzen?« Emma scharrte mit ihrem linken Doc Martens über den Boden.

»Der Vater müsste auffindbar sein«, entgegnete Benjamin und fuhr sich übers Kinn. »So viele Personen mit diesem Namen wird es hier im Süden nicht geben. Und er ist Franzose, ist oder war zumindest regulär gemeldet. Bei der Tochter sehe ich eher Probleme. Wenn sie adoptiert wurde, hat sich ihr Nachname geändert. Möglicherweise bekam sie auch einen neuen Vornamen.«

»Das habe ich befürchtet. Wenn ich nicht weiß, nach wem ich suchen muss …« Ernüchterung machte sich in Emma breit.

»Nicht unbedingt. Es kommt darauf an, wie detailliert die Unterlagen von damals geführt wurden. Wenn man herausfinden kann, ob und von wem sie adoptiert wurde beziehungsweise ob sie in einem Kinderheim aufwuchs, kann man die Spur aus den Vierzigern möglicherweise nachverfolgen. Was hältst du davon, wenn du deine Unterlagen heute Abend mitbringst und wir gemeinsam schauen, wo man ansetzen kann?«

»Das wäre toll«, meinte Emma hoffnungsvoll. »Vielen Dank.«

»Dann wollen wir dich nicht länger stören«, mischte Amélie sich ein. »Wir gehen jetzt einkaufen und sehen uns dann heute Abend.« Sie verabschiedeten sich, an der Tür blieb Amélie aber nochmals stehen und drehte sich zu Emma um.

»Ich bin schon sehr gespannt auf deinen Léon.« Spitzbübisch kniff sie ein Auge zu.

•••

Mittags traf sich Léon mit Emma in Laras kleiner Crêperie zum Essen.

»Wie viele Macarons hast du gebacken?« Léon schob Emma

den Stuhl zurecht und ließ sie Platz nehmen, bevor er sich selbst setzte.

Seine Freundin machte ein geheimnisvolles Gesicht. »Rate!«

Als er die Erwartung in ihrer Miene erkannte, musste er schmunzeln. »Hundert.«

Sie schüttelte stumm den Kopf.

»D'accord, dann zweihundert.«

Wieder verneinte Emma grinsend.

Lara kam an ihren Tisch und sah sie fragend an. »Was darf ich euch bringen? Oder habt ihr euch noch nicht entschieden?«

»Ich nehme einen Crêpe mit Hackfleisch und Ziegenkäse.«

Léon überlegte. »Den nehme ich auch.«

»Gern.« Lara nickte ihnen zu, bevor sie sich an Emma wandte. »Ich habe Félix gestern von diesen Briefen erzählt, die du gefunden hast. Gibt es etwas Neues? Weißt du mittlerweile einen Namen? Da die Schwester meiner Oma im Krieg untergetaucht war, lässt mich dieses Thema nicht los. Ich hatte im September auch einige Nachforschungen dazu angestellt.«

»Wo warst du?«, wollte Emma wissen.

»Unter anderem in Elne, in dieser Mütterklinik.«

»Davon hat die Frau in ihren Briefen ebenfalls geschrieben.« Emma schluckte. »Ich fahre heute Nachmittag noch mal zu der Gedenkstätte nach Rivesaltes. In ihrem letzten Brief hat die Frau ihren Namen genannt. Sie heißt ... hieß Rachel Haas. Und sie wurde im Sommer 1942 aus Rivesaltes weggebracht.«

»Oje!« Lara verzog die Mundwinkel. »Das klingt nicht gut.«

»Ich gehe davon aus, dass sie nach Deutschland deportiert wurde.«

Léon betrachtete das angespannte Gesicht seiner Freundin. Obwohl sie die Frau nicht kannte, nicht mal einen verwandtschaftlichen Bezug zu ihr hatte, sah er ihr an, wie sehr sie dieses

Schicksal mitnahm. Als sie ihm zwei der Briefe übersetzt hatte, waren ihm die Worte dieser Mutter ebenfalls sehr nahegegangen. Er griff nach Emmas Hand und drückte sie.

»Magst du mich begleiten?« Emma sah abwartend zu Lara auf. »Ich könnte warten, bis du den Laden geschlossen hast.«

Lara dachte kurz nach, bevor sie zustimmte. »Ich war noch nie in Rivesaltes. Ich würde tatsächlich gern mitkommen.«

»Das ist gut«, mischte sich Léon in die Unterhaltung der Frauen. »Dann bist du nicht allein.«

»Du denkst, dass ich dort nichts Schönes erfahre«, entgegnete Emma mit trauriger Stimme.

»Ich fürchte, nein«, bekannte er ehrlich.

»Gut, ich beeile mich. Ich denke, gegen zwei können wir los. Jetzt kümmere ich mich aber erst mal um eure Crêpes.«

Mit diesen Worten verschwand Lara hinter der Theke und ließ Léon und Emma wieder allein.

Nach einem kurzen Moment des Schweigens ergriff Emma wieder das Wort. »Also?«

Léon runzelte die Stirn. »Was also?«

»Die Macarons«, erinnerte sie ihn an ihr ursprüngliches Thema.

»Ach so.« Er fasste sich an die Stirn. »Zweihundertfünfzig.«

»Dreihundert«, verkündete Emma triumphierend.

»Du hast dreihundert Macarons gebacken?« Léon musterte ihr Gesicht. »An einem Vormittag?«

Sie nickte eifrig. »Heute Abend befülle ich sie noch, bevor wir zu Amélie und Benjamin gehen. So können sie über Nacht durchziehen, und morgen geht es dann los.« Sie klatschte in die Hände.

Die unerschöpfliche Energie seiner Freundin ließ Léon schmunzeln. »Du bist unglaublich.«

Sie lachte. Ihre dunklen Augen strahlten, ihre Haut schimmerte im Sonnenlicht wie Seide.

»Weißt du eigentlich, wie schön du bist?« Fasziniert betrachtete er sie. »Du leuchtest von innen heraus.« Er schüttelte den Kopf. »Du bist wegen deines Vaters hergekommen. Jetzt backst du Hunderte von Macarons, möchtest einen eigenen Laden eröffnen und klärst noch ganz nebenbei das Schicksal dieser armen Frau auf.« Er führte ihre Hand an seine Lippen und hauchte einen Kuss darauf. »Das ist es, was ich so sehr an dir liebe. Was ich schon damals an dir geliebt habe. Dein unbändiger Elan, dein Tatendrang, deine Einstellung. Du redest nicht lang, sondern machst einfach.«

»Du übertreibst«, erwiderte Emma leise.

»Nein.« Léon schüttelte seinen Kopf. »Ich übertreibe nicht. Wenn ich sehe, was du innerhalb einer Woche hier auf die Beine gestellt hast …« Er hob die Brauen. »Ich muss wirklich dringend ebenfalls aktiv werden und mit deinem Vater sprechen.«

»So schlimm?«

»Schlimmer«, erklärte er düster, während er an seine beiden Prozesse vom Vormittag dachte. Es war immer dasselbe. Je mehr die Menschen verdienten, desto ungerechter fühlten sie sich vom Staat behandelt. Begriffe wie Allgemeinwohl oder soziale Verantwortung waren dieser Klientel zum Großteil fremd.

»Ich bin mir sicher, dass du finden wirst, was du suchst.«

»Deine Zuversicht ist zu beneiden.« Er beugte sich vor und küsste sie auf die Wange.

• • •

Drei Stunden später standen Emma und Lara in der Gedenkstätte in Rivesaltes und betrachteten die ausgestellten Überbleibsel der ehemaligen Häftlinge.

»Sieh mal, Emma.« Lara deutete auf einen Papierfetzen, der hinter Glas ausgestellt war. »Ähnlich wie deine Briefe.«

»Das ist Spanisch«, stellte Emma nachdenklich fest, während sie auf die kleine krakelige Schrift starrte.

»Furchtbar, oder? Wenn ich mir vorstelle, dass diese Kleinigkeiten das Einzige sind, was von einem Menschen bleibt.«

Lara nickte und ging weiter. »All diese Namen …« Sie seufzte. »Und hinter jedem steht ein Schicksal, ein Mensch, der gelebt und geliebt hat, gehofft und geweint.«

»Als ich mit Léon das erste Mal hier war, ist es mir schon eiskalt den Rücken hinuntergelaufen. Diese Baracken. Ich kann mir gar nicht vorstellen, dass darin wirklich mal Leute gelebt haben sollen. Aber die Örtlichkeiten sehen genauso aus, wie Rachel es in ihren Briefen beschreibt. Selbst die Latrinen hat sie erwähnt.«

»Das ist wunderschön«, flüsterte Lara und zeigte auf drei selbst gebastelte Puppen. »Sieh nur, wie filigran sie ausgearbeitet sind.«

»Arbeit eines jüdischen Häftlings, der im September 1942 nach Auschwitz deportiert wurde«, las Emma mit brüchiger Stimme vor. »Warum nur?« Bekümmert schüttelte sie den Kopf.

»Madame Duvalle?«

Als Emma sich umdrehte, stand ein Mann um die fünfzig vor ihr. Er hielt eine Akte in der Hand und sah Emma abwartend an.

»Mein Name ist Matthieu Montain. Mein Kollege von der Kasse teilte mir gerade mit, dass Sie bereits gestern angerufen haben und ein paar Auskünfte wünschen. Wegen Briefen, die offensichtlich von einer Inhaftierten verfasst wurden?«

Emma nickte und erklärte erneut, wo sie die Briefe gefunden hatte und was sie beinhalteten. Dann kramte sie in ihrer Tasche und zog drei davon hervor. »Ich habe nicht alle dabei.« Sie reichte sie ihm.

Monsieur Montain drehte das Papier und begutachtete es von allen Seiten.

»Es ist Deutsch«, merkte Emma an und wechselte einen kurzen Blick mit Lara.

»Ja, das sehe ich.« Er schien nachzudenken. »Wenn diese Briefe echt sind, dann stellen sie ein herausragendes Zeugnis für das Lagerleben dar.«

»Rachel beschreibt immer wieder den Alltag. Sie erzählt von anderen Häftlingen, von der Krankenstation, von einer Nähstube. Und von Jeanne. Konnte Ihr Kollege herausfinden, ob Jeanne Fontaine zu jener Zeit im Lager gearbeitet hat?«

Er nickte. »Ja, das hat sie. Ich habe die Akte hier. Madame Fontaine hat 1941 in Rivesaltes angefangen und ist bis November 1942 geblieben.«

Emma fuhr ein Schauer über den Rücken. »Sie war meine Uroma«, brachte sie aufgeregt hervor. »Sie muss Rachels Briefe damals an sich genommen haben. Rachel hatte sie darum gebeten, diese Briefe an ihre Tochter Claire weiterzugeben. In Erinnerung an ihre Mutter, die sie niemals kennenlernen durfte.«

»Leider war das kein Einzelschicksal. Viele Paare oder auch Mütter ohne Männer haben ihre Kinder weggegeben, in der Hoffnung, dass sie außerhalb der Lager bessere Überlebenschancen hätten.«

»Was ist mit Rachel Haas?«, stellte Emma die Frage, die ihr so sehr auf dem Herzen brannte. »Haben Sie auch zu ihr etwas gefunden?«

Er nickte.

»Sie hat es nicht geschafft?« Emmas Augen begannen zu brennen.

»Rachel Haas kam im Herbst 1941 nach Rivesaltes. Sie war in der Nähe von Perpignan verhaftet worden. Trotz mehrstündiger

Befragungen hat sie nie verraten, wer sie damals versteckt hatte und ihr half.«

»Der Vater ihrer Tochter«, warf Emma leise ein.

»Ende August 1942 wurde sie erst nach Drancy gebracht und dort für einen Transport nach Auschwitz registriert. Es tut mir leid, dass ich keine besseren Informationen habe.«

Emma schloss die Augen. Das Schlimmste war tatsächlich eingetroffen. Sie musste an die berührenden Worte der jungen Frau denken, an ihre Sorgen wegen Claire. Ihre Liebe zu Louis. Warum hatte sie nicht leben dürfen?

»Weiß man ...?« Sie traute sich nicht, die Worte auszusprechen. Rachels Zeilen hatten sie lebendig erscheinen lassen, eine junge Mutter in der Blüte ihres Lebens. Emma hatte das Gefühl, sie in- und auswendig zu kennen. Sie hatte von ihren Träumen gelesen, von ihren Hoffnungen, von ihrer Kindheit und ihrer Flucht.

Monsieur Montain atmete schwer. »Es ist immer wieder aufwühlend, von diesen traurigen Schicksalen zu hören. Rachel Haas wurde im September 1942 nach Auschwitz gebracht und am Tag ihrer Ankunft ermordet, mit Hunderten anderer Frauen, die mit ihr deportiert worden waren.«

Emma fuhr sich über die Augen. »Ich fasse es nicht«, stieß sie enttäuscht hervor. »Ich hatte so gehofft, dass sie es irgendwie geschafft hätte. Keine Ahnung, wie. Dass es ihr gelungen wäre, zu flüchten, dass jemand doch ein Einsehen mit ihr hatte ...«

»Ich kann Sie sehr gut verstehen, Madame. Immer wieder werden ähnliche Anfragen an uns herangetragen, aber in den meisten Fällen müssen wir eine traurige Antwort darauf überbringen.«

Emma spürte Laras Hand auf ihrem Rücken. »Können Sie uns sagen, was mit dem Kind geschehen ist?«

»Claire Haas wurde im Juni 1942 in das Kinderheim nach Banyuls-sur-Mer gebracht. Von dort kam sie nach Castres, wo sie bis Mitte 1943 blieb. Im August desselben Jahres wurde sie von einer Familie Cartier aus Perpignan adoptiert.«

»Cartier?«, wiederholte Emma ernst.

Der Angestellte nickte. »Cathérine und Stéphane Cartier.«

»Sie hat überlebt«, folgerte Emma.

»Ja, Madame. Es scheint so. Nach der Adoption verliert sich ihre Spur. Eventuell können Sie beim Stadtarchiv herausfinden, wie es mit Claire weiterging.«

»Das werde ich«, entgegnete Emma entschlossen. »Sie muss wissen, was für eine mutige und starke Frau ihre Mutter war. Sie hat ein Recht darauf, diese Briefe zu bekommen. Sie ist die Adressatin.«

»Ihr Engagement ist überaus lobenswert«, erklärte der Angestellte lächelnd.

»Meine Uroma konnte die ihr aufgetragene Aufgabe nicht erfüllen.« Emma schluckte. »Aus Erzählungen habe ich herausgehört, dass sie wohl depressiv war nach ihrer Zeit in Rivesaltes.«

»Das ging einigen der Mitarbeiter so«, bestätigte Monsieur Montain. »Sie müssen überlegen, dass die Angestellten des Lagers normale französische Bürger waren, keine Wehrmachtssoldaten oder Ähnliches. Viele haben es nicht verkraften können, was sie in den Lagern erleben mussten. Was sie mitbekamen.«

»Sie hat sich einige Jahre später umgebracht«, erklärte Emma leise.

»Und Sie wollen Rachel Haas nun ihren letzten Wunsch erfüllen«, schlussfolgerte Monsieur Montain.

Emma nickte. »Wenn ich es nicht tue, wird Claire niemals erfahren, was für ein Mensch ihre Mutter war.«

»Es kann gut sein, dass sie nichts über ihre Herkunft weiß«, erläuterte der Angestellte der Gedenkstätte. »Möglicherweise wurde selbst den Adoptiveltern die wahre Herkunft verschwiegen.

Dass Claire eine halbe Jüdin war, war ja damals eine sehr heikle Tatsache.«

Emma bedankte sich bei dem Mitarbeiter der Gedenkstätte für die ausführlichen Informationen. Rachel hatte es nicht geschafft, Claire hingegen hatte überlebt. Jetzt galt es, sie zu finden. Noch wusste sie nicht genau, wie sie das anstellen sollte. Doch sie war so weit gekommen, aufgeben würde sie nicht.

• • •

»Die Atmosphäre war so unglaublich bedrückend«, beschrieb Lara am Abend ihren Eindruck des Lagerbesuchs. Sie schüttelte sich.

Félix legte einen Arm um sie und zog sie an sich.

»Aber das ist ja gerade das Dilemma, das mich seit Tagen umtreibt«, ergänzte Emma ernst. »Ihr müsstet diese Zeilen mal lesen. Diese Frau erscheint mir mittlerweile schon fast wie eine Bekannte. Durch die Briefe wirkt sie lebendig, nah, vertraut ...« Sie überlegte. »An manchen Stellen kann man sie fast mit Händen greifen. Sie beschreibt diese unfassbare Liebe zu ihrem Kind, wie sehr sie es vermisst, den Zwiespalt, in dem sie steckt. Ständig hadert sie mit sich, ob es richtig war, die Kleine wegzugeben.«

»Nach allem, was wir wissen, hat sie ihr mit dieser Entscheidung das Leben gerettet«, erwiderte Léon und sah in die Runde. Sie saßen zu sechst auf der Dachterrasse von Amélie und Benjamin.

»Ja, auf der einen Seite lerne ich diese Frau kennen, die sich durch ihr Denken kaum von uns unterscheidet, obwohl sie in einer komplett anderen Zeit gelebt hat. Und auf der anderen Seite sehe ich die wenigen Überbleibsel aus diesem Lager. Rachels letzter Aufenthaltsort.« Emma senkte den Kopf. »Ein einzelner verbogener Löffel, eine verrostete Konservendose, ein kleines Stück des damaligen Stacheldrahts, der die Menschen an der Flucht gehindert hat. Ist das alles, was von damals blieb? Wo sind all die Hoffnungen dieser Menschen hin, ihre Leben? Jeder Einzelne hatte doch eine Vorgeschichte, eine Vergangenheit, bevor er inhaftiert wurde.«

»Ich glaube, für unsere Generation ist es sehr schwer zu begreifen, dass die Menschen vor achtzig Jahren die gleichen Gefühle wie wir hegten«, brachte Benjamin ein. »Wenn wir uns auf diesen Gedanken einlassen, ist die Vergangenheit noch schwerer zu fassen. Zahlen und Fakten haben erst mal keine Gesichter, bestehen nicht aus Fleisch und Blut. Wenn wir uns bewusst machen, dass diese Zahlen Menschenleben widerspiegeln, fühlt sich die Vergangenheit noch unbegreiflicher an.«

Emma atmete tief durch. »Kein gutes Thema, um eure Verlobung zu feiern.«

Amélie zuckte mit den Achseln. »Ohne Vergangenheit keine Zukunft. Benjamin und ich wurden ja durch unseren familiären Hintergrund im letzten Jahr mit einer ähnlichen Thematik konfrontiert.« Sie sah zu Lara. »Und wenn ich an diese Geschichte mit der Schwester deiner Oma denke ... Ja, es ist ein sehr aufwühlendes Kapitel, aber du hast die Briefe nun mal gefunden. Und ich finde es wichtig, dass du sie der eigentlichen Adressatin übergeben möchtest.«

»Was habt ihr denn im Archiv herausgefunden?« Benjamin, ganz der wissbegierige Journalist, beugte sich vor und blickte von Emma zu Lara.

»Das Ehepaar Cartier hat Claire tatsächlich adoptiert. Die beiden waren Anfang dreißig, als sie die Kleine zu sich genommen haben. Stéphane Cartier starb 1981, seine Frau Cathérine 1987«, erzählte Emma von ihrem Nachmittag, den Lara und sie nach dem

Besuch der Gedenkstätte im Archiv von Perpignan verbracht hatten.

»Und was ist mit der Tochter? Konntet ihr auch etwas über sie finden?«, wollte Amélie wissen.

»Nein«, erwiderte Emma bekümmert. »Wir haben nichts entdeckt, was darauf hingedeutet hätte, ob sie weggezogen ist oder geheiratet hat. Oder ob sie ebenfalls bereits ... gestorben ist.«

»Sie wäre jetzt achtundsiebzig«, rechnete Léon vor. »Es ist doch sehr gut möglich, dass sie noch lebt.«

»Was hast du?« Amélie sah ihren Freund mit zusammengekniffenen Augen an. »Ich sehe doch, dass es in deinem Hirn schon wieder rattert.« Sie lachte.

Benjamin verzog das Gesicht, erwiderte jedoch nichts.

»Wenn er ein Geheimnis wittert, ist er nicht zu stoppen.« Wieder grinste Amélie. »Ich kenne diesen Ausdruck.«

»Du bist doch Steueranwalt, Léon?«

Emmas Freund nickte.

»Ich habe da eine Idee. Könntest du mal bitte mit mir reinkommen?« Benjamin deutete mit dem Kinn ins Innere des Hauses.

»Ich komme mit.« Félix hauchte Lara einen Kuss auf ihre Wange und erhob sich ebenfalls. »Bevor ich hier in irgendwelche Frauengespräche verwickelt werde.«

Die Frauen lachten, als die Männer im Wohnzimmer verschwanden.

»Ein schöner Abend«, bemerkte Amélie und nippte an ihrem Prosecco.

»Eure Dachterrasse ist toll«, brachte Emma an, während sie aufstand und sich an die Brüstung stellte. Die Sonne ging gerade über den Dächern der Altstadt unter. Der Horizont hatte sich in ein sanftes Rot verfärbt, das Licht wirkte friedvoll, fast ein wenig mystisch. Emma ließ den Blick über das Häusermeer schweifen. »Diese Aussicht ist traumhaft.«

»Du hast einen schönen Innenhof«, warf Lara ein. »Den kann man sich auch nett herrichten.«

Emma zögerte. »Ja, mal sehen.«

»Mal sehen?« Amélie musterte sie eindringlich.

Emma atmete tief durch. »Léon hat einen Sohn.«

Lara runzelte die Stirn, während Amélie überrascht »Oh!« rief.

Emma nickte, bevor sie den beiden in kurzen Sätzen von Léons Affäre mit ihrer langjährigen Erzfeindin berichtete.

»Aber der Kleine kann nichts dafür«, merkte Lara vorsichtig an.

»Ja, das weiß ich doch.« Emma seufzte. »Nachdem ich den ersten Schock verdaut hatte, habe ich beschlossen, mir meine Beziehung durch nichts und niemanden mehr kaputt machen zu lassen.«

»Wenn Léon der Richtige ist, dann ist alles andere unwichtig«, sagte Lara und erhob sich, um sich neben Emma zu stellen. »Und wenn ich euch beide zusammen sehe, habe ich überhaupt keinen Zweifel, dass ihr das schafft.«

»Die Wohnung ist zu klein«, erklärte Emma nun. »Wenn Yannick am Wochenende bei Léon ist, ist bei mir zu wenig Platz.«

»Ihr findet eine Lösung.« Auch Amélie gesellte sich zu ihnen. »Es gibt momentan so viele Häuser auf dem Markt, da ist bestimmt irgendwo das richtige dabei.«

»Léon weiß auch noch gar nicht, wie es mit ihm beruflich weitergeht«, fuhr Emma nachdenklich fort. »Ich glaube zwar, dass er in der Kanzlei meines Vaters bleiben kann, aber sicher ist das noch nicht. Und ich kann nicht allzu weit weggehen, wenn ich die Macaronnerie in dem Haus meiner Mutter und meiner Tante eröffne.«

»Apropos Macaronnerie«, fiel Amélie ein. »Wir haben uns noch gar nicht über den Nachtisch hergemacht.«

Emma beugte sich zu ihrer Tasche hinab und kramte eine große Schüssel hervor. »Voilà. Ein Vorgeschmack auf das, was noch kommt.«

»Vielleicht gründen wir wirklich ein Netzwerk«, schlug Amélie vor.

»Ja, warum nicht?« Lara nickte. »Gemeinsam sind wir stärker.«

»Wir haben etwas für dich, Emma«, ertönte in diesem Moment Benjamins Stimme von der Terrassentür her.

Die Frauen drehten sich um.

»Dank deinem Freund, der beste Verbindungen zum Finanzamt unterhält, sowie einem weitläufigen Kollegen, der jemanden vom Standesamt kennt, haben wir Claire gefunden.«

Emma öffnete den Mund, brachte aber kein Wort hervor.

»Claire Cartier hat 1962 geheiratet und im Jahr darauf eine Tochter bekommen.«

»Sie lebt noch?«, wollte Emma leise wissen.

Léon nickte. »Ihr Mann ist schon gestorben, aber Claire lebt.«

Emma schlug die Hände vors Gesicht. Ihre Gedanken überschlugen sich gerade. »Wo?«

»Sie hat mit ihrer Familie viele Jahre in der Nähe von Rouen gelebt, bevor sie nach dem Tod ihres Mannes in die Nähe von Nîmes gezogen ist.«

»Das ist ja gar nicht so weit.« Emma schloss die Augen. »Wie heißt sie?«

»Claire Marais«, entgegnete Léon. »Und ihre Tochter heißt Mathilde.«

»Nein!«, entfuhr es den drei Frauen gleichzeitig.

• • •

»Ich kann es immer noch nicht glauben«, erklärte Emma, während sie mit Léon und den Hunden an der Uferpromenade entlangschlenderte. Anstatt nach dem Abend bei Amélie und Benjamin direkt nach Hause zu gehen, hatten sich die beiden entschlossen, noch ein paar Schritte mit den Hunden zu machen.

»Wie willst du es ihnen sagen?« Léon legte seinen Arm um Emmas Hüfte und zog sie an sich.

»Ich habe keine Ahnung. Da ich überhaupt nicht weiß, was Claire Marais über ihre Herkunft bekannt ist, werde ich mich erst mal langsam vortasten.«

»Wahrscheinlich kann sie die Briefe gar nicht lesen«, gab Léon zu bedenken.

»Nein, wahrscheinlich nicht«, stimmte Emma ihm zu. »Aber ich werde ihr meine Hilfe anbieten.«

»Was für eine verrückte Geschichte.«

»Einerseits verrückt, andererseits unfassbar traurig.«

»Du wirst ihr trotzdem eine große Freude machen«, versprach Léon.

»Wollen wir uns auf die Mauer setzen?« Emma zeigte auf den Vorsprung rechts von ihnen.

Léon nickte. Die Hunde schnüffelten an den Felsen herum.

Emma ließ die Beine baumeln und schaute aufs Meer. Nachdenklich schloss sie die Augen und konzentrierte sich ganz auf die gedämpften Geräusche des Abends. Das Rauschen der heranrollenden Wellen, das Kreischen der Möwen über ihnen, die leisen Stimmen vorbeilaufender Passanten.

»Geht es dir gut?«

Sie spürte Léons Hand auf ihrem Rücken. Schweigend nickte sie.

»Es war ein sehr schöner Abend, oder?«, wollte er von ihr wissen.

Sie öffnete die Augen wieder und wandte den Kopf.

»Ja, Amélie und Lara sind superlieb. Und Benjamin und Félix machen auch einen sehr netten Eindruck.«

»Ich glaube, ich kenne Félix aus der Schule«, setzte Léon an. »Er ist ein paar Jahre älter als wir, aber ich meine, er käme mir bekannt vor.«

»Frag ihn das nächste Mal«, schlug Emma ihm vor.

Er nickte.

»Was für eine Idylle«, seufzte Emma genüsslich, während sie nach Léons Fingern griff und ihn zu sich heranzog. Liebevoll streichelte sie über seinen Handrücken.

»Gemeinsam ist alles schöner.«

Emma blickte zur Wehrkirche, deren Mauern im Licht der untergehenden Sonne orange schimmerten. »Mir dir ist alles schöner«, verbesserte sie lächelnd. »Der eine oder andere Kollege hatte immer mal wieder angefragt, ob ich etwas mit ihm unternehmen wolle. Auch auf Partys bin ich anderen Männern begegnet.« Sie hielt inne. »Aber keiner hat mich ernsthaft interessiert. Ja, ich war mal aus, habe geschaut, ob es passen könnte.« Sie schüttelte den Kopf. »Aber egal, mit wem ich mich getroffen habe, es hat sich jedes Mal falsch angefühlt.«

Léon erwiderte nichts.

»Ich glaube, ich habe nie ganz loslassen können. Vielleicht habe ich mir selbst etwas vorgemacht. Mann, ich war so wütend auf dich.« Sie setzte sich aufrecht hin. »Immer wieder habe ich mich gefragt, wie du mich dermaßen hängen lassen konntest. Warum du mir nicht recht gegeben hast.«

»Ich war ein Idiot.«

»Und ich habe völlig überreagiert«, fuhr Emma fort. »Anstatt mich wie eine Erwachsene mit dir auseinanderzusetzen, habe ich meine Koffer gepackt und bin abgehauen.«

»Wir waren jung.«

Sie lachte. »Das sind wir immer noch.« Dann wurde sie wieder ernst. »Damals war ich so alt wie Rachel zu dem Zeitpunkt, als sie … umgebracht wurde.«

»Ich hoffe, dass es dir etwas besser geht, nachdem du mit Claire gesprochen hast.«

»Findest du, dass ich überreagiere? Weil ich Rachel nie kennengelernt habe und mir jetzt solche Gedanken mache?«

»Nein.« Er schüttelte den Kopf. »Nein, du reagierst überhaupt nicht über. Du bist die Einzige von uns, die all diese Briefe gelesen hat. Ich kann mir sehr gut vorstellen, dass man sich einer Person nahe fühlen kann, wenn man so viel von ihr weiß. Man muss sie nicht persönlich kennen, um mithoffen, ja, und mitleiden zu können.«

»Rachels Schicksal werde ich nie vergessen.«

»Das sollst du auch gar nicht. Es gibt Ereignisse im Leben, die prägen uns für immer.« Léon zog sie an sich. Während sie seine Wärme spürte, seinen Atem an ihren Haaren, seine Hände an ihrem Körper, schloss Emma die Augen und genoss den Moment. Mit Léon an ihrer Seite würde sie alle Unwägbarkeiten, die noch auf sie warteten, leichter umschiffen können. Er war ihr Fels in der Brandung, der Rettungsanker, der sie über Wasser hielt. Und keine Simone der Welt würde Emma ihr Glück nehmen. Léon war der Mann, in den sie sich vom ersten Moment an, als sie sich begegnet waren, verliebt hatte. Und er war der Mann, den sie bis an ihr Lebensende lieben würde.

33

Amélie hatte Mathilde gestern spätabends zufällig am Hafen getroffen, als sie sich mit Benjamin noch kurz die Beine vertreten hatte. Da die Künstlerin kein Handy besaß, hatte sie ihr persönlich mitgeteilt, dass Emma dringend mit ihr und ihrer Mutter sprechen wollte. Amélie hatte Emma daraufhin noch von der zufälligen Begegnung mit der Malerin berichtet.

Wenn ihre Stiefmutter vor einer halben Stunde nicht zufällig mit ihrer Schwägerin vorbeigekommen wäre, hätte Emma den Laden kurz geschlossen, um in Ruhe mit Claire und Mathilde in ihrer Wohnung reden zu können. Doch Camille hatte sofort vorgeschlagen, ihr auszuhelfen, obwohl die beiden Frauen eigentlich nur kurz bei Emma hatten hereinschauen und einige Macarons kaufen wollen.

»Euch schickt wirklich der Himmel«, bekannte Emma dankbar. »Als ich gestern die dreihundert Macarons gebacken habe, wusste ich noch nicht, dass ich Rachels Tochter persönlich kenne.«

»Wie solltest du auch damit rechnen?«, entgegnete Camille, während sie ihre Jacke auszog und an einen Garderobenhaken hängte. »Wir bekommen das schon hin, Carine, stimmt's?« Sie lachte.

Oliviers Frau verzog ihr Gesicht. »Ich muss mich sehr beherrschen bei diesem Anblick.«

»Ihr könnt euch später gern welche mitnehmen«, schlug Emma vor. »Ihr seid wirklich die Besten.«

Camille winkte ab. »Dafür ist die Familie doch da. Unseren Besuch im Krankenhaus können wir auch etwas nach hinten verschieben. Dein Vater ist jetzt sowieso erst mal mit seiner Physiotherapie beschäftigt.«

»Hoffentlich macht er bald Fortschritte«, seufzte Emma.

Camille lehnte sich gegen die Theke. »Wenn er in der Reha ist, werden sie ihn schon triezen.«

»Olivier ist übrigens überglücklich, dass du dich entschieden hast, nach Collioure zurückzukehren.« Carine stellte ihre Tasche auf die Ablage. »Und die Mädchen sind ebenfalls ganz begeistert. Sie wollen jetzt unbedingt auch beide Doc Martens. Olivier versucht alles, um ihnen die Idee auszureden, aber …« Sie lachte.

»Oje. Da werde ich wohl meine Schuhmode wechseln müssen, wenn ich größere Diskussionen bei euch vermeiden möchte.«

»Ach was«, wiegelte Carine ab. »Sie müssen lernen, dass sie nicht alles bekommen können, was sie wollen. Und wenn sie etwas älter sind …«

» … dann kaufe ich ihnen welche«, beendete Emma den Satz.

»Ich finde es auch sehr schön, dass du zurückkommst«, erklärte Camille leise. »Und dein Vater sowieso, auch wenn er es vielleicht nicht so zeigen kann.«

»Und wenn du mal Hilfe in deinem Lädchen benötigst, ich könnte mir durchaus vorstellen, ab und zu ein paar Stunden hier zu arbeiten«, bot Carine spontan an.

Überrascht sah Emma ihre Schwägerin an. »Du bist Lehrerin.«

»Und du Tierpflegerin.« Ihre Schwägerin zuckte mit den

Schultern. »Na und? Ich hätte keinen weiten Arbeitsweg und könnte trotzdem für die Mädchen da sein.«

»Es wäre durchaus möglich, dass ich demnächst auf dich zukomme. Ich muss meine Kalkulation noch fertigstellen und ein paar Wochen abwarten, wie das Angebot überhaupt angenommen wird. Dann entscheide ich, ob ich zukünftig auch anderes außer Macarons anbieten möchte oder ob ich mich ganz auf das Gebäck konzentriere.«

»Ich finde es sehr bewundernswert, mit welcher Ernsthaftigkeit du an die Sache herangehst«, mischte sich Camille ins Gespräch. »Bei einer solchen Vorbereitung kann der Laden nur ein Erfolg werden.«

»Ich hoffe es«, bekannte Emma. »Als ich heute Morgen aufgewacht bin, war mein erster Gedanke, ob ich eigentlich von allen guten Geistern verlassen bin?«

»Dein erster?« Carine grinste.

Emma musste schmunzeln, als sie daran dachte, wie liebevoll Léon sie geweckt hatte. »Okay, mein zweiter.«

In dem Moment tauchten Mathilde und ihre Mutter vor dem Schaufenster auf.

Emma wechselte einen Blick mit Carine und Camille und nickte. »Es geht los.«

»Du schaffst das«, sprach Camille ihr Mut zu und winkte den beiden Frauen durch die Scheibe zu.

»Bonjour«, grüßte Emma die Künstlerin und ihre Mutter, als sie aus der Tür trat. »Danke, dass ihr gekommen seid.«

»Amélie hat uns gestern Abend sehr neugierig gemacht, als sie meinte, du wolltest dringend mit uns reden.« Mathilde blickte Emma erwartungsvoll an.

»Ich dachte, es geht um die Macarons«, erklärte Claire Marais mit einem verschmitzten Lächeln.

»Nein, darum geht es nicht.« Emma atmete tief durch. »Kommt, wir gehen nach oben.«

»Du machst es aber wirklich spannend«, bemerkte Mathilde, als sie ihrer Mutter kurz darauf einen Esszimmerstuhl in Emmas Küche hinschob.

Nachdem sie alle drei saßen, legte Emma ihre Hände auf den Briefstapel, den sie bereits heute früh auf dem Tisch platziert hatte. »Es geht um Sie«, begann sie vorsichtig und blickte Claire Marais mit ernster Miene an.

»Um mich?« Claire war das Erstaunen ins Gesicht geschrieben. »Ich verstehe nicht ganz ...«

Emma schüttelte den Kopf. »Ich weiß überhaupt nicht, wo ich anfangen soll.«

»Ist etwas passiert?«, wollte Mathilde wissen.

Emma schluckte. »Nein, oder doch, ja. Es ist ...« Sie atmete tief aus. »Ich fange einfach von vorne an.«

»Das klingt vernünftig«, entgegnete Claire Marais trocken.

Emma erzählte den beiden von dem Fund der Briefe in der Abstellkammer. »Sie sind auf Deutsch verfasst. Aber da ich ja jahrelang in Stuttgart gelebt habe, hatte ich keine Probleme, sie zu lesen.«

»Darf ich?« Mathilde zeigte auf den Stapel in Emmas Hand.

»Natürlich«, erwiderte Emma bereitwillig und schob ihr die Briefe hin.

»Meine geliebte Claire«, las Mathilde mit starkem Akzent vor, bevor sie ihre Mutter ansah. »Ich verstehe nicht ...«

Claire schüttelte den Kopf. »Warum erzählen Sie uns das, Emma?«

»Diese Briefe sind an Sie gerichtet, Claire«, erklärte Emma mit wackeliger Stimme. »Ihre Mutter hat sie Ihnen 1942 geschrieben, als sie im Lager in Rivesaltes interniert war.«

»Was?«, flüsterte die alte Dame. »Was reden Sie denn da?«

»Emma, wie kommst du dazu, uns eine solche Geschichte aufzutischen?«

Emma fasste sich an die Schläfe und überlegte. »Wissen Sie, dass Sie adoptiert sind?«, wandte sie sich schließlich wieder an Claire Marais.

»Ja«, sie wedelte mit einer Hand, »ja, meine Eltern haben mir schon sehr früh erzählt, dass ich nicht ihr leibliches Kind bin. Meine biologischen Eltern sind im Krieg umgekommen.«

Emma schwieg.

»Emma, wie kommst du darauf, dass diese Briefe an meine Mutter gerichtet seien? Der Name Claire ist nicht wirklich außergewöhnlich.«

»Ihre Mutter hieß Rachel Haas. Sie war eine deutsche Jüdin, sie kam aus der Nähe von Saarbrücken.«

Claires Augen begannen zu schimmern, während sie den Kopf schüttelte. »Nein, Sie irren sich. Meine Eltern waren Franzosen. Das weiß ich genau. Und ich bin doch keine Jüdin. Ich wurde katholisch getauft. Anscheinend handelt es sich hier tatsächlich um eine Verwechslung.«

»Es gibt Unterlagen, die belegen, dass Rachel Haas Ihre leibliche Mutter ist«, widersprach Emma. »Sie hat Sie im Juni 1942 in Rivesaltes auf die Welt gebracht und kurz darauf in ein Kinderheim gegeben, weil sie Sie schützen wollte. Sie dachte, außerhalb des Lagers sei es sicherer für Sie.«

»Wie kommen Sie nur darauf?« Claires Hände zitterten, als sie ihrer Tochter einen Brief wegnahm und ihn zu sich heranzog.

»Ich war zweimal in Rivesaltes und habe recherchiert. Ein Angestellter hat Ihren Namen in den alten Akten gefunden. Es ist alles belegt. Sie kamen im Juni 1942 erst nach Banyuls-sur-Mer ins

Kinderheim, danach nach Castres, wo das Ehepaar Cartier Ihnen begegnet ist und Sie adoptiert hat.«

»Das kann doch nicht sein ...« Claire Marais fasste sich an ihren Brustkorb und starrte auf die Tischplatte. »Sie haben mir immer gesagt, dass ...« Ihre Stimme versagte. Mathilde legte eine Hand auf den Rücken ihrer Mutter.

»Es ist sehr gut möglich, dass Ihre Eltern gar nichts von Ihrer wahren Herkunft wussten. Vielleicht hat man ihnen tatsächlich erzählt, dass Sie das Kind französischer Kriegsopfer seien. Es wird wohl unmöglich sein, nach so vielen Jahrzehnten herauszufinden, wer damals was zu wem gesagt hat.«

Claire stützte ihren Kopf mit einer Hand ab. »Rachel Haas, sagen Sie?«

Emma nickte. »Ich habe die Briefe alle gelesen. Es tut mir leid. Ich wusste, dass sie nicht für mich bestimmt waren, aber schon die ersten Zeilen haben mich so gefangen genommen, dass ich nicht mehr aufhören konnte. Ich wollte unbedingt wissen, was mit dieser Frau geschehen ist. Ob sie es geschafft hat. Die Briefe sind sehr aufwühlend, sehr traurig.«

»Das gibt es doch nicht«, murmelte Mathilde kopfschüttelnd.

»Wieso befinden sich die Briefe in Ihrem Besitz?«, fragte Claire mit belegter Stimme.

»Meine Uroma hat damals in dem Lager gearbeitet und Ihre Mutter gekannt. Sie war sozusagen für sie zuständig. Und Ihre Mutter hat meiner Uroma all diese Briefe anvertraut mit der Bitte, sie Ihnen zu übergeben, wenn sie es nicht ... schafft. Aber meine Uroma ist wenige Jahre später selbst gestorben und hatte wohl keine Gelegenheit mehr, Sie ausfindig zu machen. Immerhin herrschte noch Krieg. Da niemand in unserer Familie Deutsch spricht, nehme ich an, dass keiner etwas mit den Briefen anfangen konnte. Niemand konnte ahnen, welch tragischer Inhalt sich darin verbirgt.«

»Was ist mit meiner Mutter geschehen?« Claire blickte auf und sah Emma fest in die Augen.

Sie schloss die Augen und schüttelte den Kopf. »Sie hat nicht überlebt. Sie wurde im Spätsommer 1942 nach Auschwitz deportiert und … ermordet.« Ihr blieben die Worte fast im Hals hängen.

Claire schlug eine Hand vor den Mund und begann zu weinen.

»Das ist ja schrecklich«, bemerkte Mathilde und wandte den Kopf ab. »Ich weiß gar nicht, was …«

»Es ist sehr traurig«, bekräftigte Emma leise. »Rachels Schicksal hat mich sehr mitgenommen. Sie hat Sie über alles geliebt, das betont sie immer wieder. Sie hat Ihnen ihre komplette Lebensgeschichte aufgeschrieben, damit Sie einen Eindruck davon bekommen, was für ein Mensch Ihre Mutter war. Sie hat erst sehr spät die Hoffnung verloren, dass sie Sie wiedersehen wird. Immer wieder hat sie ihre Entscheidung hinterfragt, Sie weggegeben zu haben.«

»Ich kann kein Wort Deutsch«, flüsterte Claire mit erstickter Stimme. »Ich kann nicht einmal lesen, was sie mir hinterlassen hat.«

»Ich helfe Ihnen«, erwiderte Emma sofort. »Ich kann Ihnen die Briefe alle übersetzen, wenn Sie möchten.«

Claire fasste nach ihrer Hand. »Was ist mit meinem Vater? Hat sie … hat meine Mutter etwas über ihn geschrieben?«

»Er hieß Louis Moustier. Sie haben sich kennengelernt, als Rachel und eine andere junge Frau sich in einer Scheune in der Nähe des Hofes seiner Eltern versteckt haben.« Sie zögerte. »Sie muss ihn sehr geliebt haben. Aber bevor sie ihm von ihrer Schwangerschaft erzählen konnte, ist sie verhaftet worden.«

»Das kann doch alles nicht sein.« Mathilde stöhnte leise.

»Übersetzen Sie mir ihre Worte«, bat Claire unter Tränen.

»Bitte übersetzen Sie mir, was meine Mutter mir hinterlassen hat.«

Emma nickte, als ihr Smartphone zu klingeln begann. Während die beiden Frauen schweigend auf die Briefe vor sich starrten, nahm Emma das Gespräch an. Es war Benjamin.

»Was?«, platzte es aus ihr heraus, nachdem er ihr den Grund für seinen Anruf mitgeteilt hatte.

Claire und Mathilde sahen sie irritiert an.

»Das gibt es doch nicht.« Emma konnte es nicht glauben. Sie bedankte sich bei Benjamin und beendete das Gespräch. Dann wandte sie sich an Claire und lächelte. »Ich habe eine schöne Nachricht für Sie.«

• • •

Keine halbe Stunde später saßen die drei Frauen im Auto. Emma konzentrierte sich auf den Verkehr vor ihr.

»Ich glaube das alles nicht«, durchbrach Claire Marais die angespannte Stille. »Was wird dieser Mann sagen, wenn wir ohne Vorwarnung bei ihm auftauchen?«

»Victor Moustier weiß nichts von Ihrer Existenz. Für ihn wird Ihr Auftauchen genauso unwirklich sein wie die Briefe Ihrer Mutter für Sie.«

»Haben deine Eltern denn nie eine Andeutung gemacht, Maman?«, ertönte Mathildes Stimme von der Rückbank.

»Nein«, erwiderte Claire nachdenklich.

Emma konnte aus dem Augenwinkel erkennen, wie sich die Finger der älteren Frau unablässig bewegten.

»Als sie mir mitgeteilt haben, dass ich adoptiert sei, war das natürlich im ersten Moment ein riesiger Schock für mich«, begann sie zu erzählen. »Vielleicht hatte ich so etwas sogar geahnt.

Ich weiß es nicht. Optisch habe ich ja weder meiner Mutter noch meinem Vater ähnlich gesehen. Aber allein aus dem Grund denkt man doch nicht, man sei nicht das leibliche Kind seiner Eltern. Es war eher ...« Sie schien nachzudenken. » ... etwas Emotionales. Ich habe sie sehr geliebt. Und sie haben mich auch geliebt, da bin ich mir ganz sicher. Sie haben mich immer gut behandelt. Aber da war etwas ...« Sie schüttelte den Kopf. »Ich kann es nicht benennen.«

»Was haben sie dir mitgeteilt?«

»Dass sie mich im Sommer 1943 aus dem Kinderheim in Castres geholt haben. Und dass meine Eltern in den Kriegswirren umgekommen seien.«

»Von Rivesaltes wurde nie gesprochen?«, warf Emma ein, während sie den Blinker setzte und Richtung Vendres abbog, wo Claires Halbbruder lebte.

»Nein. Zu meiner Schande muss ich gestehen, dass ich noch nie an der Gedenkstätte war. Und dass meine Mutter eine deutsche Jüdin war ...« Sie begann erneut zu weinen. »Das wusste ich nicht. Wie hätte ich das auch ahnen können? Wenn ich mir nur vorstelle, wie sie mit sich gerungen und gehadert hat ... eine Mutter, die sich freiwillig von ihrem eigenen Kind trennt ...«

Emma musste an ihre eigene Mutter denken. Auch sie hatte Olivier und Emma aus freien Stücken allein gelassen. Doch die Motive von Margaux Duvalle waren gänzlich anders gelagert als die von Rachel Haas. Diese Frau hatte ihrer Tochter das Leben gerettet. Sie hatte auf ihr Kind verzichtet, um es zu schützen. Und das Schicksal hatte die Richtigkeit ihrer Entscheidung bestätigt.

»Ich kann mir überhaupt nicht vorstellen, was meiner Mutter in den letzten Tagen ihres Lebens durch den Kopf gegangen sein muss«, brachte Claire mit bebender Stimme hervor. »Auschwitz ... Ich ...«

»Sie hat Sie so sehr geliebt«, entgegnete Emma sanft.

»Ich habe das Gefühl, als sei ich plötzlich nicht mehr diejenige, für die ich mich all die Jahre gehalten habe.«

»Du bist noch die Gleiche, Maman. Aber es wird sicher noch eine Weile dauern, bis wir wirklich begriffen haben, was diese Neuigkeiten für uns bedeuten.«

»Ich möchte nach Rivesaltes«, erklärte Claire leise.

»Wir werden dort hinfahren«, versprach ihr Mathilde.

»Und ich möchte herausfinden, wo sie in Deutschland gelebt hat.«

»Ich denke, das dürfte nicht allzu schwer werden«, überlegte Emma. »Benjamin ist sehr gut vernetzt. Sicher kann er Ihnen behilflich sein.« Sie blickte aufs Navi. »Gleich sind wir da.«

Claire fasste sich an den Hals. »Was wird der Mann nur sagen?«

Emma musste lächeln. »Er wird genauso überrascht sein wie Sie. Leider haben wir ihn ja telefonisch nicht erreicht, um ihn vorzuwarnen.«

»Vielleicht war es keine gute Idee, unangekündigt hierher zu fahren.«

»Maman, wenn er nicht da ist, fahren wir eben wieder nach Hause. Du konntest es doch vorhin gar nicht abwarten, ihm zu begegnen, deinen Bruder kennenzulernen.«

»Aber jetzt habe ich Angst«, flüsterte sie.

»Das müssen Sie nicht«, versuchte Emma, ihr die Unruhe zu nehmen. »Da vorne ist es.«

Sie parkte den Wagen vor dem kleinen unscheinbaren Dorfhaus und wandte sich Claire zu. »Sind Sie bereit?«

Mathildes Mutter schwieg.

Emma sah zu Mathilde, die aufmunternd nickte. So stiegen die drei Frauen aus.

Das Haus, in dem Victor Moustier lebte, befand sich an einer leicht abschüssigen Straße. Drei schiefe Stufen führten zu der verwitterten Eingangstür, braune Holzläden zierten die Fenster. Am Verputz bröckelte an einigen Stellen die Farbe ab. In roten Blumenkästen fristeten vertrocknete Blumen ein trostloses Dasein.

Emma und Mathilde nahmen Claire in ihre Mitte und hakten sie unter. Gemächlichen Schrittes gingen sie auf die Haustür zu. Mathilde klingelte, nachdem sie das Namensschild für einige Sekunden schweigend in Augenschein genommen hatte.

Kurz darauf hörten sie Schritte hinter der Tür. Emma bemerkte, dass Claire den Atem anhielt. »Sie sind nicht allein«, raunte sie ihr aufmunternd zu.

Die Tür öffnete sich, und ein hochgewachsener Mann in den Sechzigern blickte ihnen entgegen. »Ja, bitte?«

Mathilde und Claire starrten den Mann stumm an. Emma räusperte sich. »Pardon, Monsieur. Mein Name ist Emma Duvalle. Die ältere Dame neben mir heißt Claire Marais, und das ist ihre Tochter Mathilde.«

Er blickte Emma stirnrunzelnd an. »Was kann ich für Sie tun?«

»Es geht um Ihren Vater«, setzte Emma an.

»Meinen Vater?« Überraschung breitete sich in seinem Gesicht aus. »Ich verstehe nicht ganz ...«

»Es ist auch etwas kompliziert.«

Claire und Mathilde schwiegen noch immer.

»Claires Mutter war vor vielen Jahren mit Ihrem Vater bekannt.«

Victor Moustier musterte die ältere Frau. »Was genau wollen Sie?« Er klang misstrauisch.

»Das zu erklären ist, wie gesagt, ein wenig schwierig.« Emma biss sich auf die Lippe. Noch immer machte Victor Moustier keine Anstalten, sie hereinzubitten.

»Wollen Sie mir etwas verkaufen?« Er kniff die Augen zusammen.

»Nein«, erklärte Emma sofort. »Nein, gar nicht. Wir sind hier, weil Claire Sie kennenlernen möchte. Wir haben vorhin versucht, Sie telefonisch zu erreichen, da wir Sie nicht einfach überfallen wollten.«

»Ich war unterwegs.«

»Da sie unbedingt mit Ihnen sprechen wollte, haben wir uns von Collioure aus auf den Weg zu Ihnen gemacht.«

»Woher kannte Ihre Mutter meinen Vater?«, wandte er sich nun direkt an Claire.

Emma betrachtete die ältere Frau von der Seite.

»Ich ... meine Mutter ...«

»Er hat sie versteckt«, platzte es aus Emma heraus. »Anfang der Vierzigerjahre, als Südfrankreich von den Deutschen besetzt war, hat er ihre Mutter in der Nähe des Hofes seiner Eltern versteckt.«

Der Mann erwiderte nichts.

»Sie war eine deutsche Jüdin.«

Victor Moustier schluckte. »Hieß Ihre Mutter Rachel?«

Jegliche Farbe wich aus Claires Gesicht. Ihre Lippen begannen zu beben, sie schluchzte leise auf.

»Ja, ihr Name war Rachel Haas«, bestätigte Emma an Claires Stelle.

»Möchten Sie vielleicht hereinkommen?«

Kurz darauf saßen sie im Wohnzimmer von Victor Moustier. Claires Halbbruder hatte eine Flasche Wasser und vier Gläser auf den Tisch zwischen sie gestellt. »Meine Mutter starb vor mehr als zwanzig Jahren. Irgendwann viel später ...« Er überlegte. »Ich glaube, es war kurz nach meiner Scheidung, saß ich mit meinem Vater eines Abends zusammen, und wir redeten über die Frauen, die Liebe, das Leben im Allgemeinen.« Er lachte. »Er erzählte mir von dieser Frau. Rachel. Dass er sie und noch eine andere versteckt hatte.«

»Hannah«, murmelte Emma, während sie an Rachels Erzählung denken musste.

Er hielt kurz inne. »An den anderen Namen kann ich mich nicht mehr erinnern. Ich bin nicht sicher, ob er ihn mir gegenüber überhaupt erwähnt hat. Vater war damals noch sehr jung. Er war in der Résistance organisiert, und als er gefragt wurde, ob er die beiden Deutschen bei sich verstecken könne, hatte er sofort zugesagt.« Er nahm einen Schluck Wasser. »Die andere Frau war irgendwann früher verhaftet worden.«

Emma nickte, unterbrach ihn jedoch nicht.

»Und auch Rachel ist später entdeckt worden.«

»Was hat er Ihnen von ihr erzählt?«, wollte Claire leise wissen.

Moustier zögerte. »Er scheint sie sehr geliebt zu haben. Natürlich wäre es damals unmöglich gewesen, eine Beziehung mit einer deutschen Jüdin offiziell zu machen. Nach Rachels Verhaftung hatte er alle Hebel in Bewegung gesetzt, um sie zu finden – leider vergebens. Er hat nie erfahren, was mit ihr geschehen war. Selbst nach so vielen Jahren konnte ich spüren, dass zwischen den beiden etwas ganz Besonderes existiert haben musste. Er sagte mir damals, dass er meine Mutter sehr geliebt habe, Rachel aber nie vergessen konnte. Wenn kein Krieg gewesen wäre …« Er sah Claire mit hochgezogenen Brauen an. »Und Sie sind Rachels Tochter?«

Claire erwiderte sekundenlang seinen Blick. »Rachels und die Ihres Vaters«, erklärte sie schließlich entschlossen.

• • •

»Als er verstanden hat, was Claires Worte bedeuten, saß er minutenlang reglos in seinem Sessel. Er hat uns erzählt, wie sehr sein Vater Rachel geliebt hat. Und wie für Louis Moustier eine Welt untergegangen ist, als Rachel plötzlich verschwunden war. Der Mann hat sich jahrzehntelang die schlimmsten Vorwürfe gemacht. Er scheint nach ihr gesucht zu haben. Unauffällig natürlich, um den Verdacht nicht auf sich zu lenken. Sowohl Louis als auch sein Vater wurden mehrfach befragt, aber die Gendarmerie konnte ihnen nichts beweisen.« Emma fuhr sich über ihr Gesicht. »Irgendwann lange nach dem Krieg hat er Victors Mutter kennengelernt.«

»Das heißt, Claire ist gar nicht weit entfernt von ihm aufgewachsen, aber Louis hat nie erfahren, dass er eine Tochter hat.« Léon zog die Decke fester um sie.

Sie saßen an der Steilküste, blickten aufs Meer und warteten auf den Sonnenuntergang. Emma war nach dem Besuch bei Victor Moustier sehr aufgewühlt nach Hause gekommen. Als Léon den Zustand seiner Freundin bemerkt hatte, hatte er sofort reagiert, sie und die Hunde ins Auto gepackt und war Richtung Norden zu einer kleinen Bucht gefahren.

»Ist das nicht unendlich traurig?« Emma schüttelte den Kopf. »Victor hat Claire Fotos von seinem ... ihrem Vater gezeigt. Ich kann mir überhaupt nicht vorstellen, wie sich das anfühlen muss. Zu wissen, dass man seine Eltern niemals kennenlernen kann. Als wir auf dem Heimweg waren, hat sich der Archivar aus Rivesaltes gemeldet. Er hat ein Foto von Rachel entdeckt, das man bei ihrer Inhaftierung von ihr gemacht hatte.« Emma musste an Claire denken, die in Tränen ausgebrochen war, als die Namen ihrer Eltern greifbar und visualisiert worden waren.

»Claire ist nicht mehr die Jüngste. Diese Geschichte wird sie sehr mitgenommen haben.«

»Ich glaube, das hat mit dem Alter gar nicht viel zu tun«, entgegnete Emma. »Die Vergangenheit ihrer Eltern ist eine schreckliche Tragödie. Ohne Happy End.«

»Aber sie hat einen Halbbruder gefunden.«

Emma nickte. »Ja, ein kleiner Trost für eine verlorene Vergangenheit. Wie anders wäre Claires Leben wohl verlaufen, wenn ihre Eltern sich nicht während des Kriegs begegnet wären, wenn Rachel keine Jüdin gewesen wäre, wenn ...«

»Emma, Süße, du hast dieser Frau geholfen, mehr über ihre Herkunft zu erfahren. Diese ganzen Wenns ...« Er küsste sie. »Stell dir vor, irgendjemand hätte die Briefe schon vor langer Zeit entsorgt. Weil er nichts mit ihnen anzufangen wusste.«

»Dann wäre die Wahrheit nie ans Licht gekommen«, murmelte sie.

»Aber jetzt hast du so viel herausgefunden.«

»Morgen treffen wir uns. Ich übersetze Claire die Briefe.«

»Das heißt, morgen öffnest du nicht die Patisserie.«

Emma lachte kurz auf. »Nein, morgen nicht. Camille und Carine haben alle Macarons verkauft.« Sie blickte Léon von der Seite an. »Kannst du dir das vorstellen? Dreihundert Macarons!«

Er grinste. »Das überrascht mich nicht.«

»Mich schon. Die zwei haben sogar auf ihren Einkaufsbummel verzichtet, damit ich nach Vendres fahren konnte. Camille ist ...« Sie seufzte. »Ich weiß einfach nicht, was damals mit mir los war. Ich habe einer Mutter nachgetrauert, die sich nie für mich interessiert hat. Und Papas Frau habe ich die kalte Schulter gezeigt, weil ... ja, warum eigentlich? Sie ist so hilfsbereit und zuvorkommend.«

»Es ist doch normal, dass du dir eine Mutter gewünscht hast, die für dich da ist. Du warst noch ein Kind.«

»Camille ist für mich da. Und sie kümmert sich rührend um Papa.«

»Jetzt bist du älter, Emma. Der Blickwinkel ändert sich.« Er machte eine Pause. »Apropos Papa: Ich war heute bei deinem Vater und habe ihm erzählt, wie unwohl ich mich mit meinen Klienten und deren Fällen fühle.«

Emma sah ihn stirnrunzelnd an. »Er war sicher nicht begeistert, oder?«

»Ich hatte ihn vorher angerufen, und er war einverstanden, dass ich ihn noch im Krankenhaus besuche. Da du mir erzählt hast, dass er befürchtet, ich könne kündigen, wollte ich die Sache möglichst schnell klären.«

»Und?«

Eine Möwe pickte im Sand. Balou und Senna rannten ausgelassen durch die menschenleere Bucht. Die Sonne begann sich langsam zu verabschieden. Das Meer färbte sich dunkel, die Schaumkronen schimmerten orange. Emma fasste nach Léons Hand.

»Er saß im Rollstuhl. Ich habe ihn in den Park geschoben, und wir haben uns dort eine Weile aufgehalten. Ich glaube, die frische Luft hat ihm gutgetan.«

»Was hat er gesagt?«

Léon lächelte. »Er hat mir erklärt, ich solle gut auf seine Tochter aufpassen.«

Irritiert wandte Emma ihren Kopf. »Das hat er nicht!«

Léon nickte. »Er ist überglücklich, dass du nach Hause kommst, Emma.« Er streichelte ihre Finger. »Aber er hat eine Heidenangst, dass du wieder gehen könntest, wenn …«

» … wenn es nicht so läuft, wie ich es mir vorstelle«, unterbrach sie ihn leise.

»Ich glaube schon, ja.« Léon umfasste ihr Gesicht mit seinen

Händen. Ihre Nasenspitzen waren nur wenige Zentimeter voneinander entfernt. »Dein Vater hat mir zugesagt, dass wir uns darüber unterhalten, ob wir unsere Fachgebiete nach seiner Rückkehr in die Kanzlei erweitern wollen. Das heißt, ich könnte den Steuerbereich hinter mir lassen und mir ein neues Tätigkeitsgebiet suchen.«

»Das klingt doch sehr vielversprechend«, erwiderte Emma lächelnd. »Du wirst sehen, dass alles gut wird. Mein Vater weiß, was für ein brillanter Anwalt du bist. Er lässt dich nicht einfach gehen.«

»Seit dem Gespräch geht es mir besser«, bestätigte er. »Dein Vater ist ... toll. Und du bist etwas ganz Besonderes.«

»Dieser Moment ist etwas ganz Besonderes«, hauchte sie, während sie Sehnsucht in sich spürte. »Magie liegt in der Luft.«

Léons Blick wurde intensiver, seine Miene weicher. »Magie, ja?«

Sie nickte. »Erinnerst du dich an ...?«

Er schüttelte den Kopf. »Nein, keine Erinnerungen mehr, Emma. Nicht jetzt, nicht in diesem magischen Moment.« Er senkte seine Lippen auf ihre und zog sie dichter an sich. Bereitwillig schmiegte sie sich an ihn und genoss seine fordernden Berührungen.

Epilog

Drei Monate später

Während sie an einem Schokoladentörtchen knabberte, ließ Emma den Blick über den Bouleplatz schweifen. Gestern Abend hatte Léon mit Benjamin und Félix alle vorhandenen Sonnenschirme auf der großen Fläche verteilt, die mit Ausnahme einiger Schatten spendender Zypressen am westlichen Rand in der prallen Junisonne lag. Es war heiß, Emma wischte sich den Schweiß von der Stirn. Doch trotz der hohen Temperaturen war die Veranstaltung ein voller Erfolg. Veranstaltung, dachte Emma amüsiert. Heute war ihr siebenundzwanzigster Geburtstag.

Als sie vor einigen Wochen mit Amélie und Lara zusammengesessen und nach einem passenden Termin für die Vorstellung ihres Unternehmerinnennetzwerks gesucht hatten, hatte sich sehr schnell herauskristallisiert, dass der heutige Samstag der einzige Termin war, an dem die drei Frauen noch nichts vorhatten.

Sie musterte das lange Büfett, das glücklicherweise im Schatten der Vereinshütte aufgebaut war. Neben aufgeschnittenem Baguette standen unzählige Schüsseln mit Dips, daneben befand sich ein Crêpeseisen, das Laras Oma heute betreute. Und am Ende des Tisches thronten Unmengen von Macarons in den unterschiedlichsten Farben. Um die Vielfalt der kleinen Lädchen in Collioure aufzuzeigen, hatten sich drei weitere Pächterinnen ihrer Veranstaltung angeschlossen. Eine schon länger ansässige Patisserie war mit Emmas heiß geliebten Schokoladentörtchen und verschiedenen Tartelettes au citron vertreten. Eine Obst- und Gemüsehändlerin wollte für den biologischen Anbau an der Purpurküste werben, und die Besitzerin eines Fischladens bot kleine knusprige Sardellen an.

Emma beobachtete zufrieden, wie Claire und Mathilde sich angeregt mit Claires neu gefundenem Halbbruder Victor Moustier unterhielten. Daneben saßen Lara und Félix mit Laras Oma und deren Schwester Julie. Laras Opa stand mit Benjamin und Amélie an der vorderen Boulebahn und ließ eine der Kugeln in seiner Hand kreisen. Mittlerweile kannte Emma die Familiengeschichten ihrer Freundinnen bis ins kleinste Detail. Amélies Tante und Onkel begutachteten gerade Emmas Macarons, während Félix´ Eltern mit Laras Vater etwas abseitsstanden und in eine ernste Diskussion verwickelt zu sein schienen. Sie sah auf die Uhr. Wo blieben ihr Vater und Camille? Sie sollten längst hier sein. Auch Olivier und seine Familie hatte sie noch nirgends entdeckt. Als sie Léons Blick auffing, der mit Yannick den beiden Pudeln einen Tennisball zuwarf, musste sie lächeln. Was war nur alles geschehen, seit sie im März nach Collioure zurückgekehrt war? Sie hatte endlich ihre Familie wieder. Mit Carine verband sie inzwischen mehr als nur der zufällige Verwandtschaftsgrad. Und auch mit Camille hatte sie sich in den letzten Wochen immer wieder mal getroffen, um einen Kaffee trinken zu gehen, oder auch nur für einen Spaziergang.

In diesem Moment bog der rote VW-Bus von Olivier auf den Parkplatz vor dem Boulodrome. Endlich! Emma eilte auf den Wagen zu, blieb aber abrupt stehen, als statt der Mädchen zuerst Mireille und Gernot von der Rückbank ausstiegen.

»Mireille!«, rief sie ihnen voller Freude entgegen. »Das gibt es doch nicht!«

Ihre Tante breitete die Arme aus und drückte Emma fest an sich. »Herzlichen Glückwunsch, meine Liebe.« Sie küsste Emma auf die Wange.

»Mit euch habe ich ja überhaupt nicht gerechnet.«

Ihr Onkel verzog die Mundwinkel. »Deine Tante wollte es sich nicht nehmen lassen, deinen Start als Selbstständige in Collioure persönlich zu begleiten.«

»Ich freue mich so.«

»Ich auch«, ertönte die Stimme ihres Vaters hinter ihr.

Als sie sich umdrehte, musterte sie erstaunt Roger Duvalle, der sich schwerfällig auf einen Rollator stützte.

»Wo ist der Rollstuhl?«

Emmas Vater winkte ab. »Der muss noch ein paar Jährchen warten.«

Camille trat neben ihren Mann und umfasste seinen Arm. Nachdem ihre Familie Emma gratuliert hatte, geleitete sie sie auf den Platz.

»Hier ist ja schon mächtig was los.« Olivier grinste, während er seinen Arm um Emmas Schultern legte. »Ich bin wirklich sehr stolz auf mein Schwesterchen.«

Emma boxte ihn in die Seite. »Schwesterchen, ja? Warum seid ihr eigentlich so spät?«

Er verdrehte die Augen. »Deine Nichten konnten sich nicht entscheiden, welche der Ringelleggings sie an deinem Ehrentag tragen sollten.«

Emma lachte. »Süß!«

»Eher nervig«, brummelte er gutmütig.

Sie beobachteten, wie Savannah und Emilie zu Yannick, Léon und den Hunden stürmten. »Damit wäre für heute Nachmittag Ruhe.«

»Es ist ein wunderschöner Tag«, merkte Emma an und sah ihren Bruder von der Seite an. »Manchmal überlege ich, was ohne Papas Schlaganfall geschehen wäre.«

Olivier hob die Brauen. »Du meinst, wir sollten ihm dankbar sein?«

Sie schüttelte den Kopf. »Auf keinen Fall. Ich hoffe so sehr, dass er bald wieder eigenständig laufen kann.«

»Das wird er«, entgegnete Olivier in zuversichtlichem Ton. »Es wird doch von Woche zu Woche besser.«

»Es ist schon drei Monate her«, zweifelte Emma.

»Wir brauchen Geduld.«

»Darf ich?« Léon tauchte zwischen den Geschwistern auf und wechselte einen amüsierten Blick mit Olivier. Der lachte.

»Unzertrennlich wie eh und je.« Er klopfte Léon auf den Rücken. Dann steuerte er auf seine Töchter zu, die jauchzend hinter Senna herliefen.

»Bist du zufrieden?« Léon zog Emma an sich.

Sie nickte. »Mehr als das. Sieh dir die Leute an. Sie amüsieren sich, unterhalten sich, lachen miteinander. Und ganz nebenbei können wir noch ein wenig für Unterstützung für unsere Läden werben. Der Bürgermeister aus Argelès war vorhin da und hat uns einige Fragen gestellt. Er meinte, er könne sich auch eine ähnliche Veranstaltung bei sich im Ort vorstellen.«

»Das klingt toll«, erwiderte Léon. »Das wäre eine super Werbung für euch.«

Emma nickte. »Manchmal kann ich es noch gar nicht glauben.«

»Du hast viel erreicht, viel getan in den letzten Wochen.«

Plötzlich fiel Emma etwas ein. »Wenn Mireille jetzt hier ist – wo übernachten die beiden denn? Ich wohne doch noch immer in der Ferienwohnung.«

»Das ist mein Stichwort«, meinte Léon leise. »Ich habe ein Haus gefunden.«

Emma sah ihn stirnrunzelnd an.

»Es ist zwar alt, aber mit ein wenig Arbeit ...« Er legte den Kopf schief. »Es ist groß, hat einen wunderschönen Garten, und vom obersten Stockwerk kann man sogar das Meer sehen.«

»Das klingt traumhaft. Ich wusste gar nicht, dass du umziehen willst.«

Er strich über ihre Wange. »Das Haus würde perfekt zu uns passen. Und wir könnten es uns leisten.«

»Denkst du nicht, dass es dafür noch zu früh ist?«

Er schüttelte den Kopf. »Wir kennen uns seit mehr als neun Jahren. Oder willst du nicht?« Léon sah sie unsicher an.

Sie schloss kurz die Augen, bevor sie den Kopf schüttelte. »Doch, ich will. Sehr sogar. Wann magst du es mir denn zeigen?«

Er begann zu grinsen. »Wenn du möchtest, gleich morgen.«

»Emma, wir möchten nicht stören.« Amélie und Lara tauchten hinter ihr auf. »Aber wir dachten, es wäre an der Zeit, ein paar Worte zu sagen. Was meinst du?«

Sie nickte.

»Dann lasse ich euch mal machen.« Léon winkte Yannick zu sich und fasste nach der Hand seines Sohnes.

Emma holte das Mikrofon aus der Hütte des Boulevereins. Als sie wieder nach draußen kam, hatten sich einige Leute, die keinen Sitzplatz auf einer der Bänke ergattern konnten, bereits um Amélie und Lara versammelt. »Du fängst an, Amélie, oder? Wie besprochen.«

Amélie nickte und nahm das Mikrofon entgegen. Sie wechselte einen Blick mit Lara und Emma und räusperte sich. Dann schaltete sie das Mikrofon ein.

»Bonjour allerseits«, begann sie zaghaft. »Im Namen der Unternehmerinnen von Collioure möchte ich mich zuallererst ganz herzlich bei Ihnen allen für Ihr zahlreiches Kommen bedanken. Wir hoffen sehr, dass Sie sich durch unser selbst gestaltetes Büfett einen ersten Überblick über das Angebot verschaffen konnten, das unser Ort zu bieten hat. Ich selbst komme zwar nicht aus Collioure, aber die Familie meines Vaters hat hier ihre Wurzeln. Und ich kenne das Städtchen seit meiner Kindheit. Als ich mich im letzten Jahr an einem Tiefpunkt meines Lebens befand, war Collioure die Rettung, um wieder auf die Beine zu kommen. Ich habe eine neue Perspektive gefunden und neue Freunde kennengelernt. Das Backen hat seit meiner Kindheit für mich zu Collioure gehört. Meine Oma hat hier viele Jahrzehnte lang eine kleine Baguetterie betrieben. Für unsere Familie besitzt der Ort seit jeher eine ganz besondere Bedeutung.« Amélie wischte sich über die Augen. »Wir möchten diesen Nachmittag, der für die Frauen von Collioure stehen soll, den vorherigen Generationen widmen. Schon immer lebten hier starke Frauen, die nur auf ihr Herz und ihre Menschlichkeit hörten. Genauso wollen wir, die junge Generation, diese Tradition weiterführen und dafür stehen, dass unsere Produkte mit genauso viel Herzblut hergestellt und verkauft werden, wie es die Frauen der Purpurküste schon immer handhabten. Oma, wo auch immer du jetzt bist, ich hoffe, du bist glücklich und ein klein wenig stolz auf mich.«

Während die Leute applaudierten, reichte sie das Mikrofon an Lara weiter.

»Ja, ich kann mich Amélies Worten nur anschließen. Ich kam vor einem Dreivierteljahr zum ersten Mal nach Collioure.« Sie hielt inne. »Zum ersten Mal überhaupt nach Frankreich. Obwohl meine Oma von hier stammt.« Lara winkte Béatrice und deren Schwester Julie, die zusammengesunken in ihrem Rollstuhl saß, kurz zu. »Ich habe meinen Vater gesucht und doch so viel mehr gefunden. Als meine Mutter starb, nahm sie ihr Geheimnis mit ins Grab. Aber gute Freunde«, sie zwinkerte Benjamin zu, der mit Félix in der ersten Reihe stand, »haben mir geholfen, meiner Herkunft auf die Spur zu kommen. Und nicht nur das. Meine Oma und ich haben auch einen verloren geglaubten Teil der Familie wiedergefunden. Ich habe eine neue berufliche Perspektive entdeckt und ...«, sie lächelte schüchtern in Félix´ Richtung, » ... jemanden getroffen, der mich vollkommen macht.« Sie schluckte. »Collioure ist ein Ort, der mich sehr glücklich macht. Seine Bewohner, seine Schönheit, seine Atmosphäre. Dafür bin ich sehr dankbar und hoffe, dass ich mit meiner kleinen Crêperie ein wenig dazu beitragen kann, den Zauber dieses Städtchens an seine Besucher weiterzugeben.«

Bevor Emma zu sprechen begann, suchte sie Léons Blick. Er sah sie aufmunternd an und nickte ihr zu. »Amélie und Lara gehören mit zu den Menschen, die mich haben erkennen lassen, was wirklich im Leben zählt«, begann Emma zögernd. »Noch vor wenigen Monaten dachte ich, ich sei zufrieden und hätte alles, was ich brauche. Aber manchmal treffen uns Schicksalsschläge im Leben, die uns die Augen öffnen. Die uns zeigen, dass wir uns etwas vorgemacht haben. Die uns an unseren bisherigen Ansichten zweifeln lassen. Die uns unsere Meinung überdenken lassen. Selbstreflexion ist sehr wichtig. Und doch brauchen wir manchmal Jahre, um unsere Fehler erkennen zu können, um unser Handeln zu hinterfragen und ... um unseren Lebensweg zu korrigieren. ›Es ist nie zu spät‹, ist ein Satz, den ich so leider nicht mehr bestätigen kann. Denn es gibt Situationen, die sind unumkehrbar.« Sie suchte Claires Blick, die ihr eine Kusshand zuwarf. »Aber manche Menschen hinterlassen Zeugnisse ihres Lebens. Amélie sprach von starken Frauen. Eine solche durfte ich nicht persönlich, aber durch sehr persönlich geschriebene Briefe indirekt kennenlernen. Und obwohl ich ihr nie begegnet bin, kann ich zweifellos behaupten, dass sie zu eben jener Generation starker Frauen gehörte, der wir diesen Nachmittag widmen möchten. Rachel Haas ist ein Vorbild für uns alle. Sie hat auf ihre Tochter verzichtet, um ihr das Leben zu retten. Ein größeres Opfer gibt es für eine Mutter kaum. Und Rachel Haas starb mit neunzehn Jahren im Bewusstsein, ihr Kind niemals aufwachsen zu sehen. Dagegen ist meine Entscheidung, eine kleine Macaronnerie zu eröffnen, geradezu unbedeutend. Und trotzdem wird mir ein wenig mulmig, wenn ich an all die Entscheidungen denke, die noch vor mir liegen.«

Lara legte eine Hand auf Emmas Rücken.

»Gedenken wir der Frauen von der Purpurküste, und setzen wir alles daran, würdige Nachfolgerinnen zu werden.« Emma verneigte sich leicht.

Wieder applaudierten die Gäste.

Amélie, Lara und Emma sahen sich an und nickten sich mit zufriedenem Gesichtsausdruck zu.

Am späten Abend packte Emma das schmutzige Geschirr zusammen, während Lara und Amélie die Bänke aufeinanderstapelten. Die Männer räumten die leeren Flaschen in die Hütte.

Als Emma die letzten Teller wegräumte, kam Claire auf sie zu. »Ich möchte mich verabschieden.«

Emma unterbrach ihre Arbeit und blickte die alte Dame an.

»Und ich möchte mich für deine Worte vorhin bedanken.«

»Es ist wichtig, die Geschehnisse beim Namen zu nennen.«

Claire nickte. »Ohne dich hätte ich nie erfahren, was meinen Eltern widerfahren ist.«

»Ich wünschte, ich hätte mehr tun können.«

Claire nahm ihre Hand und tätschelte sie. »Nein, du hast genug getan. Du bist ein wundervoller Mensch, Emma. Dein Léon kann sich glücklich schätzen, eine Frau wie dich an seiner Seite zu haben.«

»Danke. Ich bin wirklich sehr glücklich«, bekannte Emma leise.

Claire nickte. »Du hast es verdient.«

Nachdem sie mit Mathilde den Platz verlassen hatte, trat Léon hinter sie. »Alles in Ordnung?«

»Ich denke schon«, erwiderte Emma nachdenklich. »Es fühlt sich ... merkwürdig an.«

Er drehte sie zu sich um. »Was?«

»Das alles hier«, erklärte sie unsicher. »Als ich mit Lara und Amélie da vorne gestanden und geredet habe, hatte ich einen kurzen Moment das Gefühl, dass nicht ich es bin, der all das passiert ist. Dass nicht ich Rachel kennengelernt hatte, dass nicht ich nach Collioure zurückgekommen bin.« Sie schüttelte den Kopf. »Es fühlte sich an, als sei es jemand anderem passiert.«

Er lächelte. »Ich bin auf jeden Fall sehr froh, dass du es bist, die jetzt hier vor mir steht.«

»Quatschkopf. Wahrscheinlich hältst du mich für komplett verrückt.«

Er zog sie dichter an sich. »Verrückt?« Seine Mundwinkel zuckten. »Vielleicht ein bisschen.« Er deutete hinter sich. »Was hältst du davon, wenn wir uns Yannick und die Hunde schnappen und den Abend bei einem Glas Wein und den restlichen Macarons am Strand ausklingen lassen?«

Emma fuhr ihm durchs Haar. »Klingt nach einem sehr guten Plan, Monsieur Sommène.«

Léon drehte sich um und rief nach seinem Sohn. Als der mit den Pudeln angerannt kam, unterbreiteten sie ihm ihren Vorschlag. Yannick begann zu jubeln und strahlte übers ganze Gesicht. Dann nahm er Léon an seine rechte und Emma an seine linke Hand. »Darf ich auch noch ins Wasser?«

»Klar, warum nicht?« Léon warf Emma einen verschmitzten Blick über den Kopf seines Sohnes zu.

Sie zwinkerte zurück und genoss die wohlige Vertrautheit, die ihren Körper in diesem Moment durchströmte. Konnte sie sich nicht überaus glücklich schätzen? Sie wusste den Mann an ihrer Seite, den sie über alles liebte, besaß ein kleines Lädchen, das nach so kurzer Zeit schon besser lief als erwartet, und hatte die beste Familie um sich herum, die sie sich wünschen konnte. Ja, beantwortete sie sich ihre Frage sogleich selbst. Sie war glücklich.

Danksagung

Liebe Leserinnen und Leser,

eine aufregende und sehr lehrreiche Zeit geht für mich mit *Claires Schicksal* zu Ende. *Die Frauen von der Purpurküste* waren meine erste Trilogie und gleichzeitig die ersten Romane in einem neuen Genre. Es war eine tolle Herausforderung, der ich mich mit ganz viel Herzblut gestellt habe. Im Laufe meiner Recherchen zur Besatzungszeit während des Zweiten Weltkriegs in Südfrankreich habe ich viel gelesen, Tatsachenberichte von Schwestern, die sich bemüht haben, zu helfen und zu trösten, aber auch Erzählungen von inhaftierten Frauen. Vieles war sehr erschütternd, einige Aspekte gaben mir aber auch ein wenig Hoffnung. Selbst in den schwierigsten Zeiten gibt und gab es Menschen, die versuchen, anderen zu helfen, andere zu retten. Daran sollten wir ganz fest glauben.

Als ich die Gedenkstätte des Lagers von Rivesaltes besucht habe, ging es mir ähnlich wie Emma. Die Geschichte war zu diesem Zeitpunkt zum Teil schon geschrieben, der Rest fest in meinem Kopf verortet. Die Baracken zu sehen, in denen Todgeweihte vor vielen Jahrzehnten monatelang gehaust haben und in denen meine fiktive Rachel ihre Briefe verfasst hat, war ein sehr erschütterndes Erlebnis für mich. Rachels Figur steht stellvertretend für viele Gefangene, die ein ähnliches Schicksal erleiden mussten.

Ich kann nur jedem empfehlen, der einmal in der Nähe ist, einen Abstecher zu der Gedenkstätte zu machen. Diese Zeit darf niemals vergessen werden.

Auf der anderen Seite habe ich es regelrecht genossen, mit Emma immer wieder aufs Neue Macarons zu backen. Meine ersten Versuche waren mehr als mäßig. Tatsächlich hatte ich mir schon überlegt, Emma statt Macarons Pralinen herstellen zu lassen. Aber dem Eingestehen einer Niederlage stand mein persönlicher Ehrgeiz entgegen. Ich holte mir Rat bei einer lieben Leserin, von der ich wusste, dass sie bereits erfolgreich Macarons gebacken hatte. Vielen Dank an dieser Stelle! Petra Falderbaum gab mir einen hilfreichen Tipp zum Thema geeignete Mandeln, und ich stieß kurz darauf auf das passende und erlösende Rezept für mich. Ich brauchte zwei, drei weitere Versuche, bis die Macarons endlich aussahen, wie ich es mir vorstellte. Seitdem gibt es bei mir zu Hause regelmäßig dieses leckere, typisch französische Gebäck. Wenn Sie es ebenfalls probieren möchten, kann ich Ihnen nur den Tipp geben: Durchhalten lohnt sich. Wahrscheinlich brauchen Sie ein paar Versuche, aber wenn Sie den Dreh erst einmal raushaben, können Sie sehr stolz sein. Und sie schmecken einfach verführerisch.

Sie sehen, ein Buch zu schreiben ist nicht immer gleichbedeutend mit sich an den Laptop zu setzen und loszutippen. Man benötigt tatsächlich einiges an Vorbereitungsarbeit, um eine Geschichte authentisch erzählen zu können.

Auf diesem Weg unterstützt wurde ich ein weiteres Mal von meiner Familie, meinem Mann und meinen Kindern, die mich geduldig bei meinen Recherchereisen begleitet und mir immer wieder den Rücken freigehalten haben, wenn es nötig war. Ich danke Euch dafür! Ohne Euch wäre das so alles nicht möglich.

Auch meine Eltern und mein Bruder springen jederzeit ein, wenn das Alltagschaos aus Unijob, Schreiben, Familie, Haushalt und Hundebespaßung wieder einmal überhandnimmt, ein Lektorat beendet werden muss oder eine Überarbeitung nicht aufgeschoben werden kann.

Weiterhin danken möchte ich meiner langjährigen Testleserin Claudia Hugo, die mich seit meinem ersten Satz begleitet und mir immer wieder als eine der Ersten ihre Meinung zum aktuellen Projekt mitteilt. Ich freue mich auf viele weitere Treffen, ob mit oder ohne Manuskriptbesprechung.

Ein ganz herzliches Dankeschön geht an meine liebe Agentin Antje Hartmann und die Literaturagentur Kossack, die mich auf meinem Weg in ein neues Genre so fürsorglich betreut und unterstützt und mir jederzeit ihr offenes Ohr leiht, wenn es Gesprächsbedarf gibt.

Ganz besonders möchte ich mich bei meiner lieben Lektorin Tabea Horst für ihre großartige Unterstützung bei unserer mittlerweile dritten gemeinsamen Arbeit bedanken. Durch ihren Blick wird aus einem Manuskript ein Buch.

Außerdem danke ich Catherine Beck, die mit ihren Verbesserungsvorschlägen die Sprache von »Claires Schicksal« geschliffen und verfeinert hat.

Dem Ullstein Verlag danke ich für die Unterstützung, das wunderschöne Cover und den Einsatz im Hintergrund.

Liebe Leserinnen und Leser, wir sind ein drittes Mal gemeinsam in das kleine Örtchen Collioure an der Purpurküste gereist. Ich hoffe, die Bücher konnten Ihnen zum einen ein wenig das Flair dieser südfranzösischen Küstenregion näherbringen, zum anderen einen Einblick in das Alltagsleben der Gegenwart wie auch der Besatzungszeit geben. Im besten Fall konnten die Schicksale der Frauen der Purpurküste Sie mitreißen und berühren. Von ganzem Herzen möchte ich Ihnen an dieser Stelle danken, dass Sie sich auf die Geschichten eingelassen und mit den Protagonistinnen mitgelitten, mitgefiebert und mitgefühlt haben. Nun heißt es Abschied nehmen. Vielleicht lesen wir uns an anderer Stelle einmal wieder. Ich würde mich freuen.

Liebe Grüße
Ihre Silke Ziegler